GERRY O'CARROLL

Der Seelenrächer

GOLDMANN
Lesen erleben

Buch

Inspector Moss Quinn, Dublins Stardetective, hat vor einem Jahr seinen Sohn Danny bei einem Verkehrsunfall verloren. Als seine Frau Eva am ersten Todestag abends noch einmal auf den Friedhof fährt, wird sie am Grab plötzlich von einer getarnten Gestalt überrascht, gefesselt und verschleppt. Am Morgen entdecken Evas Töchter, dass ihre Mutter verschwunden ist. Sofort setzen Quinn und sein Kollege Sergeant Doyle alle Hebel in Bewegung, um Eva wiederzufinden. Ein Kampf gegen die Zeit hat begonnen.

Quinn bringt die Entführung schnell mit einem Fall in Verbindung, in dem er gerade ermittelt: Fünf Frauen sind verschwunden, und eine sechste wurde tot in einem Versteck im Boden aufgefunden, sie war auf qualvolle Weise verdurstet. In der furchtbaren Annahme, dass Eva das gleiche Schicksal droht, wächst Quinns Verzweiflung ins Bodenlose. Es bleiben ihm nur 72 Stunden, bis Eva ins Koma fallen wird.

Dann erhält Quinn anonyme Briefe und Anrufe, aus denen sich immer stärker eine Botschaft herauskristallisiert: Der Schlüssel zu dem Aufenthaltsort seiner Frau liegt irgendwo in der Vergangenheit ... Und die Zeit läuft. Wird es Quinn und Doyle gelingen, Eva in letzter Sekunde zu retten?

Autor

Gerry O'Carroll, geboren im Westen Irlands, war als einer der führenden Detectives des Landes an der Aufklärung von über achtzig Schwerverbrechen beteiligt. Er persönlich nahm die Serienmörder John Shaw und Geoffrey Evans fest und war an der Verfolgung von John Gilligan beteiligt, der mutmaßlich für den Tod der Journalistin Veronica Guerin verantwortlich ist. O'Carroll war als Erster am Tatort, als die IRA den berüchtigten Gangster Martin Cahill ermordete, und stand eine Zeitlang selbst ganz oben auf deren Mordliste.

Gerry O'Carroll

Der Seelenrächer

Thriller

Deutsch
von Birgit Moosmüller

GOLDMANN

Die englische Originalausgabe
erschien unter dem Titel »The Gathering of Souls«
bei Liberties Press, Dublin.

MIX
Papier aus verantwortungsvollen Quellen
FSC® C014496
www.fsc.org

Verlagsgruppe Random House FSC-DEU-0100
Das FSC®-zertifizierte Papier *Holmen Book Cream* für dieses Buch
liefert Holmen Paper Hallstavik, Schweden.

1. Auflage
Taschenbuchausgabe Dezember 2011

Umschlaggestaltung: UNO Werbeagentur, München
Umschlagmotiv: © plainpicture/Design Pics
Redaktion: Martina Klüver
AG · Herstellung: Str.
Satz: omnisatz GmbH, Berlin
Druck und Bindung: GGP Media GmbH, Pößneck
Printed in Germany
ISBN 978-3-442-47514-8

www.goldmann-verlag.de

Besonderen Dank an Robert Kirby,
der nie den Glauben an mich verloren hat.

Dublin
Sonntag, 31. August, 21:45 Uhr

Eva fiel auf, wie blass ihr Spiegelbild in der dunklen Fensterscheibe war. Auf den Tag genau vor einem Jahr war ihr Sohn zu Tommy O'Driscoll unterwegs gewesen, als plötzlich ein Auto mit Vollgas um die Kurve geschossen kam, weil der Fahrer betrunken, mit Drogen zugedröhnt oder einfach nur ein rücksichtsloser Kerl war.

Unten läutete das Telefon. Sie hoffte, dass es nicht ihr Mann war. Nachdem sie ihn nachmittags auf dem Friedhof gesehen hatte, fühlte sie sich jetzt nicht imstande, mit ihm zu sprechen. Dabei war ihr durchaus bewusst, dass sie mit ihm reden sollte, er hatte schließlich genauso viel durchgemacht wie sie. Aber er war Polizist. Er und seine Leute verfügten über abgeschürfte Farbe und Metallspuren, die von dem Unfallwagen stammten. Und über Reifenabdrücke. Ihr Mann war einer der besten Ermittler in ganz Dublin, und doch hatte er es nicht geschafft, denjenigen zu finden, der ihren einzigen Sohn getötet und dann Fahrerflucht begangen hatte. Irgendwie hatte das einen Keil zwischen sie und ihn getrieben. Es gab viel zu viel, worüber sie nachdenken musste, zu viele Emotionen, aber keinen Raum und keinen Frieden, um sich damit auseinanderzusetzen. Erst jetzt realisierte sie, dass sie den Telefonhörer bereits in der Hand hielt. »Hallo?«, meldete sie sich. »Hallo?«

»Eva, hier ist Paddy. Bei dir alles in Ordnung?«

Patrick Maguire, ihr Vertrauter und Berater – der Mann, bei dem sie sich hin und wieder aussprach, während er ihr am Küchentisch gegenübersaß und zuhörte.

»Paddy«, antwortete sie leise, »ja, es geht mir gut. Und dir?«

»Es tut mir leid, dass ich so spät noch anrufe, aber ich habe mir deinetwegen Sorgen gemacht. Auf dem Friedhof waren heute so viele Menschen. Ich hatte Angst, es könnte dir zu viel werden.«

»So war es auch ein bisschen, um ehrlich zu sein«, gestand sie. »Ich konnte keinen einzigen Moment mit Danny allein sein.«

»Diesen Eindruck hatte ich auch.«

»All die Leute waren gekommen, um diesem besonderen Tag Rechnung zu tragen, und ich ... ich wollte nichts sagen.«

»Du bist seine Mutter. Alle kennen dich. Du hast ein Anrecht auf ein paar ruhige Momente an seinem Grab.«

»Ich weiß, aber ich musste an Jess und Laura denken. Hast du die Blumen gesehen, Paddy? Alle haben solche Unmengen schöner Blumen gebracht.«

»Ja, wirklich wunderschön. Hör zu, Eva, es tut mir leid, dass du nicht mit ihm allein sein konntest.«

»Schon in Ordnung«, entgegnete sie, »es kommen auch wieder andere Tage – Gott weiß wie viele andere Tage.«

Plötzlich stiegen ihr die Tränen in die Augen, und sie spürte den Kloß in ihrem Hals. »Ach Pad«, flüsterte sie, »ich weiß gar nicht, wie mir geschieht. Ich fühle mich so leer und gleichzeitig so aufgewühlt. Ich weiß gar nichts mehr mit mir anzufangen.«

»Glaub mir«, versuchte er sie zu beruhigen, »der erste Jahrestag ist immer der schlimmste. Lass den Schmerz einfach zu. Nimm deine Gefühle an und entschuldige dich deswegen weder bei dir selbst noch bei irgendjemand anderem. Niemand kann nachempfinden, wie es dir geht. Niemand außer dir war seine Mutter.«

Seine Stimme klang so sanft. Sie sah sein Gesicht vor sich, sein Lächeln. Die Zärtlichkeit in seinen Augen. Für einen Moment fragte sie sich – nicht zum ersten Mal –, wie ihr Leben wohl verlaufen wäre, wenn sie sich vor all den Jahren nicht derart heftig in Moss verliebt hätte.

»Hast du mit ihm gesprochen?«, fragte Patrick, als könnte er ihre Gedanken lesen.

»Nicht richtig. Irgendwie schaffe ich es einfach nicht. Jetzt ist es schon ein ganzes Jahr her, und der Mensch, der das getan hat, lebt weiter, als wäre nichts geschehen, während ich am Grab meines Zwölfjährigen stehe. Ich gebe meinem Mann die Schuld daran – oder nehme ihm zumindest übel, dass er nicht herausfindet, wer es war. Mir ist klar, wie irrational das ist und dass ich nicht so denken sollte, weil ich ihn damit verletze. Trotzdem komme ich irgendwie nicht darüber hinweg. Er fängt alle möglichen Verbrecher, aber diesen einen erwischt er nicht. Begreift er denn nicht, dass dieser eine der einzige ist, auf den es ankommt?« Mittlerweile schnürte es ihr richtig die Kehle zu, und nur mit Mühe unterdrückte sie ein Schluchzen. »Ich weiß, dass er nichts dafür kann und dass es für ihn genauso schlimm ist wie für mich. Trotzdem schaffe ich es nicht, mit ihm gemeinsam zu trauern. Ich muss mit meiner Trauer allein sein.«

»Du stehst das schon durch«, antwortete Patrick sanft, »genau wie alles andere braucht es seine Zeit, aber du *schaffst* das.«

»Ich bin mir da nicht so sicher. Wirklich, Pad, ich bin mir da nicht so sicher.«

»Du schaffst das, Eva, das verspreche ich dir. Du musst dir nur die Zeit zugestehen, die dafür nötig ist.«

»Das geht doch nun schon sechs Monate so«, rief sie ihm ins Gedächtnis. »Moss ist kurz vor dem Prozess gegen Conor Maggs ausgezogen, und die ... die Wahrheit ist, dass ich gar nicht mehr so recht weiß, was ich will. Ich weiß nicht, ob es von dort, wo wir inzwischen stehen, überhaupt noch einen Weg zurück gibt.«

Während sie ins Wohnzimmer hinüberging, erhaschte sie einen weiteren Blick auf ihr Spiegelbild im Fenster. »Ich hasse mich für das, was ich den Mädchen damit antue«, fuhr sie fort, »ich meine, zusätzlich zu Dannys Tod und alledem. Aber ich kann einfach nicht anders.« Mittlerweile konnte sie die Tränen kaum noch zurückhalten.

»Ich überlege sogar schon«, fügte sie zögernd hinzu, »ob ich nicht nach Kerry zurückgehen soll.«

Es dauerte einen Moment, ehe er antwortete. »Wirklich?«

»Da sind meine Mam und meine Schwestern, und nach allem, was hier passiert ist, komme ich mit Dublin nicht mehr zurecht.«

»Und was ist mit Moss?«

»Ich weiß es nicht. Vielleicht lassen wir uns scheiden.«

So, nun war es raus: Endlich hatte sie ausgesprochen, was sie schon die ganze Zeit dachte. Mehr aber konnte sie an diesem Abend nicht dazu sagen. Nachdem sie sich von Paddy verabschiedet und aufgelegt hatte, trat sie ans Fenster. In dem dunklen Glas wirkte sie wie eine zerbrechliche Statue. Sie konnte nur noch an ihren Sohn denken. Obwohl sie zwei Töchter hatte, die sie dringender brauchten denn je, sah sie nur noch Danny.

Sie konnte ihn nicht so zurücklassen. Auf keinen Fall konnte sie ihn so allein lassen – nicht ohne ein paar Worte und nicht ausgerechnet an diesem Tag: Am Nachmittag hatten sie keine Zeit füreinander gehabt, und es gab so vieles, was sie ihm sagen wollte.

Im Schutz der Dunkelheit stand er auf der anderen Straßenseite, wie er ein paar Stunden zuvor zwischen den Grabsteinen gestanden hatte. Über der Stadt waren die Wolken aufgerissen, und Mondlicht ergoss sich auf den schmutzigen Gehsteig. Wasserpfützen säumten die Randsteine, wie sich auch entlang der Friedhofswege Pfützen gebildet hatten. Er hatte beobachtet, wie sie mit den Leuten umging. Obwohl sie es gegenüber niemandem an Höflichkeit oder Freundlichkeit mangeln ließ, wusste er, wie verzweifelt sie war. Er hatte sie zusammen mit ihrem Mann gesehen, zusammen und doch getrennt. Die Distanz zwischen den beiden war fast greifbar gewesen.

Nun betrachtete er ihre Silhouette im Wohnzimmerfenster.

Eva hasste sich selbst dafür, dass sie die Mädchen allein ließ, aber sie konnte diesen Tag nicht beschließen, ohne einen ungestörten Moment bei ihrem Sohn verbracht zu haben. Nachdem sie kurz gelauscht hatte, ob von oben etwas zu hören war, schnappte sie sich ihren Autoschlüssel und steuerte auf die Haustür zu.

Es hatte zu regnen aufgehört, doch die Luft war immer noch feucht, und die Allee lag im Dunkeln. Die dreistöckigen georgianischen Häuser standen Schulter an Schulter, grauer Stein und grauer Schiefer. Straßenlampen beleuchteten Treppen und Geländer, während die parkenden Autos halb von den dicken Stämmen der Kastanienbäume verdeckt wurden. Sie warf einen raschen Blick zu den Schlafzimmerfenstern ihrer Töchter hinauf: Sie würde nicht lange weg sein, höchstens eine halbe Stunde. In einer halben Stunde konnte nichts passieren. Hinterher fühlte sie sich bestimmt besser, und die Mädchen brauchten nie zu erfahren, dass sie überhaupt weg gewesen war. Während sie zu ihrem Wagen hinüberging, spürte sie trotzdem, dass es falsch war, sehr falsch sogar, und alles andere als rational. Beinahe hätte sie kehrtgemacht. Aber Danny rief sie zu sich. Ihr Sohn rief nach ihr, wie er nie zuvor nach ihr gerufen hatte.

Er sah, wie sie auf der Treppe kurz innehielt. Er beobachtete, wie sie in ihren Wagen stieg, den Motor anließ und mit einem kurzen Blick hinauf zu den Fenstern im ersten Stock die Scheinwerfer anschaltete. Dann fuhr sie aus der Parklücke, gab Gas und steuerte in schnellem Tempo auf die Hauptstraße zu. Ohne zu blinken, bog sie ab. Während er zwischen den Bäumen hervortrat, blieb sein Blick am Haus hängen: Oben war alles dunkel, unten aus der Diele fiel Licht.

Sonntag, 31. August
21:45 Uhr

In den Räumen der Kriminalpolizei brannte noch Licht. Am Harcourt Square, südlich des Flusses, saß der neununddreißigjährige Inspector Moss Quinn im fünften Stock über seinen Schreibtisch gebeugt. Er war etwa eins fünfundachtzig groß – ein, zwei Zentimeter hin oder her –, schlank gebaut und an den Schläfen bereits grau meliert. Er trug einen Armani-Anzug. Seinen Krawattenknoten hatte er gelöst, und an den offenen Manschetten seines Hemds hingen goldene Knöpfe.

An diesem Sonntagabend befand sich außer ihm kein anderer Detective mehr in den Räumen. Während er dort im Halbdunkel saß, sah er wieder Eva auf dem Friedhof vor sich: wie hager und hoffnungslos sie gewirkt hatte, die Leere in ihren Augen. Energisch rief er sich ins Gedächtnis, dass er hergekommen war, um die Akten miteinander zu vergleichen: fünf Frauen – fünf alleinerziehende Mütter, die verschwunden waren und ihre Kinder zurückgelassen hatten. Die Fälle reichten zum Teil sechs Jahre zurück, bis hin zu Janice Long und Karen Brady. Morgen würden er und Detective Murphy deswegen vorübergehend sogar zu einer neuen Einheit in Naas wechseln. Seit dem Scheitern des jüngsten Frauenmordprozesses waren im Dáil – dem irischen Unterhaus – Fragen laut geworden. Zum ersten Mal war Quinns Werdegang öffentlich unter die Lupe genommen worden. Was ihm nicht gefallen hatte. Nein, ganz und gar nicht. Nun aber bekam er vielleicht die Chance, seinen Ruf wiederherzustellen. Um es mit den Worten des Justizministers auszudrücken: Es war an der Zeit, dass diese fünf Frauen endlich die letzte Ruhe fanden.

Auf Quinns Schreibtisch lag noch eine weitere Akte – jener Fall, der ihn jüngst in die Schlagzeilen gebracht hatte. Murphy hatte vor zwei Tagen nach der Akte gefragt, was ihm aber erst beim Anblick der Halskette, die seine Frau an diesem Vormittag getragen hatte, wieder eingefallen war. Nachdenklich blätterte er die Akte durch, das Kinn auf die Faust gestützt. In der Nacht des Musikfestivals in Listowel war Mary Harrington verschwunden. Die Frau war langsam verdurstet, und Conor Maggs hatte den Mord gestanden.

Quinn lehnte sich mit verschränkten Armen zurück. Er brauchte die Worte nicht zu lesen, denn er konnte sie wieder hören – so deutlich wie damals während des Mordprozesses, als der Angeklagte seine Aussage machte, nachdem sein Verteidiger ihm die Seiten gereicht und ihn aufgefordert hatte, sie laut vorzulesen.

Conor Maggs' Geständnis
Oberster Strafgerichtshof, Dublin
Montag, 15. April
14:00 Uhr

Einen Moment lang saß Maggs einfach nur da. Erst sah er Quinn an, dann fixierte er Sergeant Doyle. Als er schließlich zu sprechen begann, fuhr er sich ständig nervös mit der Zunge über die Lippen, und die Hand, mit der er die Seite hielt, zitterte leicht.

Vor dem Laden an der Ecke habe ich sie angesprochen. Sie kam aus Jett O'Carroll's Pub und schwankte mir entgegen, auf hohen Hacken, die aussahen, als würde sie sich damit jeden Moment den Knöchel verstauchen. Kurz darauf sah ich sie ein weiteres Mal: im Schatten der Anwaltskanzlei, wo sie gerade versuchte, sich eine Zigarette anzuzünden.

»Hallo«, sagte ich, »du schon wieder. Wir beide laufen uns heute ständig über den Weg.«

Sie blickte von dem flackernden Zündholz hoch und musterte mich mit zusammengekniffenen Augen.

»Ein Stück weiter vorne. Erinnerst du dich? Du bist gegen mich geknallt und musstest dich kurz auf ein Fensterbrett setzen.«

»Ach, wirklich?«, murmelte sie.

»Du hattest dich gerade mit deiner Freundin gestritten.«

»Was du nicht sagst! Und wenn schon? Was geht dich das an?« Sie sah aus, als würde sie gleich vornüberkippen. Ich griff nach ihrer Hand, um sie zu stützen. Sie starrte mich an, blinzelte ein paar Mal langsam, zog die Hand aber nicht weg. Als ich noch einen Schritt näher trat, konnte ich ihr Parfum riechen und oberhalb ihrer Schlüsselbeine den Schweiß auf ihrer Haut glänzen sehen.

»Wie heißt du?«, fragte ich sie.

»Mary.«

»Ich bin Conor«, antwortete ich und lächelte sie an. Ich hielt noch immer ihre Hand. Nachdem ich ihre Handfläche nach oben gedreht hatte, studierte ich die Linien ihrer Haut. »Weißt du, dass du eine sehr lange Liebeslinie hast? Hat dir das schon mal jemand gesagt? Sie ist wirklich stark, schau!« Nach einer kurzen Pause fügte ich hinzu: »Deine Lebenslinie ist allerdings ein wenig kurz geraten.«

Sie zog die Hand weg, machte jedoch keine Anstalten zu gehen, sondern blieb einfach stehen und rauchte ihre Zigarette weiter.

Ich ließ den Blick über den Platz schweifen, hinüber zu

dem großen Festzelt, wo gerade eine Band spielte. »Mir reicht es von der Musik«, erklärte ich. »Ich bin schon den ganzen Abend hier. Und du? Lust auf einen Ortswechsel?«

Mary zuckte mit den Achseln.

»Nachdem du dich mit deiner Freundin gestritten hast, sollte ich dich zum Trost vielleicht irgendwo hinchauffieren.«

»Wohin denn?«

»Keine Ahnung, vielleicht zum Strand. Was meinst du? Wir könnten nach Ballybunion fahren und aufs Meer hinausschauen.«

Sie dachte einen Moment über meinen Vorschlag nach. »Hast du denn überhaupt ein Auto?«

Was für eine Frage! Lieber Himmel, ich hatte einen Ford Granada: einen Wagen wie ihn Jack Regan in der alten Fernsehserie »The Sweeney« gefahren hatte – mit silberfarbenem Lack, schwarzem Vinyldach und perfekter Polsterung. Er stand gleich um die Ecke in einer Seitenstraße. Nachdem ich sie dort auf den Beifahrersitz gepackt hatte, ließ ich den Motor an und brauste mit ihr in Richtung Küste.

Etwa auf halber Strecke öffnete sie ihr Fenster einen Spalt, nahm das Päckchen Zigaretten aus der Tasche und zündete sich eine an.

Ich bekam eine Riesenwut. Dieses ewige Rauchen finde ich schrecklich, ja, ich hasse es richtig. Sie hatte nicht mal gefragt. Dabei lasse ich in meinem Wagen grundsätzlich niemanden rauchen. Vor lauter Zorn traten meine Knöchel weiß hervor, während ich starr geradeaus blickte. Sie sagte kein Wort, sondern saß nur da und zog an ihrem Glimmstengel, als würde sie daran saugen. Aus den Augenwinkeln sah ich Asche auf den Sitz rieseln.

Es war, als hätte mir jemand eine Ohrfeige verpasst. Ich spürte, wie mich ein Zittern durchlief, und biss die Zähne zusammen.

Rasch bremste ich ab und hielt nach einer Gelegenheit zum Wenden Ausschau.

»Ich dachte, du wolltest mit mir zum Strand«, sagte sie.

»Es ist zu weit, die Zeit reicht nicht aus. Ich halte einfach irgendwo an, dann können wir uns den Mond ansehen oder so.«

»Den Mond«, wiederholte sie, während sie die Asche von ihrer Zigarette schnippte. »Was versprichst du dir davon, den Mond anzuschauen?«

Die Asche landete auf der Fußmatte. Ich bog in einen Feldweg ein. Nach etwa hundert Metern wurde er etwas breiter und endete vor einem Tor, das aus fünf Holzpfosten bestand. Nachdem ich seitlich rangefahren war, schaltete ich den Motor aus. Keiner von uns beiden sagte etwas. Ich ließ mein Fenster herunter und stützte den Ellbogen auf die Kante.

»Komm«, sagte ich schließlich, »lass uns ein wenig frische Luft schnappen. Du hast einiges intus, und das Letzte, was ich jetzt brauche, ist eine Besoffene, die mir den Wagen vollkotzt.«

Mit diesen Worten stieg ich aus, ging um den Wagen herum, öffnete die Beifahrertür und griff nach ihrer Hand, um ihr herauszuhelfen.

Schwankend lehnte sie sich an mich, weil ihre Absätze zwischen den Steinen des Weges hängen blieben. Ich führte sie zu dem Tor, und sie lehnte sich dagegen. Noch immer saugte sie an ihrer Zigarette. Ohne nachzudenken, blies sie mir eine Rauchwolke ins Gesicht.

Angewidert drehte ich den Kopf weg. Ich blickte für einen Moment zu Boden, dann zum Himmel hinauf. Der Mond leuchtete hell, auch wenn am Himmel einzelne Wolkenfetzen vorbeizogen. Ich trat vor sie hin und legte die Hände an ihre Taille. Meine Beine platzierte ich rechts und links von ihr. Dann küsste ich sie. Sie schmeckte nach Zigaretten. Das erinnerte mich an meine Mutter.

Sie verschränkte die Finger in meinem Nacken und versuch-

te nun ihrerseits, mich zu küssen, doch ich wich zurück. Alles, was ich schmecken und riechen konnte, waren Zigaretten.

»Geht es dir nicht gut?«, fragte sie. »Was ist los mit dir?«

Ich gab ihr keine Antwort. Mein Blick schweifte über die Felder. In der Ferne funkelten die Lichter eines Hauses.

»Was ist los?«, wiederholte sie lallend. »Wie war noch mal dein Name? Colin, oder? Mist, ich kann mich nicht mehr erinnern.« Sie kicherte. »Was hast du, Colin? Wartet deine Freundin auf dich oder so was in der Art?«

Ich gab ihr noch immer keine Antwort, sondern starrte sie nur an.

»Lass uns zurückfahren«, sagte sie. »Was soll's, zum Strand haben wir es sowieso nicht geschafft, und eigentlich bist du auch gar nicht mein Typ.«

»Wir können nicht zurück«, erwiderte ich.

»Was soll das heißen, wir können nicht zurück? Natürlich können wir. Bring mich zurück, Colin. Nun komm schon, lass uns zurückfahren und noch ein bisschen Musik hören.«

»Ich heiße Conor, kapiert? Mein Name ist Conor, nicht Colin!«

In ihren Augen blitzte irgendetwas auf. Mittlerweile hatte sie beide Hände gegen meine Brust gestemmt, und ich spürte ihre plötzliche Nervosität. Ich deutete über ihren Kopf.

»Schau doch mal zum Mond hinauf! Siehst du denn nicht, wie schön er ist?« Statt nach oben zu blicken, starrte sie mich an. Aus ihren Augen sprach Unsicherheit, vielleicht auch aufkeimende Angst.

»Ich möchte zurück«, erklärte sie. »Meine Freundinnen warten auf mich. Sie fragen sich bestimmt schon, wo ich abgeblieben bin.«

»Nein, das tun sie nicht. Ich habe doch gesehen, dass ihr euch gestritten habt.«

Mittlerweile hielt ich sie fest an das Holztor gedrückt, wäh-

rend sie versuchte, mich wegzuschieben – erst mit den Händen, dann mit den Ellbogen.

Aber ich wich keinen Millimeter zurück. Mit einer schnellen Bewegung drehte ich sie um und ließ sie mit dem Gesicht gegen das Tor krachen. Sie schrie auf. Ich hielt ihr den Mund zu und zerrte sie zu Boden. Sie hatte mittlerweile panische Angst. Ich merkte es an ihren schreckgeweiteten Augen und ihrem aufgerissenen Mund. An ihren Zähnen war Blut. Vergeblich versuchte sie zu schreien. Ich lag quer über ihr, doch irgendwie schaffte sie es, mich abzuschütteln. Ehe sie mir entwischen konnte, packte ich sie am Bein, zog sie zurück und schlug ihr ins Gesicht.

Inzwischen weinte sie. Als sie erneut zu schreien versuchte, schob ich ihr meinen Handballen in den Mund. Nun hatte ich sie, wo ich sie haben wollte: ausgestreckt unter mir. Aber ich begehrte sie nicht mehr. Ich empfand keinerlei Verlangen. Was ich sehr wohl empfand, war Hass: Ich hasste sie wegen ihres Aussehens und wegen der Art, wie sie mich an der Nase herumgeführt hatte. Ich hasste sie, weil sie sich eine Zigarette angezündet und die Asche in meinem Auto fallen gelassen hatte.

Quinn atmete an seinem Schreibtisch tief durch. Ihm war gar nicht bewusst gewesen, dass er die Luft angehalten hatte. Vor seinem geistigen Auge sah er Maggs wieder auf der Anklagebank sitzen: dunkles Haar, dunkle Augen, die Schultern hochgezogen wie ein Kind. Quinn hatte seine Eigenarten genau studiert, jeden Gesichtsausdruck und jede Bewegung registriert. Er wusste noch genau, was ihm damals durch den Kopf gegangen war: Egal, was dieser Mann dem Gericht zu vermitteln versuchte, ein Teil von ihm genoss das Ganze. Er stand im Zentrum der Aufmerksamkeit und las mit so viel Nachdruck und Leidenschaft diese Zeilen vor, dass alle Blicke auf ihn gerichtet waren, einschließlich dem von Eva, die auf einem der Zuschauerplätze saß und die Kette um den Hals trug, die Maggs ihr geschenkt hatte.

Ich genoss jeden Moment. Nachdem ich ihr den Gürtel um den Hals gelegt hatte, konnte ich genau steuern, wie fest ich zog, und sie ganz langsam ersticken lassen. Es war unglaublich, welche Macht einem das verlieh: das Leben eines anderen Menschen auszulöschen. Ein überwältigendes Gefühl. Ich zog den Gürtel fester – so fest, dass meine Knöchel weiß hervortraten, ehe ich wieder locker ließ. Ein kurzes Keuchen, und ihr Körper bäumte sich auf. Sie zuckte wie ein Hühnchen, dem gerade der Kopf abgeschlagen wurde. Das fand ich wirklich faszinierend: Wenn sie keinen Sauerstoff mehr erwischte, wurde sie nicht einfach schlaff, sondern bekam eine Art Anfall. Ich merkte, was für ein Gefühl von Frieden mich plötzlich durchströmte. Eine stille Hochstimmung breitete sich in mir aus. Dies war die Krönung überhaupt: Macht ohne Verantwortung.

Ich ließ mich auf den Rücken sinken und starrte zum Himmel hinauf. Die Milchstraße war deutlich zu sehen: Dunstverhangene Sterne, versammelt wie Seelen, schnitten einen Streifen durchs Firmament. Ich bin kein Schriftsteller, doch während ich dort so lag, hatte ich das Gefühl, ein Gedicht verfassen zu können. Inspiriert von der Stille, dem Mond über mir und der salzigen Luft, die vom Meer herbeiwehte.

Ich stand auf und holte Klebeband aus dem Kofferraum. Sie lag noch da, wo ich sie zurückgelassen hatte. Einen Moment dachte ich, sie wäre tot. Aber das konnte nicht sein. Zumindest noch nicht. Als ich mich über sie beugte, spürte ich ihren Atem an der Wange. Erleichtert riss ich ein Stück von dem Band ab und klebte es ihr über den Mund. Ich wollte nicht, dass sie irgendwelchen Lärm machte, wenn sie wieder zu sich kam, ich wollte jedoch auch nicht, dass sie starb. Deswegen ließ ich ihre Nasenlöcher frei. Als sie schließlich mit gefesselten Füßen und

Händen neben mir in der Dunkelheit lag, nahm ich mir etwas Zeit zum Nachdenken.

Ich kannte diesen Teil des Landes ziemlich gut, so dass ich nicht lange brauchte, um zu entscheiden, wohin ich sie bringen würde. Es begann zu regnen. Rasch lud ich sie in den Kofferraum. Dann blieb ich für einen Moment mit geschlossenen Augen stehen und ließ die Wassertropfen über mein Gesicht laufen, ehe ich einstieg. Der Mond war inzwischen hinter den Wolken verschwunden.

Nachdem ich den Motor angelassen hatte, schaltete ich die Scheinwerfer an, wendete und fuhr zurück in Richtung Hauptstraße. Mein Ziel waren Ballylongford und das Land der O'Connors, die Ruinen von Lislaughtin Abbey. Jenseits des Feldes ragte der alte Turm von Carrigafoyle auf, einer Festung, von der die O'Connors behauptet hatten, sie sei uneinnehmbar. Im Jahre 1580 aber hatte William Pelham sie in Schutt und Asche gelegt, indem er kleine Kanonen und andere Geschosse einsetzte, die von englischen, in der Bucht ankernden Schiffen abgefeuert wurden.

Nicht weit von dem Turm lag ein halb verfallenes Cottage, wie es viele entlang des River Shannon gibt. Es war langgezogen und niedrig. Niemand kam dort mehr hin. Ich parkte vor einem Tor ganz in der Nähe von Jimmy Hanrahans Haus. Jimmy lebte dort mit seinem Vater. Ich hatte Jimmy auf dem Musikfestival gesehen, allerdings ohne seinen Vater. Jimmys alter Herr verließ kaum noch das Haus. Seine Frau hatte sich in die Flussmündung gestürzt, nachdem Jimmy angeklagt worden war, eine alte Frau halb tot geschlagen zu haben. Seitdem sah der arme alte Narr in seiner Küche nur noch Tote.

Als ich sie aus dem Kofferraum hob, war sie immer noch bewusstlos. Ich hatte sie teilweise in eine Plastikplane gehüllt, von der meine Hände immer wieder abrutschten. Ich schob das Tor auf und machte mich auf den Weg über eine morasti-

ge Wiese, die zu steinigen Ufern und dunklem Wasser abfiel. Plötzlich kam sie zu sich und wand sich wie ein Wurm. Ich verpasste ihr eine Ohrfeige. Sie war schwer, und der einsetzende Regen machte die Plastikplane glitschig wie Öl, so dass ich ohnehin Mühe hatte, sie zu halten. In halb gebückter Haltung kämpfte ich mich etwa hundert Meter das Ufer entlang.

Klatschnass und vor Anstrengung keuchend erreichte ich schließlich das Cottage. Ich konnte von dort aus die Ruine des Turms sehen und dahinter die Überreste von Lislaughtin Abbey.

Das Cottage hatte kein Dach mehr, die Querbalken zeichneten sich schwarz vor dem Nachthimmel ab. Ich war so erschöpft, dass sich meine Beine ganz weich anfühlten. Drinnen dauerte es einen Moment, bis sich meine Augen an die Dunkelheit gewöhnt hatten. Sie versuchte zu schreien, doch durch das Klebeband drangen nur gedämpfte Laute. Außerdem war sowieso niemand da, der sie hätte hören können. Es gab drei Räume, von denen einer erst im Nachhinein angefügt worden war, als Toilette oder vielleicht als kleine Küche. Ich betrachtete die Böden. An den Holzdielen klebten zum Teil alte Teppiche, zum Teil Streifen verrotteten Linoleums. Viele der Dielen waren ebenfalls schon halb verfault und die Nägel, die sie an Ort und Stelle hielten, verrostet. Als ich ein paar davon hochzog und in die Dunkelheit darunter fasste, stellte ich fest, dass es dort einen etwa zwei Fuß tiefen Hohlraum gab. Das war für meine Zwecke perfekt: Eine Leiche konnte dort verrotten, ohne dass je ein Mensch etwas davon mitbekam. Ich brach an den Stellen, wo es nötig war, Dielen heraus und legte sie zur Seite. Nach einer Weile war das Loch groß genug. Dann blickte ich ihr in die Augen. Was ich dort sah, war Entsetzen, reines und tiefstes Entsetzen. Ihre Angst erregte mich.

Ich ließ sie in das Loch gleiten und schob und drückte so lange, bis sie richtig feststeckte und sich nicht mehr rühren *konnte. Niemand würde sie hier schreien hören. Als ich sie schließlich mit ein paar Dielen und den stinkenden Teppichresten zudeckte, achtete ich darauf, dass sie trotzdem noch genug Luft zum Atmen bekam.*

Ein paar Stunden später fuhr ich tatsächlich nach Ballybunion, nur dieses Mal mit einer sturzbetrunkenen Frau namens Molly Parkinson auf dem Beifahrersitz. Sie hatte die Augen geschlossen und den Kopf gegen das Fenster gelehnt. Molly war eine Friseuse aus Dublin. Sie hatte mir die Haare geschnitten, und seit ein paar Wochen waren wir zusammen. Ich hatte einen Wohnwagen mit Blick auf die beiden Strände gemietet, wo früher Männlein und Weiblein getrennt voneinander badeten.

Molly war praktisch bewusstlos, so dass ich sie hineintragen musste. Im hinteren Teil des Wohnwagens, der durch einen Raumteiler vom Wohnbereich abgetrennt war, befand sich ein Doppelbett. Molly murmelte, sie wolle noch einen Drink, erhob aber keine Einwände, als ich ihr sagte, sie habe schon genug intus. Während ich sie auszog, bewegte sie sich kaum.

Plötzlich geriet mein Blut derart in Wallung, dass ich sie nahm, sobald sie nackt war. Hinterher setzte ich mich auf die Treppe unter dem Vordach, auf das der Regen prasselte, und trank genüsslich eine halbe Flasche Wein. Die Wohnwagentür stand offen. Molly blieb im Bett liegen. Ich hatte sie schon des Öfteren betrunken erlebt und wusste, dass sie am nächsten Morgen schrecklich verkatert sein würde. Während der letzten paar Stunden hatte sie einen völligen Filmriss gehabt. Es war das perfekte Alibi: Wenn sie wieder aufwachte, würde sie keinerlei Erinnerung an die Ereignisse der Nacht haben. Ich konnte ihr erzählen, dass sie nackt durch die Straßen getanzt war, und sie würde mir glauben. Ich brauchte nur zu behaupten, dass wir zusammen gewesen waren. Das Ganze würde ihr derart peinlich sein, dass sie mit Sicherheit jede Aussage von mir bestätigte.

Sonntag, 31. August
22:05 Uhr

Danny war auf dem Glasnevin-Friedhof begraben, nicht weit vom Botanischen Garten. Eva musste zunächst durch das Wohngebiet westlich von Dalcassian Downs und dann über die kleine Brücke, die vor lauter Bäumen kaum zu sehen war.

Das Licht ihrer Scheinwerfer fiel für einen kurzen Moment auf die Eisenbahnschienen, ehe die ersten Gräber in Sicht kamen. Eva ließ das Auto stehen und ging zu Fuß weiter. Flankiert von Grabsteinen marschierte sie bis zu dem Weg, der in die südöstliche Ecke des Friedhofs führte. Dort schnitt zunächst die Eisenbahnlinie zwischen den Bäumen hindurch, und erst dann kam der Kanal, aber das Grab lag dennoch so nahe wie möglich am Wasser. Danny hatte den Kanal geliebt.

Während sie dort in der Dunkelheit die Straßenbahn nach Luas und die Autos drüben auf der Finglas Road dahinrauschen hörte, zögerte Eva erneut. Mit einem unguten Gefühl dachte sie an ihre beiden Mädchen. Sie hätte sie auf keinen Fall allein im Haus zurücklassen sollen. Was deren Vater wohl sagen würde, wenn er davon wüsste? Ob er Verständnis hätte?

Sie hätte sie nicht allein lassen sollen. Aber die beiden schliefen, im Kamin brannte kein Feuer, und hinein konnte auch niemand. In dem Moment wurde ihr klar, dass sie nicht einmal ein Telefon mitgenommen hatte, geschweige denn eine Tasche. Ihr Handy steckte in ihrer Handtasche, und die lag auf dem Tisch in der Diele.

Zögernd wandte sie sich halb um und blickte über die Reihen derer, die hier auf dem Friedhof schliefen, zurück zu dem dunklen Fleck, der ihr Auto sein musste.

Versteckt zwischen den Bäumen lauschte er ihren Schritten. Als sie innehielt, konnte er sich genau vorstellen, was ihr durch den Kopf ging: dass die Kinder zu Hause allein waren. Sie waren allein, weil ihr Vater nicht mehr bei ihnen wohnte. Würde er noch zur Familie gehören, dann fiele nichts von dem, was sie hier gerade tat, ins Gewicht. Ihre Anwesenheit ließ seine Schläfen pochen. Er wusste, dass ihr Sohn nach ihr rief und dass sie, nachdem sie nun schon so weit gegangen war, nicht zurück nach Hause eilen würde.

Während Eva auf die Blumen hinunterblickte, unter denen die weißen Steinchen, die sein Grab bedeckten, kaum noch zu sehen waren, stellte sie sich das Gesicht ihres Sohnes vor. Sie sah ihn in seinem Zimmer, mit einem Rugby-Ball. Wie er sich gerade für die Schule fertig machte.

Obwohl der Boden vom langen Regen matschig war, ließ sie sich auf die Knie sinken. Die vielen Blumen! Ein Jahr war es nun her, und so viele Leute wollten auf diese Weise seiner gedenken.

Noch immer beobachtete er sie, wenn auch inzwischen nicht mehr zwischen den Bäumen versteckt. Er stand direkt hinter ihr. Völlig lautlos.

Sie wirkte so klein und mitleiderregend. Sie ließ die Schultern hängen, als wäre ihr die Last des vergangenen Jahres zu schwer geworden. Als er sie schließlich ansprach, flüsterte er nur: »Eva.«

Das Geräusch war direkt hinter ihr. Es kam so plötzlich und überraschend, dass Eva vor Schreck aufschrie. Bevor sie sich von der Stelle bewegen konnte, spürte sie eine Hand auf der Schulter und eine zweite auf ihrem Mund. Sie landete bäuchlings auf dem Grab. Dann warf er sich auf sie. An ihrem Mund spürte sie jetzt die Blumen, an der Wange die scharfkantigen Steinchen. Als er sie auf den Rücken rollte, riss sie die Hände hoch: »Bitte«, rief sie, »bitte nicht! Bitte, was wollen Sie von mir?«

»Keinen Laut!«, zischte er. Seine Worte waren nur ein kehliges Krächzen, doch irgendetwas sagte ihr, dass sie die Stimme schon einmal gehört hatte. »Kein Wort jetzt, oder ich bringe dich um.« Erneut hielt er ihr den Mund zu, während sein formloser Kopf sich dicht über sie beugte. »Ich trete dir sonst den Schädel ein, hörst du? Genau hier, auf dem Grab deines Sohnes, trete ich dir den Schädel ein.«

Sie sah nur einen Schatten. Wer auch immer das sein mochte – dort, wo eigentlich sein Gesicht sein sollte, war kein heller Fleck. Alles an ihm wirkte dunkel, offenbar trug er eine Maske.

Sie lag da, seine Faust zwischen den Zähnen, so dass sie nur ein erbärmliches Gurgeln herausbekam. Bewegen konnte sie sich auch nicht. Sie fühlte sich wie gelähmt, als würde ihr das Blut in den Adern stocken. Dann schienen ihre Muskeln plötzlich zu neuem Leben zu erwachen, und sie versuchte sich aufzurichten. Mit einer heftigen Bewegung stieß er sie zurück auf den Boden. Sie trat nach ihm, woraufhin er ihr auf den Mund schlug. Erneut warf er sich auf sie und starrte sie durch die schmalen Sehschlitze einer Skimaske an. Die Angst in ihren Augen erregte ihn. Er drückte seine Lippen auf die ihren.

Er konnte nicht anders – Lust überkam ihn. Er küsste sie durch die Maske hindurch. Als er dort, wo er ihr die Lippe aufgeschlagen hatte, Blut schmeckte, verdrehte er die Augen, packte eine Handvoll von ihrem Haar und wischte sich damit das Blut von der Maske. In dem Moment sah er das goldene Funkeln an ihrem Hals.

Die Kette mit dem Anhänger: das heilige Herz Jesu, durch eine Dornenkrone zum Bluten gebracht. Sanft strich er mit dem Ballen seines Daumens ein paar Mal darüber. Dann riss er das Herz von der Kette.

Nachdem er es in eine Tasche gestopft hatte, zog er eine Rolle Klebeband heraus, riss einen Streifen ab, drehte Evas Kopf zur Seite und klebte ihr den Mund zu. Anschließend fesselte er sie mit dem Band an Händen und Füßen. Die Sterne waren inzwischen von Wolken verhüllt, und es begann zu regnen. Einen Moment lang sah er ihr ins Gesicht. Sie war jetzt völlig hilflos. Er entfernte sich ein paar Schritte und holte den Anhänger wieder heraus. Der Friedhof lag still und verlassen da, nur die Geister derer, die nicht schlafen konnten, nahmen von dem Geschehen Notiz.

Eva zitterte vor Angst, aber auch vor Abscheu. Sie empfand Abscheu vor sich selbst, weil sie zugelassen hatte, dass so etwas passieren konnte. Sie hätte Laura und Jessie nicht allein lassen dürfen. Verzweifelt starrte sie auf den Grabstein mit dem Namen ihres Sohnes, der hier unter der Erde lag. Die Tränen schnürten ihr die Kehle zu, so dass sie kaum noch Luft bekam. Rotz lief aus ihrer Nase über das Klebeband auf ihrem Mund. Sie hörte das schabende Geräusch von Leder auf Stein, dann war er wieder über ihr.

Ihre Tränen fühlten sich an wie Glassplitter. Sie konnte den Grabstein nicht mehr sehen und ebenso wenig das Gras oder die zerdrückten Blumen, auf denen er sich an sie presste.

Sonntag, 31. August
22:05 Uhr

Moss Quinn saß noch immer an seinem Schreibtisch und blätterte in den Seiten von Marys Akte.

Erneut fühlte er sich in den Gerichtssaal zurückversetzt und sah vor seinem geistigen Auge Conor Maggs, der mit gesenktem Kopf zu Ende las. Sehr langsam und bewusst legte Maggs das unterschriebene Geständnis an den Rand des Zeugenstands. Dann warf er einen raschen Blick zu Phelan, seinem Verteidiger, hinüber.

»Vielen Dank, Conor«, ergriff dieser das Wort.

Nachdem der Anwalt ein paar Sekunden lang die auf seinem Pult liegenden Notizen studiert hatte, wandte er sich den Geschworenen zu, sah jedem von ihnen einen Moment in die Augen und ließ den Blick dann weiterschweifen, vorbei am Vertreter der Staatsanwaltschaft bis hin zu der Stelle, wo die Beamten saßen, die den Fall vor Gericht gebracht hatten. Quinn spürte, wie das Gewicht dieses Blickes kurz auf ihm lastete, sich dann aber sofort auf Sergeant Doyle heftete. Doyle, der ursprünglich aus Kerry kam, war ein großer, kräftig gebauter Mann. Mit seinen fünfzig Jahren hatte er ein Gesicht wie aus altem Leder. Seine Augen leuchteten kobaltblau, und das kurzgeschnittene graue Haar stand ihm stachelig vom Kopf ab.

»Höchst poetisch«, stellte der Anwalt fest. »Fast schon kapriziös. Eine Geschichte, wie selbst Sean O'Casey sie nicht dramatischer hinbekommen hätte. Schließlich leben wir hier in der Geburtsstadt des großen irischen Dramatikers.« Er gestikulierte ausladend. »Eine moderne Juno. Ein wahrer Odysseus.« Plötzlich verdunkelte sich seine Miene beträchtlich. »Wie auch immer man das Ganze beschreiben will, es handelt sich um reine Fiktion!«

Ein paar Momente war im Gerichtssaal kein Geräusch zu hören. Niemand bewegte sich, niemand hustete. Es schien nicht einmal jemand zu atmen.

»Euer Ehren«, wandte sich Phelan an den Richter, »das sogenannte Geständnis wurde von einem eloquenten Polizisten geschrieben und die Unterschrift mit Gewalt erzwungen. Der Angeklagte wurde so oft und so schwer geschlagen, dass er schließlich Wort für Wort niederschrieb, was ihm gesagt wurde.« Wieder hielt er einen Moment inne, wobei er die Lippen zu einem schmalen Strich zusammenpresste. »Und anschließend wurde er genötigt, seine Unterschrift darunterzusetzen.«

Unbehagen machte sich im Zuschauerraum breit. Der Richter griff nach seinem Hammer. Doyle, der einen schnellen Blick zu Quinn hinüberwarf, wurde eine Spur blasser. Er hakte einen Finger in seinen Hemdkragen, als wäre er ihm plötzlich zu eng.

Phelan nahm eine Reihe von Fotografien von seinem Pult. Zusammen mit ärztlichen Berichten reichte er sie zur Richterbank vor. »Das hier sind die Aufnahmen, die im Krankenhaus gemacht wurden«, erklärte er, »und hier sind ein paar, die der Angeklagte vierundzwanzig Stunden vor seiner Verhaftung gemacht hat. Darauf können Sie deutlich sehen, dass sein Körper vor dem *Gespräch* mit den Polizeibeamten keine Spuren von Gewalt aufwies.« Eindringlich musterte er Doyle. Der wuchtige Mann hielt seinem Blick nicht stand, sondern sah stattdessen zu Quinn und Frank Maguire hinüber, die jedoch ihrerseits seinem Blick auswichen. »Conor wusste, dass die Beamten es auf ihn abgesehen hatten«, fuhr der Anwalt fort. »Seit Jahren suchten sie schon nach einem Vorwand, und Conor war klar, was passieren würde, sobald sie einen fanden.«

Der Verteidiger ließ seine Worte erst ein wenig nachwirken, ehe er sich erneut den Geschworenen zuwandte.

»So, Conor«, sagte er, »nun erzählen Sie dem Gericht doch mal genau, wie das abgelaufen ist. Und zwar diesmal mit Ihren eigenen Worten.«

Maggs wechselte die Sitzposition und riskierte dabei einen Blick in Richtung Doyle, der ihn mit finsterer Miene anstarrte. Maggs' Blick wirkte gehetzt, die Haut um seine Augen verknittert. Er wandte sich dem Zuschauerraum zu. Quinn sah, wie sein Blick an Eva hängen blieb. Einen langen Moment fixierte Maggs sie, dann schloss er die Augen und fuhr sich mit einer Hand übers Gesicht. Kopfschüttelnd zog er die Schultern hoch. Als er schließlich zu sprechen begann, klang seine Stimme zittrig.

»Die Metalltür stand einen Spalt offen«, begann er. »Zunächst bemerkte ich es gar nicht, und als es mir schließlich doch auffiel, musste ich erst ein zweites Mal hinsehen. Ich begriff nicht: Warum stand die Tür ein Stück offen? Sonst war sie immer entweder ganz geöffnet oder abgesperrt. Niemals stand sie nur einen Spalt offen. Hinzu kam die Stille. Diese Stille war ebenfalls neu und äußerst seltsam. Während ich auf dem schmalen Bett mit der dünnen Matratze und dem einen Kissen saß, gleich neben dem kleinen Waschbecken und der Toilette ohne Sitz, empfand ich die Stille plötzlich als richtig beängstigend. Es war Mitternacht, und ich war aufgewacht, weil durch die Tür ein Streifen Licht hereinfiel. Sie hatten nichts in der Hand, ich meine, keine Beweise, nicht die Spur von irgendetwas, das mich mit dem mir zur Last gelegten Verbrechen in Verbindung gebracht hätte. Trotzdem wollten sie es mir in die Schuhe schieben, sie brauchten mich als Täter – insbesondere Doyle mit seinem ganzen Hass, aber auch Quinn.

Und dann, als Bestätigung meiner schlimmsten Befürchtungen, hörte ich plötzlich die Schritte eines schweren Mannes. Ich wusste, wer es war. Nicht Quinn. Nein, der würde sich die Hände nicht schmutzig machen. Ich begann zu zittern. Dieser schreckliche Traum, aus dem ich nicht aufwachen konnte, entwickelte sich allmählich zu einem Alptraum. Mir war klar, was passieren würde, denn ich wusste, wie sie vorgingen, wenn sie nicht bekamen, was sie wollten. Ich konnte mir genau vorstellen, wie sie die Wahrheit verdrehen würden, ihre eigene Wahrheit schaffen würden, bis sie das Ergebnis hatten, das ihnen vorschwebte.

In dem Moment begriff ich, dass der Zellenblock leer war: Lieber Himmel, meine Zelle war die einzige, in der sich jemand befand. Niemand konnte mich hören, und niemand würde bezeugen können, was gleich passieren würde.

Schlagartig legte sich eine Last auf meine Blase. Ich hatte das Bedürfnis zu pinkeln. Bestimmt würde ich mir in die Hose machen. Ich wusste genau, dass es dazu kommen würde. Das Ganze war etwas Persönliches, war es schon immer gewesen.

Und da es so persönlich war, machte es mir Angst. Ich begann am ganzen Körper zu zittern und hörte mich wie ein kleines Kind wimmern.

Dann ging die Tür auf, und das schwache Licht, das aus dem Gang hereinfiel, wurde von einem Schatten verdrängt.«

Quinn, der sich das Ganze von seinem Platz aus anhörte, sah ihn erneut in den Zuschauerraum blicken. Dieses Mal aber galt Maggs' Blick Jane Finucane.

Während seiner Untersuchungshaft in Mountjoy hatte Maggs einen Brief an eine evangelische Glaubensgruppe in Harold's Cross geschrieben. Er hatte den Mitgliedern der Gemeinde berichtet, wie er, nachdem Doyle mit ihm fertig gewesen war, immer wieder kurzzeitig das Bewusstsein verloren habe, bis er schließlich mit einem Ruck aufwachte. Er behauptete, die Zelle sei in ein weißes Licht getaucht gewesen und Christus habe vor ihm gestanden. Er habe ihm, Maggs, zunächst die Male an seinen Händen und dann das Loch in seiner Seite gezeigt. Er habe ihm gesagt, er sei nicht allein. Quinn und seine Kollegen hatten davon gehört, wie Jane jenen Brief gelesen und Maggs anschließend besucht hatte. Seitdem waren die beiden ein Paar. In derselben Reihe wie Jane, wenn auch ein paar Plätze weiter und in sich zusammengesunken wie eine Lumpenpuppe, entdeckte Quinn Molly Parkinson, das Mädchen, das Maggs ursprünglich sein Alibi gegeben hatte.

Am Platz der Verteidigung hatte Phelan inzwischen wieder das Wort ergriffen. »Euer Ehren«, sagte er, »die Fotos belegen, dass mein Mandant so brutal geschlagen wurde, dass es ihm die Muskeln von den Rippen riss.«

Quinn sah, wie sich die Augen des Richters beim Betrachten der Bilder verdunkelten, während seine Nasenspitze weiß wurde. Quinn sah auch, wie Maggs seinerseits die Reaktion des Richters beobachtete: die Art, wie der Mann unter seiner gepuderten Perücke die Brauen zusammenzog; wie er Quinn und Frank Maguire betrachtete, Patricks Bruder, der die Ermittlungen geleitet hatte. Doyle saß da, als ginge ihn das alles nichts an, die kräftigen Finger auf dem Schoß verschränkt. Unter den Lampen des Gerichtssaals wirkte sein kurz geschorenes Haar fast durchsichtig. Seine Augen waren so leuchtend blau, wie die von Maggs pechschwarz waren. Maggs starrte ihn an.

»Nötigung, Euer Ehren«, stellte Phelan fest, »Nötigung, Brutalität, Folter.«

Quinn erhob sich von seinem Schreibtisch und schloss die Akte. Dank der ärztlichen Berichte und der Aufnahmen, die Maggs vor seiner Verhaftung und Befragung gemacht hatte, musste das Verfahren eingestellt werden. Der Richter übte heftige Kritik an Polizei und Staatsanwaltschaft, weil sie den Fall überhaupt vor Gericht gebracht hatten. Quinn konnte sich daran genauso lebhaft erinnern wie an Maggs im Zeugenstand.

Mit einem kalten Blick auf Doyle forderte der Richter eine Untersuchung.

Der Gerichtssaal leerte sich, doch Quinn blieb, wo er war. Auch Frank Maguire rührte sich nicht von der Stelle. Seine Haut hatte einen aschgrauen Ton angenommen. Wie sehr ihn die Situation anwiderte, stand ihm deutlich ins Gesicht geschrieben. Nur Doyle erhob sich. Er blieb einen Moment stehen, bis sein Mund sich nicht mehr ganz so trocken anfühlte. Dann machte er auf dem Absatz kehrt und stolzierte hinaus.

Phelan sammelte seine Unterlagen ein und warf dabei einen Blick zu Quinn hinüber. »Moss«, murmelte er, »was zum Teufel sollte denn das alles?« Er wandte sich an Maguire. »Und du, Frank, was hast du dir dabei gedacht, einen solchen Witz von einem Fall vor Gericht zu bringen? Ich gebe euch beiden einen guten Rat: An eurer Stelle würde ich dafür sorgen, dass Doyle in Pension geschickt wird, und zwar möglichst schnell.

Habt ihr denn nicht gewusst, dass wir inzwischen in Europa leben, Jungs? Schon eine ganze Weile.«

Draußen blieb Quinn stehen, weil Maggs gerade eine Erklärung an die Presse abgab. Er konnte die Liffey riechen, jenen besonderen Duft, der aus einer Brise Stadt und einer Brise Salz bestand, und vielleicht auch aus einer Brise Geschichte. Jane Finucane hielt Maggs' Hand, und auf der anderen Straßenseite lehnte Doyle an der Wand und starrte flussaufwärts.

»Nur ein paar kurze Worte noch«, verkündete Maggs gerade. »Das alles hat seinen Tribut gefordert, und ich möchte jetzt nur noch nach vorne schauen – und zwar so schnell wie möglich. Mein Leben hat sich verändert. Nichts ist mehr, wie es war. Was ich euch sagen möchte, ist Folgendes: Egal, wer ihr seid, und auch wenn ihr gerade in fürchterlichen Schwierigkeiten steckt, denkt immer daran, dass gleich um die Ecke ein Moment des Triumphes auf euch wartet. Ich hatte mit Marys Tod nichts zu tun, aber die Polizei hatte mich schon vor langer Zeit ins Visier genommen. Eigentlich sollte ich sie verklagen. Eigentlich sollte ich mir jeden Penny erstreiten, den ich von ihnen kriegen kann. Genau das rät mir mein Anwalt. Doch in jener Nacht in der Zelle ist der Herr selbst zu mir gekommen, und sein Leiden war viel schlimmer als alles, was ich durchgemacht hatte. Christus suchte keine Rache. Stattdessen spendete er seinen Feinden Trost. Er vergab ihnen.«

Maggs brach ab. Sein Blick schweifte die Straße entlang bis zu Doyle, der sich inzwischen umgedreht hatte und ihn beobachtete. »Ich möchte euch sagen, dass Gott lebendig und mitten unter uns ist. Ich weiß das, weil ich ihn mit eigenen Augen gesehen habe. Ich trage niemandem etwas nach und fordere keine Vergeltung. Ich vergebe Sergeant Doyle, was er mir angetan hat. Ich vergebe der Garda Síochána – einer Polizei, die vielleicht irregeleitet, aber nicht moralisch verderbt ist.«

Er umklammerte Janes Hand. »Diese Frau hat an mich geglaubt. Als ich ganz unten war, kam sie zu mir, und nun sind wir zusammen. Wir verlassen Irland. Wir wollen in London ein neues Leben beginnen. Meine Geschichte ist eine Heilsgeschichte, und ich habe nur noch den Wunsch, davon berichten zu können. Vielen Dank. Das ist alles.«

Nachdem Maggs geendet hatte, strömte die Meute der Reporter und Kameraleute zu Doyle hinüber. Er stand immer noch mit verschränkten Armen an derselben Stelle und starrte Maggs an. Dann wechselte er einen raschen Blick mit Quinn.

Zu den Reportern sagte er nichts, ihre Fragen ignorierte er einfach. Quinn beobachtete, wie er sich in Bewegung setzte und auf die O'Donovan Bridge zusteuerte, weg von den Kameras. Er hatte seinen Wagen auf der anderen Seite des Flusses stehen lassen. Zweifellos wollte er auf ein paar ruhige Bierchen ins Jocky O'Connell's an der Richmond Street. Quinn sah Maggs und Jane Finucane in einen Wagen steigen. Er sah Molly Parkinson mit bitterer Miene auf die Straße treten. Und er sah seine Frau einen Blick in seine Richtung werfen, ehe sie den Kopf einzog und zu der Ecke eilte, wo ein Taxi auf sie wartete.

Während Quinn mit den Händen in den Hosentaschen den Bürobereich der Detectives durchquerte, erschien vor seinem geistigen Auge Eva, wie sie an jenem Tag ausgesehen hatte. Plötzlich hatte er einen trockenen Mund. Sie wollte nichts mehr mit ihm zu tun haben, und er konnte nichts dagegen machen. Wenigstens hatte Maggs endgültig das Land verlassen: Er und seine neue Freundin waren nach London aufgebrochen, wie er es angekündigt hatte, um das Evangelium zu verbreiten – oder was auch immer sie dort vorhatten. Laut ein paar Kollegen, die Doyle bei der Londoner Polizei kannte, lebten die beiden in Muswell Hill.

Doyle war schon seit drei Jahrzehnten bei der Polizei. Er

hatte nie geheiratet und bewohnte seit zwanzig Jahren ein möbliertes Zimmer bei seiner Hauswirtin Mrs. Mulroney. Sein Leben bestand aus seinem Beruf, dem Pub, der Hunderennbahn – und den Straßen dieser alten Stadt, die schon so vieles gesehen hatten, von so vielen Menschen.

Am Fenster blieb Quinn einen Moment stehen. Seine Gedanken schweiften ab. Das Büro ging auf die Harcourt Street hinaus, und jenseits der Straße erstreckte sich St. Stephen's Green. Einen Steinwurf in Richtung Nordwesten lag Dublin Castle, von wo bis 1922 die Engländer regiert hatten. Quinn sinnierte einen Moment: In dem alten Gebäude war zur Zeit von Elizabeth I. der Erzbischof von Cashel gefoltert worden. Diejenigen, die ihn gefangen hielten, hatten einen Metallstiefel für sein Bein geformt, den sie dann mit Öl und Salz füllten und über einem offenen Feuer »kochten«.

Unten schob Sergeant Dunne Dienst. Dunne, der ursprünglich vom Land kam, war ein langjähriger Kumpel von Doyle. Ein ungepflegter Mann mit einem großen Bauch und einer glänzenden Glatze. Als Quinn die Sicherheitstür öffnete, blickte er hoch.

»Hast du gefunden, wonach du gesucht hast?«, fragte Dunne. »Dass du an einem Sonntagabend hier auftauchst ... Ich bin mir nicht sicher, ob das noch unter pflichtbewusst fällt oder vielleicht schon eher unter masochistisch.«

Quinn brachte ein gequältes Lächeln zustande. »Noch immer da, Davey? Wenn du es genau wissen willst, ich bin hergekommen, um nach einer Schachtel Kippen zu suchen, die ich hier versteckt habe, nachdem ich mir eingeredet hatte, es sei an der Zeit, damit aufzuhören.«

»Ich habe ein ganzes Jahr gebraucht, um aufzuhören«, bemerkte Dunne, »aber am Ende habe ich es doch geschafft.«

»Dann besteht für mich wohl noch Hoffnung? Gott sei Dank. Nacht, Davey.«

»Gute Nacht, Moss. Pass auf dich auf.«

Am Tor tastete Quinn in seiner Tasche nach den Zigaretten, aber vorher brauchte er einen Drink, und da gleich gegenüber seine Unterkunft lag, hatte es wenig Sinn, sich noch eine anzuzünden. Er musste ein paar Taxis vorbeizuckeln lassen, dann einen alten Mann und eine Handvoll Touristen. Dublin war inzwischen ein richtiger Touristenmagnet, und Quinn konnte die »Hereingeschneiten« schon aus einer Meile Entfernung erkennen. »Zu lange in einer Stadt«, sagte er sich. »Dein ganzes Leben an dem einen Ort ... das tut dir nicht gut, Moss.«

Als er endlich an der Theke des Garda-Clubs saß, bestellte er ein Guinness, und während sich der Schaum setzte, reichte der Barmann ihm ein kleines Glas Jameson. Quinn wiegte es in der Hand. Sein Handy lag auf der Theke, und ganz oben auf seiner Liste stand Murphys Nummer. Seine Handfläche juckte. Der Bierschaum hatte sich inzwischen gesenkt, und Quinn sah zu, wie Billy den Rest nachschenkte.

»Heute mal ohne Doyle?«, fragte Billy.

»Es ist Sonntag. Bei euch läuft keine Mucke, deswegen treibt sich der alte Bussard höchstwahrscheinlich in der Talbot Street herum.«

Quinn ließ sich das Guinness schmecken. Noch immer verspürte er den Drang, Murphy anzurufen. Billy wischte über die glänzende Theke, wendete das Geschirrtuch, das er über der Schulter hängen hatte, und wischte noch einmal nach.

»Stimmt es, dass ihr euch ein bisschen in die Haare geraten seid, Doyle und du? Nachdem der Fall in sämtlichen Zeitungen war, ist mir zu Ohren gekommen, dass es zwischen euch Streit gab.«

Quinn lehnte sich zurück. »Das war vor sechs Monaten, Billy. Aber ja, du hast recht, wir haben uns gestritten. Manchmal besitzt Doyle das Zartgefühl eines fliegenden Ziegelsteins, und auf diese Tatsache habe ich ihn aufmerksam gemacht, als wir uns nach ein paar Bierchen auf der Abbey Street gegenüberstanden.«

»Das habe ich gehört: dass ihr beide es euch gegeben habt. Daniel O'Connell hat alles gesehen.«

»Es ist nicht zu Handgreiflichkeiten gekommen, Billy. Ich bin nicht so blöd, mich mit dem alten Lumpenarsch zu prügeln.«

Er konnte dem Drang, Murphy anzurufen, kaum noch widerstehen. Sie war jung und attraktiv und genau wie er verheiratet. Seit die Sonderermittlungen in Naas angeordnet worden waren, hatten sie beide sehr eng zusammengearbeitet. Sie teilten sich den Wagen und manchmal auch den Schreibtisch, wenn sie Seite an Seite über den Akten jener fünf Vermissten brüteten. Bisher war er seiner Frau noch nie untreu gewesen und hatte auch nie vorgehabt, sie zu betrügen. Allerdings hätte er sich früher auch nie vorstellen können, dass er ein Jahr nach dem Tod seines Sohnes über dem Garda-Club wohnen würde.

Er ging hinaus, um eine zu rauchen. Gegen das Geländer gelehnt, blickte er zu dem flachen Dach der Dubliner Polizeizentrale hinüber. Es sah aus wie der Kopf eines Insekts, besetzt mit einer Vielzahl von Fühlern. In der Handfläche hielt er das Handy, auf dem noch immer Murphys Nummer zu sehen war. Während er jetzt an sie dachte, ließ sein Speichelfluss bereits etwas nach. Erst als er ihre Stimme hörte, wurde ihm bewusst, dass er die Nummer tatsächlich gewählt hatte.

»Hallo Moss.« Sie klang weich, warm und einladend.

Seine eigene Stimme klang gepresst. »Keira«, sagte er, »was machst du denn gerade?«

Als er die Ecke Harrington Street erreichte, stieg sie aus ihrem Wagen. Er registrierte ihr dunkles Haar und den Olivton ihrer Haut. Lächelnd sah sie ihm entgegen. Quinn wurde bewusst, dass er zitterte. Nachdem er sechs Monate lang versucht hatte, seine Ehe zu retten, empfand er die Vorstellung, gleich mit dieser Frau allein zu sein, plötzlich als sehr berauschend.

Alles war ruhig: Im Club war heute nichts los, keine Feier und auch kein brasilianischer Tanzabend – oder was der Samba-Sound, den er so oft hörte, sonst bedeuten mochte. Auf der anderen Straßenseite ragte St. Kevin's Church auf, und während sie beide dort zwischen herabgefallenem Herbstlaub standen, fing es zu regnen an.

»Was hast du deinem Mann gesagt?«, fragte er sie.

»Gar nichts. Er ist nicht da. Er ist mit seinem Bruder nach Wicklow gefahren, zum Golfen. Da sind sie schon das ganze Wochenende und kommen erst morgen wieder zurück. Ich wollte es eigentlich am Freitag erwähnen, als wir das Zeug für Naas gepackt haben, aber …«

Sie betraten das Gebäude durch die Seitentür. Quinn hatte das Gefühl, als wären seine Sinne plötzlich geschärft: Er konnte jedes Rascheln ihrer Kleidung wahrnehmen, ja sogar ihren Herzschlag hören, und während sie nun vor ihm herging, witterte er ihre Weiblichkeit wie einen Hauch duftender Spinnfäden. Sie trug Jeans und ein enganliegendes Oberteil. Zu sehen, wie sich der Jeansstoff um die Konturen ihrer Oberschenkel schmiegte, raubte ihm den Atem. An der Tür trat sie zur Seite, damit er den Schlüssel ins Schloss bekam. Dabei streifte sie ihn mit den Brüsten. Für einen Moment sah er seine Frau vor sich, doch sie hatte ihn ja von sich weggestoßen. Er musste auch an seinen Sohn denken, um den er nicht mit ihr trauern durfte.

Die Garda verfügte nur noch über diese eine Wohnung, bestehend aus Schlafraum, Wohnzimmer, Kochnische und Bad. Mehr war es nicht. Durch die offene Schlafzimmertür fiel Quinns Blick auf das ungemachte Bett.

Murphy ließ sich auf dem Sofa nieder und musterte ihn dabei so eindringlich, dass er es fast schon beunruhigend fand. Ihr Haar war streng zurückgebunden. Ihre goldenen Ohrringe durchstachen die Ohrläppchen jeweils genau in der Mitte. Quinn betrachtete sein Gegenüber nun auch ganz unverhohlen. Heimlich hatte er das schon seit Monaten getan. Irgendetwas an dieser Frau ließ ihn die Einsamkeit, die ihn zwölf Monate zuvor zum ersten Mal umschlossen hatte, besser ertragen. Ihm fiel ein, dass im Kühlschrank eine Flasche Wein stand. Nachdem er zwei Gläser eingeschenkt hatte, holte er einen Aschenbecher und zog die alte, nur noch halb volle Zigarettenschachtel aus der Tasche. Dann schaltete er ganz bewusst sein Telefon aus.

»Ich war vorhin noch im Büro«, erklärte er. »Irgendwie wusste ich nichts mit mir anzufangen, und da wir morgen losstarten und …«

»Nehmen wir die Mary-Harrington-Akte mit?«

Er schürzte die Lippen. »Das hast du mich am Freitag schon mal gefragt, und ich habe Nein gesagt. Ich habe sie vorhin nur ausgegraben, weil Eva heute beim Gedenkgottesdienst immer noch die Kette trug, die Maggs ihr geschenkt hat. Sie hat sie seit Dannys Tod mehr oder weniger die ganze Zeit getragen.« Er zog die Schultern hoch. »Warum, weiß ich nicht: Vielleicht fand sie ein wenig Trost in dem, woran sie früher geglaubt hat, oder so was in der Art.«

»Hast du inzwischen deine Meinung geändert?«

»Nicht, was Mary betrifft. Alle Opfer waren alleinerziehende Mütter, Murph. Das ist der gemeinsame Nenner. Dass Mary schwanger war, wissen wir nur aufgrund einer Autopsie.«

Murphy lehnte sich zurück. Sie hatte beide Hände um das Weinglas gelegt, an dessen Rand ein ganz schwacher Abdruck ihrer Lippen zu erkennen war. Sie schwiegen jetzt beide. Zwischen ihnen herrschte eine leichte Verlegenheit, die er vorher nicht gespürt hatte.

»Vielleicht hätte ich nicht kommen sollen«, meinte sie schließlich.

Quinn musterte sie. »Du hättest Nein sagen können.«

»Ich weiß.«

»Warum hast du es nicht getan?«

Da musste sie lachen. »Weil ich dich sehen wollte. Das wünsche ich mir schon seit dem Moment, als ich dir zugewiesen wurde.«

»Doyle hat den Verdacht, dass zwischen uns beiden etwas läuft. Das ist dir doch bewusst, oder? Lieber Himmel, Murph, ganz egal, welchen Dienstgrad ich habe, er tut immer noch, als käme ich gerade frisch aus Templemore.«

Plötzlich waren sie nicht mehr verlegen. Quinn machte sich einfach keine Gedanken mehr und sie auch nicht. Sie stellte ihr Glas ab und stand auf. Dann beugte sie sich langsam über ihn, legte eine Hand an seine Wange und küsste ihn. Die Berührung ihrer Lippen – verboten und von ihm ursprünglich gar nicht gewollt, bescherte ihm plötzlich ein unglaublich gutes Gefühl. Das Ganze war falsch, es war zu kompliziert, und doch hatte es zugleich eine Einfachheit, die Schauder durch seinen Körper jagte. Hand in Hand gingen sie ins Schlafzimmer hinüber.

Nackt schmiegte er sich an sie.

Das war mehr als nur Sex, mehr als Lust, Begierde oder Einsamkeit: Es war die Krönung von sechs Wochen, in denen sie so eng zusammengearbeitet hatten, dass sie einander inzwischen bereits am Schritt erkannten. Es war mehr als eine Erlösung, mehr als ein Ventil für Frustration oder Wut. Fast ein ganzes Jahr lang hatte er sich so hilflos gefühlt.

Er hatte den Ausdruck in den Augen seiner Frau gesehen, als ihr Sohn ums Leben kam, und er hatte miterleben müssen, wie das Licht, das in diesen Augen für ihn brannte, langsam erlosch. Er hatte ihre Reaktion erlebt, als sie den Termin für Maggs' Prozess festgesetzt hatten. Sie hatte ihm vorgeworfen, er suche nur nach einem Sündenbock. Ihr zufolge ging es dabei überhaupt nicht um Maggs. Es ging nicht einmal um den Mord an Mary

Harrington, sondern einzig und allein um Moss Quinn, das Wunderkind von Dublin: den Bullen, der es nicht schaffte, den Mann zu fangen, der seinen Sohn getötet hatte.

Sonntag, 31, August
22:10 Uhr

Evas Hände waren gefesselt, ihre Füße an den Knöcheln zusammengebunden. Mit dem Klebeband über dem Mund war sie nicht in der Lage zu sprechen. Er starrte ihr in die Augen. Sie zitterte und bebte am ganzen Körper – vor lauter Angst und Verwirrung krampften ihre Muskeln. Ihr Gesichtsausdruck verriet, dass sie noch immer nicht begriff, was da gerade mit ihr passierte. Kannte sie ihn?

Hatte sie das Gefühl, ihn zu kennen? Klang seine Stimme vertraut?

Er kauerte sich neben sie, die Unterarme auf die Oberschenkel gestützt. Dann neigte er den Kopf zur Seite. Seine Stimme rasselte wie Steine im strömenden Wasser. »Würdest du jetzt gerne ein letztes Mal mit ihm reden? Wünschst du dir, du hättest die Chance gehabt, ihm noch einmal zu sagen, wie sehr du ihn geliebt hast? Hättest du dich gerne von ihm verabschiedet, statt ihn so vorzufinden: mit zerschmettertem Schädel, das Gehirn über den ganzen Gehsteig verteilt?«

Sie starrte ihn nur an, wenn auch mit Tränen in den Augen. »Es gab niemanden, der die Verantwortung übernehmen wollte, niemanden, dem man die Schuld geben konnte. Niemanden außer deinem Mann.« Er schwieg einen Moment. »Was natürlich bedeutet, dass du jetzt ganz auf dich allein gestellt bist. Du hast es ja so gewollt, aber ich frage mich – ist es wirklich das, was du wolltest?« Er musterte sie durch die Skimaske. »Du weißt es selber nicht, stimmt's? Du bist so verwirrt. Natürlich bist du das. Es ist ja tatsächlich verwirrend.« Er erhob sich und blickte auf sie hinunter. Dabei zeichnete sich seine Silhouette deutlich vor den Bäumen ab. »Aber nun ist es zu spät. Das begreifst du doch, oder? Zu spät, Eva. Nun ist es zu spät, um noch irgendetwas daran zu ändern.«

Eva konnte sich nicht bewegen. Sie konnte nur an Laura und Jess denken, die allein zu Hause waren. Verzweifelt versuchte sie, die Hände frei zu bekommen. Dann versuchte sie aufzustehen, doch ihre Knöchel waren so fest zusammengebunden, dass sie ihre Füße nicht mehr spürte. Sie wollte schreien, aber eine dicke Schicht Klebeband verschloss ihren Mund. Tränen strömten ihr übers Gesicht, und plötzlich ergriff Panik von ihr Besitz. Sie konnte nichts tun. Er hievte sie hoch und schwang sie über seine Schulter, so dass ihr das Blut in den Kopf strömte, während er sie in den Wald hineintrug.

Sonntag, 31. August
22:17 Uhr

John Hanrahan wusste, dass sein Sohn nicht da war. Er selbst lag schon im Bett, in dem schäbigen, alten Häuschen an der Mündung des Shannon. Der Fluss war dort so breit, dass die Fischer vorzugsweise mit dem Schleppnetz in dem weiten, schilfbestandenen Gewässer fischten. Jimmy war den ganzen Tag nicht zu Hause gewesen: Er war am Vorabend spät heimgekommen und morgens wieder früh aufgebrochen. Nun war schon wieder später Abend, und John wusste, dass der Junge nicht nach Hause kommen würde.

Er lag in der Dunkelheit und lauschte, wie er es jede Nacht tat. Wenn sein Sohn daheim war, wenn Jimmy im Haus war, dann fand er es nicht ganz so schlimm. Zwar stand Jimmy nie auf, um mit ihm hinunterzugehen. Der Junge bekam nie etwas davon mit, aber allein schon das Wissen, dass er im Haus war, machte die Aufgabe ein klein wenig leichter.

Wenn John jedoch allein war und der Wind heulte, war es fast ein Ding der Unmöglichkeit, aus dem Bett zu kriechen.

Wenn er schließlich doch aufstand, überkam ihn manchmal eine derart heftige Angst, dass ihm fast das Blut in den Adern stockte und seine Beine zu krampfen begannen, noch ehe er halb die Treppe unten war. Dann konnte er keinen Schritt weitergehen und musste Jimmy wecken, woraufhin der Junge aus seinem Zimmer gewankt kam und laut über den alten Mann und seine Verrücktheiten fluchte. Aber er war nicht verrückt. Was auch immer sie über ihn sagten, John wusste, dass er nicht verrückt war. Er sah die Toten in seiner Küche. Sie saßen an seinem Tisch, wenn der Teufel kam, um ihnen beim Kartenspiel die Seele abzuluchsen. Alle hielten ihn für übergeschnappt. Auch Jimmy. Der alte John aber wusste, wie es sich in Wirklichkeit verhielt: Das war kein Wahnsinn, sondern die Buße für alles, was er Lizzy nie gewesen war. Seine arme Frau hatte sich das Leben genommen und saß nun im Fegefeuer, und es war seine Aufgabe, für sie einzutreten. In all den Jahren hatte er sie nicht gesehen. Doch das Mädchen sehr wohl. Die junge Frau, die sie drüben ausgegraben hatten. Er hatte ihnen damals erzählt, dass er sie gesehen hatte, aber sie hatten ihm nicht geglaubt. Die Jungs von der Polizei klopften ihm nur auf den Rücken und sagten: »Danke, John.« Das war alles, was sie taten. Natürlich hatte er die Frau nicht wiedergesehen, er sah nur ganz selten jemanden zweimal.

Allerdings hörte er ständig die Stimmen. Jetzt auch wieder. Das Wissen, dass sie dort unten waren, jagte ihm Schauder über den Rücken. Er musste aufstehen. Wenn er im Bett blieb und Lizzy verpasste, würde diese Tortur ewig so weitergehen.

Er konnte sie in der Küche hören.

Er hörte sie umso deutlicher, weil sein Sohn nicht zu Hause war. Es waren leise, heisere Stimmen, die fast wie Geflüster klangen. Eine nach der anderen rief ihn herbei.

Montag, 1. September
03:00 Uhr

Als er aus dem Traum hochschreckte, sah Patrick Maguire noch immer ihr Gesicht vor sich. Ihre Stimme konnte er auch hören und beinahe ihre Zigarette riechen. Er hatte genau vor Augen, wie ein einzelner dünner Rauchfaden zur Decke emporstieg, die davon im Lauf der Jahre gelbe Flecken bekommen hatte. Obwohl er inzwischen aufrecht im Bett saß, hörte er sie wieder reden, als säße sie in einer dunklen Ecke des Raumes. Doch die Stimme befand sich in seinem Kopf. Sie sprach immer nur mit seinem Bruder, nie mit ihm. Er wusste noch genau, dass sie sich sogar geweigert hatte, ihn auch nur anzusehen.

Nach dem Regen lag Stille in der Luft. Obwohl die Fenster offen waren, drangen aus der Stadt kaum Geräusche herein. Die Stille erschien ihm gewichtig – dick und schwer, aber dennoch auf eine beklemmende Art lebendig. Es war drei Uhr morgens, und er war eher aus einer Erinnerung als aus einem Traum erwacht: der einzigen Erinnerung, die er an sie hatte. Nach all den Jahren hatte er die Nase voll davon. Seine Mutter im Sessel, mit ihrem strähnigen, zu einem Zopf geflochtenen Haar und der stinkenden Zigarette zwischen den Fingern, die vom Nikotin so wächsern geworden waren, dass sie wie die einer Gelbsüchtigen aussahen. Ihre Stimme war ebenfalls ruiniert: Sie krächzte nur noch wie die alte Hexe, die ihre Söhne im Wald beerdigte. Trinken, rauchen und herumsitzen, etwas anderes tat sie nicht. Den ganzen Tag schimpfte sie, was sie als Mutter von zwei Jungen durchgemacht habe. Es hieß nur »Frankie dies« und »Frankie das« und dass sie ohne die beiden bestimmt noch einen Ehemann gefunden hätte.

Patrick sah die Feuchtigkeit, die durch die Wände drang. Er sah die Kalkablagerungen, die dick und braun das Spülbecken in der Küche verstopften und im Bad in der Kloschüssel klebten, eklig wie angetrocknete Kacke. Er erinnerte sich genau an ihre kalten, fast seelenlosen Augen und an die Art, wie sie ihn immer ignorierte und demütigte, indem sie so tat, als wäre er gar nicht vorhanden.

Plötzlich packte ihn der Zorn. Er griff nach seinem Morgenmantel und ging in die Küche hinüber, wo er kurz stehen blieb, um die Fotografie zu betrachten, die er aus irgendeinem Grund noch immer auf dem Kaminsims stehen hatte. Da war sie, mit ihren glasigen Augen. Das Weinglas hatte sie versteckt, aber die allgegenwärtige Zigarette steckte zwischen ihren Fingern, und zwei Zentimeter grauer Asche drohten ihr gleich in den Schoß zu fallen. Und sie beide waren ebenfalls da, vaterlos und dennoch so pflichtbewusst, wie Söhne sein sollten: er und Frankie, stoisch wie immer, zu beiden Seiten ihres Sessels.

Ihr schmaler Mund wirkte verkniffen. Orangeroter Lippenstift war über horizontale Linien verschmiert, die zu einer doppelt so alten Frau zu gehören schienen. Er betrachtete ihr Gesicht, ihr Haar, die Art, wie sie im Sessel saß. Als er noch genauer hinsah, registrierte er die goldene Kette, die an ihrem Hals schimmerte.

Montag, 1. September
06:00 Uhr

Jessica Quinn erwachte in einem stillen Haus. Sie war nicht sicher, welchen Tag sie hatten, hoffte jedoch, dass Sonntag war.

Das Haus fühlte sich kalt und seltsam an. Sie hatte ein eigenartiges Gefühl im Magen, wusste aber nicht recht, warum. Als sie schließlich aufstand, schnappte sie sich ihren Teddy, nahm ihn fest in den Arm und ging hinüber ins Zimmer ihrer Schwester.

Obwohl Laura noch halb schlief, schlug sie sofort die Augen auf, als hätte sie gespürt, dass jemand im Raum war.

»Was ist?«, fragte sie. »Was ist los, Jess? Was hast du?«

Jess zog die Schultern hoch. Da rollte Laura sich auf den Rücken, richtete sich auf und warf einen Blick auf ihre Nachttischuhr mit dem großen Zifferblatt.

»Wieso bist du so früh schon auf?« Jess stand wie angewurzelt da, ohne etwas zu sagen.

»Ich habe Sehnsucht nach Dad«, meinte sie schließlich.

»Dann ruf ihn an. Er hat gesagt, wir dürfen ihn jederzeit anrufen. Erst gestern hat er es dir gesagt.«

»Warum hat Mam ihn weggeschickt?«

Laura schnalzte genervt mit der Zunge. »Sie hat ihn nicht weggeschickt. So ist das nicht. Du bist dafür noch zu jung, Jessie, du verstehst das nicht.«

»Ich bin zehn.«

»Nein, du wirst erst im Dezember zehn. Du verstehst das nicht.«

Jess hatte inzwischen Tränen in den Augen. »Wir waren alle zusammen, dann ist Danny totgefahren worden, und seitdem ist Mam ganz anders. Als würde sie Dad die Schuld geben, Laura. Wie kann sie Dad die Schuld geben?«

Laura seufzte. »Ich weiß es nicht, aber Polizisten sollten doch eigentlich in der Lage sein, die Leute zu fangen, die schlimme Sachen machen, oder etwa nicht? Dad hat den, der Danny totgefahren hat, nicht erwischt. Mehr kann ich dir auch nicht sagen, Jess. Du weißt doch, was er gestern gesagt hat: Er nimmt es Mam nicht krumm, dass sie ihm die Schuld gibt. Es geht ihr nicht besonders, aber es wird bestimmt bald besser. Sie braucht einfach Zeit.«

»Ich weiß, aber nun müssen wir ohne Dad auskommen. Seit er nicht mehr da ist, haben wir nur noch Mam, die auf uns aufpasst.«

Jessica ließ sich auf dem Bett ihrer Schwester nieder und zupfte am Ohr ihres Teddys.

»Heute ist Montag«, stellte sie fest. »Ich dachte erst, es wäre Sonntag, weil alles so ruhig ist, aber wir haben heute Schule, es ist Montag.« Laura legte sich wieder hin.

»Mam ist noch gar nicht aufgestanden. Du solltest auch wieder ins Bett gehen, Jess.«

Jess schüttelte den Kopf. »Ich gehe runter.«

Sie patschte aus dem Raum und über den Treppenabsatz. Eine Hand am Geländer, stieg sie langsam die Treppe hinunter und begab sich dann in die Küche. Wenige Augenblicke später kam Laura in Schlafanzug und Morgenmantel herunter. Jess stand gerade gefährlich wackelig auf einem dreibeinigen Hocker und versuchte, den Wasserkessel zu füllen. Laura nahm ihn ihr ab.

»Du verbrennst dich bloß am Dampf«, sagte sie, »wie du es schon einmal getan hast. Weißt du noch?«

Ein paar Jahre zuvor hatte Jess sich so schlimm das Handgelenk verbrüht, dass sie sie ins Krankenhaus bringen mussten. Laura setzte den Kessel auf und nahm eine Tasse aus dem Schrank. Jess holte währenddessen einen Teebeutel. Gemeinsam brauten sie ihrer Mutter eine Tasse Tee.

Ein paar Minuten später gingen sie wieder nach oben. Laura trug die Teetasse. Die Schlafzimmertür ihrer Mutter stand einen Spalt offen, und Jess bemerkte, dass das Licht im Gang noch brannte. Das war nicht normal. Ihre Mutter machte die Tür immer zu, und wenn sie ins Bett ging, löschte sie das Licht. Das Schlafzimmer war leer, ihre Mutter nicht da. Das Bett war unberührt, die Decke glatt und flach und bis zu den Kissen hochgezogen.

»Wo ist sie?«, fragte Jess.

Laura wusste es nicht. Sie gab ihrer Schwester keine Antwort.

»Wo ist sie, Laura? Unten ist sie auch nicht.« Eine Spur von Panik kroch in Jessies Stimme. Nervös fuhr sie sich mit einer

Hand durchs Haar. Laura, die die Teetasse auf dem Nachttisch abgestellt hatte, starrte das Bett an, als hoffte sie, ihre Mutter würde jeden Moment darin auftauchen. Dann wandte sie sich ihrer Schwester zu.

»Wo ist sie?«, wiederholte Jessie. »Warum ist sie nicht da?«

Laura trat ans Fenster. »Ihr Auto ist auch nicht da, vielleicht ist sie zum Supermarkt gefahren. Wir haben doch gestern Abend fast die ganze Milch aufgebraucht. Bestimmt kommt sie gleich zurück. Am besten, wir ziehen uns schon mal an und machen uns für die Schule fertig.«

Eine halbe Stunde später saßen sie am Küchentisch. Der Rest einer Packung Cornflakes war auf zwei Schüsseln verteilt, sie hatten jedoch nicht mehr genug Milch zum Darübergießen. Man hörte nur das Ticken der Wanduhr.

»Sie ist nicht zum Supermarkt gefahren, oder?«, fragte Jess.

Laura gab ihr keine Antwort. Mit starrem Blick saß sie da, ohne sich von der Stelle zu rühren, und hielt ihren Löffel, als wollte sie jeden Moment anfangen zu essen.

»Ich rufe Dad an«, brach sie schließlich das Schweigen. Sie glitt von ihrem Stuhl und ging hinüber in die Diele. Die Handynummer ihres Vaters war im Telefon gespeichert, sie brauchte sie nur aufzurufen und auf Wählen zu drücken. Sie wartete eine Weile und wandte sich dann stirnrunzelnd an ihre Schwester. »Es geht niemand ran, sein Handy ist ausgeschaltet.«

»Versuch es noch einmal«, forderte Jess sie auf.

Laure tat, wie ihr geheißen, aber es ging noch immer niemand ran. »Warum hat Dad sein Handy abgeschaltet?« Aus ihrer Stimme klang plötzlich Panik. »Sein Telefon ist doch sonst nie abgeschaltet!«

Jess griff nach der Hand ihrer Schwester. »Keine Mam, kein Dad. Wo sind sie?«

»Es ist bestimmt nichts Schlimmes«, antwortete Laura.

»Dad hat sein Telefon heute einfach noch nicht eingeschaltet, das ist alles – oder vielleicht ist der Akku leer.« Krampfhaft überlegte sie, was nun zu tun war. Sie ging durch die Diele zur Haustür und öffnete sie. Unterhalb der Treppe hatte der Regen der vergangenen Nacht kleine Pfützen gebildet. Hand in Hand spähten die beiden Mädchen die Straße auf und ab, doch von ihrer Mutter war nichts zu sehen.

Nachdem sie ins Haus zurückgekehrt waren, nahm Laura das Adressbuch vom Telefontisch und blätterte es durch.

»Was hast du vor?«, fragte Jess.

»Ich rufe Onkel Joe an.« Laura griff nach dem Telefon. »Nanny und Grandad Quinn sind weggefahren, und Nanny Clare ist in Kerry. Ich rufe Onkel Joe an, Jess. Der kann uns bestimmt sagen, was wir tun sollen.«

Montag, 1. September
07:00 Uhr

Von Westen her wehten weitere Regenwolken heran. Jimmy Hanrahan bog in die Zufahrt ein, schaltete den Motor ab und stieg aus seinem Land Rover. Er ging durch kniehohes Unkraut und blieb dann einen Moment stehen, um sich eine Zigarette zu drehen. Nebenan hörte er das Pferd seines Vaters im Stall rumoren. Er würde dort ausmisten müssen, der Alte war dazu wohl nicht mehr in der Lage, und wenn Jimmy es nicht machte, wurde es gar nicht gemacht.

Er zog an der Zigarette, die nur aus ein paar Fäden Tabak bestand. Aus Gewohnheit drehte er sie immer noch so, wie er es damals als junger Kerl gelernt hatte, nachdem sie ihn eingebuchtet hatten. Den Blick zum Himmel gerichtet, kreiste er ein paar Mal mit den Schultern. Durchs Küchenfenster hörte er seinen Vater wie einen Irren vor sich hin murmeln. Bestimmt war er nachts wieder auf gewesen und hatte überall mit dem

Weihwasser herumgesprenkelt, das der Priester aus Ballylongford ihm gegeben hatte.

Er zog ein weiteres Mal an seiner Zigarette, und während er den Rauch in die Luft hinausblies, ließ er sich auf dem alten Motorrad nieder, das inzwischen nur noch ein Rostkübel war. Einen Fuß aufs Pedal gestützt, betrachtete er die tief hängenden, wie mit violettgrauen Blutergüssen versehenen Wolken, die sich gerade über den Resten von Lislaughtin Abbey sammelten. Von seinem Platz aus konnte er das hölzerne Gartentor und das zerfallene Cottage sehen, auf das ein paar Jahre zuvor ein amerikanischer Tourist zugesteuert war, um dort zu pinkeln. Der Geruch hatte ihn angezogen. Die Maden. Unmengen von Fliegen, noch im Larvenstadium.

Jimmy hatte vom selben Platz aus zugesehen und wie jetzt eine Selbstgedrehte geraucht. Überall Polizei. Ein Krankenwagen, ein Helikopter. Mannschaften der Spurensicherung in weißen Overalls. Quinn und Doyle aus Dublin.

Sein Vater hatte seinen dunklen Anzug angezogen und sich einen Schal um den Hals gewickelt, ehe er das Pferd anspannte und seine Dienste als Sargträger anbot. Doyle war wohl recht nett zu dem alten Kerl gewesen und hatte ihn reden lassen, als er mit seinen Geschichten anfing. Doyle war inzwischen ein Dubliner, auch wenn Jimmy ihn noch von früher her kannte. Er musste daran denken, wie man Maggs' Mutter tot aufgefunden hatte, mit völlig verätzten Innereien. Außerdem erinnerte er sich an Geschichten, die im Umlauf gewesen waren, als Doyle seinerzeit zur Polizei gegangen war. Angeblich hatte sein ältester Bruder damals zu ihm gesagt, er brauche sich nie wieder zu Hause blicken lassen. Die Erinnerung entlockte Jimmy ein wölfisches Grinsen. Während er sich über die Zähne leckte, fragte er sich, wie ein Mann aus Kerry, der aus einer derart unnachgiebigen Familie kam, als Bulle enden konnte, der seine Nase in jeden Dreck steckte.

Er musste daran denken, wie Doyle immer ein wachsames Auge auf Eva gehabt hatte, bevor sie etwas mit Quinn anfing. Jeder Kerl in der Gegend wollte ihr damals an die Wäsche. Jimmy selbst hatte auch ein wenig in diese Richtung geträumt, und das Gleiche galt für Conor Maggs, egal, wie sehr er das abstreiten mochte. Der arme Trottel, der bei den meisten nur »Maggot« oder »Made« hieß, bildete sich damals doch tatsächlich ein, Eva wäre in ihn verliebt, nur weil sie das einzige Mädchen weit und breit war, das ihn nicht komplett ignorierte. In Anbetracht der Gerüchte, die ihr Onkel über die »Made« verbreitete, überraschte es eigentlich niemanden, dass die Leute ihm lieber aus dem Weg gingen. Vielleicht war es eine kleine Trotzreaktion von Eva – ihre Art, Doyle wissen zu lassen, dass sie alt genug war, um auf sich selbst aufzupassen –, aber es führte letztlich dazu, dass Maggs den Eindruck bekam, da wäre etwas zwischen ihnen.

Eva war in der Tat ein ganz besonderes Mädchen gewesen – eine von denen, die einfach nicht wissen, wie schön sie sind. Entweder das, oder es lag daran, dass sie als kleines Mädchen mal von einem Priester zu hören bekommen hatte, dass »faulige Lilien viel schlimmer riechen als Unkraut«, und sie diese Bemerkung wohl niemals vergessen hatte.

Die Wolken senkten sich noch tiefer herab, und Jimmy rief zu dem Pferd hinüber, es solle endlich Ruhe geben. Dann ging er hinein, um dem alten Schwachkopf eine Schüssel Haferbrei zusammenzurühren. Er frage sich, warum er sich überhaupt die Mühe machte. Eigentlich wäre es doch viel besser, ihn in ein Heim für Geisteskranke zu stecken, und Schluss. Andererseits hing Jimmy an dem Geld, das der Staat ihm für die Pflege zahlte, und ohne den alten Mann würde er davon nichts mehr zu sehen bekommen.

Sein Vater saß im Wohnzimmer wie angewachsen in seinem Sessel und schaute sich einen Zeichentrickfilm an.

»Jimmy?«, rief er. »Jimmy? Bist du das, Junge? Wo zum Teufel bist du gewesen?«

Jimmy gab ihm keine Antwort.

Er zog die Küchentür zu. Im ganzen Haus war es so dreckig, dass er dringend mal putzen musste, sonst würde es vom Staat bald kein Geld mehr geben. Er schob seine Schrotflinte und sein Jagdgewehr, die beide am Kühlschrank lehnten, ein Stück zur Seite. Dabei fiel der Magnet von der Tür, und zwei Polaroid-Aufnahmen segelten zu Boden. Leise fluchend hob Jimmy sie wieder auf. Das eine Foto zeigte ihn mit einem Hirsch, den er auf der anderen Seite des Hügels gewildert hatte, das zweite mit einem halben Dutzend Kaninchen, die er an einem Lederband hängen hatte.

Die Tür ging auf, und sein Vater stand im Rahmen. »Um Himmels willen, Jimmy, hast du mich denn nicht rufen gehört?«

»Natürlich habe ich dein Geschrei gehört.« Jimmy zog ein missmutiges Gesicht. »Etwas anderes höre ich von dir ja nicht. Sieh zu, dass du zu *Tom und Jerry* zurückkommst, bevor ich dich zum Fluss hinunterschleppe und deinen Kadaver im Schlamm versenke!«

Montag, 1. September
07:00 Uhr

Doyle saß auf der anderen Seite des Flusses im Wagen, direkt gegenüber der städtischen Anlegestelle von Dublin, und beobachtete John Finucanes Boot. Ein knapp zwanzig Meter langes, ozeantaugliches Kajütboot, komplett weiß gestrichen und mit noblen Rauchglasfenstern ausgestattet. Die Geschäfte liefen offensichtlich gut für den einzigen Bauunternehmer in Dublin, der die Konkurrenz dadurch abschreckte, dass er dicke Eisenketten um die Füße seiner Feinde schlang und dann mit ihnen aufs Meer hinausfuhr.

Ihnen war zu Ohren gekommen, dass der »Schmierer«, wie sie ihn auch nannten, auf einigen seiner Baustellen auf der Northside illegale Einwanderer beschäftigte. Normalerweise gab Doyle sich mit so etwas gar nicht ab. Mit seinen fünfzig Jahren und in seiner Position als Sergeant der Mordkommission hatte er mit so etwas wie illegaler Einwanderung nichts zu tun. Hier aber ging es um einen Kriminellen, der mit Leichtigkeit jeden öffentlichen Bauauftrag an Land zog, weil er ein paar Beamten gutes Geld zusteckte, damit sie dafür sorgten, dass das so blieb. In diesem Fall war jeder neue Hinweis hilfreich, und eines schönen Tages würde Doyle den Mistkerl endlich festnageln.

Selbst jetzt, wo es so viel neue Konkurrenz gab, war Johnny immer noch der größte Baulöwe der Northside. Dass er auch Ukrainer beschäftigte, verstimmte Alexej Bris-Mintow. Was an sich keine schlechte Sache war. Aus Kiew über Berlin nach Dublin eingewandert, hielt sich »Minty« seit ungefähr fünf Jahren in der Stadt auf. Er hatte bereits einen Großteil des »Geschäfts« auf der Südseite des Flusses an sich gerissen. Der alte dortige Boss, Lorne McGeady, war darüber inzwischen derart sauer, dass er versucht hatte, eine Art Bund mit Johnny zu schließen, doch der wollte davon nichts wissen. Zumindest bis jetzt noch nicht. Allerdings war es keineswegs mehr so wie in der guten alten Zeit, als die Stadt von harten Männern wie dem »General« regiert wurde. In jenen Tagen herrschte selbst unter Schurken Ordnung: Es gab so etwas wie Ehre und ein gewisses Maß an Respekt. Seit jedoch der Keltische Tiger die Zähne gefletscht und die irische Wirtschaft jahrelang geboomt hatte, war alles anders geworden.

Jenseits des Wassers sah er Finucane seinen kahlen Schädel aus der Kajüte strecken, widerwillig wie ein Hund in den Regen hinausschnüffeln und den Kopf dann wieder einziehen. Dass er mit seinem Boot derart lange an dieser Anlegestelle bleiben konnte, war ein weiteres Indiz dafür, wie gut seine Freunde waren, denn eigentlich handelte es sich um einen öffentlichen Anlegeplatz. Ein Stück entfernt lag eine Replik des alten Segelschiffs *Jeanie Johnston* vor Anker, aber ansonsten sah man dort fast immer nur Johnnys Ginpalast. Doyle warf noch einmal einen Blick auf die *Jeanie Johnston*. Es handelte sich dabei um ein Schulschiff, einen anmutigen Dreimaster. Das Original war im neunzehnten Jahrhundert eingesetzt worden, um irische Auswanderer in die USA zu bringen. Seltsam, wie sich die Dinge verändert hatten, ging ihm durch den Kopf. Heutzutage strömten alle nach Dublin.

Er war seit gestern Abend nicht mehr zu Hause gewesen und auch noch nicht umgezogen. Erst war er ins O'Shea's gegangen, um Musik zu hören, und danach auf die andere Flussseite in seine kleine Stammkneipe hinter Connolly Station übergewechselt. Um die Theke des kleinen Privatclubs kümmerte sich eine wunderbar vollbusige Barfrau namens Maureen, mit der er schon ewig etwas laufen hatte.

Er konnte sie noch an sich riechen. Maureen war eine herzliche und sinnliche Frau, die immer ein Lächeln auf den Lippen hatte und gerne ihr beachtliches Dekolleté ein wenig hervorblitzen ließ, was einem Platz an ihrer Bar zusätzliche Würze verlieh. Sie und Doyle hatten eine lange gemeinsame Geschichte: Er kannte sie bereits seit der Zeit, als sie noch in Tralee lebte, und als sie dann nach Dublin umzog, hatte er ihr geholfen, Arbeit zu finden. Im Lauf der Jahre waren sie immer mal wieder zusammen gewesen, und ihre Beziehung hatte sogar Maureens drei Ehen überlebt.

Sein Handy, das neben ihm auf dem Beifahrersitz lag, begann zu läuten. Ein Blick auf die Uhr am Armaturenbrett sagte ihm, dass es gerade mal sieben war. Er fragte sich, wer ihn um diese Zeit schon anrief. Vermutlich Maureen, um ihm zu sagen, dass er irgendetwas bei ihr vergessen hatte. Aber es war nicht Maureen, sondern Quinns Festnetznummer. »Hallo«, meldete er sich, »hier Doyle.«

»Onkel Joe, bist du das?«

Doyle kniff die Augen zusammen: eins von den Mädchen. Er hörte das Unbehagen in ihrer Stimme.

»Onkel Joe?«

»Wer ist denn dran, Jessie oder Laura?«

»Laura.«

»Dachte ich es mir doch. Wie geht's dir, Laura?«

»Onkel Joe …« Ihre Stimme klang zittrig.

»Was ist denn, Liebes?«

»Unsere Mam, sie ist nicht da. Ich weiß nicht, wo sie ist, und ich kann meinen Dad nicht erreichen.«

»Bleibt, wo ihr seid, ich bin gleich bei euch.«

Rasch ging er die Nummern in seinem Handy durch, rief die von Quinn auf und wählte. Er ging nicht ran, sein Telefon war ausgeschaltet. In all den Jahren, die sie nun schon zusammenarbeiteten, hatte Doyle noch nie erlebt, dass Quinn sein Telefon ausgeschaltet hatte. Er war schließlich ein Detective der Garda. In Gottes Namen! Wie kam er dazu, sein Telefon auszuschalten? Während Doyle den Wagen wendete, arbeitete sein Gehirn auf Hochtouren. Gestern hatte sich Dannys Tod zum ersten Mal gejährt, und sowohl Eva als auch Moss waren auf dem Friedhof gewesen. Allerdings waren die beiden nicht gemeinsam dort gewesen. Sie waren seit einem Jahr nicht mehr zusammen.

Doyle hatte weder eine Ehefrau noch Kinder, aber er hatte gesehen, wie es diesen beiden Mädchen ging. Ihm war nicht entgangen, wie sehr sie litten, und am liebsten hätte er seine Nichte an der einen Hand genommen und seinen Partner an der anderen und ihnen – zumindest im übertragenen Sinne – die Schädel aneinandergeschlagen. Als wäre der Tod des Jungen nicht schlimm genug! Da musste doch nicht auch noch alles andere kaputtgehen.

Dass die Kinder nun ihre Mutter suchten, war in der Tat höchst beunruhigend. Er hatte durchaus bemerkt, in welchem Zustand Eva gestern gewesen war. Natürlich konnte er hinter ihr Lächeln blicken, sie war schließlich die Tochter seines Bruders. Einfach verschwinden – das sah ihr gar nicht ähnlich. Das sah ihr ganz und gar nicht ähnlich.

Wieder wählte er Quinns Nummer, wieder ging niemand ran. »Moss«, murmelte er leise, »warum hast du dein Telefon nicht an?«

Montag, 1. September
07:30 Uhr

Murphy war noch unter der Dusche. Sie hatten sich den Großteil der Nacht geliebt. Nun saß Quinn vor einer Tasse Kaffee und spürte zum ersten Mal seit Jahren wieder diese Art von Glut im Bauch. Er war nicht sicher, was das zu bedeuten hatte. Er war auch nicht sicher, ob er überhaupt wissen wollte, was es bedeutete. Nach dem Trauma des gestrigen Tages und Evas distanzierter Art war er glücklich, überhaupt etwas zu fühlen.

»Hör zu«, rief er zu ihr hinüber, »ich fahre schon mal ins Büro und mache die Akten für Naas fertig. Wir sehen uns dann dort, in Ordnung? Es ist wahrscheinlich besser, wenn wir nicht zusammen auftauchen.«

Murphy massierte gerade Shampoo in ihre Kopfhaut. Er beobachtete, wie der Schaum auf ihre Schultern hinunterglitt, von dort auf ihre üppigen Brüste und dann in Rinnsalen ihren Bauch hinunter. »Ja, fahr ruhig los«, antwortet Murphy. »Ich werde mich ganz unauffällig hinausschleichen, du brauchst dir also keine Sorgen zu machen.«

Nachdem er sie in der Wohnung zurückgelassen hatte, trottete Quinn die Treppe hinunter und auf die herbstliche Straße hinaus. Der Wind blies, und zwischen den Bäumen sah der Regen wie anthrazitgrauer Nebel aus. Den ganzen August hatte es so viel geregnet, dass man das Gefühl hatte, als wäre das halbe Land schon seit Wochen überflutet. Sobald er in seinem Wagen saß, schaltete er das Radio an. Ein paar Minuten später hatte er bereits die Schranke am Harcourt Square passiert und parkte in der Tiefgarage. Direkt hinter ihm kam Frank Maguire in seinem großen silberfarbenen Opel die Rampe herunter.

Quinn wartete. Er hatte den Mann erst gestern gesehen. Wie so viele andere Menschen war auch Frank über den Fluss gefahren, um Dannys zu gedenken. Patrick, Franks jüngerer Bruder, war natürlich ebenfalls da gewesen. Der Gedanke an Paddy rief Quinn ins Gedächtnis, dass er unbedingt mit ihm reden musste. Sein bester Kumpel aus ihren gemeinsamen Rugby-Tagen betreute als Sozialarbeiter unter anderem Gefängnisinsassen. Er bot ihnen eine Art Gesprächstherapie an und hatte sich als Freund der Familie auch um Eva gekümmert. Paddy war ein guter Zuhörer und stand ihr auch ein Jahr nach Dannys Tod immer noch zur Seite.

Quinn beobachtete, wie der Superintendent ausstieg: mit seinen sechsundvierzig Jahren war er ein echter Karrieretyp – ein Mann, den es geradezu ins Garda-Präsidium zog. Er verkehrte gerne mit den oberen Rängen, aber in Wirklichkeit kannte Quinn den Polizeipräsidenten, Tom Calhoun, viel besser als er. Diese Tatsache wurmte Frank Maguire natürlich: Immerhin war er der Ältere und Ranghöhere, und in Anbetracht seiner Golfclub- und Freimaurer-Verbindungen erschien es recht unverständlich, dass Quinn bei der obersten Riege bessere Karten hatte als er. Aber Calhoun und Quinn kannten sich noch von früher vom Rugby. Damals hatten sie ein paar Jahre zusammen in einer Mannschaft gespielt, bevor Calhoun seine Rugby-Schuhe an den Nagel hängte.

Maguire trug sein helles Haar kurzgeschnitten und vorne schräg über die Stirn gekämmt. Er war mit einer Investment-Bankerin verheiratet, die ständig nach London oder New York flog. Alles, was zu ihm gehörte, war seiner Stellung angemessen: sein Wohnort genauso wie der Golfplatz, auf dem er spielte. Als Krönung des Ganzen trug er auch noch maßgeschneiderte Anzüge. Täglich empfing er in St. Kevin's Church, die gleich gegenüber dem Garda Club lag, die Heilige Kommunion. In Anbetracht der Tatsache, dass Quinn derzeit in der Wohnung über dem Club hauste, würde er sehr vorsichtig sein müssen, wenn er sich dort weiterhin mit Murphy treffen wollte.

»Morgen, Moss«, sagte Maguire und schüttelte ihm die Hand. »Hast du den gestrigen Tag einigermaßen gut überstanden?«

Einen eisigen Moment lang musste Quinn an seinen Sohn denken, der dort draußen unter der Erde lag. Das Bild überlagerte sich mit dem der anderen Frau in seinem Bett.

»Ich habe gestern Abend versucht, dich zu erreichen«, fuhr Maguire fort. »Meine Frau ist verreist, und ich wollte dich auf ein Bierchen einladen.«

»Um welche Zeit hast du es denn versucht?«

»Gegen zehn, glaube ich.«

»Da war ich schätzungsweise noch hier«, erklärte Quinn. »Frag mich nicht, warum, Frank, aber ich habe an meinem Schreibtisch gesessen und mir noch einmal die Akten angesehen, die Murphy und ich mit nach Naas nehmen.«

»Dein Handy war abgeschaltet«, antwortete Maguire. »Auf die Idee, es unter deiner Büronummer zu versuchen, bin ich gar nicht gekommen.«

Quinn griff in seine Tasche und stellte fest, dass sein Telefon noch immer abgeschaltet war. Er hatte ein paar Anrufe verpasst: einen von Frank, zwei von seiner Familie und zwei weitere von Doyle.

Letzterer hatte ihn bereits um sieben Uhr morgens zu erreichen versucht. Was zum Teufel wollte er so früh von ihm? In dem Moment klingelte das Telefon schon wieder. Maguire hielt die Aufzugtür für ihn offen, aber Quinn gab ihm ein Zeichen, nicht auf ihn zu warten. »He, Doyle«, meldete er sich, »nun rufst du mich heute schon zum dritten Mal an, dabei ist es noch nicht mal acht Uhr.«

»Warum zum Teufel war dein Telefon aus?«, fragte Doyle.

Beim Klang seiner Stimme sträubten sich schlagartig Quinns Nackenhaare. »Was ist denn? Was ist los?«

»Laura hat versucht, dich anzurufen, mein Junge, konnte dich aber nicht erreichen. Es geht um Eva. Sie ist nicht da, und ihr Bett sieht nicht so aus, als hätte sie darin geschlafen.«

Montag, 1. September
07:50 Uhr

Evas Wagen stand nicht an seinem üblichen Platz. Als Quinn vor dem Haus hielt, spürte er, wie sich sein Magen zusammenkrampfte. Er sah das Gesicht seiner jüngeren Tochter am Fenster. Sie wartete auf ihn. Die Nase ans Glas gepresst, spähte sie mit ängstlicher Miene zu ihm nach draußen. Noch während er die Treppe hinaufstieg, flog bereits die Haustür auf. Laura warf sich in seine Arme.

»Hey«, sagte er, »ist ja gut! Ist schon *gut*, Laura, alles kommt wieder in Ordnung!«

Doyle stand mit Frühstücksgeschirr in der Hand am Ende der Diele. Die beiden Männer wechselten einen besorgten Blick. Laura klammerte sich immer noch an ihn. »Dad, sie ist nicht da. Mam ist nicht da. Wir wissen nicht, wo sie ist.«

»Wir wollten dich anrufen, aber dein Telefon war aus!« Jess schrie ihm die Worte fast entgegen, während sie aus dem Wohnzimmer auf ihn zustürmte.

»Ich weiß, Liebling. Es tut mir leid.« Quinn beugte sich hinunter, um sie hochzuheben. Nun hingen sie beide wie die Kletten an ihm. Quinn sah wieder Doyle an, als er fortfuhr: »Ich habe das verdammte Ding ausgeschaltet und dann vergessen, es wieder anzuschalten. Gut, dass ihr zwei Onkel Joe erwischt habt, nicht wahr?«

Im Wohnzimmer ließ er sich auf der Couch nieder, eine Tochter auf jedem Knie. »Mam war also nicht in ihrem Zimmer, als ihr aufgewacht seid?«, fragte er. »Habe ich das richtig verstanden?«

Jess nickte. »Es war schrecklich still, Dad. Ich bin als Erste aufgewacht und zu Laura ins Zimmer gegangen. Es war so still, dass ich dachte, es wäre Samstag oder so.«

»Tja, es ist aber nicht Samstag«, antwortete er mit einem beruhigenden Lächeln, »sondern Montag. Ich schätze, eure Mam musste nur mal kurz weg. Sie kommt bestimmt bald zurück. Das Beste wird sein, ihr beide sucht eure Sachen zusammen und ich fahre euch in die Schule.«

»In die Schule?« Laura wirkte fast ein wenig schockiert.

»Mit eurer Mam ist bestimmt alles in Ordnung, Liebes. Ihr müsst zur Schule.«

Die beiden Mädchen gingen nach oben, um ihre Sachen zu holen.

Doyle berührte Quinn leicht am Arm. »Es ist Tee da, wenn du eine Tasse möchtest.«

Quinn schüttelte den Kopf. Die Hände in die Hüften gestützt, betrachtete er das Foto von sich und Danny beim Fischen an der Tolka. Eva hatte das Foto gemacht. Wenige Wochen bevor der Junge ums Leben gekommen war.

Sofort plagten ihn wieder Schuldgefühle – ein dumpfer Druck im Bauch. Nun war es schon ein Jahr und einen Tag her, und trotzdem gab es keine Spur, keinen einzigen Hinweis. Dabei verfügte er als Dectective Inspector über ein ebenso gutes Netzwerk aus Informanten wie jeder seiner Kollegen.

»Weißt du irgendetwas Genaueres?«, fragte Doyle.

Quinn schürzte die Lippen. »Ich bin bloß froh, dass die beiden dich erreicht haben.«

»Ich war gestern bei Maureen, deswegen habe ich es nicht mehr nach Harold's Cross geschafft. Heute Morgen bin ich gleich zum Hafen gefahren, weil ich dachte, ich könnte mit unserem Kandidaten ein Wörtchen über die Ukrainer reden, die er für sich arbeiten lässt. Dort saß ich gerade auf meinem Beobachtungsposten, als Laura anrief.«

»Ich war gestern Abend noch im Büro. Hab einfach vergessen, mein Handy wieder anzuschalten.«

»Hast du die Akten für die Truppe in Naas fertig gemacht?«

»Ja. Das Lieblingsprojekt des Justizministers«, bestätigte Quinn mit einem Nicken.

Doyle schob die Hände in die Taschen. »Und wie denkst du hierüber? Dass unsere kleine Eva einfach verduftet, ohne irgendjemandem was zu sagen?«

»Warst du schon oben?«, fragte Quinn.

Doyle nickte. »Die Mädchen haben recht: Es sieht nicht so aus, als hätte sie in ihrem Bett geschlafen.«

Quinn spürte Doyles Unbehagen. Außerdem stand es ihm deutlich ins Gesicht geschrieben. »Lass uns die beiden zur Schule bringen«, sagte er. »Ich weiß, was dir durch den Kopf geht, aber da brauchst du dir keine Sorgen zu machen. Eva ist nicht die Sorte Frau, die etwas Dummes tut. Das weißt du.«

Jahrelang war Quinn dem älteren Mann unterstellt gewesen. Als er als junger Polizist angefangen hatte, war Doyle bereits Sergeant gewesen. Dann wurde Quinn ebenfalls Detective, und sie hatten eine Weile als Sergeants zusammengearbeitet, bis Quinn schließlich zum Inspector befördert wurde. Doyle hatte nie die Absicht gehabt, etwas Höheres als ein Sergeant zu werden, und seine Methoden basierten auf denen des *Brano Five Teams*, das in den späten Sechzigern und frühen

Siebzigern immer dann gerufen worden war, wenn es irgendwo größere Probleme gab. Geleitet wurde dieses Team damals von Jim »Lugs« Brannigan, einem legendären Dubliner Polizisten, der für Irland boxte, sich im Umgang mit den Schurken der Stadt aber nicht an die offiziellen Regeln hielt. Den sogenannten harten Jungs ließ er immer die Wahl, ob sie gegen ihn im Ring antreten oder lieber vor Gericht erscheinen wollten. Die meisten entschieden sich für Letzteres. Berühmt war er geworden, weil er es eines Abends in Dolphin's Barn allein mit einer ganzen Gang aufgenommen hatte, und deswegen war er auch derjenige, den man rief, als ein Betrunkener aus der Meath Street als Zahlungsmittel ein Beil benutzte, um im Pub an sein Bier zu kommen.

Gemeinsam verfrachteten Quinn und Doyle die Mädchen in den Wagen, und Doyle fuhr die kurze Strecke zur Schule. Quinn gab ihnen einen Abschiedskuss und sagte, sie sollten sich keine Sorgen machen. Er sah ihnen nach, wie sie quer über den Pausenhof auf den Eingang zusteuerten.

»Möchtest du nicht vielleicht den Direktor über die Situation informieren?«, schlug Doyle vor.

Quinn schüttelte den Kopf. »Ich möchte vorerst mit niemandem darüber sprechen. Eva ist im Moment nicht sie selbst, das wissen wir beide. Lass uns einfach herausfinden, wo sie ist, und sie nach Hause bringen.« Er warf einen Blick auf seine Armbanduhr. »Verdammt«, sagte er, »ich soll heute ja eigentlich nach Naas fahren.«

Er holte sein Handy heraus, trat ein paar Schritte beiseite und rief Murphy an. »Hör zu, Murph, mir ist etwas dazwischengekommen«, erklärte er. »Kannst du die Akten nach Naas bringen und das Team ohne mich einweisen?«

»Natürlich. Was ist denn passiert?«

»Es geht um meine Frau«, antwortete er heiser. »Sie ist weggefahren und hat die Mädchen allein gelassen. Behalte das bitte für dich, ja? Ich und Doyle werden sie schon finden, und dann komme ich nach Naas.«

Doyle hatte die Hände in die Taschen geschoben und seinen Kragen bis unter die Ohren hochgeklappt. Er wirkte abwesend, doch nachdem Quinn sein Telefonat beendet hatte, wandte er den Kopf.

»Du weißt, was ich befürchte«, sagte Doyle. »Es sieht ihr zwar nicht ähnlich, aber letztendlich sieht es niemandem ähnlich, oder? Du hast sie gestern doch erlebt, Mossie – wie sie es gerade noch so schaffte, mehr aber nicht. Ich sage das jetzt nur, weil es gesagt werden muss: Mir drängt sich immer mehr die Frage auf, ob sie nicht losgezogen ist, um sich einen Strick zu besorgen.«

Montag, 1. September
08:30 Uhr

Conor Maggs machte sich eine Kanne Kaffee. Er stand in der winzigen Küche. Jenseits des Betonbalkons konnte er die Rückseite des Hotels sehen, wo polnische Zimmermädchen gerade die Bettlaken ausschüttelten. Es roch nach Frühstück: nach Eiern mit Speck, nach irischer Blutwurst, genannt »Black Pudding« – von der es auch eine »weiße« Variante ohne Blut gab –, und nach der Griesgrütze, die früher die armen Leute in Amerika aßen.

Er ging ins Wohnzimmer hinüber, wo er sich niederließ und seine Bibel aufschlug – eine moderne Version, nicht die King-James-Ausgabe, die seine Tante ihm zur Erstkommunion gekauft hatte. Seine Tante war immer gut zu ihm gewesen. Sie hatte ihn und seine Mutter bei sich aufgenommen, als sie nirgendwo anders mehr hinkonnten. Dabei hatte sie genau gewusst, dass ihre Schwester eine Säuferin war und ihre Sucht finanzierte, indem sie die Beine breit machte. Für einen Moment musste Maggs an seine Mutter denken. Es war nicht ihre Schuld gewesen, aber der Alhohol hatte sie alt gemacht, alt und hässlich. Zu viel Alkohol und zu viele Männer. Zu viele Zigaretten.

An jenem Morgen war sie bereits auf gewesen, bevor er zur Schule aufbrach. Das war sehr ungewöhnlich. Normalerweise trank sie abends immer so viel, dass sie um diese Zeit noch mehr oder weniger im Koma lag. An diesem Morgen jedoch benahm sie sich fast so, als wüsste sie, dass sie etwas sehr Schlimmes getan hatte. Obwohl ihr damals nicht bewusst gewesen sein konnte, wie schlimm es tatsächlich war, ahnte sie doch, dass er es herausfinden würde.

Seine Tante war bereits zur Arbeit gegangen. Conor kam aus seinem kleinen Zimmer mit dem schmalen Bett herunter, das auf die Vorderseite der mit Rauputz versehenen Doppelhaushälfte hinausging. Die Räumlichkeiten gehörten der Stadt und wurden als Sozialwohnung vermietet. Er war bereits gewaschen und trug seine Schuluniform, bestehend aus einem weißen Hemd, einem blauen Pullover und einer Krawatte, die er an diesem Tag nur locker gebunden hatte. Seine Tante sorgte sonst immer dafür, dass seine Krawatte richtig saß, wenn er das Haus verließ, doch seiner Mutter war das egal. Sie war übergewichtig und ihr Haar eine Katastrophe. Als hätte das noch nicht gereicht, trug sie auch noch einen dünnen Morgenmantel, der so gut wie durchsichtig war.

Als er sich vor seinen Cornflakes niederließ, stand sie bereits mit einer Zigarette da, eine Hand auf die Arbeitsplatte gestützt. Ihr feuerroter Nagellack blätterte ab wie bei einer billigen jungen Kassiererin, die bei der Arbeit Kaugummi kaute. Der Zigarettenqualm raubte einem den Atem, und da die Fenster geschlossen waren, verpestete der Mief die ganze Luft in der Küche.

Seine Mutter stand mit dem Rücken gegen den Herd gelehnt. Sie sprach nicht mit ihm, sondern schlug nur ein Bein über das andere, so dass zwischen den Falten ihres Morgenmantels die weiße Haut ihres Oberschenkels hervorblitzte. Er konnte auch ihre Brüste sehen, denn sie trug keinen BH. Der Anblick trieb ihm die Schamesröte ins Gesicht. Bemüht, ihrem Blick auszuweichen, goss er Milch über seine Cornflakes und fügte ein wenig Zucker hinzu. Die Arbeitsplatte war mit leeren Flaschen übersät. Größtenteils hatten sie Sherry enthalten, aber es waren auch ein paar Weinflaschen aus dem Supermarkt darunter: das deutsche Zeug, süß und billig. Wie es schmeckte, war ihr egal, solange sie nur was zum Runterkippen hatte.

Seine Tante kam nie vor halb sieben von der Arbeit nach Hause. Sie arbeitete viele Stunden in einer kleinen Fabrik und musste dazu bis nach Tralee hinausfahren. Seine Mutter hatte also tagsüber das ganze Haus für sich. Wenn die Schule aus war, ging Conor meistens zum Fluss hinunter und setzte sich dort hin, um den Ottern zuzusehen oder die kleinen Vögel zu beobachten, die zwischen dem Schilf nisteten. Da er daheim in nichts hineinplatzen wollte, machte er seine Hausaufgaben auch lieber dort unten oder – wenn es kalt war oder regnete – in der Bibliothek.

Die anderen Kinder hingen oft in der Nähe herum und kamen vorbei, um ihm entweder einen Tritt zu verpassen oder ihn einfach nur zu verarschen. Das taten sie im Grunde schon die ganze Zeit, seit er und seine Mutter fünf Jahre zuvor zugezogen waren. Allerdings benahmen sich die Erwachsenen auch nicht viel besser als die Kinder. Alle schienen zu wissen, was mit seiner Mutter los war. Die Familien im Ort, die Polizisten, die Geistlichen. Er, Conor, wurde danach beurteilt, wenn auch vielleicht nicht vom Priester. Seine Tante war eine fromme Frau, die dafür sorgte, dass er mindestens zweimal die Woche zur Messe ging. Während einer dieser Messen hatte Conor Eva zum ersten Mal gesehen.

Während er nun matschige Cornflakes in sich hineinlöffelte, musste er an sie denken. Sie war die einzige Person an der Schule, die sich jemals Zeit für ihn genommen hatte. Seit seinem neunten Lebensjahr machte sie sein Leben erträglich.

Sie trug seine Kette um den Hals – die Kette, die seine Tante auf sein Drängen hin gekauft hatte, damit er sie Eva anlässlich ihrer gemeinsamen Erstkommunion schenken konnte. Er hatte ihr damit für ihre nette Art und ihre kleinen Freundlichkeiten ihm gegenüber danken wollen.

Seine Mutter hustete, woraufhin Conor den Kopf hob und sie ansah, weil er spürte, dass sie ihn schon die ganze Zeit schuldbewusst musterte. Wenn er ihren Blick nur lange genug erwiderte, musste sie irgendwann wegsehen.

»Komm heute doch mal früher nach Hause«, sagte sie in sanftem Ton, »dann mache ich dir was zum Tee.«

Überrascht starrte er sie an. Er konnte sich nicht erinnern, wann sie ihm zum letzten Mal etwas zu essen gemacht hatte – oder es ihm zumindest angeboten hatte. Seine Tante war diejenige, die immer für ihn kochte. Sobald seine Mutter ihren letzten »Kunden« losgeworden war, versank sie für den Rest des Tages in der Flasche.

»Ich habe Hausaufgaben zu machen, Mom«, murmelte er. »Dazu setze ich mich einfach in die Bibliothek. Das macht mir nichts aus.«

»Wie du meinst.« Er sah den Schmerz in ihren Augen, als sie achselzuckend ein letztes Mal an ihrer Zigarette zog, den Stummel unter den Wasserhahn hielt und dann nach oben schlurfte.

Sein Schulweg führte ihn gut anderthalb Kilometer durch die Stadt, hinaus aus dem Wohnviertel und über den großen Platz, wo er an diesem Morgen eine Gruppe von Jugendlichen vor den Läden herumhängen sah. Es waren Jimmy Hanrahan und seine Kumpels – etwa ein halbes Dutzend von ihnen. Während der Pause streiften sie immer gemeinsam über den Schulhof, auf der Suche nach einem geeigneten Opfer, das sie schikanieren konnten. Zum Glück hatten sie ihn noch nicht entdeckt. Conor verzog sich in den Eingang des indischen Restaurants, um zu warten, bis sie weg waren. Leider trödelten sie, so dass ihm wohl nichts anderes übrig blieb, als hinter ihnen herzutrödeln: Er durfte auf keinen Fall riskieren, sie auf der Straße zu überholen. Das würde Jimmy niemals dulden. Jimmy war der schlimmste Rabauke des Ortes, ein richtig fieser Kerl. Conor Maggs zu schikanieren war seine Lieblingsbeschäftigung. Mit seinen vierzehn Jahren war er sechs Monate älter als Conor, aber bei Weitem nicht so klug. Das einzige Fach, in dem er einigermaßen gut abschnitt, war englische Literatur. Den Hang zu Büchern hatte er von seiner Mutter geerbt, die angeblich sehr für alles Kulturelle schwärmte. Sein alter Herr dagegen war ein übler Säufer. Wenn er gerade mal nicht trank, verbrachte er seine Zeit mit Wildern.

Conor wartete, bis die Luft rein war, ehe er sich wieder aus dem Hauseingang wagte. Als er schließlich die Straße überqueren wollte, brauste gerade Evas Onkel Joe mit seinem Wagen heran, so dass er schnell wieder einen Schritt zurückweichen musste. Für einen kurzen Moment trafen sich ihre Blicke. Der Polizist musterte ihn, wie er es immer tat: voller Argwohn und Bösartigkeit. Das ging schon seit dem Tod von Evas Vater so.

Nachdem der Wagen vorbeigerauscht war, überquerte Conor rasch die Straße. Es kam nicht oft vor, dass Doyle sich hier blicken ließ, denn er war inzwischen bei der Polizei in Dublin und kam nur noch nach Hause, wenn er mal ein paar Tage frei hatte. Er wusste über Conors Mutter Bescheid – hatte schon immer über sie Bescheid gewusst – und war ein Paradebeispiel dafür, wie hart manche Leute urteilen konnten.

Doyle war auch an dem Tag da gewesen, als Conor, Eva und ihre Klassenkameraden Erstkommunion hatten. Conor wusste, dass Doyle damals nicht wollte, dass Eva das Geschenk annahm. Ihre Mutter aber war eine ebenso liebe Seele wie das Mädchen selbst und sagte dem alten Mistkerl, er solle nicht solche Vorurteile haben.

Und das alles nur wegen seiner Mutter. Sie war an allem schuld. Er hatte keinen blassen Schimmer, wer sein Vater war. Dutzende Männer kamen dafür in Frage, doch über das Thema Väter war bei ihnen zu Hause nie gesprochen worden: Es gab nur ihn und seine Mutter. Die örtliche Polizei schien, was ihr »Geschäft« betraf, ein Auge zuzudrücken. In Limerick hatten sie in einem kleinen Apartment gewohnt, bis der Stadtrat sie am Ende hinauswarf. Rückblickend kam es ihm so vor, als hätten die Kunden damals zu jeder Tages- und Nachtzeit bei seiner Mutter geklopft. Sooft nebenan einer auf ihr herumzukeuchen begann, hatte er den Kopf in seinem Kissen vergraben, um die Geräusche nicht mehr hören zu müssen.

Nun sah er sich am Schultor mit Jimmy konfrontiert – ausgerechnet Jimmy, der ironischerweise zusammen mit ihm und Eva den Katechismusunterricht besucht hatte. Nicht, dass er dabei aufgepasst hätte. Sein alter Herr hatte ihn nur hingeschickt, weil seine Mutter religiös war. Trotz seiner mageren Gestalt war er kräftig und konnte ziemlich grob werden. Jetzt lehnte er mit einer ganzen Horde anderer Schüler am Tor. Einer von ihnen blickte hoch, als Conor um die Ecke bog. An Jimmy gewandt murmelte er irgendetwas, woraufhin sich alle nach Conor umdrehten. Vor Schreck verlangsamte er seinen Schritt. Er spürte, wie ihm das Blut in die Wangen stieg. Verlegen starrte er auf den Asphalt hinunter. Ihm war auf sehr unangenehme Weise bewusst, dass er gleich an ihnen vorbei musste.

Es waren zwanzig oder mehr Jugendliche, nicht nur aus

seinem Jahrgang, sondern auch aus den Jahrgangsstufen darüber und darunter.

Ältere, aber auch jüngere. Einer von ihnen rief plötzlich: »Hey, Made, wie geht's deiner Ma? Wie fühlt sie sich denn heute Morgen?«

Die anderen lachten wie verrückt. Conor zitterte. Er spürte ein heißes Gefühl in der Blasengegend, und gleichzeitig stiegen ihm die Tränen in die Augen. An diesem Tag war es viel schlimmer als sonst, aber ihm blieb keine Wahl, es gab keinen anderen Weg in die Schule. Er wusste selbst nicht mehr, wie oft er schon gezwungen gewesen war, diese Art von Spießrutenlauf hinter sich zu bringen. Meist ging es schon irgendwie, also würde er es auch heute schaffen. Bloß, dass es an diesem Morgen viel mehr waren als sonst.

»Sie hat ein beachtliches Paar Titten, nicht wahr?«, spottete ein anderer Junge. »Zwar hängen sie nach unten wie Kartoffeln in einem Sack, aber dafür sind sie verdammt groß!«

Conor blieb wie angewurzelt stehen. Er hatte die höhnischen Bemerkungen gehört, gleichzeitig aber auf der anderen Seite des Schulhofs, drüben bei den Korbballpfosten, Eva erspäht. Mit ihrem rotbraunen Haar und den Sommersprossen auf der Nase war sie so schön – das einzig Schöne in seinem Leben. Und sie hatte immer ein freundliches Wort für ihn. Ihr Blick war auf die Meute gerichtet. Bestimmt begriff sie, was hier vor sich ging.

»Sie ist hässlich wie ein Schwein, Jungs, das kann ich euch sagen«, meldete Jimmy sich zu Wort. Er hielt eine Polaroid-Aufnahme in der Hand, und die anderen Jugendlichen scharten sich um ihn, um einen Blick darauf zu werfen. »Ich berechne euch was dafür«, witzelte Jimmy. »Schließlich muss ich das Geld irgendwie wieder hereinbekommen. Riesige Hängetitten hat sie und eine echt haarige Muschi.«

Conor sperrte den Mund auf.

»Möchtest du auch einen Blick darauf werden, Maggot? Nein? Da wärst du auch schön blöd, schließlich hast du das gar nicht nötig. Du siehst die alte Hexe ja jeden Tag!« Er hielt das Foto hoch und wedelte damit wie mit einem Fächer vor Conor herum.

»Sie weiß nicht, dass ich sie fotografiert habe. Sie war total besoffen, die fette Schlampe.«

Conor stürzte sich auf ihn. Wie ein Tier bahnte er sich einen Weg durch die Meute und setzte zum Sprung an, doch Jimmy war zu schnell für ihn: Mit einer raschen Bewegung brachte er das Foto außer Reichweite und knallte gleichzeitig die andere Hand gegen die Schläfe seines Angreifers. Conor, der bereits aus dem Gleichgewicht geraten war, ging zu Boden. Er landete auf allen vieren, und die anderen Jugendlichen, Mädchen wie Jungs, begannen nach ihm zu treten.

Das Nächste, woran er sich erinnern konnte, war, dass die Meute plötzlich auseinanderstob und einer von den Lehrern quer über den Pausenhof schrie. Er, Conor, lag mittlerweile mit dem Gesicht auf dem Boden und schmeckte Blut. Als er den Kopf hob, wedelte Jimmy mit dem Bild seiner halbnackten Mutter vor seiner Nase herum. Einen Moment später war das Foto verschwunden und Jimmy ebenfalls. Ein Lehrer zerrte Conor am Ellbogen hoch.

»Alles in Ordnung mit dir?«, fragte er in strengem Ton, ohne jede Freundlichkeit. »Sieh zu, dass du in deine Klasse kommst, Junge, du bist ohnehin schon spät dran.«

Conor stolperte über den Schulhof. Er sah, dass Eva immer noch in seine Richtung blickte, und hoffte für einen Moment, sie würde vielleicht herüberkommen und mit ihm sprechen. Doch das tat sie nicht. Als er sich jetzt mit dem Handrücken über die Lippe wischte, wurde seine Hand davon ganz blutig.

»Wasch dir die Hände und das Gesicht, bevor du in den Unterricht gehst«, befahl ihm der Lehrer. »Du siehst schrecklich aus, Maggs. Und zu spät kommst du auch. Los, geh dich waschen!«

Jeder Mann, der das Geld hatte, konnte sie kaufen: ob alt oder jung, schien keine Rolle zu spielen. Das Foto war eine Trophäe, ein Andenken an den Tag, an dem Jimmy Hanrahan seine Unschuld verlor. Jimmy selbst fand das irrsinnig komisch. Das Foto machte monatelang die Runde. Mehr als zwanzig Jahre später war es in Maggs Erinnerung noch ebenso präsent wie die Nacht, in der Doyle seine Fäuste an ihm ausgelassen hatte.

Während aus seiner Kaffeetasse der Dampf aufstieg, überlegte er, was er der Glaubensgemeinde an diesem Tag erzählen sollte. Er hatte bereits mehrfach zu ihnen gesprochen, doch das letzte Mal lag Monate zurück. Er wusste nicht recht, was er vorbereiten sollte: vielleicht etwas Inspirierendes? Oder lieber doch etwas Dogmatischeres? Beispielsweise die katholische Überzeugung, dass Jesus Christus sich während der Heiligen Messe tatsächlich als Fleisch und Blut in den Sakramenten manifestierte. Das war der einzige Teil der römisch-katholischen Götzenverehrung, an den er selbst noch glaubte. Der Rest war nach dem, was ihm in der Zelle von Rathfarnham widerfahren war, seiner neuen evangelischen Inbrunst anheimgefallen. Ein weiteres Erlebnis, das er noch sehr lebhaft in Erinnerung hatte. Jedes Mal, wenn er daran dachte, brach ihm der kalte Schweiß aus, doch zugleich wurde er auch ganz euphorisch: Eben noch hörte er Doyle sagen, er wisse genau, dass er nicht nur das Mädchen aus Limerick, sondern auch seine eigene Mutter auf dem Gewissen habe, und einen Moment später blickte der Herr höchstpersönlich in seinem ganzen Leiden auf die Stelle hinab, wo er, Conor, am Boden lag – nachdem Doyle ihn einfach dort liegen gelassen hatte.

Plötzlich wusste er, worüber er sprechen würde. Märtyrer.

Er würde über jene sprechen, die für ihren Glauben gelitten hatten. Wie Petrus, der Lieblingsjünger des Herrn, der von den Römern mit dem Kopf nach unten gekreuzigt worden war, weil er sich nicht für würdig hielt, dem Tod auf dieselbe Art zu begegnen wie sein Meister.

Montag, 1. September
08:45 Uhr

Nachdem sie in Quinns Haus in Glasnevin zurückgekehrt waren, riefen er und Doyle sämtliche Krankenhäuser der Stadt an, um in Erfahrung zu bringen, ob eine Frau eingeliefert worden war, auf die Evas Beschreibung passte. Ihre Handtasche lag auf dem Tisch in der Diele, samt ihrer Geldbörse, ihrem Führerschein, ihrem Handy – im Grunde all ihren Sachen außer ihrem Autoschlüssel. Ansonsten hatten sie nichts gefunden, was ihnen weiterhalf. Im Moment telefonierte Quinn gerade vom Festnetz aus mit dem Mater Hospital, das gleich gegenüber dem Mountjoy-Gefängnis lag. Nebenan in der Küche führte Doyle ein Gespräch von seinem Handy aus. Anschließend kam er mit angespannter Miene zu Quinn herüber.

»Moss«, sagte er, »ich habe gerade mit dem Leichenschauhaus gesprochen.«

Es lag in der Amiens Street, gleich neben dem Gebäude der Polizei. Quinn schlug das Herz plötzlich bis zum Hals.

»Sie haben am Spencer Dock eine Leiche aus dem Wasser gezogen«, erklärte ihm Doyle. »Eine Frau in den Dreißigern, mit einem Ehering am Finger.«

Quinn starrte ihn an. Für einen Moment bekam er keine Luft. Eine Frau in den Dreißigern mit Ehering. Wie viele Male war er schon an einen Tatort gerufen worden, wo man eine Leiche gefunden hatte, nachdem zuvor jemand einen Angehörigen als vermisst gemeldet hatte?

Immer handelte es sich um die gesuchte Person.

Er spürte, wie ihm die Farbe aus dem Gesicht wich und ihm gleichzeitig auf der Kopfhaut der Schweiß ausbrach. Als er einen Blick zu Doyle hinüberwarf, sah er, dass aus dessen versteinerter Miene die gleiche Angst sprach. Vor seinem geistigen Auge sah er Murphy nackt vor sich. Er spürte wieder die Weichheit ihrer Brüste, ihre Wärme in seinem Bett. Er schaffte das nicht – nicht nach Danny und dem gestrigen Tag. Er musste die Zähne fest zusammenbeißen, um nicht zusammenzubrechen. Er versuchte sich zu stählen, und gleichzeitig versuchte er nachzudenken.

Mit geschlossenen Augen fragte er: »Stand ihr Wagen dort unten? Haben sie den Wagen gefunden?«

Doyle schüttelte den Kopf. »Das weiß ich nicht. Ich habe nicht danach gefragt, Moss. Nach dem Wagen habe ich nicht gefragt.«

Im Konvoi brachen sie auf. Doyle folgte Quinn nach Süden, in Richtung Innenstadt. Während Quinn es gerade so schaffte, sich einigermaßen zusammenzureißen, versuchte Doyle, sich möglichst auf die sich zuspitzende Krisensituation zu konzentrieren. Doch auch für ihn ging es hier um ein Familienmitglied, die jüngste Tochter seines Bruders, so dass er ständig an die dreistündige Fahrt nach County Kerry denken musste. Er konnte sich nicht vorstellen, seiner Schwägerin die Nachricht überbringen zu müssen, dass ihre Jüngste sich das Leben genommen hatte, weil sie den Tod ihres Sohnes nicht verkraftet hatte.

Erst ein einziges Mal war er gezwungen gewesen, einer Familie eine solche Nachricht zu überbringen. Er hatte den damals fünfzehnjährigen Jimmy Hanrahan verhaftet, nachdem er und ein paar seiner Kumpels in das Haus der alten Jungfer Bolton an der Ballybunion Road eingebrochen waren. Die Jugendlichen hatten Schmuck gestohlen, den die alte Frau von ihrer Mutter bekommen hatte. Als sie sich weigerte, ihnen zu verraten, wo sie ihr gespartes Geld aufbewahrte, zog Jimmy ihr mit ihrem eigenen Schürhaken eine über den Schädel. Sie musste mit zweiunddreißig Stichen am Kopf genäht werden.

Eine schlimme Sache. Jimmys alter Herr war schon immer ein ziemlicher Mistkerl gewesen, und als seine Mutter nun erfuhr, dass ihr Sohn sich in dieselbe Richtung entwickelt hatte, ruderte sie mit einem kleinen Boot auf den Shannon hinaus und ertränkte sich.

Doyle war derjenige gewesen, der es ihrem Mann sagen musste. John Hanrahan gelobte daraufhin, von diesem Tag an keinen Tropfen Alkohol mehr anzurühren. Schuldgefühle überwältigten ihn, weil seine Frau – zumindest laut der Religion, an die sie geglaubt hatte – nun im Fegefeuer saß, wo ihre Seele weder Gott noch dem Teufel gehörte. In der Hoffnung, mit ihr in Kontakt treten zu können, begann er Medien aufzusuchen. Bald darauf bekam er in seiner Küche zum ersten Mal Besuch von den Seelen der Toten. Aber es waren nicht nur die Toten. Laut dem alten John saß dort regelmäßig der leibhaftige Teufel am Tisch.

Auf dem Parkplatz angekommen, ließ Quinn sich mit dem Aussteigen ziemlich viel Zeit. Seine Hände waren schweißnass. Er griff ins Handschuhfach und fischte die schon halb aufgerauchte Zigarettenschachtel heraus, die er morgens aus der Wohnung mitgenommen hatte. Alle möglichen Erinnerungen wirbelten ihm im Kopf herum: Wie er Eva zum ersten Mal gesehen hatte, wunderschön mit ihrem kastanienbraunen Haar und den grünen Augen, die funkelten wie geschliffene Smaragde. In Kerry fand damals ein Rugby-Turnier statt, er war mit Paddy Maguire unterwegs. Sie hatten das erste Spiel gewonnen und feierten in einer Bar, wo Doyle Quinn erklärte, wer Eva war und dass er seine schmutzigen Finger von ihr lassen sollte.

Jetzt öffnete Doyle, der rasch den Parkplatz überquert hatte, die Tür von Quinns Wagen und legte ihm sanft eine Hand auf die Schulter. »Bist du so weit?«, fragte er.

Quinn war schon viele Male im Leichenschauhaus gewesen. Er war dabei gewesen, wenn Autopsien durchgeführt wurden. Er hatte mehr Leichen gesehen, als er zählen konnte. Noch nie aber hatte er sich dabei so gefühlt wie jetzt.

Er sah noch genau vor sich, wie seine Frau gestern an Dannys Grab gestanden hatte, umringt von Menschen, aber dennoch in ihre eigene Stille eingehüllt. Er begriff, dass sie es durchaus getan haben konnte. Womöglich war sie in ihrem gestrigen Zustand tatsächlich zum Spencer Dock hinuntergefahren und hatte sich dort ins Wasser gestürzt.

Er rang nach Luft. »Lieber Himmel, ich weiß nicht, ob ich das schaffe.«

Doyle nickte mitfühlend. Auch ihm standen Angst und Anspannung ins Gesicht geschrieben. »Möchtest du lieber hierbleiben? Soll ich das für dich machen?«

Quinn schluckte. Den Blick auf die alten viktorianischen Mauern gerichtet, schüttelte er langsam den Kopf. »Wenn sie es ist, muss ich mich selbst davon überzeugen. Bevor ich gezwungen bin, es den Mädchen zu sagen, muss ich sie mit eigenen Augen gesehen haben.«

Im Eingangsbereich rang er erneut nach Luft. Während sie durch den kurzen Korridor auf die Schwingtüren zusteuerten, die teils aus Hartholz und teils aus Kunststoff bestanden, klopfte ihm das Herz bis zum Hals. Gleichzeitig zog es ihm derart den Magen zusammen, dass es richtig wehtat. Er schob die Tür auf und entdeckte in dem Büro zu seiner Linken einen Angestellten des Leichenschauhauses.

Der Geruch nach Desinfektionsmittel stach ihm in die Nase. Sämtliche Wände waren weiß gekachelt, und der Fliesenboden sah aus, als wäre er geschrubbt worden, bis er quietschte. Der

Angestellte, der Gummistiefel trug, hob den Kopf und blickte durch die Scheibe aus Sicherheitsglas, die sie voneinander trennte.

»DI Quinn.« Quinn brachte kaum mehr als ein Flüstern heraus. »Man hat uns gesagt, Sie hätten eine Wasserleiche hereinbekommen. Möglicherweise Selbstmord.«

Der junge Mann strich sich eine Strähne seines dünnen dunklen Haars aus der Stirn. »Ja, das stimmt«, antwortete er, »sie haben sie heute Morgen am Spencer Dock herausgezogen.« Der Mann kam zu ihnen heraus, schloss die Bürotür hinter sich und führte sie durch eine andere Tür in den Bereich, wo sich die Kühlräume befanden.

»Ich würde sie auf Ende dreißig schätzen«, erklärte der Mann. »Sie hat rötlichbraunes Haar und blaugrüne Augen. Bekleidet war sie mit einem dunklen Rock und einem weißen Shirt. Schuhe hat man keine gefunden. Sie trägt einen Ehering ohne besondere Merkmale, einen schlichten goldenen Trauring.«

»Wie sieht der genau aus? Breit oder schmal?«

»Schmal. In etwa so wie der Ihre, würde ich sagen.« Er nickte zu dem Ring hinüber, den Quinn gerade nervös drehte.

Doyle bekreuzigte sich.

Der Mann ging voraus. Hinter der nächsten Tür waren vier Tische aus Edelstahl parallel zueinander aufgereiht, keine zwei Meter voneinander getrennt. Jeder von ihnen war mit einer Umrandung versehen, und über die gesamte Tischlänge verliefen quer angeordnete Abflussrillen, die dafür sorgten, dass die Körperflüssigkeiten in die bauchige Wanne darunter sickern konnten. Der ganze Raum roch penetrant nach scharfen Desinfektionsmitteln.

Hierher wurden die Toten Dublins gebracht. Selbstmörder, Verkehrstote und Mordopfer. Hier wurden sie gesäubert und zusammengeflickt, damit diejenigen, die eine Leiche identifizieren mussten, kein allzu großes Trauma davontrugen.

Die Tür zum Kühlraum stand offen, und auf einem der Tische befand sich ein Sarg aus poliertem Kiefernholz. Dahinter erstreckte sich die Leichenhalle selbst – die Wände mit den Gefrierfächern, von denen jedes fünf große, übereinander angeordnete Schübe zum Herausziehen enthielt. Der Mann öffnete eine der Türen und zog das zweite Schubfach von unten in voller Länge heraus. Die Leiche war mit einer undurchsichtigen Kunststoffplane bedeckt.

Quinn blickte auf sie hinunter, wie er es zuvor schon unzählige Male getan hatte. Nur musste er dieses Mal an Jess und Laura denken, die gerade in der Schule saßen und versuchten, sich auf ihren Unterricht zu konzentrieren.

Er zitterte.

Noch bevor er dazu bereit war und sich gedanklich auf das einstellen konnte, was ihn nun erwartete, zog der Mann die Plastikplane weg. Ihre Augen waren geschlossen, und ihre Haut erinnerte an Kerzenwachs. Rotbraunes Haar umrahmte in verfilzten Strähnen ihr Gesicht. Selbst als Tote machte sie noch einen gequälten und müden Eindruck. Quinn wollte etwas sagen, bekam jedoch die Lippen nicht auseinander. Sein Mund war ausgetrocknet wie ein alter Knochen.

»Haben Sie eine Ahnung, wer sie ist?«, fragte ihn der Angestellte des Leichenschauhauses.

»Nein«, flüsterte er, »ich habe keine Ahnung.«

Montag, 1. September
09:00 Uhr

Draußen lehnten sich die beiden Männer an die Ziegelmauer, als hätten sie gerade einen Marathonlauf hinter sich. Quinn zitterte immer noch. Doyle stieß scharf die Luft aus und bekreuzigte sich zum wiederholten Mal.

»Der heiligen Jungfrau sei Dank!«, murmelte er. »Lieber

Himmel, Moss, das war vielleicht ein Moment. Das brauche ich nicht noch einmal!« Quinn starrte auf den schmuddeligen Beton hinunter, auf dem Papierfetzen und Reste alten Kaugummis herumlagen.

Ein paar Augenblicke schwiegen sie beide, dann räusperte sich Doyle. »Also«, sagte er, »du bist schließlich derjenige, der es zum Inspektor gebracht hat. Wo zum Teufel steckt sie?«

Quinn zündete sich eine Zigarette an, und während er sie rauchte, kam wieder Ordnung in seine Gedanken. »Auf dem Friedhof. Wo sonst sollte sie sein, Joe?«

»Ach«, sagte Doyle, der langsam vor sich hin zu nicken begann, »natürlich. Weißt du, was? Wenn wir auch nur einen Moment nachgedacht hatten, dann wäre uns das schon viel früher eingefallen.«

»Wir sind Polizisten. Da ist es kein Wunder, wenn wir zuerst an Krankhaus und Leichenhalle denken. Das ist ganz normal.« Mit diesen Worten richtete Quinn sich auf, ließ die Zigarette fallen und trat sie mit dem Absatz aus. Dann zog er sein Handy aus der Tasche und rief Patrick Maguire an.

»Paddy, hier ist Moss«, sagte er. »Hör zu, hast du mit Eva gesprochen?«

»Heute noch nicht«, antwortete Maguire. »Natürlich habe ich euch beide gestern gesehen, und weil ich wissen wollte, ob mit ihr alles in Ordnung ist, habe ich sie gestern Abend noch angerufen.«

»Du hast mit ihr telefoniert?« Quinn presste das Telefon noch ein wenig fester an sein Ohr.

»Ja, Moss. Ich glaube, es war kurz vor zehn. Ich habe mir Sorgen um sie gemacht. Du weißt ja selbst, in welchem Zustand sie gestern war.«

Für einen Moment legte Quinn die Hand über den Hörer und erklärte an Doyle gewandt: »Paddy hat sie gestern Abend kurz vor zehn angerufen.« Doyle warf einen Blick auf seine

Uhr. »Wie war sie drauf, Pat?«, fragte Quinn. »Als du mit ihr gesprochen hast?«

»Es ging ihr einigermaßen gut, würde ich sagen. Du weißt schon, in Anbetracht des Tages und der ganzen Umstände. Allerdings mache ich mir schon seit Längerem Sorgen um sie. Das habe ich dir ja gesagt: Die letzten paar Male, die ich mit ihr gesprochen habe, strahlte sie eine Hoffnungslosigkeit aus, die ich vorher nicht an ihr kannte. Ich habe es auf die Tatsache zurückgeführt, dass der erste Jahrestag nahte und ...«

»Und ihr Ehemann nicht in der Lage war, den Mörder ihres Sohnes zu finden«, sprach Quinn den Satz für ihn zu Ende.

»Ja, du hast wohl recht, so irrational das auch sein mag.«

»So irrational ist das gar nicht. Ich bin Polizist, Pat. So wie Doyle. Ihr Mann und ihr Onkel. Wir haben es zwar fertiggebracht, ihren Jugendfreund vor Gericht zu bringen, aber was den Mörder ihres Sohnes angeht, haben wir versagt. Sie kann einfach nicht anders, als diese beiden Ereignisse einander gegenüberzustellen.«

»Du darfst ihr deswegen nicht böse sein, Moss«, meinte Maguire. »Sie gibt dir nicht bewusst die Schuld, und ich glaube auch gar nicht, dass die Situation so eindeutig ist, wie du meinst. Aber jetzt sag mir lieber, wie es ihr heute geht. Ich wollte sie eigentlich schon längst anrufen, bin aber gerade hier im Mountjoy-Gefängnis beschäftigt.«

Quinn warf einen Seitenblick zu Doyle hinüber, der immer noch an der Wand des Leichenschauhauses lehnte, die Hände tief in den Taschen vergraben. »Das ist genau das Problem, Patrick«, antwortete Quinn. »Sie ist verschwunden.«

»Verschwunden?«

»Ja, und nach allem, was du mir gerade erzählt hast, warst du vermutlich der Letzte, mit dem sie gesprochen hat. Wir sind gerade im Leichenschauhaus und ...«

»Um Gottes willen, sie ist doch nicht etwa ...«

»Nein, aber wir hatten Angst, sie könnte es sein. Am Spencer Dock wurde heute Morgen eine Leiche aus dem Wasser gezogen, auf die ihre Beschreibung passte. Ich glaube, sie ist auf dem Friedhof, Paddy. Was meinst du?«

Maguire überlegte kurz. »Ja«, antwortete er dann, »wenn sie nicht zu Hause ist, findest du sie am ehesten dort.«

»Das war auch mein Gedanke. Gut, Kumpel, vielen Dank. Wir hören uns.«

»Mossie?«

»Ja?«

»Vergiss nicht, mich gleich anzurufen – ich meine, wenn du sie gefunden hast. Sag ihr, dass sie sich jederzeit bei mir melden kann, wenn sie reden möchte. Ich kann meine Termine verlegen.«

Im Besucherraum von Mountjoy schaltete Patrick Maguire sein Handy aus. Die Türen wurden entriegelt und, nachdem er in den inneren Bereich getreten war, hinter ihm wieder verriegelt. Eine weitere Tür wurde entriegelt. Maguire nickte dem Wärter kurz zu und steuerte dann auf den Befragungsraum zu, in dem Karl Crame wartete.

Crame hatte die Arme auf den Tisch gestützt. Sie waren vom Handgelenk bis zur Schulter voller Tätowierungen: Schlangen, Frauen, ein dichter Teppich aus Orange, Rot und Blau. Sein Haar war bis auf die Kopfhaut geschoren, und obwohl er erst zweiundzwanzig war, wirkten seine grauen Augen kalt.

»Da bist du ja, ich dachte schon, du kämst gar nicht mehr.«

»Tut mir leid, Karl.« Maguire ließ sich nieder und stellte seine weiche Lederaktentasche zu seinen Füßen ab.

»Hör zu!« Crame packte ihn am Handgelenk. »Ich muss wissen, was du für mich tun kannst. Die Jungs hier im Haus meinen, du wärst der Richtige dafür, Paddy. Es heißt, du bist unser Mann.«

»Na klar«, antwortete Maguire, »würde ich sonst so viel Zeit mit Pack wie euch verbringen?«

Crame verzog keine Miene.

»Das war ein Witz, Karl.« Maguire war in Quinns Alter, wenn auch vielleicht ein wenig kleiner und drahtiger.

»In Gottes Namen, nun entspann dich mal, ja? Was ich gesagt habe, war ein Witz!«

»Ein Witz, ja. Ha, ha.« Crames Miene wirkte immer noch sehr angespannt. »Hör zu, Patrick, ich habe keine Lust, meine Zeit mit irgend so einem therapeutischen Mist zu verplempern. Das brauche ich nicht. Ich muss mit dir über meine Freundin reden. Das Luder ist fest entschlossen, dafür zu sorgen, dass ich meinen Sohn nie zu Gesicht bekomme.«

»Nicht so schnell, nicht so schnell!« Patrick versuchte, ihn gleichzeitig mit einer entsprechenden Geste zu bremsen, bei der er die Handflächen nach unten wandte. »Was für eine Freundin? Was für ein Sohn? Ich verstehe nur Bahnhof.«

Crame machte plötzlich einen verbitterten Eindruck. »Ich habe mit ein paar von den Jungs hier drin gesprochen, und sie haben mir gesagt, dass du manchmal helfen kannst, wenn bei einem die Kacke so richtig am Dampfen ist.«

Wieder betrachtete Maguire ihn prüfend. Irgendetwas an diesen trüben, leeren Augen beunruhigte ihn. Ein solcher Ausdruck in den Augen begegnete ihm neuerdings immer häufiger. Der Mann roch nach Gewalt: der rohen Gewalt des Straßendschungels.

»Ich wusste gar nicht, dass du einen Sohn hast, Karl.«

»Doch, ich habe einen, und dieses Luder aus Jobstown ...« Crame brach ab und starrte sein Gegenüber eindringlich an. »Dort lebe ich nämlich: in der Kilmahon-Siedlung. Kennst du die?«

»Wer kennt die nicht? Die Polizei hat gerade erst beschlossen, dort unten in Zukunft doppelt so viele Streifen zu fahren.«

»Tja, manche von den Mistkerlen sollten mal versuchen, dort zu leben. Wie auch immer, darum geht es jetzt nicht. Es geht darum, dass ich hier festsitze. Aber das wird ja nicht immer so bleiben. Diese Kuh versucht gerade, dafür zu sorgen, dass ich meinen kleinen Jungen nicht sehen darf.«

Zum ersten Mal im Verlauf dieses Gesprächs glaubte Maguire eine echte Gefühlsregung zu erkennen. Er lehnte sich zurück, während Crame wild gestikulierend fortfuhr: »Kann ja sein, dass ich als Dad nicht viel tauge, Patrick, und dass ich die Mammy des Kleinen gar nicht besonders mag, aber meinen Jungen liebe ich, und seit ich hier drin festsitze, denke ich fast nur noch an ihn.«

»Warum sitzt du eigentlich ein, Karl? Wegen Drogenhandel, oder?« Maguires Stimme klang weder vorwurfsvoll noch urteilend.

Crame nickte. »Ich habe gedealt, ja, aber nur Kleinzeug, wenn du weißt, was ich meine. Ich hatte ein klitzekleines Revier unten in Kilmahon, kaum der Rede wert. Trotzdem haben sie mir sieben Jahre aufgebrummt, und nun sagt dieses Luder, dass sie mir meinen Kleinen nicht mehr bringen will. Bis ich wieder rauskomme, kennt mich der Junge doch gar nicht mehr.«

Maguire nickte. »Wie alt ist er denn?«

»Lieber Himmel, erst fünf, und jetzt droht sie, ihn mir wegzunehmen. Sie will aus Dublin wegziehen, vielleicht sogar ganz aus Irland weggehen. Seine Augen wirkten plötzlich stumpf, und er hatte die Hände zu Fäusten geballt. »Ich hatte Arbeit unten in Pollbeg, bis die Mistkerle mich rausgeworfen haben. Dann bekam ich zwar Stütze, aber das reichte nicht, und deswegen hab ich mit Dealen angefangen. Und ein paar Kerle verärgert, die schon länger im Geschäft waren. Du weißt ja, wie das ist. Jedenfalls haben sie mir was angehängt, und so bin ich hier gelandet. Ich kann nichts dafür. Ich habe nur versucht, über die Runden zu kommen, und es ist total ungerecht, dass diese Frau jetzt versucht, mir meinen Sohn wegzunehmen.«

Maguire lehnte sich noch ein Stück weiter zurück. Mit solchen Leuten hatte er die ganze Zeit zu tun: Männern, die einen schwierigen Start und eine unmögliche Kindheit gehabt hatten und fast zwangsläufig irgendwann im Mountjoy Prison gelandet waren. Nördlich wie südlich des Flusses gab es immer mehr Gangs, die im Drogengeschäft zugange und ganz anders als die Banden von früher waren: Ihre Mitglieder wurden immer jünger und waren zu Gewalttaten fähig, vor denen selbst die Vertreter der alten Schule zurückgeschreckt wären.

»Hör zu, Karl«, sagte er, »wenn du mir versprichst, dass du hinterher nicht einfach da weitermachst, wo du aufgehört hast – also *nicht* deinen Zulieferer anrufst und wieder zu dealen anfängst –, dann wäre ich vielleicht tatsächlich in der Lage, dir zu helfen.«

Crame blickte ein wenig hoffnungsvoller drein. »Dann hatten die Jungs also recht, als sie zu mir gesagt haben, dass du ein guter Typ bist. Es heißt, dass du sogar mal bei den Christian Brothers warst, Paddy. Stimmt das?«

Patrick schnaubte. »Ich habe genau wie du meine Jugend vergeudet, aber das ist jetzt nicht unser Thema. Ich kann dir nichts versprechen. Sollte sich allerdings irgendeine Möglichkeit bieten, werde ich sehen, was ich tun kann.«

»Mann, vielen Dank, Patrick. Ich wusste, du würdest mir helfen.«

»Deine Ex lebt allein?« Maguire holte Papier und Stift heraus, um sich die Details zu notieren. »Ich muss also nicht damit rechnen, dass mir irgendein Affe mit haarigem Hintern eine über den Kopf zieht, wenn ich bei ihr vorspreche?«

Montag, 1. September
09:10 Uhr

Nachdem er sich von seinem Partner verabschiedet hatte, fuhr Quinn hinauf bis zu Doyle's Corner, ehe er auf der North Circular Road in Richtung Westen weiterfuhr. Auf Höhe von Dalcassian Downs überquerte er den Royal Canal, umrundete den südlichen Rand des Botanischen Gartens und bog zum unteren Teil des Friedhofs ab.

Er entdeckte Evas Wagen gleich jenseits der Brücke. Nachdem er den seinen dahinter abgestellt hatte, blieb er noch einen Moment sitzen. Er wusste nicht recht, was er zu Eva sagen sollte. Nachdem ihr Bett unbenutzt gewesen war, hatte sie entweder die ganze Nacht zu Hause herumgesessen, oder sie war irgendwann nach Paddys Anruf zum Friedhof herausgefahren und stand noch immer am Grab ihres Sohnes. Beides verhieß nichts Gutes. Er musste sich genau überlegen, wie er sich in dieser Situation am besten verhielt. Eva war kein verantwortungsloser Mensch – beileibe nicht! –, aber sie trauerte immer noch um ihren Sohn und hatte die Mädchen nachts allein zu Hause gelassen. Quinn fragte sich allmählich, ob er vielleicht in Betracht ziehen sollte, einen Therapeuten aufzutreiben, der für Fälle wie den ihren ein wenig qualifizierter war als Pat Maguire.

Während er so dasaß, musste er auch an letzte Nacht denken. Daran, was er im Garda-Club getan hatte. An die Wärme, die er in Keiras Armen gespürt hatte. Er sagte sich, dass das keine Rolle spielte; dass er es – zumindest vorübergehend – einfach vergessen musste. Mit seinem schlechten Gewissen konnte er sich später herumschlagen. Jetzt zählte nur noch Eva. Er liebte sie nach wie vor – hatte nie aufgehört, sie zu lieben – und glaubte fest daran, dass sie ihn irgendwo tief unter all dem Kummer ebenfalls noch liebte.

Das reichte aus. Was gestern Nacht passiert war, änderte daran nichts. Es war ein Moment der Schwäche gewesen und der Zeitpunkt zweifellos schlecht gewählt. Er sagte sich, dass trotzdem noch nichts zerstört war, nichts verloren. Eva brauchte nie etwas davon zu erfahren.

Und alle anderen auch nicht.

Er hatte nie gewollt, dass so etwas passierte, und hätte er noch zu Hause gewohnt, dann wäre es auch nie dazu gekommen. Dass er sich überhaupt bereit erklärt hatte auszuziehen, lag nur daran, dass sie irgendwann an einen Punkt gelangt waren, an dem die Atmosphäre zwischen ihnen so schlimm wurde, dass Laura und Jess darunter zu leiden begannen.

So vieles war passiert: Dannys Tod lag gerade mal ein Jahr zurück, und nur eine Woche später war Maggs wegen Mordes angeklagt worden.

Damals hatte Eva angefangen, den Herz-Jesu-Anhänger zu tragen. Quinn hatte sich dadurch nicht aus der Fassung bringen lassen. Er wusste, warum sie das Herz trug: Es hatte nichts mit Maggs zu tun – dafür aber jede Menge mit Danny. Es stand für Gott und den Himmel, für all die Dinge, denen Menschen sich zuwenden, wenn sie krampfhaft versuchen, im Tod eines Kindes so etwas wie einen Sinn zu sehen.

Allerdings glaubte sie tatsächlich nicht, dass Maggs Mary Harrington umgebracht hatte. Sie hatte sich vor dem Prozess dahingehend geäußert und Quinn vorgeworfen, Maggs von Anfang an in eine bestimmte Schublade gesteckt zu haben.

Seit ihr Sohn tot war, schien sie unter dem Zwang zu stehen, immer wieder in die Vergangenheit abzutauchen. Sie sprach beispielsweise über den Schultag, an dem Jimmy jenes Polaroid-Foto herumgezeigt hatte. Maggs war zu dem Zeitpunkt gerade mal dreizehn gewesen, und alle hatten ihn ausgelacht: nicht nur die Schüler, sondern hinter seinem Rücken auch ein paar von den Lehrern. Eva war die Einzige gewesen, die ihn verteidigt hatte.

Mehr als zwanzig Jahre später hatte sie ihn in ihrem Wohnzimmer in Glasnevin erneut verteidigt, indem sie ihrem Mann ins Gedächtnis rief, dass es für seine Schuld keine konkreten Beweise gab und dass ihm das Geständnis mit Gewalt abgepresst worden war. Während Quinn nun ihren Wagen anstarrte, studierte er immer wieder das Kennzeichen, als müsste er sich erst davon überzeugen, dass es sich tatsächlich um ihren Wagen handelte.

Was sollte er zu ihr sagen? Wie würde sie reagieren, wenn er plötzlich auftauchte und sie zur Besinnung kam und begriff, dass sie ihre Töchter im Stich gelassen hatte, um bei ihrem toten Sohn zu sein?

»Sachte, sachte«, murmelte er. »Pass auf, dass du sanft mit ihr umgehst, mein Junge. Mehr ist gar nicht nötig.«

Nachdem er den Wagen abgesperrt hatte, machte er sich auf den Weg in die hinterste Ecke des Friedhofs – die Ecke mit dem Dickicht aus Bäumen, der Eisenbahnlinie und dem Kanal dahinter.

Mitten in der Bewegung blieb er wie angewurzelt stehen und kniff die Augen zusammen. Sie war nicht da. Das Grab war verwaist, und auf den Bänken rundherum saß auch niemand. Nirgendwo war eine Menschenseele zu sehen. Quinn verstand das nicht. Suchend blickte er sich um, fast hätte er ihren Namen gerufen. Vielleicht war sie irgendwo auf dem Treidelpfad am Kanal. Ein schrecklicher Gedanke schoss ihm durch den Kopf. Vor seinem geistigen Auge tauchte wieder das bleiche Gesicht der Ertrunkenen auf, das er vorhin gesehen hatte.

Er war nur noch ein paar Schritte vom Grabstein seines Sohnes entfernt, als sein Telefon zu läuten begann. »Quinn«, meldete er sich, das Handy dicht ans Ohr gepresst.

Einen Moment lang hörte er nur Schweigen. Quinn war etwas unkonzentriert, abgelenkt durch die vielen Blumen von gestern und – jenseits des Grabes – durch die Eisenbahnlinie, wo ein Zug nach dem anderen vorbeirauschte. Dahinter funkelte das dunkle Wasser des Royal Canal.

»Hier ist Detective Inspector Quinn«, meldete er sich erneut.

»*Tick-tack.*« Eine gepresste, krächzende Stimme, die eigentlich gar nicht wie eine Stimme klang. »*Tick-tack. Die Maus und die Uhr. Tick-tick-tack. Springt die Maus den Zeiger rauf. Bleibt die Uhr steh'n, ist's um die Maus gescheh'n.*«

Dann war die Leitung plötzlich tot, und Quinn starrte verblüfft auf das Telefon.

Er stand noch immer wie angewurzelt an derselben Stelle, die Stimme noch im Ohr. Der Wagen seiner Frau parkte draußen neben der Brücke, aber sie war nicht da. Seine Handflächen waren plötzlich schweißnass, und sein Magen, der schon den ganzen Tag vor Anspannung krampfte, zog sich noch fester zusammen. Er trat näher an das Grab heran. Irgendetwas stimmte damit nicht. Erst jetzt bemerkte er, dass manche der Blumen flachgetreten aussahen, fast als wäre jemand auf ihnen herumgetrampelt. Stiele waren abgebrochen, Blütenblätter über den Boden verstreut. Im Gras entdeckte er Fußabdrücke. Es hatte so viel und so lange geregnet, dass der Boden ganz matschig war und die Spuren sich tief und unauslöschlich in die Erde eingedrückt hatten. Irgendetwas an ihnen irritierte ihn. Sie reichten zu nahe an die Steine heran und wiesen in alle möglichen Richtungen. Einige identifizierte er als Abdrücke eines Frauenschuhs, andere stammten der Größe nach von einem Mann.

Wieder hallte die Stimme in seinem Kopf nach. Schlagartig brach ihm der kalte Schweiß aus. Er begriff plötzlich, was hier passiert war.

Als er hinter sich etwas hörte, drehte er sich schnell um.

Eine ältere Frau kam mit einem Blumenstrauß des Weges. Wild winkend suchte er in seiner Tasche nach seinem Ausweis. »Ich bin von der Polizei!«, rief er. »Würden Sie bitte stehen bleiben!«

Sie tat sofort, wie ihr geheißen, wenn auch mit leicht irritierter Miene. Quinn lächelte sie beruhigend an. »Hören Sie, es tut mir leid«, erklärte er, »mir ist klar, dass Sie hier ein Grab besuchen wollen, aber ich möchte Sie dennoch bitten, umzudrehen und den gleichen Weg zurückzugehen, den Sie gekommen sind.«

Er musste Doyle anrufen, aber vorher musste er unbedingt den Tatort sichern. Aus seinem Kofferraum holte er eine Rolle blauweißes Band. Nachdem er damit zunächst das Friedhofstor markiert hatte, befestigte er das Band an einem der Gitterstäbe und ging dann zurück zu Dannys Grab, wobei er das Band hinter sich herzog, so dass eine Art Handlauf bis hin zum Grabstein entstand. Von dort arbeitete er sich dann wieder zurück zum Tor, bis er eine Art Korridor errichtet hatte. Währenddessen versuchte er die ganze Zeit, in seinen Kopf hineinzubekommen, was passiert war. Eine verstellte Stimme. Eine tickende Uhr. Noch nie in seinem Leben war ihm so kalt gewesen.

Montag, 1. September
09:21 Uhr

Im fünften Stock des Polizeigebäudes am Harcourt Square holte sich Doyle am Automaten eine Tasse Kaffee und machte sich damit auf den Rückweg zu seinem Schreibtisch. Murphy war noch immer nicht nach Naas aufgebrochen. Ein Anruf aus einer entlegenen Polizeidienststelle hatte sie aufgehalten: Ein Priester war tot in seiner Kirche aufgefunden worden, und die Kollegen vor Ort brauchten jemanden zur Unterstützung. Sie hatte die Einweisung der neuen Einheit auf Mittag verschoben und sich erst einmal um den toten Geistlichen gekümmert. Nach einer ersten Bestandsaufnahme würde sie den Fall jedoch an einen Kollegen vom Morddezernat abgeben. Während sie nun damit beschäftigt war, Akten in eine Mappe zu stopfen, ging die Tür auf, und ein junger Mann von der Posteingangsstelle kam herein.

»Ist Inspector Quinn hier irgendwo?«, wandte er sich an sie.

Murphy sah, dass er ein weißes Kuvert bei sich hatte. »Ist das für ihn? Sie können es mir geben.«

Erst jetzt fiel ihr auf, wie seltsam der Junge das Kuvert hielt: die Seitenkante auf der flachen Hand, so dass er die Oberfläche kaum berührte. Auf dem Umschlag prangte Quinns Name in Druckbuchstaben, die aus einer Zeitung ausgeschnitten waren.

Doyle, der gerade mit seinem Kaffee vorbeikam, blieb wie angewurzelt stehen. Er starrte erst den Umschlag an, dann Murphy. Schließlich stellte er seinen Kaffeebecher auf ihrem Schreibtisch ab, zog ein Taschentuch aus der Hosentasche und breitete es auf dem Tisch aus. Die anderen Detectives registrierten das plötzliche, angespannte Schweigen. Einer nach dem anderen hob den Kopf und blickte zu ihnen herüber.

»Leg den Umschlag auf das Taschentuch«, instruierte Doyle den Jungen aus der Postabteilung.

Der tat, wie ihm geheißen. Doyle nahm einen Brieföffner von einem der Schreibtische und schnitt das Kuvert vorsichtig auf. Es enthielt nur eine einzelne Polaroidaufnahme: Das Bild zeigte einen dunklen Stein auf einem Stück Sand. Doyle kniff die Augen zusammen, und Murphy zog eine Augenbraue hoch. Die anderen Detectives kamen herüber.

»Sergeant?«, wandte Murphy sich an Doyle.

Der griff wortlos nach dem Telefon und wählte Quinns Handynummer.

Mit blitzendem Blaulicht und Murphy als Beifahrerin traf Doyle auf dem Friedhof ein. Quinn, der am Kotflügel seines Wagens lehnte, richtete sich auf. »Kannst du hier warten, bis die von der Spurensicherung kommen, Keira?«, wandte er sich an Murphy. »Ruf mich an, wenn sie da sind. Ich möchte mir alles erst noch einmal genau ansehen. Vorher will ich niemanden auf dem Friedhof haben.«

»In Ordnung«, antwortete sie.

»Sag ihnen, dass der Tatort gesichert ist. Es ist alles mit Band abgesperrt – zumindest der innere Bereich. Lass jemanden kommen, der noch eine zusätzliche äußere Absperrung anbringt.«

Sie sah ihm in die Augen und nickte.

»Erzähl mir von dem Foto«, wandte Quinn sich an Doyle, während sie sich auf den Weg zum Grab machten.

Doyle hatte den Kragen seiner Jacke hochgeklappt und die Hände in die Taschen geschoben. »Was soll ich da viel erzählen? Es ist ein Polaroid-Foto: ein Stück Sand mit einem Stein darauf. Vermutlich wurde es irgendwo an einem Strand aufgenommen. Es kam in einem Umschlag mit deinem Namen drauf.«

»Handgeschrieben?«

»Nein, ausgeschnittene Buchstaben. Dubliner Poststempel.«

Quinn blieb einen Moment stehen, die Hand auf dem Arm des Sergeant. »Das Grab«, sagte er, »es hat dort ein Handgemenge oder so was gegeben. Ich bin mir ganz sicher. Man kann es an den Fußabdrücken sehen, und auch am Grab selbst.« Sein Blick wirkte plötzlich gehetzt. »Sie ist entführt worden. Ich weiß es einfach.«

Mit steinerner Miene blickte Doyle über das Fleckenmuster der Gräber hinaus auf das offene Gelände und die Bäume. Dort hinten teilte sich die Eisenbahnlinie. »Wer um alles in der Welt würde die Frau eines Polizisten entführen? Ist dir eigentlich klar, was du da sagst, Moss? In Gottes Namen, du bist Detective! Wer sollte so etwas tun?«

»Ich weiß es nicht«, entgegnete Quinn, »aber jemand hat mir ein Foto geschickt, und auf Dannys Grab ist etwas passiert. Gerade eben hat mich irgendein Typ angerufen, um mir zu sagen, dass die Uhr tickt.«

Wieder nahm er das Grab in Augenschein, einen Arm vor der Brust, den Ellbogen angewinkelt, einen Finger an den Lippen. Er sah sich genau an, wie die abgebrochenen Nelkenstiele rund um den Grabstein verstreut waren. Diese Schnittblumen waren ganz frisch gewesen und vor weniger als vierundzwanzig Stunden auf das Grab gelegt worden. Das Durcheinander konnte also kaum vom Regen herrühren. Quinn ging in die Hocke und betrachtete die Schicht aus kleinen weißen Kieselsteinen, die er und Eva so gleichmäßig verteilt hatten. Nun waren sie hier und dort zu kleinen Bergkämmen zusammengeschoben. Wieder warf er einen Blick zu Doyle hinüber. »Jemand hat auf dem Grab gelegen.«

Doyle, auf dessen Stirn sich inzwischen tiefe Furchen abzeichneten, ging neben ihm in die Knie.

»Siehst du, wie die Blumen flachgedrückt und die Stiele zum Teil abgebrochen sind?« Quinn deutete auf das Grab. »Sieh dir die Steinchen an. Und die Abdrücke: Der hier stammt vom Absatz eines Damenschuhs, der daneben von der Sohle eines Herrenschuhs. Sie sind einander zugewandt. Sieh mal, wie klein der Abstand zwischen ihnen ist!« In seinen Schläfen begann das Blut zu pochen. »Sie ist hergekommen, um Dannys Grab zu besuchen, und der Kerl ist ihr entweder gefolgt oder hat hier schon auf sie gewartet.«

Mit zusammengekniffenen Augen besah er sich jeden Stein, jeden grünen Stiel, jedes abgerissene Blütenblatt. Etwa auf halber Höhe des Grabes entdeckte er etwas Funkelndes. Er zog einen Stift aus seiner Tasche und fischte damit ein Stück von einer Kette zwischen den Steinchen heraus. Es waren nur ein paar Glieder, aber man konnte genau sehen, dass sie beschädigt waren, das Metall aus der Form gezogen. Er wusste genau, was das war und woher es stammte. Eva hatte die Kette gestern getragen. Wer auch immer sie entführt haben mochte, hatte ihr vorher die Kette vom Hals gerissen.

Montag, 1. September
09:30 Uhr

Sie lag irgendwo in einem Loch. Wo, wusste sie nicht. Über ihr befanden sich Bodendielen und darüber Teppich oder vielleicht auch Linoleum. Sie war an Händen und Füßen gefesselt. Schweiß klebte wie eine dünne Schicht Eis an ihrer Kleidung, welche wiederum feucht und kalt an ihrer Haut klebte und ihr sämtliche Wärme aus dem Körper zog. Eva lauschte angestrengt, um herauszufinden, wo sie war. Sie bildete sich ein, sie könnte Wasser tropfen hören. Wasser. Wasser. Sie hatte solchen Durst. Aber nein, es war kein Wasser, sondern das schwache Ticken einer Uhr. »Tick-tack, tick-tack.« Während sie so dalag, kam es ihr vor, als würde es immer lauter. Dann hörte sie noch ein anderes Geräusch: einen Schritt. Sie spürte seine Schwingung durch den Boden. War da jemand?

Sie verharrte ganz still und lauschte, doch aus Sekunden wurden Minuten, in denen sie nichts mehr hörte. Falls da tatsächlich jemand war, bewegte er sich nicht. Trotzdem fühlte sie sich beobachtet: als säße eine reglose Spinne in einer Ecke des Netzes, in dem sie wie eine Fliege gefangen war.

Sie lag mit angewinkelten Beinen auf der Seite, die Arme auf dem Rücken. Ihre Hände und Füße konnte sie mangels ausreichender Durchblutung nicht mehr spüren. Ihre rechte Wange war von der Kälte so taub, dass sie sie ebenfalls nicht mehr spürte. Der Boden unter ihr war feucht. Sie roch Wasser und hörte das Tröpfeln von Wasser, konnte an gar nichts anderes mehr denken als an Wasser. Aber da war keines, sie kam an kein Wasser heran. Ihr Hals war derart trocken, dass er sich anfühlte, als würde er jeden Moment Risse bekommen. Sie hatte keine Ahnung, wo sie war und wie lange sie sich schon dort befand. Es musste sich um irgendeine Art Gebäude handeln. Sie hatte Schatten von Wänden wahrgenommen und Reste eines Dachs. Sie hatte gesehen, wie er Dielen vom Boden riss, ehe er ihr die Augen verband.

Er hatte sie vom Grab ihres Sohnes weggetragen und in den Kofferraum seines Wagens gelegt. Dunkelheit und Enge. Dass sie sich nicht bewegen konnte, lag nicht nur an den Fesseln, sondern auch an ihrer Umgebung selbst. Sie hatte Benzin gerochen und jede Gewichtsverlagerung wahrgenommen, jedes Geräusch des Motors. Dabei konnte sie die ganze Zeit nur an Jess und Laura denken.

Am liebsten hätte sie geschrien vor Entsetzen, vor Verzweiflung und Angst. Doch über ihrem Mund klebte schwarzes Band, so dass sie die Lippen kaum auseinanderbekam.

Mittlerweile ging das allerdings ein klein wenig besser. Sie versuchte, das Band einzusaugen, um es zwischen ihre Zähne zu ziehen und ein Loch hineinzubeißen. Atmen konnte sie einigermaßen – durch die Nase. Er wollte also nicht, dass sie erstickte. Nein, er wollte, dass sie langsam verdurstete. Wasser: Sie hätte schwören können, dass sie es tröpfeln hörte, und in der Erde an ihrem Gesicht roch sie Wasser. Regenwasser. Regen über der Stadt. Draußen war es inzwischen hell. Als er sie hergebracht hatte, war es dunkel gewesen, nun konnte sie trotz ihrer verbundenen Augen schemenhafte Lichtstreifen zwischen den Dielen über ihr erahnen.

Jess und Laura. Laura und Jess. Warum nur hatte sie die beiden allein gelassen? Was, wenn er zum Haus zurückgekehrt war, weil er es auch auf die Mädchen abgesehen hatte?

Für ein paar Augenblicke drohte das Entsetzen sie zu überfluten, doch irgendwie bekam sie sich wieder in den Griff und sagte sich, dass den Mädchen nichts passieren würde: Sie würden aufwachen und bemerken, dass ihre Mutter nicht da war. Und dann würden sie ihren Vater anrufen.

Sie sagte sich, dass sie Ruhe bewahren und nachdenken musste. Sie musste versuchen, hier herauszukommen. Inzwischen bereute sie zutiefst, dass sie nachts das Haus verlassen hatte und so weit gefahren war, um bei ihrem Sohn sein zu können. Aber tagsüber waren einfach zu viele Menschen da gewesen, zu viele Menschen, die ihm die Ehre erweisen wollten. Sie wünschte sich doch nur einen Moment Zeit, um ihm zu erklären, was zwischen ihr und seinem Vater passiert war – und warum es so gekommen war.

Sie wollte Danny wissen lassen, dass sie sich durch seinen Tod wie in der Mitte auseinandergeschnitten fühlte und dass sie nicht sagen konnte, ob sie je wieder ganz werden würde.

Sie wusste, er würde sie verstehen. Sie wusste aber auch, dass sie seine Schwestern nicht hätte allein lassen dürfen.

Sie hätte seinen Vater nicht von sich wegstoßen sollen. Inzwischen hatte sie begriffen, dass sie sich damit egoistisch verhalten hatte. Schließlich waren sie zu viert, sie war also nicht allein mit ihrem Kummer. Aber sie war eine Mutter, und nur eine Mutter konnte nachvollziehen, wie sie sich fühlte.

Danny würde das verstehen, da war sie ganz sicher. Gott, wenn sie doch nur die Chance bekäme, alles zu erklären, dann würden es auch seine Schwestern verstehen.

Montag, 1. September
09:30 Uhr

Quinn war in sein Büro am Harcourt Square zurückgekehrt und stand über die Polaroid-Aufnahme gebeugt, die anschließend gleich ins Labor geschickt werden sollte.

Ihm gegenüber saß mit verschränkten Armen Frank Maguire. Der Dritte im Bunde war Doyle, eine kleine Schachtel Schnupftabak in der Hand. Als das Telefon klingelte, hob Maguire ab. Er warf einen schnellen Blick in Quinns Richtung und räusperte sich dann.

»Ja, Sir«, sagte er, »davon gehen wir aus: Inspector Quinns Frau, vom Glasnevin-Friedhof. Wieder sah er zu Quinn hinüber. »Ja, Sir, er ist hier. Ich weiß, Sir, so einen Fall hat es bei uns noch nie gegeben.« Für einen Moment hielt er die Hand übers Telefon und sagte zu Quinn: »Tom Calhoun.« Er reichte ihm das Telefon hinüber.

»Hallo, Commissioner.«

»Quinn, wie geht es Ihnen? Das ist unglaublich, absolut unglaublich! Wenn Ihre Frau entführt worden ist, dann werden wir sie finden, das verspreche ich Ihnen. Frank Maguire kann über jeden Detective im Land verfügen!«

»Danke, Sir, ich weiß Ihre Anteilnahme sehr zu schätzen.« Quinn blickte zu Doyle hinüber. »Wir wissen, dass sie gestern Abend kurz vor zehn noch zu Hause war und ein Telefongespräch geführt hat, aber das war der letzte uns bekannte Kontakt. Wir haben sämtliche Krankenhäuser angerufen und waren im Leichenschauhaus. Dann kam der Anruf.« Er hielt einen Moment inne. »Natürlich ist Eva nicht nur meine Frau, sondern auch die Nichte von Sergeant Doyle.«

Calhoun räusperte sich. »Natürlich. Das habe ich nicht vergessen.«

»Möchten Sie mit ihm sprechen, Sir?«

»Nein, nicht nötig. Richten Sie ihm aus, dass er unsere volle Unterstützung hat. Sagen Sie ihm, was ich auch Ihnen gesagt habe.«

»Das mache ich.«

»Wir werden jeden einzelnen Stein umdrehen, darauf haben Sie mein Wort.«

»Da wäre noch eine Sache, Commissioner.«

»Was denn?«

»Ich weiß, dass ich mich eigentlich nicht mit dem Fall beschäftigen dürfte, aber Sie wissen – natürlich –, dass ich es trotzdem tun werde.«

»Was ist mit Ihren Töchtern?«

Quinn überlegte einen Moment. »Sie sind in der Schule, wo sie im Moment am besten aufgehoben sind. Sagen Sie jetzt nicht, ich soll mich da raushalten, Commissioner. Nicht, wenn es um meine Frau geht.«

»Quinn«, antwortete der Commissioner mit einem Seufzen, »letztendlich zählt nur, dass wir Eva wohlbehalten wiederfinden. Aber seien Sie vorsichtig. Wir brauchen Objektivität, keine Gefühle. Ich überlasse Frank Maguire die Entscheidung, wie wir das handhaben wollen. Alle Fragen, die er nicht beantworten kann, werde ich abblocken. Im Übrigen würde ich mich wohl genauso verhalten wie Sie, wenn es um meine Frau ginge.«

»Danke, ich weiß das sehr zu schätzen.« Er reichte Maguire das Telefon zurück und wandte sich mit einem grimmigen Lächeln an Doyle: »Nun hast du zum ersten Mal in deinem Leben die volle Unterstützung des Polizeipräsidenten.«

»Tatsächlich? Und das nach zweiunddreißig Jahren! Womit habe ich das bloß verdient?«

Quinn richtete seine Aufmerksamkeit wieder auf das Polaroid-Foto. »Was kann das bloß sein?«, fragte er. »Auf jeden Fall handelt es sich um einen Strand, oder? Einen Sandstrand vielleicht? Mit einem Stein darauf. Einem kleinen Stein? Oder einem Felsbrocken?« Doyle gab ihm keine Antwort. »Und wer hat das Foto geschickt?«, fuhr Quinn fort. »Welcher Irre hat meine Frau entführt, noch dazu auf den Tag genau, ein Jahr nachdem mein Sohn gestorben ist?« Eine Hand zur Faust geballt, entfernte er sich ein paar Schritte vom Schreibtisch und spähte durch das Glas in den angrenzenden Raum, der sich gerade in eine Einsatzzentrale verwandelte. Immer mehr Detectives trafen ein.

»Moss, ungeachtet dessen, was der Commissioner gerade gesagt hat, werdet ihr beide, du und Doyle, euch aus den Ermittlungen heraushalten müssen.«

»Einen Teufel werden wir!«

Maguire hob beschwichtigend die Hand. »Ihr wisst, dass es meine Pflicht ist, euch darauf hinzuweisen, und der Commissioner weiß es auch. Fakt ist, dass ihr beide ab jetzt in der Warteschleife hängt. Darüber brauchen wir gar nicht zu diskutieren. Was ihr auf eigene Faust macht, ist eure Sache. Haltet euch bloß von der Presse fern, ja? Die werden die ganze Harcourt Street belagern, ganz zu schweigen von eurer Haustür.«

Quinn ging nach draußen und zündete sich eine Zigarette an. Als sein Handy klingelte, starrte er es einen Moment wie hypnotisiert an. Er hatte die seltsame Stimme noch genau im Ohr. Doch als er dann ranging, war es nicht der anonyme Anrufer, sondern Paddy Maguire.

»Moss«, stieß er ein wenig atemlos hervor. »Lieber Himmel, ich versuche schon die ganze Zeit, dich zu erreichen. Hast du Eva gefunden?«

»Nein, Pat. Sie ist entführt worden.«

»Sie ist *was*?«

Quinn ließ den Blick die Zufahrt entlangschweifen. Draußen vor dem Tor begann sich bereits die Presse zu versammeln. »Jemand hat sie entführt – jemand, der genau wusste, dass sich gestern Dannys Todestag jährte.«

»Wer zum Teufel sollte so etwas tun?«

»Ich habe keine Ahnung. Aber es gibt eine Menge Leute – sowohl im Knast als auch draußen –, die sich nichts Schöneres vorstellen können, als mich am Boden zu sehen. Wenn jemand an mich persönlich nicht herankommt, ist das vielleicht ein anderer Weg.«

»Aber um Himmels willen, Moss«, entgegnete Maguire, »wir reden hier von der Frau eines Polizisten! Wer um alles in der Welt würde so etwas tun? Doch bestimmt niemand von den üblichen Verdächtigen, oder? Nicht Finucane oder McGeady. So dumm wäre keiner von beiden.«

»Natürlich nicht, mit denen hat das nichts zu tun.« Quinn zog gierig an seiner Zigarette. »Es ist entweder eine letzte anarchische Splittergruppe der IRA, obwohl der bewaffnete Kampf eigentlich schon vor Jahren zu Ende gegangen ist. Oder aber ein einzelner Psychopath, der entweder nicht begreift, auf was er sich da einlässt, oder sich einen Dreck darum schert.«

»Hast du eine Idee, wer das sein könnte?«, fragte Maguire.

Quinn musste an das Stück Goldkette denken, das er auf dem Grab gefunden hatte. Vor seinem geistigen Auge sah er den Mann auf der Anklagebank sitzen. Mit dunklem Haar und noch dunkleren Augen.

»Moss?«

»Da fällt mir nur ein Einziger ein, aber der ist nicht in Dublin.«

»Conor Maggs. Natürlich, wer sonst. Hör zu, ich hätte dir das vielleicht schon eher sagen sollen, aber ich musste Eva versprechen, dass ich es nicht tue. Er hat sich bei ihr gemeldet. Ich weiß, dass er seit dem Prozess mindestens zweimal bei euch zu Hause angerufen hat.«

Quinns Körper versteifte sich. »Er hat Eva angerufen? Was zum Teufel wollte er von ihr?«

»Ich vermute, dass er sich gerne mit ihr getroffen hätte.«

»Aber sie ist nicht darauf eingegangen, oder?«

»Soweit ich weiß, nicht.«

»Mein Gott, der Kerl lässt sie einfach nicht in Ruhe, daran hat sich seit ihrer Kindheit nichts geändert. Eigentlich sollte er doch in London sein, Pat. Ich bin sicher, dass er noch in London ist.«

»Wer käme sonst in Frage?«

Quinn überlegte. »Es gibt tatsächlich ein paar, die vielleicht den Mumm besäßen. Die meisten von denen hast du wahrscheinlich schon mal im Knast besucht.« Er hob den Kopf, als er Doyle zur Tür herauskommen sah. »Hör zu, ich muss aufhören, aber heute Abend bin ich zu Hause bei den Mädchen. Lass uns dann reden, Patrick. Vielleicht hat Eva dir irgendetwas gesagt, das mir weiterhelfen könnte.«

»Ruf mich an, wann immer es dir passt«, antwortete Patrick, »und bis dahin halte mich um Gottes willen auf dem Laufenden!«

Nach oben zurückgekehrt, betrachtete Quinn die Porträtaufnahme seiner Frau, um die der Superintendent ihn gebeten hatte, weil er sie von der Presse veröffentlichen lassen wollte. Es war das aktuellste Foto, das er besaß: Eva, noch genauso schön wie an dem Tag, als Quinn sie das erste Mal gesehen hatte.

Er starrte eine ganze Weile auf die Halskette mit dem goldenen Anhänger und musste sich selbst ins Gedächtnis rufen, dass die Tatsache, dass sie dieses Herz um den Hals trug, nichts mit einem anderen Mann zu tun hatte. Für Eva zählte nur, was es symbolisierte. Es handelte sich um eine Ikone, ein beliebtes Symbol. Vor nicht allzu langer Zeit sah man die Dinger überall in Form von Ansteckern, die junge Mütter ihren Babys an den Kinderwagen pinnten.

Quinn und Doyle waren jetzt allein im Büro. Frank Maguire hatte sich nach nebenan begeben, um die dort versammelten Detectives zu instruieren.

Quinn starrte noch immer auf das Bild seiner Frau, doch vor seinem geistigen Auge sah er nur Mary Harrington mit ihren Würgemalen am Hals. Umgebracht hatte sie jedoch etwas anderes: Mary war verdurstet.

Der Pathologe ging davon aus, dass eine Kombination aus starker Unterkühlung und der Tatsache, dass das Opfer gefesselt gewesen war, nach zweiundsiebzig Stunden dazu geführt hatte, dass die Frau eine haltungsbedingte Asphyxie entwickelte und allmählich ins Koma fiel. Es begann mit Benommenheit und einem immer schlimmer werdenden Schwächegefühl, weil der Kaliumspiegel im Blut anstieg, während der Körper immer mehr Flüssigkeit verlor. Dann kamen die Krämpfe. Bestimmt hatte sie ohne Tränen geweint. Haut und Lippen rissen auf, die Zunge schwoll an. Magen und Darm trockneten aus, begleitet von Übelkeit und trockenem Würgen. Quinn sah die Plastikplane vor sich, in die die Tote eingewickelt gewesen war. Das schwarze Klebeband auf ihrem Mund. Das getrocknete Blut über der Oberlippe, wo die Nasenschleimhaut verschrumpelt war. Die Gesichtshaut wies keinerlei Elastizität mehr auf, sie war faltig wie die einer dreimal so alten Frau. Irgendwann war ihr Blutdruck dann so weit gesunken, dass sie ins Koma fiel. Wenig später hatte ihr Herz aufgehört zu schlagen.

Sie nahmen Doyles Wagen und fuhren zum Fluss hinunter. Unterwegs telefonierte Quinn mit »Busy« Phillips, seinem besten Informanten. Doyle vereinbarte währenddessen ein Treffen mit »Jug« Uttley, einer alten Wasserratte von einem Mann, der in der Gegend von Bridewell herumstreifte und mit seinen Slippern und seinem Regenmantel aussah wie ein Hinterhof-Advokat. Doyle zahlte ihm einen regelmäßigen Vorschuss und finanzierte ihm außerdem sein Handy. Der Mann erwartete sie in einem Café.

Er hatte schwarzes, mit Schuppen durchsetztes Haar und trug eine Brille mit dicken Gläsern. Die Bügel steckten hinter riesigen, abstehenden Ohren, die ihn wie einen Hobbit aussehen ließen und ihm auch seinen Spitznamen beschert hatten. Er trank einen Latte und kaute gerade auf einem Gebäckstück herum. Seine Augen waren vom Alkohol gerötet. Als er Quinn sah, legte sich ein gewisses Mitgefühl in seinen Blick.

»Dass sie es jetzt sogar schon auf die Polizisten abgesehen haben, ist eine üble Sache«, stellte er fest. »Das bringt Krieg auf die Straßen, das könnt ihr mir glauben.«

»Was wird denn so geredet, Jug?« Auf die Ellbogen gestützt lehnte Doyle sich über den kleinen Tisch und musterte sein Gegenüber eindringlich.

Uttley atmete hörbar aus. »Alle sind schockiert, Mr. Doyle. Ich glaube, das Wort trifft es am besten: schockiert.« Er warf einen verstohlenen Blick zu Quinn hinüber. »Grace O'Malley genauso wie Lorne »the Thorn« McGeady. Auch wenn sie es nicht laut aussprechen. Also, sollten Sie Hilfe brauchen, Inspector …« Er machte eine ausladende Handbewegung. »Die ganzen alten Dubliner brauchen so etwas genauso dringend wie ein zweites Loch im Arsch. Mal ganz abgesehen von Ihrem persönlichen Kummer, Mr. Quinn, ist eine solche Situation äußerst schlecht fürs Geschäft.«

»Hat irgendjemand was gehört? Was wird denn so geredet?«, fragte Quinn. »Irgendjemand muss doch wissen, worum es dabei geht.« Uttley lehnte sich zurück. Nachdenklich musterte er Quinn. Dann zog er die Brauen hoch und schlug die mageren Beine übereinander. »Es ist allen ein Rätsel«, antwortete er schließlich, »wirklich ein absolutes Rätsel. Kein Mensch weiß etwas. Ich habe keine Ahnung, ob es daran liegt, dass alle unter Schock stehen, oder ob doch ein paar Leute etwas wissen, es aber nicht sagen. Jedenfalls habe ich den Laden hier in all den Jahren noch nie so ruhig erlebt.«

»Soll das heißen, niemand hat irgendetwas gehört?«, fragte Quinn.

Uttley zuckte mit den Achseln. »Wie gesagt, der Laden hier ist ruhig.«

Quinn sprang auf. »Dann mischen Sie ihn besser mal auf, und zwar schnell! Richten Sie es den anderen aus, Jug: Alle sollen wissen, dass es an der Zeit ist, sich für sämtliche Gefallen zu revanchieren, die ich ihnen jemals getan habe. Irgendein Irrer hat sich meine Frau geschnappt. Gestern Abend um zehn hat zum letzten Mal jemand mit ihr gesprochen, und wenn wir sie bis Mittwoch nicht finden, fällt sie in ein Koma, aus dem sie womöglich nie wieder erwacht.«

Montag, 1. September
14:30 Uhr

Murphy lief zwischen ihrem Schreibtisch und Quinns Büro hin und her, wo mittlerweile Superintendent Frank Maguire Stellung bezogen hatte. Tauchertrupps waren in beide Kanäle entsandt worden, und in Abständen auch entlang der Liffey. In Glasnevin gingen Beamte mit Fragebogen von Tür zu Tür. In der Einsatzzentrale herrschte Hochbetrieb.

Maguire war drüben im Garda-Präsidium in Phoenix Park gewesen, um seine Vorgesetzten über die nächsten Schritte bei den Ermittlungen zu informieren. Nun starrte er ständig zu Murphy hinüber, als hätte er etwas auf dem Herzen, wüsste aber nicht recht, wie er es zur Sprache bringen sollte. Sie gab ihm keine Chance. Entweder sie hing an der Strippe, oder sie schrieb Mails, um sich mit all den Detectives in Verbindung zu setzen, die aus ganz Dublin sowie dem Umland zusammenströmten.

Ein junger Polizist, der vorübergehend zu den Beamten in Zivil versetzt worden war, trat an ihren Schreibtisch. »Murph«, sagte er, »das Foto ist aus dem Labor zurück. Keine Fingerabdrücke, keine sonstigen Spuren, nichts.«

Maguire stand in der Tür zu Quinns Büro. »Gar nichts?«, fragte er.

»Ich fürchte, nein, Superintendent.«

»Heutzutage kann man keine Polaroid-Kameras mehr kaufen«, informierte Murphy ihn. »Als die Welt digital wurde, war das das Aus für sie. Das entsprechende Papier ist jedoch noch zu haben. Die Stapel sind alle durchnummeriert. Es müsste eigentlich möglich sein, herauszufinden, woher das Ding stammt.«

»Gute Idee«, lobte Maguire sie.

»Noch etwas«, fügte sie hinzu. »Jede Kamera hat winzige Walzen, die das frisch belichtete Foto nach draußen transportieren. Wenn wir die Kamera finden, können wir ihr das Bild eindeutig zuordnen.«

»Sehr gut, damit lässt sich arbeiten«, antwortete er. »Gibt es weitere Ansatzpunkte? Hat sich vielleicht etwas Neues ergeben, während ich in Phoenix Park war?«

»Immerhin haben wir Blackrock, Sir.«

»Blackrock?« Er runzelte die Stirn.

»Der Stein auf der Polaroid-Aufnahme ist fast schwarz«, erklärte sie, »und für mich sieht es aus, als wäre das Bild an einem Strand aufgenommen worden. Deswegen dachte ich an den Strand von Blackrock, Sir.«

»Guter Hinweis«, stimmte er zu. »Organisieren Sie eine Suche. Und wenn Sie schon gerade dabei sind, dann lassen Sie doch gleich alle Strände im Umkreis von fünfzig Kilometern absuchen. Schicken Sie Leute nach Dun Laoghaire und Shelley Banks und wie gesagt nach Blackrock.«

»Da fahre ich selbst runter«, erwiderte Murphy. »Wir sollten uns auch an die Öffentlichkeit wenden, sie mit einbeziehen. Je mehr Leute suchen, umso größer ist die Chance, dass wir die Vermisste finden.«

Sie wandte sich wieder ihrem Schreibtisch zu, um einen

Suchtrupp mit Hunden zu organisieren. Dann rief sie bei der Polizei in Dundalk an und bat sie, umgehend Beamte nach Blackrock hinauszuschicken. Während sie noch an der Strippe hing, begab Maguire sich nach unten, wo bereits die Fernsehkameras auf ihn warteten.

Kurz bevor auch Murphy das Büro verließ, rief sie bei Quinn an. »Moss, ich bin's«, sagte sie. »Wie geht es dir?«

»Was gibt es bei euch Neues?«

Sie berichtete ihm, dass die Techniker der Spurensicherung weitere Kettenglieder gefunden hatten, unter anderem dasjenige, an dem vermutlich der Ring mit dem Anhänger befestigt gewesen war. Außerdem gab es ein paar brauchbare Fußabdrücke und einige Fasern, die gerade zur Untersuchung im Labor waren.

»Nach Fingerabdrücken suchen sie noch«, fuhr sie fort, »aber sie haben gesagt, die Beschädigungen an den Kettengliedern seien ziemlich massiv. Vielleicht liefert uns das einen Ansatzpunkt.« Dann berichtete sie ihm von der Suche an den Stränden und ihren Überlegungen im Zusammenhang mit Blackrock.

»Sehr gute Idee«, meinte Quinn. »Am besten, ich fahre auch gleich runter, und wir treffen uns dort.«

»Was ist mit den Madchen?«

»Ich finde schon jemanden, der auf sie aufpasst, bis ich zurückkomme.«

»Der Superintendent will nicht, dass du dich blicken lässt, oder hast du das vergessen?«

»Der Super kann mich mal, Murph. Ich werde mir seinetwegen keine grauen Haare wachsen lassen.«

»Also, falls du wirklich kommst, dann bring was von Eva mit, damit die Hunde ihre Witterung aufnehmen können. Hör zu, Moss«, fügte sie hinzu, »das ist jetzt zwar kaum der geeignete Zeitpunkt, aber ich habe das Gefühl, Maguire weiß

Bescheid. Du kennst ja seine Spürnase, was Skandale betrifft. Glaubst du, er ahnt, dass zwischen uns etwas läuft?«

Am anderen Ende der Leitung blieb es still.

»Tut mir leid«, sagte sie, »ich hätte das Thema nicht zur Sprache bringen sollen. Der Zeitpunkt ist wirklich völlig unpassend. Mein Gott, was habe ich mir nur dabei gedacht!«

»Vergiss es«, beruhigte er sie, »wir reden später darüber. Fahr erst mal runter nach Blackrock, ich stoße dann zu dir, sobald ich kann.«

Eine Stunde später parkte Quinn seinen Wagen an der Landspitze von Sandymount. Er hatte Pat Maguire angerufen und gefragt, ob er bei den Mädchen bleiben könne. Natürlich kannten die beiden ihn gut: Als Gesprächstherapeut ihrer Mutter war er ein häufiger Gast bei ihnen zu Hause gewesen. Paddy freute sich, helfen zu können, und sagte sofort sämtliche Termine ab.

Von dort, wo Quinn im Moment stand, konnte er sehen, wie die uniformierten Beamten den Strand absuchten: Vulkansand, durchbrochen von schwarzen Felsbrocken. Bei Ebbe zog sich das Meer knapp fünf Kilometer zurück und hinterließ Sand und Schlammflächen. Zur Straße hin lagen zum Teil größere Felsen mit Spalten, in denen sich eine Person von Evas Größe durchaus verstecken ließ. Die Beamten suchten alles gründlich ab. Dank der Bluse, die Eva gestern getragen hatte, hatten die Hunde nun ihren Geruch in der Nase. Doch mit dem Gezeitenwechsel lief ihnen die Zeit davon. Bisher hatten sie noch nicht die kleinste Spur gefunden.

Quinn konnte hören, dass bereits wieder kleine Wellen über den Sand klatschten. Er ließ den Blick über die Landschaft schweifen. Hinter ihnen lagen in westlicher Richtung die Cooley Mountains. Durch seinen Kopf wirbelten unzählige Fragen, Ideen, Möglichkeiten. Immer wieder fragte er sich: Warum ein Foto schicken, wenn gar keine Chance bestand, dass sie Eva finden würden? Zu seiner Arbeit als Detective gehörte es, sämtliche Möglichkeiten in Betracht zu ziehen. Er versuchte, seine Ängste beiseitezuschieben und rational über die Sache nachzudenken. Was verbarg sich hinter dem Bild? Worin bestand die Nachricht? War es der Sand, der Stein oder der Strand? Handelte es sich überhaupt um einen Strand oder nur um einen Flecken Sand?

Blackrock war von Menschenhand geschaffen. In den Sechzigern waren die Leute aus Cavan und Monaghan hierher in Urlaub gefahren. Es gab immer noch ein paar Pensionen und eine Handvoll alte Standhütten, aber ein Ferienort war es längst nicht mehr. Allerdings verirrten sich noch hin und wieder ein paar New Ager in die Gegend, hauptsächlich im August, um die Zeit der Ernte herum.

»Lughnasadh«, sagte Quinn zu Murphy, die neben ihm stand. Der Himmel verdunkelte sich bereits, und es bestand kaum noch Hoffnung, Eva vor Einbruch der Dunkelheit zu finden. »Das ist ein altirisches Erntefest. Berühmt für das *Handfasting.*«

»Was ist das? Handfasting?«

»Eine Art Ehe auf Probe. In heidnischer Zeit taten sich die Leute für ein Jahr und einen Tag zusammen, um herauszufinden, ob sie harmonierten. Wenn es nicht klappte, trennten sie sich wieder, aber wenn sie gut miteinander auskamen, blieben sie auf Dauer zusammen. Eine Ehe, die ein Jahr und einen Tag dauerte. Glaubst du, es hat etwas damit zu tun? Gestern jährte sich Dannys Todestag, also ist es heute genau ein Jahr und einen Tag her. Lieber Himmel, was rede ich bloß für ein Zeug!«

Murphy sah, wie er kämpfte. Sie wusste nicht so recht, was sie sagen sollte. Sie musste an die letzte Nacht denken. Irgendwie war ihr klar gewesen, dass es früher oder später passieren würde. Sie beide arbeiteten schon so lange so eng zusammen, und Quinns Privatleben war so kalt und leer gewesen. Ihre eigene Ehe war ebenfalls nicht das, was sie sich davon erträumt hatte, auch wenn diese Ehe noch gar nicht so lange währte. Ihr war bewusst, dass sie etwas für ihn empfand, sehr viel sogar, aber während sie nun so neben ihm stand und die Flut hereinkommen sah, wusste sie nicht, was sie sagen sollte. Das Funkgerät knisterte, und man informierte sie darüber, dass die Mannschaft am südlichen Ende bereits zusammenpackte.

Nachdem Murphy geantwortet hatte, steckte sie das Gerät in ihre Tasche. »Als ich mit dem Chef der Spurensicherung gesprochen habe, bestätigte er mir, dass Eva die Kette vom Hals gerissen wurde. Die Verteilung der Kettenglieder und der Grad ihrer Beschädigung – das alles deutet darauf hin, dass es mit grober Gewalt erfolgt sein muss.«

Quinn nickte.

»Vielleicht ist es im Verlauf des Kampfes einfach zufällig passiert«, mutmaßte Murphy.

Quinn schwieg.

»Andererseits ist natürlich auch denkbar, dass es kein Zufall war«, fuhr sie fort.

Quinn beobachtete, wie sich graue Wellen an einem Felsen brachen. »Es war die Kette, die Maggs ihr geschenkt hatte.«

Sie schwieg einen Moment. Dann sagte sie: »Moss, wenn es Absicht war, dann kommt als Täter nur jemand in Frage, dem die Kette etwas bedeutet hat.«

»Dieser Schluss drängt sich auf, nicht wahr?«

»In diesem Fall kommt wohl nur einer in Frage?« Als sie sich wieder dem Meer zuwandte, wehte ihr der Wind die Haare ins Gesicht.

»Wie gesagt, dieser Schluss drängt sich auf, aber Doyle hat den Kerl nicht aus den Augen gelassen, Murph. Er ist nicht im Lande.«

Während sie zu seinem Wagen zurückgingen, wanderte Quinns Blick über die ramponierten alten Strandhütten, die sie nicht nur einmal, sondern zweimal gründlich abgesucht hatten. Sie hatten in jeder Pension und in jedem Laden nachgefragt. Freiwillige Suchtrupps waren bis zu den Bergen ausgeschwärmt. Im Wagen ließ Quinn ein Fenster herunter und zündete sich eine Zigarette an. Dann griff er nach dem Telefon und sprach mit Paddy Maguire.

Murphy saß neben ihm und hätte ihn am liebsten in den Arm genommen und getröstet, wusste aber nicht, wie.

»Du und Pat, ihr kennt euch schon lange, oder?«, fragte sie, nachdem er aufgelegt hatte.

Quinn nickte. »Wir haben zusammen Rugby gespielt, für die zweite Dubliner Auswahl. Er war ziemlich gut, und einmal hieß es sogar, er solle für Leinster zur Probe spielen. Er sah sie von der Seite an. »Wir waren wegen eines Rugby-Turniers in Kerry, als ich Eva kennenlernte. Damals bildete Maggs sich ein, sie wäre seine Freundin. In Wirklichkeit war sie nur die Einzige in Listowel, die sich manchmal Zeit für ihn nahm. Weil sie ein liebes Mädchen war, Murph – sie hat sich für jeden Zeit genommen.«

»Aber er dachte, da wäre mehr zwischen ihnen?«

Er nickte. »Als sie noch Kinder waren, brachte er seine Tante dazu, die Kette zu kaufen, damit er sie ihr zur Erstkommunion schenken konnte. So lange kennen die beiden sich schon.«

Murphy schwieg einen Moment. »Ich habe an diesem Fall nicht mitgearbeitet, aber ich weiß noch, dass ich Maggs in den Nachrichten gesehen habe, als er das Interview vor den Vier Gerichtshöfen gab. Eigentlich war es ja mehr eine Rede: dieser ganze Mist über Vergebung und Jesus Christus in seiner Zelle in Rathfarnham.«

»Ich nehme an, du kannst dir in etwa vorstellen, wo das alles herkam. Bei der Mutter und alledem«, meinte Quinn. »Wobei die Religiöse ja seine Tante war. Als kleinen Jungen hat sie ihn wohl immer in die Kirche gescheucht, und ich schätze mal, der alte Priester dachte sich, im Zweifelsfall für den Angeklagten.« Er zog an seiner Zigarette und fügte dann hinzu: »Aber als er sechzehn war, starb seine Mutter, nachdem sie Abflussreiniger getrunken hatte. Nach Doyles Meinung war es kein Zufall, dass sich das Zeug in einer Weinflasche befand.« Wieder sah er sie von der Seite an. »Doyle kannte die Geschichte schon lange vor mir. Deswegen war er auch damals nach Marys Verschwinden felsenfest davon überzeugt, dass Maggs unser Mann sein musste.«

»War Eva denn mit ihm befreundet?«

»Sie hat ihm ein wenig Aufmerksamkeit geschenkt, Murph. Ich bin mir nicht mal sicher, ob sie ihn je wirklich mochte. Sie aber mochten alle. Eva war einfach dieser Typ Mädchen. Sie gehörte zu den Menschen, die niemandem etwas Böses zutrauten. In ihren Augen war Maggs ein Opfer äußerer Umstände, deswegen behandelte sie ihn wie jeden anderen auch.« Er brach ab, weil ihm plötzlich klar geworden war, dass er in der Vergangenheit von ihr sprach.

»Warum hat sie dich von sich weggestoßen?«

»Das weißt du doch.«

»Aber es ist so offensichtlich, dass du sie noch liebst.«

»Macht dir das etwas aus?«

»Nein, natürlich nicht. Mein Gott, ich fühle mich auch so schon schuldig genug.«

»Hör zu«, sagte er, »letzte Nacht war letzte Nacht, und im Übrigen bereue ich keine einzige Sekunde.«

»Ich auch nicht.«

»Niemand wird hier für irgendetwas bestraft, Keira. Die beiden Dinge haben nichts miteinander zu tun.«

Sie nickte. Dann griff sie nach seiner Hand und lächelte ihn ermutigend an. »Wir werden sie finden.«

Quinn spähte durch die Windschutzscheibe. »Die Kette hat etwas zu bedeuten«, erklärte er.

»Es sei denn, sie ist bei dem Kampf zufällig gerissen«, wandte Murphy erneut ein und zog dabei die Schultern hoch. »Ist das nicht sogar die wahrscheinlichere Erklärung?«

»Ja, natürlich. Trotzdem glaube ich nicht, dass es so war. Die Kette spielt eine Rolle, Keira, und wenn Maggs in London ist, dann muss es da draußen noch jemanden geben, dem sie etwas bedeutet.«

Montag, 1. September
17:30 Uhr

Frank Maguire fuhr auf der Camden Street in Richtung Süden, vorbei am Jocky O'Connell's, wo Quinn und Doyle früher regelmäßig ihre Donnerstagabende verbracht hatten. Bestimmt war Doyle in der Kneipe immer noch Stammgast, aber Quinn musste inzwischen an seine Karriere denken und hatte seinen Alkoholkonsum gedrosselt.

Doyle war an einer Karriere nie interessiert gewesen. Er nahm grundsätzlich kein Blatt vor den Mund und wusste genau, dass ihm nach nunmehr zweiunddreißig Jahren niemand mehr von den Garda-Chefs Schwierigkeiten machen würde, egal, was er tat. Nach dem Fiasko mit Maggs hatte der Richter zwar eine Untersuchung gefordert, doch bisher hatte noch niemand irgendwelchen Papierkram zu Gesicht bekommen. Die ganze Geschichte würde wie immer still und leise im Sand verlaufen, und Doyle würde weiter Doyle sein, bis er sich irgendwann nach Kerry aufs Altenteil zurückzog.

Frank Maguire war auch schon fast dreißig Jahre dabei, und ihm war sehr wohl bewusst, dass letztendlich Sergeants wie Doyle den Laden am Laufen hielten. In gewisser Weise beneidete ihn Maguire sogar. Ihm selbst hatte der Aufstieg auf der Karriereleiter alles bedeutet. Mit fast religiösem Eifer hatte er die Voraussetzungen für das Erklimmen der einzelnen Leiterstufen geschaffen, angefangen beim Golf über die Freimaurerloge bis hin zu seiner gemeinnützigen Arbeit. Das war auch mit ein Grund gewesen, warum er eine Investment-Bankerin geheiratet hatte, warum sie keine Kinder bekommen hatten und warum sie in Donnybrook lebten, obwohl sie sich das eigentlich gar nicht leisten konnten. Donnybrook. Witzigerweise war das noch vor hundert Jahren einer jener Orte gewesen, wo man höchstens hinging, wenn man am Samstagabend Lust auf eine Schlägerei hatte. Mittlerweile aber war es einer der reichsten Vororte Dublins.

Maguire hatte es geschafft, dem Getümmel der Presseleute zu entgehen, die sich inzwischen vor dem Polizeigebäude scharten. Er musste in diesem Fall nicht nur die Fragen der Medien abblocken, sondern hatte darüber hinaus den stellvertretenden Polizeipräsidenten im Nacken – auf *dessen* Nacken wiederum der Polizeipräsident Druck ausübte, der seinerseits den Atem des Justizministers im Nacken spürte. Ihr gesammeltes Gewicht lastete schwer, und zu allem Überfluss musste Maguire sich ja auch noch um andere Dinge kümmern.

Auf der Südseite des Kanals bog er nach links ab und zuckelte an den alten georgianischen Häusern entlang, bis er bei Charlemont Lock einen Parkplatz fand – nicht weit von der Stelle entfernt, wo die Statue des Dichters Patrick Kavanagh auf einer Bank saß, als wollte sie sich vom Wasser inspirieren lassen. Beim Gedanken an Kavanagh hatte Maguire plötzlich ein paar Gedichtzeilen im Kopf:

Winter umschließt mich
Wie mit Gehegen.
Das Licht, das Lachen, der Tanz
Dagegen.

Ein paar Zeilen, an die sich Maguire noch aus seiner Schulzeit erinnerte. Diese Worte bargen alles in sich, was er im Moment empfand. Er konnte sich nicht entsinnen, während all seiner Jahre im Polizeidienst schon jemals einen solchen Tag erlebt zu haben.

Nachdem er die Straße überquert hatte, betrat er ein vierstöckiges georgianisches Gebäude, das in Apartments umgewandelt worden war. Das oberste gehörte seinem kleinen Bruder, der gerade in Quinns Haus auf dessen Töchter aufpasste.

Drinnen hob er Patricks Post auf und stieg die Treppe zur Wohnung hinauf. Sie war nichts Besonderes, aber Paddy konnte sich mit seinem Gehalt auch nichts Besonderes leisten. Obwohl das Schlafzimmer separat war, erinnerte das Ganze im Grunde an eine Ein-Zimmer-Studentenbude. Allerdings ging die Wohnung auf den Kanal hinaus, und wenn die Bäume belaubt waren, verbargen sie die Einkaufswagen, die Plastikflaschen und all den anderen Müll, der sonst den schönen Blick aufs Wasser verschandelte. Im Moment hatte Maguire jedoch sowieso kein Auge für den Kanal. Kavanaghs Worte ließen ihm keine Ruhe. Dort auf dem Kaminsims stand das Foto, das sein Bruder nicht aus der Hand geben wollte. Maguire starrte die Frau darauf an: ihr fahles Gesicht, umrahmt von fettigem Haar, das ihr, zu einem strähnigen Zopf geflochten, über eine Schulter fiel.

Sein Bruder hatte keinen Namen bekommen.

Er war bereits drei Monate alt, und sie waren schon seit Wochen wieder zurück in ihrer schmuddeligen Mietwohnung. Franks Mutter erklärte ihm, die Hebamme sei auf dem Weg zu ihnen, woraufhin er sich voller Panik ans Aufräumen machte. Während sie ihm von ihrem Sitzplatz aus Anweisungen gab, stieg der Rauch ihrer Zigarette spiralförmig zur Decke hoch. Die Haut schien von ihrem Gesicht zu hängen: Es sah aus, als hätte sie graue Säcke unter den Augen. Make-up trug sie nie.

»Frank, hast du die Bude nun bald auf Vordermann gebracht? Nun mach schon, du kannst doch wohl das Geschirr in die Spüle stellen und die Arbeitsfläche sauber wischen!«

Die Küche bildete einen Teil des Wohnzimmers, und während er unter dem Spülbecken nach einem Lappen suchte, saß sie immer noch in ihrem Sessel. Anders kannte er sie gar nicht. Sie bewegte sich selbst dann nicht aus ihrem Sessel heraus, wenn das Baby schrie.

Im Moment weinte der Kleine auch gerade wieder. Frank nahm mit seinem Lappen die eingetrockneten Flecken auf der Arbeitsplatte in Angriff: Baked Beans mit Würzsauce. Im Abtropfgitter klebte noch das Ei, das er seiner Mutter kürzlich gemacht hatte. Eigentlich war sie an dem Tag viel zu betrunken gewesen, um etwas zu essen, hatte aber trotzdem danach verlangt. Als er ihr das Ei brachte, war es steinhart, und sie hatte damit nach ihm geworfen.

»Mach schon, Frank«, drängte sie nun, »bestimmt kommt sie gleich, und wenn es hier drin dann nicht blitzblank ist, weißt du ja, was passiert: Dann landest du in der strengen Schule, Frank, wo die Priester das Sagen haben und du arbeiten musst, bis du umfällst.« Spöttisch grinste sie ihn an, die Hand um das Glas gelegt, das sie gleich verstecken würde – wie sie es immer tat, wenn jemand vorbeikam. In letzter Sekunde spülte sie es ab und durchwühlte anschließend ihre Handtasche nach einem Kaugummi, auch wenn dessen Geschmack den unangenehm süßlichen Geruch ihres Atems nicht überdecken konnte.

Mit dem Lappen in der Hand wandte sich Frank zu ihr um. »Mam, sie wird nach dem Baby fragen.«

»Was?«

»Die Hebamme, sie wird nach dem Baby fragen.«

»Was sollte sie da fragen?« Sie klang noch eine Spur gereizter. Ein letzter Schluck, dann reichte sie ihm das Glas.

»Mam«, sagte er noch einmal, »die Hebamme wird wissen wollen, wie es dem Baby geht.«

»In Gottes Namen, wie soll es dem verdammten Baby denn gehen? Wütend funkelte sie ihn an. »Der kleine Scheißer ist doch sauber, oder?«

»Nein, ist er nicht. Ich kann seine Windel riechen.«

»Dann wechsle sie, Herrgott noch mal! Er ist dein Bruder, Junge. Es ist deine Aufgabe, ihm die Windeln zu wechseln.«

Als er den Mund öffnete, wurde ihr Blick noch wütender.

»Wage es ja nicht, mir zu widersprechen! Mir reicht schon das eine quengelnde Gör im Haus. Sieh zu, dass du ihn trockenlegst, ja? Nun mach schon! Es sei denn, du willst, dass die Hebamme euch alle beide mitnimmt.«

»Aber Mam«, stotterte er, »sie wird uns doch fragen, oder nicht?«

»Was denn, um Gottes willen?«

»Wie wir ihn genannt haben. Bestimmt will sie seinen Namen wissen.«

Sie starrte ihn einen Moment an. Dann starrte sie das Baby an, das mit voller Windel in dem Secondhand-Korb lag, den sie im Wohlfahrtsladen bekommen hatten.

»Er braucht einen Namen«, erklärte Frank beharrlich.

»Warum denkst du dir dann nicht einfach was aus, statt ständig bloß herumzunörgeln? Und währenddessen kannst du gleich seine Windel wechseln.«

Frank hob seinen kleinen Bruder aus dem Korb und trug ihn hinüber ins Bad, wo das Wasser vor sich hin tröpfelte und rund um den Abfluss des Waschbeckens ein dicker Kalkrand klebte. Er legte den Kleinen auf die Matte, zog ihm die Gummihose aus und nahm eine fast trockene Windel von der Heizung. Nach allem, was seine Mutter gesagt hatte, fürchtete er, nicht rechtzeitig fertig zu werden, und vor lauter Eile stach er sich an der Sicherheitsnadel.

Die Hebamme hatte es auf Babys abgesehen. Zumindest stellte seine Mutter es immer so dar, und wenn sie ausnahmsweise einmal daran dachte, ihn schon am Vortag über einen solchen Besuch zu informieren, dann quälten ihn in seinen Träumen jedes Mal Bilder von riesigen, düsteren Schulen, wo Priester durch endlose Gänge eilten und in weiter Ferne Kindergeschrei zu hören war.

Er entfernte die Schweinerei, in der sein Bruder lag, wusch ihm den Hintern und befestigte die frische Windel, so gut er konnte. Dann trug er den Jungen zurück ins Wohnzimmer. Seine Mutter saß bereits wieder in ihrem Sessel und kaute Kaugummi. Ihr Glas war gespült und weggeräumt.

»Ich habe mir einen Namen ausgedacht«, erklärte er. »Was hältst du von Patrick Pearse? Wir könnten ihn doch Patrick nennen, oder nicht? Ich meine, Patrick ist der Schutzpatron von Irland und Pearse war ... es fällt mir gerade nicht ein, aber mein Lehrer hat mir etwas über ihn erzählt, da bin ich ganz sicher.«

»Was faselst du da?«

»Patrick, Mam. Wir könnten meinen Bruder Patrick nennen.«

Sie sah nicht einmal hoch, sondern starrte mit leerem Blick vor sich hin, die Hände über dem Schoß, die Finger wie zu Klauen verbogen.

»Mammy?«

»Herrgott noch mal«, murmelte sie, »nenn ihn, wie du willst, Junge, mir ist das scheißegal.«

Montag, 1. September
18:00 Uhr

Doyle parkte vor der Liberty Hall, die mit ihren sechzehn Stockwerken – eine Etage für jeden der während des Osteraufstands erschossenen Märtyrer – das höchste Gebäude in Dublin war. Nur wenige erinnerten sich an dieses Detail, und vermutlich war die Zahl derer, denen es nach wie vor etwas bedeutete, noch um einiges kleiner, aber Doyle war fünfzig, und Geschichte – vor allem die irische – interessierte ihn schon, seit er damals fasziniert James O'Donohue gelauscht hatte, seinem alten Schullehrer aus County Kerry.

Einer von denen, die man damals hingerichtet hatte, war James Connolly, der breitbeinig wie ein Boxkämpfer dastand, das Kinn aufsässig hochgereckt. Auch in Bronze gegossen wirkte er noch genauso trotzig, wie er zu Lebzeiten gewesen war. Es war eine Ironie des Schicksals, dass die Briten ihn wehrlos im Sitzen erschossen hatten, weil er nach der Belagerung des alten Postamts bereits am Knöchel verletzt war. Die Statue hatte man anlässlich seines achtzigsten Todestages aufgestellt, und Doyle war damals bei der Enthüllung gewesen.

Doyle selbst war ein Dinosaurier, und das wusste er auch, aber es gab trotzdem noch ein paar wie ihn. Er ging stets seinen eigenen Weg, das hatte er immer schon getan. Obwohl seine Familie seit jeher republikanisch eingestellt gewesen war, hatte ihn das nicht davon abgehalten, zur Polizei zu gehen. Kaum ein anderer Detective hatte bei der Irish Republican Army mehr Feinde gehabt als er, bis dann gegen Ende des Nordirlandkonflikts das Gerücht laut geworden war, sein ältester Bruder Cahal sei eine wichtige Figur bei der IRA. Mittlerweile jedoch lagen diese Zeiten lange zurück, und Cahal war nach Amerika gegangen.

Damals, im Jahr 1974, hatte Doyle gerade mal zwei Dienstjahre hinter sich, als eines Tages in der Talbot Street, wo er gerade Streife ging, drei Bomben explodierten, eine davon direkt vor ihm. Dreißig Menschen kamen an jenem Tag ums Leben. Die Ulster Volunteer Force aus dem Norden übernahm die Verantwortung, aber je näher die Garda das Attentat unter die Lupe nahm, umso mehr Indizien wiesen auf eine Beteiligung des britischen Geheimdienstes hin.

Mit einem ehrerbietigen Nicken in Connollys Richtung verließ Doyle nun den Wagen und trat an den Kai. Inzwischen hatte der Regen wieder zugenommen und brachte die Oberfläche der Liffey in Aufruhr. Den ganzen Sommer über hatte es nur geregnet. Ein stämmig wirkender Skinhead stand auf dem Deck von Finucanes Boot. Doyle kannte ihn nicht, und der Mann ihn offensichtlich auch nicht, denn er blickte mit einem derart knurrigen Gesichtsausdruck auf ihn hinunter, dass Doyle an einen tollwütigen Pitbullterrier denken musste.

»Mach gefälligst Platz!«, fuhr Doyle ihn an, während er an Bord stieg. »Lieber Himmel, von deiner Sorte verspeise ich zwei Stück noch vor dem Frühstück. Lauf schon mal vor und sag Johnny, dass Joe Doyle mit ihm reden will.«

Der jüngere Mann hatte bei seinen Worten die Fäuste geballt, und für einen Moment rechnete Doyle damit, dass der Kerl tatsächlich ausholen würde.

Er lachte kehlig, doch seine Miene war kalt. »Ich habe wenig Zeit, Junge. Tu, was ich sage, bevor ich dich den Forellen zum Fraß vorwerfe.«

»Dessie!« Das Wort wurde wie ein Schuss von der Treppe unter der Steuerkabine abgefeuert. Hinter dem Skinhead entdeckte Doyle Finucane, der zu ihnen herübersah. »Lass ihn vorbei, ja?«

Ohne Schuhe war Finucane nur knapp eins siebzig groß. Er hatte ein rotes Gesicht und eine rundliche Figur. Der obere Teil seines Kopfes war völlig kahl, und der schmale Haarkranz, der die Glatze teilweise begrenzte, war raspelkurz geschoren. Mit gut fünfzig war er schon genauso lang Gangster wie Doyle Polizist. Die Kajüte war nicht nur groß wie ein Salon, sondern auch luxuriös eingerichtet, mit Ledercouchen und einem riesigen Plasma-Flachbildschirm-Fernseher. Das Standbild zeigte eine Szene aus dem letztjährigen Halbfinale der irischen Football-Liga. Doyle blieb vor dem Bildschirm stehen.

»Weißt du denn nicht, was passiert ist, Johnny? Kerry hat euch Dubliner Mistkerle 1–15 geschlagen und dann im Endspiel Cork plattgemacht.« Mit diesen Worten griff er nach der Fernbedienung und schaltete den Fernseher aus. Dann wandte er sich Finucane zu, der im Barbereich stand, nickte zu den Regalen mit den Flaschen hinüber, und sagte: »Ich nehme einen großen Jimmy mit einem Spritzer Port. Am Eis darfst du sparen.«

Finucane schenkte den Drink ein und reichte ihn Doyle. Der hob das Glas, nahm einen Schluck und sah dem alten Northside-Gangster dann direkt in die Augen.

»Wie geht es deiner Cousine, Johnny?«

Finucane stieß ein kurzes, kaltes Lachen aus, ehe er sich auf einem verstellbaren Lederlehnstuhl niederließ und die Rückenlehne nach hinten kippte. »Das letzte Mal, als ich sie zu Gesicht bekommen habe, war sie zusammen mit eurem Kandidaten im Fernsehen zu bewundern, vor dem Gericht. An dem Tag hast du dich ganz schön zum Narren gemacht, was? Peinlich, sage ich da nur! Aber deine Tatzen hattest du ja noch nie so ganz unter Kontrolle. Selbst ein alter Krieger wie du sollte sich manchmal beherrschen!«

Doyle verzog die Lippen. »Suchst du Streit, Johnny?«

»Einen Teufel tue ich. Ich würde mir gerne ein Spiel ansehen, also was willst du?«

»Ich will wissen, wer so blöd ist und die Frau eines Polizisten entführt.«

Finucane zog die Schultern hoch. »Bis jetzt habe ich nicht die leiseste Ahnung.«

»Eine verdammt üble Sache, und verdammt schlecht fürs Geschäft, wenn du weißt, was ich meine. Jeder Pkw und jeder Lieferwagen wird angehalten, jedes Geschäftsgelände von Cork bis zur Grenze durchsucht.«

»Was du nicht sagst!«

»Also, was hört man denn so?«

»Man hört *nichts*. Das war niemand von Belang – zumindest nicht, soweit es uns betrifft. Vielleicht ist der kleine Scheißkerl, den du verdroschen hast, ja zurückgekommen, um es dir heimzuzahlen? Immerhin ist sie deine Nichte.«

Doyle warf ihm einen eisigen Blick zu. »Ich wünschte, es wäre so, Johnny – dann könnte ich dem Mistkerl endlich den Rest geben. Aber er ist in London und haust mit deiner Verwandten zusammen.«

»Wir mögen ja verwandt sein, aber sie ist nur die *Tochter* meines Cousins, und ich habe nie einen Hehl daraus gemacht, was ich von dem Kerl halte.«

»Irgendjemand muss doch wissen, was da abläuft, und was du nicht weißt, musst du herausfinden. Wenn das hier vorbei ist, werden wir nicht allzu genau schauen, wen wir von der Straße kratzen. Es könnte durchaus auch dich treffen, Johnny, genau wie McGeady, Minty ...«

»Und die Piratenkönigin?«, fragte Finucane mit säuerlicher Miene.

»Die Frage erübrigt sich ja wohl«, meinte Doyle mit einem halben Lächeln. »Auch wenn sie seit jeher eine Schwäche für Moss Quinn hat, würde sie nicht so weit gehen, seine Frau zu beseitigen. Außerdem weiß sie, wie gut wir das finden, dass sie Alexej Bris in Schach hält.«

»Trotzdem verscherbelt sie den Schnee, Mann. Wo liegt da der gottverdammte Unterschied?«

»Sie verscherbelt das Zeug nicht in Irland. *Das* ist der gottverdammte Unterschied.«

Finucane stellte seine Rückenlehne etwas gerader. »Dieser Russenarsch weiß genau, dass sie es ist. Was bedeutet, dass früher oder später Blut fließen wird, und da kann es nur einen Gewinner geben.« Er stand auf und steuerte auf die Bar zu.

»Über die Kampflinien können wir ein andermal sprechen«, entgegnete Doyle. »Die Uhr tickt, Johnny – und ich meine das wirklich so. Wie du ganz richtig festgestellt hast, sprechen wir hier über die Tochter meines Bruders. Irgendjemand weiß, was passiert ist, und dieser Jemand kennt auch den Grund. Sollten wir sie nicht finden, werden Quinn und ich Leute wie dich dafür verantwortlich machen, und dann Gnade euch Gott!«

Finucane hüllte sich in Schweigen.

»Du kümmerst dich also darum? Ich gehe davon aus, dass du nördlich des Flusses immer noch der entscheidende Mann bist.«

Finucane gab ihm noch immer keine Antwort.

»Ich möchte meine Nichte lebendig und wohlauf präsentiert bekommen, und den Kopf des Mistkerls auf einem Tablett. Habe ich mich deutlich genug ausgedrückt, Johnny?«

»Weißt du eigentlich, Doyle«, entgegnete Finucane ruhig, »dass du dich für einen so alten Sack ganz schön weit aus dem Fenster lehnst? Eines schönen Tages hast du bei den Bullen ausgedient, und dann, in einer dunklen Nacht, nachdem du in irgendeiner schäbigen Bar am Arsch der Welt zu Abend gegessen hast …«

Doyle tätschelte den Griff der .38er, die er an der Hüfte trug. »Johnny«, sagte er, »komm mich einfach besuchen, wann immer du glaubst, dass ich alt genug dafür bin.«

Montag, 1. September
18:30 Uhr

Laura Quinn sah sich mit ihrer Schwester Nickelodeon an, doch ihre Gedanken waren so weit von dem Zeichentrickfilm entfernt, wie sie nur sein konnten. Ihr Dad war noch immer unterwegs, und auch wenn die Lehrer versucht hatten, es vor ihnen zu verheimlichen, wusste sie doch, dass ihre Mutter von jemandem entführt worden war. Ihre Nan hatte aus Kerry angerufen. Grandad und Nana Quinn hatten sich ebenfalls gemeldet und zu ihr gesagt, sie solle ihrem Dad ausrichten, sie kämen früher aus ihrem Urlaub zurück. Sie hatte ihnen erzählt, dass Onkel Paddy auf sie aufpasse, während ihr Dad unten in Blackrock war. Ihre Mam sei vielleicht dort, irgendwo am Strand. Jedenfalls hoffte sie es.

Jetzt warf sie einen raschen Blick zu Onkel Paddy hinüber, der im Wohnzimmer am Esstisch saß, die Abendzeitung vor sich ausgebreitet. Er hatte die Ellbogen auf die Tischplatte gestützt und den Kopf auf die Fäuste. Laura ging zum Erkerfenster hinüber. Den Kopf gegen das Glas gepresst, starrte sie zu dem leeren Platz hinaus, wo normalerweise der Wagen ihrer Mutter stand. Ein paar von den Kindern in der Schule hatten erfahren, was passiert war, und Jess und sie im Lauf des Nachmittags mit vielen Fragen bedrängt. Man hatte ihr erzählt, der Wagen ihrer Mam sei vor dem Friedhof gefunden worden, wo Danny beerdigt war.

Als sie sich umsah, merkte sie, dass Onkel Paddy sie beobachtete. »Alles in Ordnung, Laura?«, fragte er sie jetzt lächelnd.

Sie zuckte mit den Achseln.

Jess blickte hoch. Sie war an dem Zeichentrickfilm genauso wenig interessiert wie ihre Schwester.

»Was möchtet ihr denn zum Tee?«

»Ich habe keinen Hunger«, antwortete Laura.

»Ich auch nicht.« Jess zog die Knie bis ans Kinn.

Onkel Paddy faltete die Zeitung zusammen und kam zu ihnen herüber. »Hört mal, Mädchen«, sagte er, »ich weiß, dass ihr euch Sorgen macht, aber ich kenne eure Mam. Die schafft das schon.«

»Jemand hat sie mitgenommen!« Laura klang panisch. »Jemand hat sie entführt!«

»Das sagen jedenfalls die anderen«, meldete Jess sich zu Wort, »das habe ich in der Schule gehört.«

Onkel Paddy strich ihr sanft übers Haar. »So nennt man das, ja, und es gibt ein paar böse Menschen auf der Welt. Aber eure Mam ist stark, und jeder Polizist im Land hält nach ihr Ausschau. Nicht nur jeder Polizist, sondern jede Person, Jessie. Sie werden sie finden, und zwar bald, das verspreche ich euch. In null Komma nichts ist sie wieder da, und alles wird gut.«

Nachdenklich zog Laura ihre sonst so glatte Stirn in Falten. Aus halb geschlossenen Augen musterte sie Onkel Paddy. »Es ist ihr gar nicht gut gegangen. Seit Danny sterben musste, ist es ihr gar nicht mehr gut gegangen.«

»Sie gibt Dad die Schuld«, erklärte Jess.

Laura starrte sie wütend an.

»Das stimmt«, bekräftigte Jess. »Sie gibt ihm die Schuld, weil Danny von einem Auto totgefahren worden ist, und obwohl Dad doch Polizist ist, konnte er den Fahrer nicht fangen. Ich habe Mam telefonieren gehört. Sie hat es zu Nanny gesagt. Sie hat gesagt, dass es Absicht war und der, der es getan hat, bestimmt böse auf unseren Dad war, weil er Polizist ist. Oder so ungefähr jedenfalls.«

»Jetzt hört mir mal zu.« Onkel Paddy nahm sie beide an der Hand. »Ich weiß, dass eure Mam das denkt, sie hat es mir selber gesagt. Ihr wisst ja, dass sie und ich oft geredet haben. Euer Dad wollte, dass wir reden. Er hat mich sogar darum gebeten. Ich kenne eure Mam schon genauso lange wie euer Dad. Sie ist eine gute Frau, eine wunderbare Frau, und sie hat Danny sehr lieb gehabt. Ja, sie gibt eurem Dad die Schuld, auch wenn es dafür keinen Grund gibt, doch sie ist nun mal eine Mammy, und manchmal ist die Liebe einer Mammy so groß, dass sie bestimmte Sachen anders sieht, als sie in Wirklichkeit sind. Was Danny passiert ist, war ein Unfall. Euer Dad kann nichts dafür, und ganz tief drin weiß eure Mam das auch.« Er lächelte sanft. »Ihr dürft ihr deswegen nicht böse sein. Sie kommt schon darüber hinweg, und dann seid ihr wieder eine richtige Familie.«

Laura warf ihm einen wütenden Blick zu. »Sie hat uns verlassen«, stellte sie fest. »Erst hat sie unseren Dad weggeschickt, und dann hat sie uns allein gelassen. Mich und Jess. Sie hat uns einfach allein gelassen.«

»Sie ist im Moment nicht sie selbst, Liebes«, antwortete Paddy in beschwichtigendem Ton, »deine Mam ist zur Zeit nicht sie selbst.«

»Und was ist, wenn sie nicht zurückkommt?«, fragte Laura. »Was ist, wenn sie stirbt, Onkel Paddy? Was machen wir dann?«

Montag, 1. September
18:30 Uhr

Aus drei verschiedenen Richtungen trafen sie am Harcourt Square zusammen: Quinn, dicht gefolgt von Murphy, vom Strand von Blackrock, Frank Maguire aus Rathmines und Doyle von den Kais. Vier Wagen brausten vorbei an den dicht gedrängten Reihen der Reporter und den vielen Aufnahmewagen, die entlang der Straße Stellung bezogen hatten. Der Justizminister hatte ausdrücklich darum gebeten, die Presse möge sich von Quinns Haus in Glasnevin fernhalten, und zumindest bisher wurde dieser Wunsch respektiert.

Quinn rief zu Hause an und sprach mit seinen Töchtern. Sie

wollten ihn bei sich haben, und ihm war klar, dass er eigentlich für sie da sein sollte, aber er schaffte es einfach nicht, untätig daheim herumzusitzen, während jeder andere Polizist im Land nach seiner Frau suchte. Patrick sagte ihm, er passe gerne auf die Mädchen auf. Außerdem hatte seine Schwägerin angerufen und angeboten, bei Bedarf aus Kerry heraufzufahren und die Mädchen zu ihrer Großmutter zu bringen. Nachdem Quinn aufgelegt hatte, rief er »Busy« Phillips, seinen Informanten, an. »Was gibt's Neues?«, fragte er. »Ich brauche Informationen.«

»Inspector, es tut mir leid, aber ich habe nicht einmal ein Flüstern gehört.«

»Wer treibt dort draußen sein Unwesen? Wer tut mir das an?«

Busy arbeitete als Kurier für Trisha »Grace« O'Malley, die Mutter aller Gangster. Ihren Spitznamen »Piratenkönigin« hatte man ihr in Anlehnung an die Grace O'Malley aus dem sechzehnten Jahrhundert verpasst, die damals über die Inseln vor der Mayo-Küste geherrscht hatte. Ihre moderne Variante hatte mehr oder weniger ganz Limerick unter ihrer Fuchtel, und Quinn hatte eine Schwäche für sie.

»Ich habe keine Ahnung, Mr. Quinn«, sagte Busy gerade. »Ich weiß es wirklich nicht. Im Moment hört man fast gar nichts – was meiner Meinung nach daran liegt, dass tatsächlich niemand etwas weiß. Glauben Sie mir, wenn jemand etwas wüsste, würde ich es erfahren, und Sie dann natürlich auch.«

Quinn glaubte ihm. »Na dann«, murmelte er, »halt mich auf dem Laufenden.«

»Das mache ich, Mr. Quinn, das mache ich. Lassen Sie sich von mir gesagt sein, dass in dieser Sache alle an einem Strang ziehen. Miss O'Malley ebenso wie Ihr Mann unten an der Anlegestelle. Ich habe von der Southside sogar etwas flüstern hören, dass selbst Minty seine Hilfe anbietet.«

»Dieser tätowierte Arsch! Seine Tage sind gezählt. Du

kannst ihm ausrichten, dass er diese Gestade verlassen wird, egal, wie das hier ausgeht. Notfalls stelle ich mich selbst ans Steuer der *Jeanie Johnston* und schippere ihn eigenhändig aufs Meer hinaus.«

Quinn überlegte einen Moment. »Was ist mit McGeady?«

»Was den betrifft, habe ich keine Ahnung, Mr. Quinn. Da müssen Sie mit jemand anderem sprechen.«

Quinn machte sich im Geiste eine Notiz, dass er nach Mountjoy fahren und dem »Crawthumper« einen Besuch abstatten musste. Nachdem er aufgelegt hatte, blieb er noch einen Moment sitzen, um seine Gedanken zu ordnen. Er hielt das Telefon noch in der Hand, als es zu läuten anfing. »Quinn«, meldete er sich. Am anderen Ende herrschte einen Moment Schweigen. Sein Herz tat einen Satz. »Hier ist Moss Quinn«, wiederholte er seinen Namen.

Dann hörte er sie: dieselbe krächzende Stimme wie am Grab seines Sohnes. *Mary, Mary, einen Dickkopf hatte die; bot jedermann die Stirn, dann kroch ihr eine Made ins Gehirn; so hieß es zu jener Zeit, doch nur Mary weiß Bescheid.* Dann war die Leitung tot, und Quinn blieb reglos sitzen. Er hatte am ganzen Körper eine Gänsehaut, und am Kopf spürte er Schweißperlen, die sich in Bewegung setzten, als hätten sie zwischen seinen Haaren ein Eigenleben entwickelt. Einen Moment später fuhr er wie vom Blitz getroffen hoch und reichte sein Telefon einem jungen Kollegen namens McKinley. »Lassen Sie das überprüfen«, sagte er, »den letzten Anruf. Nummer unbekannt. Ich möchte wissen, woher er kam.«

Frank Maguire saß mit Doyle und Murphy im Büro des Inspektors. Quinn eilte hinüber und öffnete die Tür: »Ich habe gerade einen weiteren Anruf bekommen«, erklärte er, »der eigentlich nur von Conor Maggs stammen kann.« Er zitierte den genauen Wortlaut und wandte sich dann an Doyle. »Ist Maggs wirklich in London? Wissen wir das sicher?«

»Da bin ich mir ziemlich sicher, ja.«

»Kannst du das in Erfahrung bringen? Jemanden anrufen oder so? Wir müssen das wissen, Doyle. Wir müssen es sicher wissen.«

Während Doyle zu Murphys Schreibtisch hinüberging und nach dem Telefon griff, ließ sich Quinn auf einen Stuhl sinken. Die Worte hallten in seinem Kopf nach: *Eine Made kroch ihr ins Gehirn; so hieß es zu jener Zeit, doch nur Mary weiß Bescheid*. Er warf einen raschen Blick zu Murphy hinüber. »Würdest du mir Mary Harringtons Akte holen?« Quinn sah ihr nach, wie sie zu dem Aktenschrank am anderen Ende der Einsatzzentrale hinüberging. Dabei fiel sein Blick auf einen jungen Mann in Jeans und mit Pferdeschwanz, der an der Wand auf einem Stuhl saß.

»Wer ist das?«, fragte er.

Maguire zog eine Augenbraue hoch. »Ein Typ vom Trinity College, Abteilung Geologische Studien. Ich habe ihn kommen lassen, damit er einen Blick auf das Foto wirft.«

Der Wissenschaftler hieß Townsend und war Dozent für Geologie, hatte zugleich aber ein Faible für irische Geschichte. Er erklärte Quinn, der Boden des Landes sei ebenso Teil der Geschichte Irlands wie die Leute, die darauf lebten. Nachdem sie ihn aufgefordert hatten, bei ihnen Platz zu nehmen, schlossen sie die Tür, um das laute Stimmengewirr der Einsatzzentrale auszusperren.

»Können Sie uns vielleicht weiterhelfen, Dr. Townsend?«, fragte Quinn. »Wir führen hier einen Wettlauf gegen die Uhr.«

Townsend nickte. »Ist das Foto alles, was Sie haben? Ich meine, der einzige Kontakt?«

Quinn schüttelte den Kopf. »Nein, ich habe außerdem noch zwei Anrufe bekommen.«

Townsend schürzte nachdenklich die Lippen. »Hält der Kerl Sie nur zum Narren, oder glauben Sie, dass er Ihnen wirklich einen Hinweis geben möchte, wo sich Ihre Frau befindet?« Murphy kam gerade mit Marys Akte herein.

»Was macht das für einen Unterschied?«

»Nun ja, es steht mir wahrscheinlich nicht zu, das zu sagen, aber wenn er Ihnen tatsächlich eine Chance geben möchte, sie zu finden, dann steckt hinter diesem Polaroid-Foto vielleicht gar nicht mehr als das, was darauf zu sehen ist.«

»Wir haben auf einen Strand getippt«, erklärte ihm Quinn. »In einem Umkreis von etwa fünfzig Kilometern rund um Dublin haben wir bereits jedes Fleckchen Sand abgesucht.«

»Ein Stein an einem Strand«, sagte Townsend und nickte. »Das wäre möglich. Der Stein ist so dunkel, dass Sie vermutlich schon an Blackrock gedacht haben.«

»Wir kommen gerade von dort zurück«, informierte ihn Murphy.

»Was könnte es noch bedeuten?« Quinn saß jetzt nach vorne gebeugt, in angespannter Haltung.

Townsend gestikulierte. »Es könnte so einfach sein, wie die beiden Bestandteile nahelegen. Stein und Sand: Sandstein.«

»Fahren Sie fort.«

»In Irland wird nicht viel Sandstein abgebaut, und der Großteil davon hat die rote Färbung, die man in den Bergen im Südwesten sieht, aber im County Clare gibt es grauen Sandstein. Geologisch bezeichnet man ihn als Liscannor, und natürlich gibt es dort drüben auch eine Stadt dieses Namens.«

»County Clare?« Maguire wirkte skeptisch. »Eva ist in Dublin entführt worden, Dr. Townsend. Wollen Sie damit sagen, dass sie die ganze Strecke bis nach Clare gebracht wurde?«

»Ich weiß es nicht.« Townsend zuckte mit den Achseln. »Halten Sie das für möglich?«

Quinn war aufgestanden. »Alles ist möglich.«

Townsend fuhr fort: »Es gibt dort einen alten Liscannor-Steinbruch, der schon seit Jahren nicht mehr genutzt wird.

Früher wurde er von einer Familie namens Scanlon betrieben, in den Siebzigern jedoch geschlossen. Ich war dort zu Feldstudien mit meinen Studenten. Der Steinbruch befindet sich direkt an der Klippe, und es gibt einen alten Lastkran, mit dem der Stein früher direkt auf Schiffe verladen wurde. Ein paar halb verfallene Gebäude gibt es auch.«

Maguire griff nach dem Telefon und sprach mit den Leuten vom Polizeihubschrauber in Baldonnel. Doyle wartete auf einen Rückruf aus London, deswegen bot Murphy an, Quinn zu begleiten.

»Sag ihnen, sie sollen uns am Phoenix Park auflesen«, instruierte Quinn Maguire. »Da können sie problemlos landen, und mit Blaulicht sind es von hier nur fünf Minuten.«

»Halt mich auf dem Laufenden, Moss«, sagte Doyle zu ihm, während sie auf die Tür zusteuerten. »Dein Ansprechpartner dort unten heißt Eoin Slattery. Ich werde mit ihm reden. Er soll sofort ein Team losschicken.« Er wandte sich an Townsend.

»Wo genau liegt dieser Steinbruch?«

»Direkt an der Küste. Ich kann Ihnen die genauen Koordinaten geben.«

Doyle kratzte sich am Kinn. »Scanlon, sagen Sie. Das kommt mir irgendwie bekannt vor. Ich könnte schwören, dass ich den Namen schon mal gehört habe. Mir fällt nur beim besten Willen nicht ein, in welchem Zusammenhang.«

Quinn schnappte sich die Harrington-Akte und stopfte sie in seine Tasche.

»Nimmst du die mit?«, fragte ihn Maguire.

»*Nur Mary weiß Bescheid*, Frank. Das hat er gesagt.«

»Aber was ist mit den anderen? Wenn Evas Entführung mit dem Mord an Mary zusammenhängt, was ist dann mit den anderen?«

Quinn zog die Schultern hoch. »Die anderen waren alleinerziehende Mütter.«

»Und Mary war schwanger.«

»Erst in der sechsten Woche, laut dem Pathologen. Wir sind alle davon ausgegangen, dass sie es selbst noch gar nicht wusste.«

Maguire nickte.

»Er hat am Telefon aber diese Anspielung gemacht, und deswegen dürfen wir es nicht außer Acht lassen, oder?«

Montag, 1. September
20:30 Uhr

Je näher sie der Küste kamen, umso dunkler schien es zu werden. Quinn dröhnte der Kopf von dem lauten Motorenlärm und dem rauschenden Röhren der Rotorblätter. Über ihre Kopfhörer informierte sie der Pilot, dass sie die angesteuerten Koordinaten fast erreicht hätten. Ehe sie sich versahen, war das Land unter ihnen verschwunden, und sie befanden sich über dem Meer, wo der Helikopter einen großen Bogen beschrieb. Nun hielten sie die Nase den Klippen zugewandt und wurden vom Wind gebeutelt, während ein Suchscheinwerfer, so hell wie dreißig Millionen Kerzen, über stufenförmig abfallende Steinblöcke zuckte, die schließlich in einer steilen Felswand und gischtgekrönten Wellen endeten.

Oberhalb der Felsen sah Quinn eine Vielzahl hin und her huschender gelber Lichter: Beamte mit Taschenlampen suchten unten den Boden ab, während ihre Hunde scheinbar lautlos den riesigen schwarzen Vogel über ihren Köpfen anbellten. Die ganze Klippe sah aus, als wäre dort Sandstein abgebaut worden: Vor allem nach Süden hin wirkten die übereinander gestaffelten Felsen stark gezackt. Direkt unterhalb des Hubschraubers zogen sich Geröllhänge bis zu dem Bereich hinunter, wo der Fels in nackte Plateaus geschnitten war. Sie konnten den alten, rostigen Ladekran sehen, den Townsend erwähnt hatte. Sein Haken samt Kabel hing hoch über dem Meer.

Quinns Blick blieb einen Moment an dem verwittert wirkenden Maschinenschuppen hängen, der auf dem Gelände herausstach. Direkt unter ihnen, wo sich das Meer an der Klippe brach, lag eine Höhle – ein klaffendes schwarzes Maul, das in der Dunkelheit nur schemenhaft zu erkennen war. Das Meer selbst war von Felsen durchsetzt, die wie die Zähne einer monströsen, unter Wasser dahinkriechenden Kreatur die Oberfläche durchstachen.

»Heilige Muttergottes«, hörte Quinn über seinen Kopfhörer Murphys Stimme, »was für eine höllische Gegend!«

»Denk nur an die Boote, Murph«, meinte Quinn und deutete nach unten. »Stell dir vor, was für ein Gefühl es sein muss, eine Ladung aufzunehmen, während rundherum Unmengen solcher Felsen nur darauf warten, einem den Schiffsrumpf zu zerfetzen.« Er wandte sich an den Piloten: »Können Sie landen?«

Der Pilot spähte durch die Windschutzscheibe. Der Suchscheinwerfer wanderte gerade über zwei vermodert aussehenden Boote hinweg, die mit dem Rumpf nach oben neben dem Maschinenschuppen lagen. Er schüttelte den Kopf. »Nein, da kann ich nicht runter, das wäre zu wackelig. Vielleicht kann ich euch auf dem Hügel absetzen, mal sehen.«

Sie stiegen ein Stück hoch und ließen die Felswand, den Kran und das verfallene Gebäude unter sich liegen. Während Quinn auf die klaffenden Löcher im Dach hinunterstarrte, spürte er, wie sich sein Magen zusammenzog und ihm das Blut durch die Adern schoss. Murphy stand in Funkkontakt mit den Kollegen am Boden. An Quinn gewandt schüttelte sie kurz den Kopf. »Sie haben bis jetzt noch nichts gefunden«, informierte sie ihn.

Unten angekommen, besorgten sie sich Taschenlampen

und fluoreszierende Jacken von den beiden Beamten, die den Piloten an eine sichere Stelle gelotst hatten. Die Kollegen wiederholten, was Murphy schon übers Funkgerät gehört hatte. Quinn, dessen Taschenlampe mit drei starken Batterien ausgestattet war, übernahm die Führung nach unten. Sie kamen nur mühsam voran, weil das Gelände nicht nur rutschig und sehr steil war, sondern zusätzlich mit unzähligen Löchern durchsetzt, so dass man sich leicht den Knöchel brechen konnte. Quinn nahm Murphy an der Hand, führte sie über einen Abschnitt mit lockerem Geröll und blieb dann einen Moment stehen. Murphy konnte seine Gedanken lesen. Sie wusste, was er in dem Moment fühlte, denn sie selbst fühlte es auch.

Der Wind war aufgefrischt, und Quinn kam es vor, als begänne die Haut in seinem Gesicht durch die feuchte, salzige Luft zu spannen. Er konnte jetzt weitere Lichter sehen: Dutzende von Polizisten arbeiteten sich mit Stangen und Stöcken über die Klippe vor. Ein, zwei Männer trugen auch Schaufeln, genau wie in Blackrock.

»Es geht bestimmt gut aus«, meinte Murphy zu ihm. »Keine Sorge, Moss. Alles wird gut.«

Er gab ihr keine Antwort, ließ jedoch ihre Hand los und setzte den Abstieg fort. Sein Ziel war die Stelle, wo die beiden ramponierten Boote neben dem Schuppen lagen.

Ein uniformierter Beamter kam ihnen entgegen. Weiter unten bellten die Hunde, und Stimmen hallten über die Klippe.

»Ich bin Sergeant Slattery«, stellte der Mann sich vor. »Und Sie müssen DI Quinn sein.«

Quinn sah ihm forschend ins Gesicht. »Sind Sie auf etwas gestoßen?«

»Nein, Inspector, bis jetzt nicht.«

»Es war ein Versuch aufs Geratewohl, ins Blaue hinein. Dessen waren wir uns bewusst.« Quinn klang, als versuchte er sich selbst zu überzeugen. »Uns ist klar, dass wir uns an einen Strohhalm klammern, aber was anderes bleibt uns nicht übrig.«

Seite an Seite gingen er und Murphy die letzten paar Meter hinunter. Dann waren sie auf dem flachen, mit Geröll übersäten Stück angekommen, und die modrigen Wände des Schuppens ragten schattenhaft vor ihnen auf.

In seinem Inneren befand sich ein großer, höhlenartiger Raum, aus dem ein paar klapprige Eisenstufen in zwei abgewrackt aussehende Büros führten, die still, dunkel und kalt wirkten. Quinn stieg zu einer Tür hinauf, bei der das Schloss weghing. Nachdem er sie mit Gewalt geöffnet hatte, roch er Salz und Feuchtigkeit. In dem Raum befanden sich ein paar Schreibtische und ein ramponierter Aktenschrank, auf dem eine alte Schreibmaschine thronte. Alles war voller Staub, und vor dem Fenster hingen so viele Spinnwebfetzen, dass man kaum noch hinaussah. Quinn stocherte unter den Schreibtischen herum, aber das Büro war winzig, so dass es gar keinen Platz gab, wo man jemanden verstecken hätte können. Als er wieder draußen auf der Treppe stand, hielt er sich für einen Moment an dem eisernen Handlauf fest.

»Eva!«, rief er. »Eva, kannst du mich hören?«

Sein Schrei hallte durch den leeren Raum. Auf dem Boden lagen alte Maschinenteile herum, außerdem gab es dort ein Laufbandsystem, etliche Winden und Flaschenzüge sowie ein paar Reste Maschendrahtzaun, die vom Salz rostbraun gefressen waren. Abgesehen vom Echo seiner eigenen Worte war nichts zu hören: nichts als das Heulen des Windes und das Tosen der sich brechenden Wellen. Quinn stand da und ließ den Strahl seiner Taschenlampe über den Betonboden gleiten, obwohl dort ebenfalls niemand versteckt sein konnte. Hier war kein Platz, um eine Zunge zum Schwellen oder Lippen zum Aufspringen zu bringen, kein Platz für Blut aus zerstörten Venen. Quinn suchte jeden Zentimeter des Bodens und der Wände ab, er leuchtete sogar zur Decke hinauf.

Aber da war nichts.

Eva war nicht dort.

Montag, 1. September
20:45 Uhr

In ihrem Loch im Boden kämpfte Eva sich langsam auf die Knie. Das war nicht einfach. Über sich spürte sie das Gewicht der Bodendielen, das Gewicht alten Linoleums und – wie es schien – das Gewicht des Himmels.

Vielleicht hatte sie eine Weile geschlafen oder war kurzzeitig nicht bei sich gewesen. Sie wusste es nicht, ihr war jedes Zeitgefühl abhandengekommen. Aber sie träumte von ihren Kindern, von Jess und Laura, und auch von Danny. Jedes Mal, wenn sie die verbundenen Augen aufschlug, hatte sie das Gefühl, die drei zu sehen.

Ansonsten kreisten ihre Gedanken nur um Wasser.

Sie lechzte nach etwas zu trinken. Ihre Zunge fühlte sich schon so dick und trocken an, dass sie kaum noch Luft bekam.

Immerhin hatte sie es geschafft, ein Loch in das Klebeband zu beißen, wenn auch nur ein ganz kleines. Es war ihr gelungen, das klebrige Zeug zwischen ihre Lippen zu saugen und dann mit den Zähnen zu bearbeiten.

Nun befand sie sich auf den Knien, aber da ihre Arme am Rücken gefesselt waren, konnte sie das Gleichgewicht nicht halten. Ihr Gesicht wurde in die Erde gedrückt, und sie hatte bereits schlimme Nackenschmerzen. Während sie sich mit der Stirn so gut wie möglich abstützte, versuchte sie, das bisschen Regenwasser aufzusaugen, das sich unter ihr angesammelt hatte.

Es waren wenige Tropfen, nur ein Hauch von Wasser. Ihre Zunge fühlte sich immer noch an wie ein Ballon. Würgend hustete sie in das Klebeband hinein. Sie bekam keine Luft mehr. Ein trockenes Schluchzen stieg in ihr hoch, und in ihren Augen brannten Tränen, die gar nicht da waren.

Außerdem kroch ihr allmählich die Kälte in die Knochen. Sie fragte sich, ob sie an Unterkühlung sterben oder vorher verdursten würde.

Unter Aufbietung ihrer ganzen Kraft versuchte sie, die Bodendielen hochzustemmen, das Gewicht wegzuschieben, damit sie sich irgendwie aus diesem Grab herauskämpfen konnte. Doch sie fand keinen Halt und rutschte immer wieder ab. Sie kam sich vor wie in einem Kokon. Wie eine Fliege im Larvenstadium. Sie musste wieder an Danny denken. Wann würde sie endlich bei ihm sein? Rief er schon nach ihr? War das seine Stimme, die sie da hörte? Die Stimme ihres einzigen Sohnes, den sie an einen rücksichtslosen Raser verloren hatte, einen Verbrecher, den ihr Mann einfach nicht erwischte?

Brachte es Danny denn zurück, wenn sie den Kerl endlich fassten?

Brachte es ihren Mann zurück?

Sie hätte schwören können, dass sie Stimmen hörte. Verzweifelt versuchte sie zu schreien, um die Leute wissen zu lassen, dass sie da war. Aber ihre eigene Stimme war nur ein leises Gurgeln, ein winziges, kaum hörbares Geräusch, verloren für die Welt und auch für sie selbst.

Obwohl sie weiter angestrengt lauschte, begann ihre Konzentration nachzulassen. Die Stimmen schienen ebenfalls nachzulassen: Sie wurden allmählich immer schwächer, und als sie schließlich ganz erstarben, war nur noch die Uhr zu hören.

Plötzlich aber konnte Eva wieder denken, und ihr wurde klar, was sie gehört hatte. Dort draußen rief niemand nach ihr. Es war nur das Geschrei einer Möwe gewesen, einsam und traurig wie der Wind.

Montag, 1. September
23:55 Uhr

Der Helikopter setzte sie wieder am Garda-Präsidium in Phoenix Park ab. Quinn fühlte sich inzwischen schwach und leer, als wäre das Leben aus ihm herausgehöhlt worden und nur noch eine Hülle übrig.

In der Einsatzzentrale brannte Licht, und oben bemannte eine neue Schicht Detectives die Telefone. Wie aufs Stichwort blickten sie alle mit grimmiger Miene hoch, als Quinn und Murphy durch die Tür traten. Maguire kam ihnen mit der Jacke über der Schulter entgegen.

»Wo ist Doyle?«, fragte ihn Quinn.

Maguire zuckte mit den Achseln. »Keine Ahnung. Er ist bald nach euch gegangen.«

»Hat er einen Rückruf aus London bekommen?«

»Falls ja, hat er es mir nicht gesagt. Wobei er mir wohl grundsätzlich nur das sagt, was ich seiner Meinung nach unbedingt wissen muss.«

Quinn brachte ein Lächeln zustande. »Du darfst das nicht persönlich nehmen, Frank. Mittlerweile solltest du ihn doch kennen: Er ist zu jedem so.«

Maguire gähnte. »Ich brauche ein paar Stunden Schlaf«, erklärte er. »Du solltest dich ebenfalls ein bisschen aufs Ohr hauen. Dasselbe gilt für dich, Murphy. Ihr seht beide völlig fertig aus. Moss, ist mein Bruder noch bei dir?«

Quinn nickte. »Ich fahre jetzt heim, damit Pat auch nach Hause kann. Er ist wirklich große Klasse, Frank – immer zur Stelle, wenn man ihn braucht. Nicht nur heute. Er hat sich wochenlang um Eva gekümmert.«

Maguires Blick glitt über Quinn hinweg. »Genützt hat es ihr am Ende trotzdem nichts.« Er hob eine Hand. »Entschuldige, das kam jetzt falsch rüber. So defätistisch, wie das eben klang, habe ich es nicht gemeint, und es entspricht auch keineswegs meiner Einschätzung der Lage.«

Quinn brachte ein weiteres schwaches Lächeln zustande. »Schon in Ordnung«, antwortete er, »wir sind alle am Ende. Fahr nach Hause und schlaf ein bisschen. Heute Nacht kannst du sowieso nichts mehr tun.«

Maguire deutete auf die Akte, die Quinn mit zur Küste und wieder zurück geschleppt hatte. »Ich habe darüber nachgedacht«, erklärte er. »Meiner Meinung nach ist es ganz wichtig, dass wir die Dinge nicht verkomplizieren. Mary Harrington kann unmöglich mit den anderen fünf Fällen zu tun haben, Moss. Wie du selbst gesagt hast: Sie wusste vermutlich nicht mal, dass sie schwanger war.«

Quinn nickte. »Ich nehme die Akte trotzdem mit nach Hause und gehe sie noch einmal durch. Wer weiß, vielleicht stoße ich ja auf irgendetwas.«

Er fuhr wieder auf der O'Connell Bridge über die Liffey, vorbei an der Statue von Daniel O'Connell und seinen vier Engeln, von denen einer während des Nordirlandkonflikts eine Kugel der IRA abbekommen hatte. Vorbei am alten Postamt und der Stelle, wo früher Nelson's Pillar wie ein Pendant zur Saule vom Trafalgar Square gestanden hatte, bis sie dann eines Tages in die Luft flog. Zehn Minuten später brachte er seinen Wagen vor dem Haus zum Stehen. Er sah, dass in Lauras Zimmer noch Licht brannte.

Als Quinn gerade den Schlüssel ins Schloss fummeln wollte, öffnete Patrick die Tür. »Da bist du ja«, sagte er.

»Pat, es tut mir leid, ich …«

»Um Himmels willen, vergiss es! Das ist doch wohl das Mindeste, was ich tun kann.«

Quinn zog die Tür hinter ihnen zu und ging ins Wohnzimmer hinüber, wo er nach der Karaffe griff und sich einen großen Schluck Jameson einschenkte. »Meine Güte«, murmelte er, »jetzt würde ich mir am liebsten einen antrinken.«

»Dann hättest du am Morgen einen Kater. Du tätest dir damit nichts Gutes, Mossie – nicht in dieser Situation.«

Quinn lächelte gequält. »Willst du mir wegen meiner Trinkgewohnheiten eine Standpauke halten, Patrick Pearse Maguire? Dazu bist du weiß Gott nicht der richtige Mann.«

Lächelnd betrachtete er seinen Freund – froh darüber, dass er da war. »Junge, was waren wir beide damals doch für ein gutes Gespann! Erinnerst du dich an das Tor, mit dem wir diese Versager da unten in Kerry fertiggemacht haben?«

Er ließ sich nieder und legte die Akte auf den Couchtisch. »Damals habe ich Eva kennengelernt, weißt du noch? Auf dieser Rugby-Tour durch Kerry: Listowel, Ballybunion, Ballylongford.«

Maguire nickte. »Und du bist ihr an die Wäsche gegangen, ohne mir die geringste Chance zu lassen, du geiler alter Mistkerl. Hast mich mit dieser Corin verkuppelt, obwohl du genau wusstest, wie sehr ich auf Rothaarige stehe.«

Quinn lächelte. »Da war eine Warteschlange, Patrick, und ich stand nun mal ganz vorne.« Er schwieg einen Moment. »Geht es den Mädchen gut? Bei Laura habe ich eben noch Licht gesehen.«

»Sie schläft. Sie hat mich gebeten, es heute Nacht brennen zu lassen. Ich glaube, im Dunkeln hätte sie sich zu allein gefühlt.«

»Ja, natürlich. Was ist mit Jess, kommt sie auch klar?«

»Es geht beiden gut. Aber sie machen sich natürlich Sorgen, Moss. Sie haben beide eine Heidenangst.«

»Die armen Kleinen, ihr Bruder liegt unter der Erde, und nun ist auch noch ihre Mammy weg.« Quinn nahm einen weiteren Schluck von dem Whiskey.

»Evas Schwester hat noch einmal angerufen«, informierte

ihn Maguire. »Sie kommt auf jeden Fall morgen ganz früh und will dann entweder hier bei den Mädchen bleiben oder sie mit zu ihrer Nan nehmen. Deine beiden Brüder haben auch angerufen, Moss, und deine Eltern. Sie haben gesagt, sie lassen dich auf dem Handy in Ruhe, weil sie die Leitung nicht blockieren wollen.«

»Danke, Paddy. Ich bin dir so dankbar, dass du dir die Zeit genommen hast.«

»Du siehst erschöpft aus. Du solltest versuchen, wenigstens für ein paar Minuten die Augen zu schließen.«

Quinn strich sich mit der Handfläche über sein stoppeliges Kinn.

»Ich kann jetzt nicht schlafen, Patrick, dafür ist keine Zeit. Ich habe einfach keine Zeit zum Schlafen.«

Während er die Akte aufschlug, rang er nach Luft, als fiele ihm plötzlich das Atmen schwer. Irgendwie hatte er das Gefühl, für seine Frau nach Luft zu ringen. Erst am Vorabend hatte er das Geständnis gelesen, das Conor Maggs abgelegt und das letztendlich zu nichts geführt hatte, und nun saß er hier schon wieder mit dieser Akte.

Quinn konnte noch immer die Stimme hören – wie ein Rasseln in seinem Kopf. Er sah genau vor sich, wie Connor Maggs auf der Anklagebank saß und vor lauter Pathos feuchte Augen bekam, während dem Richter die Fotos vorgelegt wurden, die im Krankenhaus gemacht worden waren, nachdem Doyle sich Maggs vorgenommen hatte.

Quinn ging die ersten paar Seiten der Akte durch. Er war fest entschlossen, die Aussagen so genau unter die Lupe zu nehmen, als läse er sie zum ersten Mal. Vielleicht verrieten sie ihm ja etwas, das er noch nicht wusste. Die erste stammte von Jimmy Hanrahan, den alle nur »Schüreisen-Jimmy« nannten, weil er mal auf eine alte Frau mit selbigem losgangen war. Er lebte mit seinem Vater in dem alten Haus am Wasser gleich gegenüber dem verfallenen Gebäude, in dem sie Marys Leiche gefunden hatten. Er behauptete, er habe Maggs an jenem Abend mit Mary sprechen sehen, wohingegen Maggs behauptete, sie niemals auch nur zu Gesicht bekommen zu haben.

Plötzlich war die Erinnerung in Quinns Kopf wieder so frisch, dass er die Musik aus den verschiedenen Kneipen herauswehen hörte. Er sah Doyle im Jett O'Carroll's sein Bierchen schlürfen, und einen Moment später hatte er auch wieder den üblen Gestank in der Nase, den Marys Leiche verströmte, als man sie schließlich fand.

»Was hast du denn da?« Patrick deutete auf die Unterlagen.

»Die Akte zu dem Fall Mary Harrington«, antwortete Quinn. »Ich habe einen weiteren Anruf bekommen, Pat, wieder aus einer Dubliner Telefonzelle. Damit hat der Kerl nun schon zweimal Kontakt mit mir aufgenommen. Beim ersten Mal sprach er von einer tickenden Uhr, beim zweiten Mal von Mary.«

Maguire wirkte verblüfft. »Warum ruft er dich überhaupt an? Und warum erwähnt er Mary?«

»Keine Ahnung.« Quinn zuckte mit den Achseln. »Ich habe Marys Tod immer als Einzelfall betrachtet. Trotzdem hat der Anrufer, wer auch immer er war, von Mary gesprochen und indirekt auch von Maggs. Also muss ich der Sache wohl oder übel auf den Grund gehen.«

Er lehnte sich zurück und legte einen Fuß auf den Tisch. »Hör zu«, fuhr er fort, »es ist spät, und du bist seit einer Ewigkeit hier. Fühl dich bitte nicht verpflichtet, noch länger zu bleiben. Ich bin schließlich ein großer Junge, ich komme schon klar. Ich bleibe einfach hier sitzen und arbeite das Ganze durch. Vielleicht stoße ich ja auf irgendetwas, das ich bisher übersehen habe.«

Da er spürte, dass ihm allmählich die Augen zufielen, durchwühlte er seine Tasche nach einer Zigarette.

»Am Telefon hast du gesagt, Maggs sei gar nicht in Irland, aber jetzt hältst du es doch für möglich, dass er hinter der Entführung steckt?«, fragte Maguire.

Quinn runzelte die Stirn. »Soweit wir wissen, ist er in London.«

»Wer könnte es dann sein?«

»Der, der Mary Harrington umgebracht hat. Und womöglich auch noch fünf andere vermisste Frauen.« Quinn zündete sich die Zigarette an. »Wobei es mir ein Rätsel ist, aus welchem Grund dieser Mann – falls es sich tatsächlich um ein und denselben handelt – nun auch noch meine Frau entführen sollte. Wie du vorhin sehr richtig angedeutet hast: Warum meldet er sich jetzt, nachdem er all die Jahre geschwiegen hat?« Er zog ein Gesicht. »Würde man allerdings mit einem forensischen Psychiater sprechen, würde der vermutlich dagegenhalten, dass sich so ein Serienkiller irgendwann zwangsläufig fragt, wo denn der Spaß bleibt, wenn kein Mensch davon weiß.« Er nahm einen Schluck von seinem Whiskey. »Ich habe als Polizist immer draußen auf der Straße gearbeitet und vielleicht zu sehr auf mein Bauchgefühl gehört, genau wie Joe Doyle – auch wenn meine Verhörtechnik ein wenig subtiler sein dürfte.«

Er gestikulierte einen Moment, die Handfläche nach oben gewandt, ehe er fortfuhr: »Ich weiß nicht so recht, was ich von diesen ganzen Täterprofilen halten soll. Vermutlich haben sie durchaus ihre Berechtigung. Andererseits, wann hat es in diesem Land schon mal einen richtigen Serienmörder gegeben, außer vielleicht damals in den Siebzigern diesen Engländer Shaw?« Er verzog den Mund. »Wir sind hier schließlich nicht in den Staaten. Liam Ahern, unser forensischer Psychiater, wird dir bestätigen, dass jeder Psycho erwischt werden möchte. Vielleicht *wollen* diese Kerle letztendlich mit dem Töten aufhören, keine Ahnung. Auf jeden Fall aber wollen sie, dass jemand weiß, dass sie es waren. Anerkennung, Pat. Das liegt in der Natur des Menschen.«

Maguire zog die Augenbrauen hoch. »Demnach bist du also der Meinung, ein Serienkiller möchte dich wissen lassen, dass er dort draußen sein Unwesen treibt? Ich dachte, du und Doyle, ihr hättet bei euren Ermittlungen im Fall von Mary einen Zusammenhang mit den andern fünf Entführungen ausgeschlossen?«

»Ja, haben wir.« Quinn massierte sich mit den Fingerspitzen die Augen. »Im Grunde glaube ich auch gar nicht, dass es tatsächlich ein und derselbe Mann ist. Ich bin nach wie vor der Meinung, dass der Mord an Mary nichts mit den anderen fünf Fällen zu tun hat, aber wie es aussieht, hat er jede Menge mit dem zu tun, was Eva passiert ist.«

Maguire stand auf. »Vielleicht ist jetzt trotzdem nicht die richtige Zeit dafür, Moss? Du wirkst völlig erledigt. Du solltest ein Stündchen die Augen schließen und dir die Akte morgen früh ansehen.«

»Ja, wahrscheinlich hast du recht.« Quinn warf einen besorgten Blick auf die Uhr. Dabei spürte er ganz deutlich, wie sein Magen sich erneut verkrampfte. »Aber wir haben nur bis Mittwochabend Zeit. Danach könnte es zu spät sein.«

»Das weißt du nicht mit Sicherheit.«

»Nein, das weiß ich nicht«, entgegnete Quinn und hielt dabei die Akte hoch, »aber laut dem Kerl, der mich angerufen hat, weiß Mary Bescheid.«

Dienstag, 2. September
01:00 Uhr

Als Patrick ging, lag Quinn mit geschlossenen Augen auf dem Sofa. Sozusagen als Zeugnis für seinen Zustand stand die halb geleerte Whiskey-Flasche vor ihm auf dem Couchtisch, und in einem Glasaschenbecher lagen ein paar zerdrückte Zigarettenstummel. Patrick ließ einen letzten Blick durch das Wohnzimmer mit den Kiefernmöbeln schweifen, über den viktorianischen Kamin und die pastellfarbenen Drucke an den Wänden. Ihm ging durch den Kopf, mit wie viel Fingerspitzengefühl Eva einen Raum gestaltete. Sie war einfach diese Sorte Frau: sanft und fein. Die Aura von Schönheit, die sie umgab, war auch noch in ihrer Abwesenheit zu spüren. Er musste daran denken, wie oft sie beide unter vier Augen in der Küche gesessen hatten. Dabei hatte sie ihm Dinge anvertraut, die sie noch keinem anderen Menschen jemals gesagt hatte. Nach einem weiteren raschen Blick auf ihren Mann verließ Patrick das Haus und eilte zu seinem VW hinuber, um heimzufahren, in Richtung Süden.

Im Portobello-Hotel war es still. Während der Woche schallte um diese Uhrzeit keine Musik mehr auf die Straße. An den Wochenenden spielten dort immer Bands, aber seine Wohnung lag weit genug entfernt, ein Stück Richtung Charlemont Street, so dass er dadurch nicht gestört wurde. Ein mit Bäumen bepflanzter Grünstreifen trennte die georgianischen Häuser vom Kanal. Dieses Grün verlieh der Gegend ein vorstädtisches Flair, das Patrick gefiel.

Er musste an den kommenden Tag denken, die Besuchstermine, die er in Mountjoy vereinbart hatte. Anschließend würde er sich nach »Stab City« begeben und ins »Back of Shaws«. Den Spitznamen hatte das Gefängnis bekommen, weil es ganz in der Nähe des alten Kaufhauses Shaws stand. Er ließ den Vormittag Revue passieren, und vor seinem geistigen Auge tauchte wieder Karl Crame aus Kilmahon auf, dem er versprochen hatte, seine Freundin aufzusuchen und mit ihr zu reden.

Nach dem Gespräch, das er gerade mit Quinn geführt hatte, konnte er nicht umhin, auch an Conor Maggs zu denken, und das wiederum brachte ihn auf Quinns Spitzel im Knast –

einen Mann, der dort mit Mönchen und Priestern herumhing, die wegen Kindesmissbrauchs einsaßen, aber auch sonst die Kirche verteidigte wie ein alter Seifenkisten-Prediger, was ihm den Namen »Crawthumper« eingebracht hatte: der Frömmler.

Quinn wusste nicht, dass er diesen Mann kannte. Patrick behandelte alles, was er im Gefängnis tat, streng vertraulich, aber nachdem er dort ständig ein und aus ging, bekam er so allerlei mit. Ein paar von den harten Fällen, mit denen er hin und wieder sprach, waren sicher, dass es sich bei Craw um einen Polizeispitzel handelte. Dass sie ihn trotzdem in Ruhe ließen, lag daran, dass er als Rechenfreak für Lorne »the Thorn« McGeady gearbeitet hatte und auch für diesen Mistkerl ins Gefängnis gegangen war, mit dem es in puncto Grausamkeit höchsten noch der General hatte aufnehmen können. Als ein Vertreter der alten Schule – der längst durch die IRA zu Tode gekommen war – hatte Martin Cahill, genannt der General, mal einen seiner Jungs an einen Billard-Tisch nageln lassen, weil er der Meinung war, von ihm bestohlen worden zu sein.

Oben in seiner Wohnung angekommen, entdeckte Patrick seine säuberlich auf dem Tisch gestapelte Post und wusste sofort, dass sein Bruder da gewesen war.

Ein Anflug von Misstrauen veranlasste ihn dazu, eine Runde durch die Wohnung zu drehen, um herauszufinden, ob etwas bewegt worden war. Als Erstes ging er ins Schlafzimmer hinüber und öffnete die Schublade seines Nachttischs. Dann sah er in den Schuhkarton, den er unter dem Bett aufbewahrte, und warf einen Blick in seine Schränke. Nirgendwo war etwas angerührt worden. Er sagte sich, dass es keine böse Absicht war. Nach all den Jahren kam und ging Frank einfach immer noch, wie es ihm gefiel. Als traute er seinem kleinen Bruder nicht so recht zu, dass er alleine auf sich aufpassen konnte. Er betüddelte und bemutterte ihn, wie er es seit jeher getan hatte.

Im Wohnzimmer fiel Patrick auf, dass das Foto hochgenommen und wieder hingestellt worden war – allerdings nicht genau an der Stelle, wo es sonst stand. Frank hasste diese Aufnahme und fragte ihn immer wieder, warum er sie behielt. Nichtsdestotrotz sah Patrick jetzt genau vor sich, wie sein großer Bruder dort drüben den Bilderrahmen in der Hand hielt und auf das Gesicht ihrer Mutter starrte.

»Frankie«, murmelte er. »Frankie, Frankie. Es ist vorbei, mein Junge. Warum lässt du es nicht einfach gut sein?«

Dann aber starrte er ihr selbst in die Augen und bekam dabei einen harten Zug um den Mund. »Na, ist er vorbeigekommen, um dich zu besuchen, meine Liebe? Ja, glaubst du? Irgendwie bezweifle ich das.«

Dienstag, 2. September
05:00 Uhr

Quinn war schon seit zwei Stunden wach und hatte eine Tasse Kaffee neben sich auf dem Tisch stehen, während er über Marys Akte brütete.

Das *Fleadh Cheoil na hÉireann*, das jährliche irische Musikfestival. Zwei Jahre zuvor hatte es in Listowel stattgefunden.

Dort hatte er vor Jahren auch Eva kennengelernt. Paddy und er hatten damals für die Zweite Dubliner Auswahl gespielt und an einem Rugby-Turnier im Südwesten des Landes teilgenommen. Nach dem Sieg im ersten Spiel hatten sich zehn Spieler aus Quinns Mannschaft im Jett O'Carroll's getroffen, einem Pub im Zentrum des Städtchens. Sie hatten bereits ein paar Bierchen intus, und ein paar weitere standen vor ihnen auf der Theke. Aus einem an der Wand befestigten Fernseher flimmerten die Höhepunkte des Spiels zwischen Munster und Leinster vom Vortag, auch wenn ein zahnloser alter Kerl zwischendrin immer wieder aufs Pferderennen umschaltete.

Quinn war damals gerade erst ein Jahr bei der Polizei und

arbeitete wie Joe Doyle auf dem Revier in Rathfarnham. Doyle stammte aus Listowel, und das Jett O'Carroll's war seine Stammkneipe. Jeder dort kannte den großen Mann. Seine Eltern lebten zu der Zeit auch noch in der Gegend, ebenso wie sein Bruder Cahal, der Verbindungen zu Leuten hatte, über die Doyle nicht sprach.

In der einen Hand hatte er ein Bier und in der anderen einen Jameson mit einem Schluck Port. Auf die Theke gestützt, unterhielt er sich mit Martin McCafferty, einem Kollegen aus Listowel, und ein paar anderen Jungs, die von Zeit zu Zeit kurze Abstecher zu den Buchmachern auf der anderen Straßenseite unternahmen. Pat Maguire beglückte währenddessen jeden, der ihm zuhörte, mit begeisterten Kommentaren darüber, wie gut das Spiel gewesen sei und wie sehr sich die Mannschaft aus Kerry ins Zeug gelegt habe. Lediglich seiner eigenen genialen Vorarbeit sei es zu verdanken gewesen, dass Quinn schließlich das entscheidende Tor erzielen konnte.

Quinn hatte einen Ellbogen auf Pats Schulter gelegt und sich für einen Moment aus dem Gespräch ausgeklinkt, um zwei Mädchen zu betrachten, die mit einem jungen Mann an einem Tisch unter dem Fenster saßen. Eine von beiden war eine richtige Schönheit. Quinn konnte den Blick gar nicht mehr von ihr abwenden. Dabei wirkte sie fast ein wenig schüchtern, wie sie dort an ihrem Wein nippte. Sie hatte grüne Augen, und im Sonnenlicht glänzte ihr Haar kupferrot. Allerdings wirkte der Junge, den die beiden dabeihatten, irgendwie fehl am Platz. Er war schmächtig und hatte hängende Schultern. Ein zotteliger Schopf aus dunklem Haar bedeckte seinen Kopf wie eine schlecht sitzende Mütze. Obwohl die beiden Mädchen nicht grob zu ihm waren, merkte man deutlich, dass sie auf seine Gesellschaft keinen allzu großen Wert legten. Plötzlich spürte Quinn Doyles mächtige Pranke auf der Schulter. »Was fällt dir ein, da so frech hinüberzustarren?«, meinte er barsch.

Quinn deutete auf das Mädchen mit dem rotbraunen Haar. »Die Linke gehört mir, Doyle. Du wirst dich mit der anderen begnügen müssen.«

Doyles Hand packte noch ein bisschen fester zu. »Mossie«, sagte er leise, »die Linke ist meine Nichte.«

»Mach keine Witze!«

»Eva, die jüngste Tochter meines Bruders, also lass deine schwitzenden Finger von ihr.«

»Die Tochter deines Bruders Cahal?«

Doyle schüttelte den Kopf. »Nein, Cahal hat keine Kinder. Eva ist die Tochter von Tom, der bei einem Autounfall nördlich von Ballybunion ums Leben kam.«

»Das tut mir leid.«

»Ja, das war schlimm. Seitdem ist sie für mich wie eine eigene Tochter.« Er richtete den Blick auf den Jungen in ihrer Begleitung.

»Apropos, ich kann dir gar nicht sagen, wie viele Male ich diesem kleinen *ciaróg* schon nahegelegt habe, sich von ihr fernzuhalten.«

Quinn sah ihn fragend an.

»Das Wort bedeutet Made, mein Junge«, erklärte Doyle, »Der Kerl heißt Maggs, und für mich sieht er aus wie eine Made – oder zumindest fast. Weißt du, als ich damals bei der *Garda Síochána* anfing, musste man noch Gälisch können.«

Quinn lachte. »Das muss aber schon ewig lange her sein.«

Drüben am Fenster starrte Maggs inzwischen in ihre Richtung. Vielleicht spürte er, dass sie über ihn gesprochen hatten.

»Wie es aussieht, ist der Typ nicht gerade ein großer Fan von dir«, bemerkte Quinn, »und dass er sich von deiner Nichte fernhalten soll, scheint ihn herzlich wenig zu kümmern.«

»Der Kerl macht mir Sorgen«, flüsterte Doyle, »und eines Tages verrate ich dir auch, warum. Eva ist eine ganz Liebe, Moss. Sie hat das Herz einer Heiligen. Ja, das hat sie. Ich möchte, dass er Leine zieht, kann jetzt aber nicht da hinübergehen und ihm eine verpassen. Nicht, ohne dass ich sie in Verlegenheit bringe.«

Quinn lächelte. »Du möchtest, dass ich das in die Hand nehme? Ist es das, was du mir damit sagen willst?«

»Ich wäre dir sehr zu Dank verbunden. Aber komm ja nicht auf die Idee, noch mehr in die Hand zu nehmen, sonst verpasse ich dir eine.«

Neben ihnen war Patrick Maguire inzwischen mit seiner Geschichte fertig und drückte Quinn ein weiteres Glas Bier in die Hand.

»Mein Gott, was für eine Schönheit!«, murmelte er und deutete dabei auf Eva.

»Joe Doyles Nichte, Patrick.« Quinn nicke zu Doyle hinüber, der in der Zwischenzeit an die Theke zurückgekehrt war. »Der Junge, den die beiden Mädchen bei sich haben ... den kann Doyle überhaupt nicht ausstehen, und er wäre uns dankbar, wenn wir uns was einfallen ließen, um ihn zu vergraulen.«

»Da fällt mir schon was ein. Da fällt mir sogar eine ganze Menge ein. Ich habe seit jeher eine Schwäche für Rotschöpfe, und du weißt ja, was Bruce Springsteen über sie sagt.«

»Nein, Pat, was denn?«

»Dass es bei denen immer ordentlich zur Sache geht.«

»Dann stell dich besser hinten an, mein Junge. Diese Sache übernehme nämlich ich.«

Zusammen gingen sie zum Fenster hinüber. Eva, die gerade das Weinglas an den Lippen hatte, blickte hoch und lächelte Quinn an. »Hallo, Eva«, sagte er. »Den Namen deiner Freundin weiß ich leider nicht.«

»Corin«, informierte sie ihn.

»Hallo, Corin, das hier ist Patrick Pearse Maguire, der berühmteste Rugby-Spieler, der sich jemals aus Dublin in Richtung Westen gewagt hat. Ansonsten ist er allerdings ein ziemlicher Feigling, und deswegen hat er mich gebeten, euch beide zu fragen, ob ihr etwas dagegen habt, wenn wir uns zu euch setzen.«

Corin lachte. Eva ebenfalls. Maguire schüttelte nur den Kopf.

Maggs saß mit verlegener Miene daneben. Er wirkte sogar ein wenig wütend, vermutlich, weil sie ihn völlig ignorierten. Quinn zog sich einen Stuhl heraus. »Joe Doyle hat mir erzählt, dass du seine Nichte bist, Eva. Ich bin Moss Quinn, ich arbeite in Dublin mit ihm zusammen.«

»Du bist also Moss: Er hat mir schon viel von dir erzählt.« Ihre Augen schienen aufzuleuchten, und für einen Moment spürte Quinn sein Herz schneller schlagen. Neben ihnen rutschte Maggs unbehaglich auf seinem Platz herum. Eva machte eine Handbewegung in seine Richtung. »Das ist übrigens Conor.«

Quinn gab ihm die Hand, wobei er Maggs' Knöchel leicht zusammendrückte. »Nett, dich kennenzulernen, Conor«, sagte er, »Joe Doyle hat mir schon alles über dich erzählt.«

Quinn ging in die Küche hinüber, um sich Kaffee nachzuschenken. Anschließend zündete er sich draußen im Garten eine Zigarette an und dachte dabei noch einmal an jenen Tag – und an das, was Doyle ihm später über Maggs erzählt hatte. In gewisser Weise hatte Quinn Mitleid mit dem Kerl, und nachdem er Eva inzwischen so gut kannte, verstand er auch, wieso sie sich damals, als Maggs noch ein Junge war, ein wenig mit ihm angefreundet hatte. Es entsprach einfach ihrem Naturell: Sie brauchte einen herumstreunenden Welpen nur anzusehen, und schon wollte sie ihn mit nach Hause nehmen. Das Problem war, dass ihr dieser spezielle streunende Welpe bis nach Hause folgte und sich einbildete, mit ihr zusammen zu sein. Außerdem hatte dieser streunende Welpe laut Doyle scharfe Zähne.

Während Maggs als verlegene Randfigur danebensaß, gab Quinn ein paar Geschichten über Doyle zum Besten, die Eva zum Lachen brachten. Maguire ließ hin und wieder eine schräge Bemerkung darüber einfließen, dass der alte Gauner keine richtigen Freunde habe und deswegen wie eine Klette an der Rugby-Mannschaft klebe.

Eva versicherte ihm, dass ihr Onkel jede Menge Freunde habe und nur deswegen mitgekommen sei, weil das Rugby-Turnier in Kerry stattfinde. Das sei für ihn doch ein schöner Anlass, sich mal wieder in seiner Heimatstadt blicken zu lassen, statt die Pubs von Temple Bar unsicher zu machen – oder wo auch immer er in Dublin sein Bier trinke.

»Er trinkt es überall in Dublin«, versicherte ihr Quinn. »In der Hinsicht ist er wie ein Student. Lieber Himmel, am Donnerstagabend bringt er es auf vierzehn Bier in vierzehn verschiedenen Kneipen, bevor er sich überhaupt zu einem richtigen Drink niederlässt.«

»Ihr beide wisst darüber wohl bestens Bescheid, was?«, meinte Corin lachend. »Nach allem, was ich gesehen habe, vertragt ihr selber auch ein bisschen was.«

»Tja, man sagt mir nach, dass ich ganz gern mal einen hebe«, verkündete Quinn und versuchte dabei, seinen Mentor zu imitieren, so gut er konnte. »Und hin und wieder gönne ich mir eine Prise Schnupftabak – auch wenn dieser schöne alte Brauch eigentlich mit meinem Großvater ausgestorben ist.«

Eva konnte nicht mehr an sich halten, und Corin musste ebenfalls lachen. In dem Moment donnerte Doyles riesige Faust mitten auf den Tisch.

»Was ist denn das hier für ein Lärm!«, knurrte er. »Herrgott nochmal, merkt ihr denn nicht, dass andere Leute hier im Pub in Ruhe ihr Bierchen trinken möchten?« Dann wandte er sich an Maggs. »Conor, mein Junge, wie geht es dir denn? Und wie geht es deiner Tante? Hält sie sich gut?«

Falls Maggs sich schon vorher unwohl gefühlt hatte, verstärkte sich das jetzt noch. Er stand auf und lächelte kurz zu Eva hinüber. »Ich muss los«, erklärte er. »Wir sehen uns später, ja?«

»Ich führe sie heute zum Essen aus«, informierte ihn Quinn. »Eva ist von mir eingeladen und Corin von Patrick. Wir haben sozusagen ein Doppel-Rendezvous. Vielleicht trefft ihr beide euch ja ein andermal wieder, aber heute Abend ist Eva beschäftigt.«

Maggs stieg sichtlich das Blut in den Kopf. Er sah Eva an, als erwartete er von ihr, dass sie das richtigstellte.

Was sie jedoch nicht tat.

In dem Moment schien in seinen Augen etwas zu sterben. Als würde ein klein wenig Leben aus ihm weichen. Wie ein Kind saugte er die Unterlippe ein, murmelte noch einmal etwas von später und schob dann die Schwingtür auf. Eva, die schlagartig rot anlief, blickte ihm nach. »Mist«, murmelte sie, »das war jetzt nicht richtig.«

Doyle zog einen Mundwinkel hoch. »Lass dir deswegen keine grauen Haar wachsen, Eva. Conor ist schon ein großer Junge.«

»Ich weiß, wie du über Conor denkst, Onkel Joe«, erwiderte sie, »du hast es mir schon tausendmal gesagt. Ich brauche dich nicht als Aufpasser, also verpiss dich doch zu denen, die deine Meinung hören wollen!«

Doyle schüttelte mit gespieltem Bedauern den Kopf. »Genau wie ihre Mutter: Sieht aus wie ein Engel, aber redet daher wie ein Fischweib.« Grinsend tätschelte er Quinn die Schulter. »Bis später, meine Junge. Lass es mich wissen, wenn du Beistand brauchst.«

Dienstag, 2. September
08:00 Uhr

Doyle war den Großteil der Nacht unterwegs gewesen und nur in seine Bude heimgekehrt, um sich umzuziehen. Seine langjährige Vermieterin, Mrs. Mulroney, machte ihm eine Schüssel Porridge, das er dankbar hinunterschlang, dabei aber weder seine Uhr noch sein Handy aus den Augen ließ. Im Lauf der Nacht hatte er sämtliche Leute abgeklappert, die ihm einen Gefallen schuldeten, und mindestens genauso viele in die Mangel genommen, die ihm keinen schuldeten, doch zum ersten Mal seit dreißig Jahren schien kein Mensch etwas zu wissen. Er war von Finglas nach Tallaght und von Poolbeg nach Ronanstown gefahren und hatte sich bei Schwarzhändlern, Bankräubern und Geldfälschern umgehört. Er hatte mit Grace O'Malley und Lorne »the Thorn« McGeady gesprochen. Er hatte sogar den Monk in seiner Ruhe gestört, einen betagten Gangster aus den alten Zeiten von Gilligan und Cahill.

»Was für eine schreckliche Sache, Joseph«, sagte Mrs. Mulroney zu ihm. »Wirklich schlimm.« Sie bekreuzigte sich. »So etwas habe ich in meinem ganzen Leben noch nicht gehört. Ausgerechnet Ihre Nichte!« Sie war den Tränen nahe.

»Aber nicht doch«, sagte er, während er die leere Schüssel auf die Küchentheke stellte und seiner Vermieterin ein wenig linkisch die Schulter tätschelte. »Eva ist zäh, Mrs. Mulroney, auch wenn sie eher zart wirkt und ein so liebes Wesen besitzt, wie ein Mann es sich bei einer Frau nur wünschen kann. Trotzdem schlägt sie nach ihrem Daddy, und mein Bruder hat sich von keinem etwas gefallen lassen, das dürfen Sie mir glauben.«

Sein Telefon läutete. Weitsichtig, wie er war, spähte er auf das Display und stellte fest, dass keine Nummer angezeigt wurde. »Sie müssen mich einen Moment entschuldigen, Mrs.

Mulroney«, sagte er, während er ins Wohnzimmer hinüberging und den Anruf dort entgegennahm.

»Hier spricht Doyle.«

»Joseph, mein Junge, wie geht es dir?«

Doyle erkannte die Stimme sofort. Es war sein älterer Bruder. Er rief aus New York an. »Cahal, was gibt's Neues? Geht's gut?«

»Bei uns ist alles in Ordnung. Ist ein bisschen ruhiger geworden hier. Ich sitze gerade mit ein paar Jungs von früher in einer Kneipe auf der Lower East Side.«

»Wirklich? Jemand dabei, den ich kenne?«

»Vermutlich, ja. Aber hör zu, hier laufen die Fox News, und sie haben eben etwas von euch gebracht. Verdammt, Joseph, stimmt es denn, was ich da höre: Irgend so ein Irrer hat sich mit der Kleinen von unserem Tommy aus dem Staub gemacht?«

»Es stimmt, ja. Wir stellen die ganze Stadt auf den Kopf, um sie zu finden.«

»Allmächtiger Gott! Kann ich irgendetwas tun?«

»Nicht von dort drüben, nein.«

»Das ist mir schon klar. Ich meine, in Dublin. Es gibt dort noch eine Menge Leute, die mir was schulden. Soll ich ein paar Gefallen einfordern?«

»Fordere ein, was du kannst, Cahal. Uns läuft die Zeit davon.«

Nachdem er das Gespräch beendet hatte, kehrte Doyle in die Küche zurück. »Das war mein Bruder, Mrs. Mulroney. Er hat aus Amerika angerufen.« Sie betrachtete ihn mit dem mütterlichen Gesichtsausdruck, den sie gerne für ihn reservierte.

»Bestimmt setzt Ihnen das alles sehr zu, Joseph. Schließlich waren Sie immer wie ein Vater für dieses Mädchen. Ich weiß, dass Sie das waren.«

Er blies die Wangen auf. »Ja, vielleicht, so gut ich eben

konnte – auf meine eigene, manchmal vielleicht ungeschickte Art. Jedenfalls habe ich ihrer Mutter versprochen, auf sie aufzupassen. Wobei mir die arme Frau nie verziehen hat, dass ich Eva mit Moss Quinn zusammengebracht habe.«

Mrs. Mulroney wirkte leicht geschockt. Mit ihren knapp sechzig Jahren war sie bereits seit zwanzig Jahren Witwe – eine kleine, rundliche Frau mit einem etwas altmodisch anmutenden Krankenkassengestell auf der Nase.

»Das war doch nur Spaß, Mrs. Mulroney«, fügte Doyle grinsend hinzu.

Wieder unterbrach ihn das Telefon. Dieses Mal war es Uttley, sein Informant aus Bridewell. »Jug«, begrüßte er ihn, »das wurde aber auch langsam Zeit. Sag mir um Himmels willen, dass du etwas für mich hast.«

»In der Tat, Mr. Doyle, in der Tat. Ich erwarte Sie in einer halben Stunde am üblichen Treffpunkt.«

»Geht das nicht gleich am Telefon, Jug? Nun sag schon!«

»Nein, nein, am üblichen Treffpunkt. Ich führe meine Geschäfte nie am Telefon, Mr. Doyle, das wissen Sie doch.«

»Jug«, entgegnete Doyle seufzend, »es ist acht Uhr morgens. Unser üblicher Treffpunkt hat noch geschlossen.«

Die Wasserratte schien über diesen Einwand nachzudenken. »Tja, da haben Sie recht. Klar. Dann vielleicht am besten in der Kirche. In einer halben Stunde in St. Peter's.«

Doyle und Uttley verabredeten sich in der Kirche, die an der Kreuzung der Cabra und North Circular Road aufragte. Normalerweise trafen sie sich an der Theke des Conan-Doyle-Pubs, das nur einen Steinwurf vom Mountjoy-Gefängnis entfernt lag. Nun saß der Schwarzhändler mit einer Tasche zwischen den Füßen in einer Kirchenbank. Er hatte das Gesicht dem Altar zugewandt und die Hände tief in die Taschen seines Regenmantels vergraben. Von hinten wirkten seine Ohren immens groß und fielen wegen der dicken, sich lockenden Haare, die aus ihnen hervorsprossen, noch stärker auf als sonst. Nachdem Doyle sich mit einem Tupfer Weihwasser bekreuzigt hatte, ließ er sich hinter dem alten Mann nieder.

»Fass dich kurz, Jug«, sagte er, »was hast du für mich?«

Ohne sich umzublicken, hob Uttley eine schwitzende Hand und rieb Daumen und Finger aneinander, um Doyle mit dieser Geste zu bedeuten, dass er Geld wollte. Doyle schnappte kurz nach Luft, griff über die Rückenlehne der Kirchenbank nach Uttleys Fingern und drückte sie so fest zusammen, dass der alte Mann ein gequältes Japsen ausstieß.

»Arbeite erst mal deinen Vorschuss ab, du pickelarschiger Vollidiot. Also, was hast du mir zu sagen?«

Uttley befreite seine Finger aus Doyles Umklammerung und massierte sie mit der anderen Hand. »Solche Informationen«, erklärte er, »deckt der Vorschuss nicht ab.«

Doyle betrachtete ihn müde. »Weißt du, was? Wenn ich Zeit hätte, würde ich dir jetzt eigenhändig einen Zahn nach dem anderen ziehen, dann würdest du deine kostbare Information schon ausspucken. Seit Monaten erzählst du mir nichts, was ich nicht schon längst weiß. Du bist genauso nutzlos wie die Muschi einer alten Nonne.« Kopfschüttelnd fluchte er vor sich hin, während er gleichzeitig dreißig Euro aus seiner Brieftasche zog.

»Fünfzig, wenn Sie nichts dagegen haben, Mr. Doyle. Ich möchte mindestens fünfzig.« Doyle, der leise weiterfluchte, reichte ihm noch einen Zwanziger. Uttley nahm die Scheine in Empfang und ließ sie in seiner Tasche verschwinden. »Euer Mann ist in der Stadt«, verkündete er in ausgelassenem Ton. »Der, der mit der Cousine von Johnny, dem Schmierer geht. Er wohnt bei ihr. Gleich hinter dem Portobello-Hotel.«

Dienstag, 2. September
08:30 Uhr

Mit gesenktem Kopf stand Maggs unter der Dusche. Er und Jane waren immer noch so verliebt, dass sie den vergangenen Tag größtenteils im Bett verbracht hatten, und als er an diesem Morgen erwacht war, hatte er ihren Körper dicht an seinem gespürt.

Sie war nicht besonders attraktiv – zu rundlich und ein bisschen zu blass –, aber sie war ein lieber Kerl, und er schätzte an ihr unter anderem, dass sie ebenfalls schon Schlimmes durchgemacht hatte. Als enge Verwandte von Johnny, dem Schmierer war sie im Schatten der Dubliner Unterwelt aufgewachsen, so dass ihre Lebensgeschichte mit Maggs' eigener unglücklicher Kindheit durchaus mithalten konnte.

Dass sie zusammenlebten, behielten sie für sich, da manche Mitglieder ihrer Gemeinde so etwas nicht schätzten, auch wenn man in der heutigen Zeit wohl kaum noch von einem Leben in Sünde sprechen konnte. Jane selbst hatte anfangs ebenfalls Bedenken gehabt, eine sexuelle Beziehung mit ihm einzugehen, doch als Maggs ihr erklärte, dass sie beide auf diese Weise lediglich die Tatsache feierten, dass Gott sie zusammengebracht hatte, stellte es für sie kein Problem mehr dar. Dagegen war der Pastor von Harold's Cross ein Pedant, der auf einer wörtlichen Auslegung der Bibel beharrte und nichts von Sex vor der Ehe hielt. Aus diesem Grund hatte Maggs es auch vorgezogen, den vergangenen Sonntagabend außer Haus zu verbringen, nachdem der Geistliche für besagten Abend seinen Besuch angekündigt hatte. Maggs versuchte sich gerade als Prediger zu etablieren: als der Mann, dem Jesus in einer Polizeizelle höchstpersönlich erschienen war. Eine derartige Bekehrung hatte eine starke Wirkung. Die Leute konnten gar nicht genug davon kriegen.

Jane verfolgte gebannt die Nachrichten. Am Vortag war der Fernseher überhaupt nicht gelaufen. Sie waren so sehr miteinander beschäftigt gewesen, dass sie sowieso nicht viel Sinn für irgendetwas anderes gehabt hatten. Nun aber sah sie sich eine Pressekonferenz an, die aus dem Garda-Präsidium in Phoenix Park übertragen wurde. Demnach war dort die Hölle los. Zahllose Fernsehteams – nicht nur von irischen Sendern, sondern aus der ganzen Welt – hatten sich vor dem alten Gebäude versammelt. Der stellvertretende Polizeipräsident sprach gerade mit den Medien und bestätigte noch einmal, dass am Sonntagabend Eva Quinn, die Ehefrau von Detective Inspector Moss Quinn, vom Glasnevin-Friedhof entführt worden war.

Mit offenem Mund starrte Maggs auf den Bildschirm.

Wie zu hören war, gab es »in der Geschichte dieses Landes keinen Präzedenzfall für ein derartiges Verbrechen«. Wer auch immer sie sich geschnappt hatte, hätte genauso gut den irischen Präsidenten entführen können. Jedenfalls ließ der stellvertretende Polizeipräsident keinen Zweifel daran, dass man den Betreffenden finden werde, egal, wo er sich gerade verstecke. Anschließend wurde das Unterhaus eingeblendet, wo Justizminister Ivan Chambers der Polizei seine volle Unterstützung anbot.

Dann ging es wieder zurück nach Phoenix Park, wo der stellvertretende Polizeipräsident mittlerweile damit beschäftigt war, die Fragen der Medien abzublocken: Nein, die Polizei schließe gar nichts aus, sehe aber, wie gesagt, auch nicht unbedingt einen Zusammenhang zwischen dieser Entführung und den anderen vermissten Frauen. Er wies darauf hin, dass es in Naas eine brandneue Einheit gebe, die seit gestern Morgen im Einsatz sei und den rätselhaften Vermisstenfällen nachgehe. Ausgerechnet Inspector Quinn habe man mit der Leitung dieser Truppe betraut, was die ganze Sache besonders delikat mache. Tatsache sei jedoch, dass die ermittelnden Beamten die Entführung von Eva Quinn nicht automatisch mit irgendeinem dieser Fälle in Verbindung brächten – auch nicht mit dem Mord an Mary Harrington.

Maggs ließ sich schwer auf die Armlehne eines Sessel plumpsen. »Geht es dir nicht gut, Schatz?«, wandte Jane sich an ihn.

Er gab ihr keine Antwort. Noch immer starrte er entsetzt auf den Bildschirm: Er hatte den Beamten in Zivil wiedererkannt, der neben dem stellvertretenden Polizeipräsidenten stand.

»Frank Maguire«, flüsterte er. »Mein Gott, das ist Frank Maguire.« Jane war mittlerweile neben ihm in die Hocke gegangen, ein Knie auf den Boden gestützt. Besorgt griff sie nach seiner Hand. »Was, um Himmels willen, hast du, Conor?«

»Das ist Frank Maguire. Er war der leitende Beamte, als Quinn und Doyle mich damals fertiggemacht haben.« Er fasste sich an die Rippen, als wären mit der Erinnerung auch die Blutergüsse zurückgekehrt.

»Liebling, das ist alles vorbei. Der Richter hat das Verfahren eingestellt. Die können dir nichts mehr tun.«

Maggs starrte sie an. »Jane«, sagte er mit einem Anflug von Panik in der Stimme, »hast du denn nicht gehört, seit *wann* sie vermisst wird? Seit Sonntagabend! Am Sonntagabend war ich nicht zu Hause. Da habe ich einen langen Spaziergang gemacht, am Kanal entlang. Erinnerst du dich? Du hattest den Pastor zu Besuch, und ich bin spazieren gegangen. Damit die Leute in Harold's Cross nicht mitbekommen, dass wir zusammenleben. Begreifst du denn nicht? Sobald die erfahren, dass ich in der Stadt bin, stehen die hier auf der Matte, und ich habe niemanden, der bezeugen kann, wo ich war.«

»Nun hör aber auf, Conor, beruhige dich. Ray Kinsella war doch um halb zehn schon wieder weg«, rief Jane ihm ins Gedächtnis.

»Das spielt keine Rolle. Ich war um halb zehn noch nicht wieder da, oder? Du warst schon im Bett, als ich zurückkam. Jeden Moment kann Sergeant Doyle an unsere Tür hämmern. Wir sprechen hier schließlich von der Frau eines Polizisten. Noch dazu ist es nicht einfach irgendein Polizist, sondern Moss Quinn. Du hast es doch eben gehört: Es gibt dafür keinen *Präzedenzfall.* Die Tritte, die sie mir beim letzten Mal verpasst haben, waren vermutlich ein Klacks im Vergleich zu dem, was sie mir jetzt antun werden.«

»Conor«, fauchte sie, »bitte beruhige dich!«

Verzweifelt starrte er sie an.

»Doyle wird dir nichts tun«, versicherte sie ihm. »Nach allem, was passiert ist, kann er es sich gar nicht leisten, noch einmal auf dumme Gedanken zu kommen.«

Er lachte verächtlich. »Du kennst Doyle nicht. Verstehst du denn nicht? Er ist Evas Onkel. Er hasst mich, hat mich schon immer gehasst. Außerdem schwört er nach wie vor, ich hätte Mary Harrington getötet. Ich habe kein Alibi, Jane, und du weißt genau, was letztes Mal passiert ist. Mein Gott, verglichen mit dem, was mir jetzt blüht, war das wahrscheinlich gar nichts.«

»Doyle wird dir nichts tun«, wiederholte sie.

Maggs zitterte mittlerweile am ganzen Körper. »Doch, das wird er. Natürlich wird er das! Ich war um zehn noch nicht hier, ich bin erst später gekommen.«

Einen langen Augenblick sah sie ihn einfach nur an. Aus ihren Augen sprach Mitgefühl. Zärtlichkeit. Liebe. »Nein, bist du nicht«, entgegnete sie. »Um zehn hast du längst mit mir im Bett gelegen.«

Er starrte sie fast zornig an. »Aber das stimmt doch gar nicht!«

»Wir werden aber sagen, dass es so war. Du kamst um Viertel vor zehn zurück, und wir waren die ganze Nacht zusammen. Von der einen Stunde mal abgesehen, entspricht das absolut der Wahrheit.« Lächelnd drückte sie seine Hand. »Ich werde nicht zulassen, dass es noch mal passiert. Auf keinen Fall, Conor, das verspreche ich dir. Nicht nach all dem, was beim letzten Mal vorgefallen ist.«

Dienstag, 2. September
08:45 Uhr

Doyle fuhr von St. Peter's direkt zu Quinn, der gerade auf der Haustreppe stand und seinen Töchtern nachwinkte. Seine Schwägerin war schon in aller Frühe von Kerry heraufgefahren und nahm die Mädchen nun mit zurück zu ihrer Großmutter, damit Quinn weiter nach Eva suchen konnte.

Doyle sah ihnen nach. Dann ließ er das Fenster herunter und rief zu Quinn hinaus: »Moss, ich habe mich gerade mit Uttley getroffen. Maggs ist wieder in Dublin.«

Quinn fuhr herum. Für einen Moment blickte er über Doyles Autodach zu dem leeren Platz hinüber, wo eigentlich Evas Wagen stehen sollte – der stattdessen aber gerade von der Spurensicherung auseinandergenommen wurde.

»Komm eine Minute herein«, sagte er.

»Hast du mich nicht gehört? Die Made ist in Rathmines. Los, steig ein! Lass uns hinfahren.«

»Was sollen wir da?«

Doyle starrte ihn an. »Wie meinst du das: Was sollen wir da? Wir kassieren ihn ein, verhören ihn und finden heraus, was der kleine Scheißkerl am Sonntag gemacht hat. Auf diese Weise finden wir Eva, Herrgott noch mal!«

Quinn, der neben den Wagen getreten war, stützte einen Ellbogen auf das Dach. »Was, wenn er es nicht war?«

»Wovon redest du? Natürlich war er es. Wir wissen doch, dass er es war.«

»Nein, das wissen wir *nicht*. Wir haben schon einmal den Fehler gemacht, einfach zu beschließen, dass er es war, und alle anderen Möglichkeiten außer Acht zu lassen. Man kann sich nicht nur auf seinen Instinkt verlassen, Doyle. Beim letzten Mal, als wir das getan haben, standen wir am Ende mit leeren Händen da.«

Doyle stieg aus und sah Quinn in die Augen. »Unser Instinkt«, verkündete er, »ist das Einzige, worauf wir uns wirklich verlassen können. Mein Instinkt hat mir gesagt, dass die Made Mary Harrington ermordet hat, und trotz allem, was vor Gericht passiert ist, bin ich immer noch dieser Meinung. Manchmal hat man eben nur sein Bauchgefühl, und das meine hat mir in den letzten drei Jahrzehnten gute Dienste geleistet, das kann ich dir sagen.«

»Aber zu einer Verurteilung gereicht hat es nicht, oder?«

»Immerhin hat er ein volles Geständnis abgelegt. Du weißt, dass das nicht meine Worte waren. Ich mag ihm ja einen kleinen Klaps verpasst haben, aber die Worte stammten von ihm – und zwar jedes einzelne.«

»Doyle, du hast dieses Geständnis aus ihm herausgeprügelt.«

»Aber die Einzelheiten, Mann, die Einzelheiten!«

»Er kannte die verdammten Einzelheiten!« Quinn unterstrich seine Worte mit einer genervten Handbewegung. »Er hat genau gewusst, wie sie aussah, als wir sie fanden, und er wusste auch, was er ihr unserer Meinung nach angetan hatte. Wir hatten es ihm ein Dutzend Mal vorgebetet. Er brauchte es nur zu wiederholen.«

Doyle trat einen Schritt zurück. »Du meine Fresse!«, sagte er. »Ach du meine Fresse! Du glaubst tatsächlich nicht, dass er es war?«

»Hör zu, Eva liegt irgendwo in einem Loch. Das ist das Einzige, was ich im Moment mit Sicherheit weiß. Mir geht es nur darum, sie zu finden.«

»Genau, also lass uns den Mistkerl einkassieren.«

Quinn warf ihm einen vernichtenden Blick zu. »Warum sollte er sie entführen? Was hätte er für ein Motiv? In all den Jahren, die er hier gelebt hat, hat er nie versucht, Kontakt zu ihr aufzunehmen. Du hast mir selbst erzählt, dass er früher immer hinter ihr hergedackelt ist wie ein Hündchen.«

»Er war kein Hündchen, Moss. Eher ein Wolf. Ein tollwütiger Köter.«

»Du gehst immer noch von dem aus, was wir uns eingeredet haben«, widersprach Quinn. »In Wirklichkeit ließ sich nie beweisen, dass er irgendetwas mit der Sache zu tun hatte, die seiner Mam passiert ist. Du bist der einzige Mensch, den ich diesen Verdacht je habe aussprechen hören. Der Typ hatte eine beschissene Kindheit. Was in Anbetracht dessen, womit seine Mutter ihren Lebensunterhalt verdiente, ja wohl kaum verwunderlich ist. Ständig musste er sich anhören, wie die Kerle abfällig über sie daherredeten. Das macht ihn aber nicht notwendigerweise zu einem bösen Menschen, und es bedeutet auch nicht, dass er Abflussreiniger in eine Weinflasche gefüllt hat. Ich spiele dieses Spiel nicht mehr mit, Doyle, das sage ich dir. Diesmal dürfen wir keinen Fehler machen. Wir haben wenig Zeit und können es uns nicht leisten, auch nur eine Sekunde davon zu vergeuden.«

»Hör zu, Moss«, entgegnete Doyle, »Eva mag ja deine Frau sein, aber sie ist immer noch meine Nichte, und ich habe am Sarg ihres Vaters versprochen, auf sie aufzupassen. Halte also mal für eine Minute den Mund und denk darüber nach: Wer außer ihm würde ihr die Halskette abreißen?«

»Ich *habe* darüber nachgedacht, aber wie Murphy schon gesagt hat: Die Kette könnte auch zufällig gerissen sein, als Eva mit ihm kämpfte.«

»Wo ist dann der Anhänger?«

»Was?«

»Das Herz Jesu. Wenn es tatsächlich im Eifer des Gefechts verloren gegangen ist, warum hat die Spurensicherung dann nur die zerrissene Kette gefunden, nicht aber das Herz?«

Quinn konnte ihm diese Frage nicht beantworten. Stattdessen wandte er sich um und kehrte ins Haus zurück. Doyle folgte ihm leise fluchend. »Und wenn du ein Motiv brauchst – das ist einfach«, fuhr er fort. »Rache, Moss: Rache dafür, dass du sie ihm damals weggenommen hast. Rache dafür, dass wir beide ihn vor Gericht gezerrt haben. Und dafür, dass ich seinen klapperdürren Arsch bis nach Connacht und wieder zurück geprügelt habe.«

Quinn wich seinem Blick nicht aus. »Er ist wohl kaum der Typ, der auf die Idee käme, uns ein Foto zu schicken, Doyle. Und was ist mit den Anrufen? Was hätte er für einen Grund, mich anzurufen?«

»Lieber Himmel, du solltest dich mal hören! Du hast doch selbst gesagt, dass der Anrufer ihn mehr oder weniger beim Namen genannt hat.«

»Das habe ich nicht vergessen, und ich habe auch nicht vergessen, was wir über Täterprofile gelernt haben. Die Leute wollen Anerkennung, Joseph. Ist dir schon mal in den Sinn gekommen, dass der Kerl, der Mary getötet hat, womöglich beleidigt ist, weil wir den Falschen verdächtigt haben?«

Im Wohnzimmer griff Doyle nach der Whiskeyflasche und schenkte sich einen Schluck ein. »Möchtest du auch einen?«, brummte er.

Quinn schüttelte den Kopf. »Ich hatte gestern Abend einen zu viel.«

»Ist das der Grund, warum du heute Morgen so bescheuerte Ansichten vertrittst? Du bist verkatert, oder?«

»Jetzt halt mal die Klappe und setz dich.« Quinn hatte Marys Akte in der Hand. »Das *Fleadh Cheoil*«, erklärte er. »Ich möchte, dass wir das alles noch einmal gemeinsam durchgehen. Und sollten wir dabei auf nichts als Maden stoßen, dann bin ich der Erste, der nach Rathmines hinunterfährt, um dem Widerling den Kopf einzutreten, das darfst du mir glauben!«

Zwei Jahre zuvor waren die Maguire-Brüder im August in das Ferienhaus gefahren, das Frank und seine Frau in Ballybunion gekauft hatten. Frank ging Golf spielen, und Patrick war in Listowel mit Eva verabredet. Quinn und Doyle wollten später zu ihnen stoßen – entweder noch an diesem Abend oder am nächsten Morgen, je nachdem, wie lange sie für die Ermittlungen brauchen würden, die sie gerade in Cork führten.

Es war eine milde Nacht, und in dem kleinen Ort in Kerry wimmelte es von Besuchern.

Eva sah wunderschön aus, und Patrick ging durch den Kopf, was für ein Glückspilz Quinn doch war. Sie trug ein Oberteil im Zigeunerstil und eine Jeans mit Schlag, die sehr gut zu ihren braunen Cowboystiefeln passte. Die Kinder waren bei Quinns Eltern in Dublin. Eva sagte zu Patrick, dass sie sich darauf freue, endlich mal wieder ein Wochenende mit ihrem Mann und ihren alten Freunden zu verbringen. In geselliger Runde. Vorausgesetzt, Quinn und Doyle schafften es überhaupt.

»Das eine sage ich dir«, meinte Maguire. »Wenn Moss nicht rechtzeitig kommt, werde ich dafür sorgen, dass du ihn nicht vermisst.«

Eva musste lachen. »Ich wette, das würdest du tun, Patrick – du verrückter Kerl!«

»Ich verrate dir jetzt noch etwas«, fuhr er fort. »Moss habe ich es auch schon unzählige Male gesagt, es ist also kein Geheimnis: Wenn er nicht so schlau gewesen wäre, dich damals gleich zu schnappen, dann hätte ich dir nachgestellt wie ein richtiger Bluthund, das darfst du mir glauben!«

»Hast du deswegen nie geheiratet? Weil du den Eindruck hattest, dass die besten Mädchen schon vergeben waren?«

»Nein, meine Liebe. Ich habe nie geheiratet, weil *du* schon vergeben warst.«

Nachdem sie in einer Seitenstraße geparkt hatten, hakte Eva sich bei ihm unter, und sie marschierten in Richtung Stadtmitte, wo bereits aus etlichen Kneipen Musik auf die Straße schallte. »Ich liebe das«, stellte Eva fest. »Es ist einfach fantastisch, die Atmosphäre ist mit nichts anderem vergleichbar. Oder wie siehst du das, Patrick?«

In der ersten Kneipe trat ein einzelner Sänger auf, aber nach ein paar Nummern wurde er von einem Duo mit Gitarre und Geige abgelöst, das wirklich gut war. Eva trank Wein, und Patrick gönnte sich ein paar Smithwicks – mit dem einen oder anderen Gläschen Whiskey dazwischen. Er beobachtete die Leute. Schließlich war er Sozialarbeiter und betreute Gefangene: Menschen waren sein Beruf. Er war direkt aus dem Gefängnis von Limerick hergefahren.

Eine Gruppe junger Frauen kam herein. Sie hatten sich alle sehr schick gemacht, und eine von ihnen war schon ziemlich betrunken. Vom Aussehen her ähnelte sie Eva, auch wenn sie wesentlich jünger war. Als sie Patricks Blick auffing, bedachte er sie mit dem frechen kleinen Lächeln, das früher immer recht gut angekommen war, als er noch die dazu passenden Muskeln eines durchtrainierten Rugby-Spielers aufzuweisen hatte.

Er zog los, um eine weitere Runde Getränke zu holen. Als er zurückkam, fand er zu seiner Verblüffung Conor Maggs auf seinem Platz vor. »Conor«, sagte er, während er Eva ihren Wein hinstellte, »was für eine Überraschung, dich nach all den Jahren wiederzusehen.« Er konnte nicht anders – nicht nach allem, was damals passiert war: Mit einem teuflischen Grinsen nickte er zu Maggs hinunter. »Na, heute alles schön verpackt? Braver Junge.«

Maggs lief knallrot an. Seine Augen wirkten plötzlich einen Ton dunkler, und er bedachte Patrick mit einem eisigen Blick.

»Für einen Jungen aus Dublin, der sich so weit von zu Hause fortgewagt hat, bist du verdammt frech.«

Patrick war erstaunt über den aggressiven Ton. »Na so was«, murmelte er, »hast du dir endlich ein Rückgrat zugelegt?«

»Du kannst mich mal!« Maggs sah bedauernd zu Eva hinüber. »Es tut mit leid, Eva, ich muss gehen. Das hat nichts mit dir zu tun, meine Liebe – nur mit deiner schlechten Gesellschaft.«

Nachdem Maggs gegangen war, wurde Evas Miene kalt. »Das war völlig unangebracht. Er hat dir nichts getan, Pat. Du solltest den Mann in Ruhe lassen.«

»Ich schätze, ich habe mich tatsächlich ein bisschen danebenbenommen«, gab Patrick zu. »Hab trotzdem Nachsicht mit mir. Das letzte Mal, als ich ihn zu Gesicht bekommen habe, stand er mit heruntergelassener Hose im Gebüsch und geilte sich an deinem Anblick auf.«

Quinn blickte von der handgeschriebenen Seite hoch. »Patricks Aussage über den Abend, an dem Mary entführt wurde. Erinnerst du dich, Doyle?«

»Natürlich erinnere ich mich«, antwortete Doyle. »Es ging dabei um meine Nichte, Mossie, und um den Abend, an dem du mit ihr unten am Fluss warst.«

Patrick und Eva zogen von Pub zu Pub, ehe sie sich auf den Weg zum Stadtplatz machten, wo ein großes Festzelt errichtet worden war. Eva traf Corin und etliche andere alte Schulfreundinnen, deswegen wanderte Patrick allein weiter, um sich ein paar Bands anzuhören. Unter anderem war ein Junge aus Dublin da, den er in der Abbey Street hatte spielen sehen. Er war richtig gut: Seine Stimme klang so rau und kehlig, dass sie gar nicht zu einem so jungen Menschen zu passen schien.

Das Zelt war voll. Die Leute standen Schulter an Schulter, und jedes Mal, wenn ein Song zu Ende war, johlten und klatschen sie wie wild. Im Hintergrund warteten bereits andere Musiker auf ihren Auftritt, doch der Junge war dermaßen gut, dass er eine Zugabe nach der anderen spielen musste.

Nachdem Pat genug gehört hatte, begab er sich ins Jett O'Carroll's. Unterwegs entdeckte er in der Menge Maggs, der aus einiger Entfernung zu ihm herüberstarrte.

»Tja«, murmelte Patrick vor sich hin, »der Kerl hat anscheinend doch Rückgrat. Zumindest ist er mutiger als früher, das steht fest.«

Maggs trug eine lässige Jeans, Stiefeletten und eine Weste mit Paisley-Muster. Um die Handgelenke hatte er Lederbänder gebunden. Pat ging durch den Kopf, dass Maggs ohne Freunde aufgewachsen und als Junge von allen mit Jimmy Hanrahans Polaroid-Aufnahme gehänselt worden war.

Aus einem solchen Jungen konnte alles Mögliche werden.

Das Jett O'Carroll's platzte fast aus allen Nähten. Er brauchte zehn Minuten, um an ein Bier zu kommen. Schließlich aber hatte er eines ergattert und stellte sich an die Tür, um dem Gedränge zu entgehen. Dabei fiel ihm wieder das Mädchen von vorhin auf – die, die ihn an Eva erinnerte. Mittlerweile war sie allein unterwegs. Schwankend stakste sie die Straße entlang und rempelte dabei mehrere Leute an. Patrick sah Maggs vom John B. Keane's herüberkommen und fragte sich, ob er womöglich einen neuen Versuch unternehmen wollte, mit Eva zu sprechen. Jedenfalls passte er genau wie das betrunkene Mädchen nicht auf, wo er hinging: Direkt an der Ecke stießen die beiden zusammen.

»Mary Harrington sah aus wie Eva, als sie jünger war«, bemerkte Doyle. »Und Patricks Aussage über den Vorfall auf der Straße wurde durch Schüreisen-Jimmy bestätigt. Wir haben unsere Arbeit also durchaus gemacht, Moss. Wir hatten Maggs nicht ohne Grund auf dem Kieker.«

Quinn schwieg einen Moment. »Wir beide waren zu der Zeit noch in Cork, oder?«

»Ja, waren wir.« Doyle wirkte plötzlich wehmütig. »Ich weiß noch genau, wie gern ich auf dem Festival gewesen wäre. Ich hab mich auf ein richtig gutes Porter gefreut. Das nur Eamon O'Carroll ausschenkt.« Er beugte sich vor und stellte sein leeres Glas auf den Couchtisch. »Wir verschwenden hier bloß unsere Zeit. Ich statte dem Kerl einen Besuch ab. Ich nehme Murphy mit. Das Finucane-Mädchen kassieren wir auch gleich ein. Mal sehen, was sie zu sagen hat.«

Quinn hörte ihm gar nicht zu. Sein Blick war immer noch auf die zuoberst liegende Aussage gerichtet. »Paddys Wort, gestützt durch das von Jimmy Hanrahan«, murmelte er, »dessen Mutter sich ertränkte und dessen Vater in seiner Küche Tote sieht.«

Jimmy hasste die Bullen. Das gab er auch ganz offen zu. Er erzählte es jedem, der es hören wollte. Am meisten hasste er Joe Doyle, weil der ihm damals eine schlimme Tracht Prügel verpasst hatte, nachdem er, Jimmy, die alte Mrs. Bolton mit ihrem eigenen Schürhaken niedergeschlagen hatte.

Er hasste auch dieses Fest – zumindest die Musik. Das einzig Gute daran war, dass es ein bisschen Geld in den Ort brachte. Und ein paar Wagen, die er hätte aufbrechen können, wenn er noch in dem Geschäft tätig gewesen wäre. Doch die einzige illegale Beschäftigung, der er inzwischen noch nachging, war ein bisschen Wildern, wenn sein Arbeitslosengeld knapp wurde. Sein alter Herr mochte hin und wieder ein Stück frisches Fleisch, und für Jimmy war es ein Kinderspiel, auch außerhalb der Jagdsaison das eine oder andere Reh zu erlegen. Dort, wo sie beide lebten, ließen die Bullen sie in Ruhe, und Besuch bekamen sie sowieso nie. Wer besuchte schon gerne einen halb verrückten alten Mann, der ständig von den Seelen der Toten faselte und alles mit Weihwasser besprengte?

Jimmy stand gerade an der Ecke des Platzes, als die Made auftauchte. »Hallo, Jimmy.« Maggs steuerte auf ihn zu. Mit verächtlicher Miene zog Jimmy ein letztes Mal an seiner Zigarette, ehe er sie zu Boden fallen ließ, ohne sie auszutreten.

»Made«, murmelte er, »was hat denn dich aus deinem Loch hervorgelockt?«

»Ich lebe jetzt in Dublin«, informierte ihn Maggs. »Ich bin mit meiner Freundin hier.«

»So?« Jimmy ließ den Blick die Straße entlangschweifen. »Wo ist sie denn dann, die alte Hexe? Ist es die, mit der ich dich vorhin gesehen habe – ungefähr so hübsch wie der haarige Hintern deiner Ma?«

Maggs musterte ihn kalt. »Was bist du doch für ein kleiner Scheißer, Jimmy. Wie geht's denn deinem Alten? Hat er den Geist deiner Mammy schon gesehen?«

»Vorsicht«, antwortete Jimmy in warnendem Ton, »leg dich lieber nicht mit mir an. Ich hab dir schon mal eine reingewürgt und kann es wieder tun.«

»Ach ja, Jimmy, kannst du das? Kannst du das immer noch?« Maggs wich dem Blick seines Kontrahenten nicht aus. Aus seinen Augen sprach eine fast beängstigende Bösartigkeit. »Wir sehen uns«, sagte er.

»Nicht, wenn ich dich als Erster sehe.«

Jimmy sah ihn an dem Abend tatsächlich noch einmal. Er war ins John B.'s gegangen und stand gerade draußen hinter der Kneipe, um in Ruhe eine zu rauchen, als Maggs seine betrunkene Freundin herausbugsierte und mit einem Glas eisgekühltem Magners in der Hand auf einer Bank platzierte.

»Na, du Made, hatte ich nicht recht?«, zischte Jimmy aus einer dunklen Ecke. »Ich habe dir doch gesagt, dass sie eine

Hexe ist, genau wie deine Mam, bloß dass diese hier noch mehr Zähne hat.«

Kurze Zeit später verließ Jimmy die Bar, überquerte die Straße und steuerte auf den ramponierten alten Land Rover zu, den er neben dem Laden an der Ecke geparkt hatte. Als er ihn anlassen wollte, soff das verdammte Ding ab, so dass er eine Weile warten musste, ehe er es erneut versuchen konnte. Er blieb im Wagen sitzen und rauchte in der Zwischenzeit eine weitere Zigarette. Fünf Minuten später sah er ein Mädchen mit langen Haaren und lächerlich hohen Schuhen aus Richtung Stadtplatz daherstöckeln. Im gleichen Moment überquerte Maggs die Straße. Das Mädchen stieß mit ihm zusammen, taumelte ein paar Schritte rückwärts und ließ sich dann auf ein Fensterbrett plumpsen.

Dienstag 2. September
10:25 Uhr

Jane konnte sagen, was sie wollte, Maggs wurde sein ungutes Gefühl einfach nicht los. Immer wieder trieb es ihn auf den Balkon hinaus. Er wartete regelrecht darauf, dass die Polizei auftauchen würde.

Und sie tauchte tatsächlich auf.

Das Motorengeräusch eines Wagens, der aus der Richmond Street einbog, ließ ihn erschrocken zusammenfahren. Er beobachtete, wie das Fahrzeug die kleine Gasse entlangzuckelte und unten vor dem Haus hielt. Jane kam nun ebenfalls aus der Wohnung und spähte über das Geländer. Maggs, der den Blick nicht von dem Wagen abwenden konnte, tastete nach ihrer Hand und drückte sie fest.

»Keine Sorge, Liebster«, sagte sie zu ihm, »ich bin an deiner Seite. Niemand wird dir wehtun. Niemand wird dir auch nur ein Haar krümmen, das verspreche ich dir.«

Unter ihnen stieg auf der Beifahrerseite eine junge Frau aus. Gleich darauf wurde die Fahrertür aufgestoßen, und eine kräftig gebaute, breitschultrige Gestalt im grauen Anzug kam zum Vorschein. Für einen Moment stand der Mann mit dem Rücken zum Balkon. Seine Jacke war offen, so dass man das Lederhalfter an seiner Hüfte sehen konnte.

Dann drehte er sich um und blickte nach oben.

Maggs war kreidebleich geworden. Krampfhaft umklammerte er Janes Hand. Einen Moment später gab es für ihn kein Halten mehr: Er stolperte ein paar Schritte rückwärts und stürmte dann in die Wohnung. Nachdem er die Balkontür hinter sich zugezogen hatte, drückte er sich an die Wohnzimmerwand und hatte einen erschreckenden Moment lang das Gefühl, sich wieder in der Polizeizelle zu befinden, wo die Tür offen stand und draußen auf dem Gang Schritte zu hören waren.

Mit angezogenen Knien kauerte er auf der schmalen Pritsche. Seit dem Spätnachmittag war er der einzige Insasse. Nun wusste er auch, warum: Molly hatte ihn verraten. Die Polizei hatte sie in die Mangel genommen, und am Ende hatte sie ihnen wohl gestanden, dass sie viel zu betrunken gewesen war, um überhaupt sagen zu können, ob er bei ihr gewesen war oder nicht. So sah es aus: Molly hatte ihm sein Alibi genommen, und nun wollten sie ein Geständnis von ihm.

Er hörte schwere Schritte über einen Steinboden hallen. Vor seiner Zelle verstummten die Schritte. Dann herrschte Stille – eine so beklemmende Stille, dass sie sich wie ein starker Druck auf seine Ohren legte. Für einen Moment kam es ihm vor, als wäre er schlagartig taub geworden. Dann sah er eine Hand, die in einem Handschuh steckte, die Tür aufschieben: Sergeant Doyle, der ihn schon seit seiner Kindheit verfolgte. Neben dessen massiger Gestalt fühlte Maggs sich wie ein Zwerg. In der einen Hand hielt Doyle einen Block und einen Kugelschreiber, in der anderen ein Exemplar des Dubliner Telefonbuchs.

Maggs starrte ihn an. Fast konnte er das Adrenalin riechen, das wie eine Droge seine Wirkung entfaltete.

Er versuchte, den Blick abzuwenden und die Anwesenheit des anderen Mannes einfach zu ignorieren, doch Doyle stand mittlerweile da wie ein Boxer, der – wenn auch kaum wahrnehmbar – ständig das Gewicht von einem Bein auf das andere verlagerte.

»Ich kann dir sehr wehtun, Conor«, flüsterte er, »und ich sollte es weiß Gott tun. Mir ist nämlich sonnenklar, was du mit deiner armen Mutter gemacht hast, und ich weiß auch, dass du Mary, sternhagelvoll, wie sie war, in deinen Wagen gesetzt hast, während Molly im John B.'s einen Filmriss hatte. Du warst sauer, weil du kranker kleiner Welpe dir all die Jahre eingebildet hattest, meine Eva würde dir die Stange halten. Was sie in Wirklichkeit aber nie getan hat, stimmt's?«

Maggs sah ihn nicht an. Er hatte Tränen in den Augen und schüttelte heftig den Kopf.

»Paddy Maguire hat dich in deine Schranken verwiesen. Erinnerst du dich?« Doyle beugte sich über ihn. »An jenem Abend hat er dir gesagt, was Sache ist. Er hat dir klargemacht, was für ein perverser kleiner Wichser du bist. Und Eva hat dich mit keinem Wort verteidigt, stimmt's? Weil du ihr nämlich scheißegal bist, mein Junge. Und das war schon immer so.«

Maggs schüttelte weiter den Kopf.

»Mary hat dich an sie erinnert, nicht wahr? Mary sah fast aus wie Eva früher, mit ihrem langen Haar und den großen grünen Augen. Außerdem war sie so besoffen, dass sie kaum noch stehen konnte. Deswegen hatte sie auch nichts dagegen, sich in dein Auto zu setzen.«

Maggs konnte nicht antworten. Er öffnete den Mund, aber sein Hals war so trocken, dass er kein Wort herausbrachte.

»Am Ende hat Molly uns doch noch die Wahrheit gesagt.« Mit diesen Worten ließ sich Doyle neben ihm nieder, woraufhin Maggs wie eine Spinne in die Ecke floh.

»Molly, die dumm genug war, sich die Lügen reinzuziehen, mit denen du sie gefüttert hast. Sie hatte ein bisschen Gras geraucht und genau wie Mary ganz schön was gepichelt, war aber trotzdem nicht völlig neben der Spur. Deswegen konnte sie sich durchaus noch an das eine oder andere erinnern, als sie wieder zu sich kam.«

»Ich war in der Bar!« Maggs' Stimme klang flehend. »Während sie draußen ihren Aussetzer hatte, war ich die ganze Zeit in der Bar. Da kannst du fragen, wen du willst.«

»Das habe ich getan, mein Junge, das habe ich schon getan.« Doyle schob die Finger seiner rechten Hand noch tiefer in den Handschuh hinein. »Ich habe mit Jimmy Hanrahan gesprochen. Der hat mir erzählt, dass er dich vor einer anderen Kneipe gesehen hat. Und dass du mit Mary gesprochen hast.«

»Was weiß denn der schon? Sein alter Herr ist übergeschnappt, und Jimmy selbst ist der Typ Abschaum, der alten Frauen eins mit dem Schürhaken verpasst.«

»Was du nicht sagst!«, antwortete Doyle gefährlich leise. »Der Typ Abschaum, der alten Frauen eins mit dem Schürhaken verpasst. Und was bist du, Made? Ein Haufen Scheiße: der Kerl, der seine eigene Mutter Abflussreiniger hat trinken lassen.« Er schwieg einen Moment. »Du hast dir Mary geschnappt, weil sie aussah wie Eva und weil Eva dich an diesem Abend richtig geärgert hatte. Du hast Mary in den Wagen verfrachtet, auf den du so stolz warst, und bist mit ihr weggefahren. Du hast ihr die Hände um den Hals gelegt und sie gewürgt, bis du dachtest, sie wäre tot. Dann hast du sie unter ein paar alten Bodendielen versteckt, in dem verlassenen Cottage gegenüber von Jimmys Haus.«

Auch jetzt hörte er wieder diese schweren Schritte, während Doyle den betonierten Treppenabsatz entlangging.

»Wir hätten in London bleiben sollen«, wimmerte er. »Ich schaffe das nicht. Ich ertrage das nicht, Janey. Nicht schon wieder. Nicht noch einmal.«

»Ist ja gut.« Jane strich ihm übers Haar und wandte sich dann zur Tür, hinter deren drahtverstärktem Glaseinsatz sich bereits ein großer Schatten abzeichnete.

Doyles klopfte überraschend sanft, und sein Lächeln wirkte fast echt, als Jane die Tür öffnete und ihm trotzig entgegenblickte.

»Hallo, Jane. Erst kürzlich habe ich deinen Cousin getroffen«, begrüßte er sie. »Er lässt dich schön grüßen. Hofft, es geht dir gut.«

»Was wollen Sie, Sergeant?«

Statt einer Antwort blickte Doyle über ihre Schulter hinweg ins Wohnzimmer, wo er Maggs an der Wand stehen sah, die Hände hinter dem Rücken. Genau wie an dem Tag, als seine Tante die Polizei in ihre Sozialwohnung gerufen hatte.

Es war ein Freitagabend gewesen, und Doyle war aus Dublin heruntergekommen, um am Wochenende mit Martin McCafferty fischen zu gehen. Sie saßen im Jett O'Carroll's und hatten schon ein paar Bierchen intus, als Eamon einen Anruf entgegennahm und das Telefon über die Theke an Martin weiterreichte. Nachdem McCafferty das Gespräch beendet hatte, trank er rasch sein Bier aus und wischte sich mit dem Handrücken den Schaum vom Mund.

»Cora Maggs«, sagte er an Doyle gewandt. »Sie hat gerade ihre Schwester tot aufgefunden. In ihrer Küche.«

Doyle begleitete ihn die kurze Strecke. Vor dem Haus stand bereits ein Krankenwagen. Beim Aussteigen bekreuzigten sich die beiden Männer und eilten dann den Weg zum Eingang hinauf, neben dem ein uniformierter Beamter postiert war. Cora saß von Schluchzern geschüttelt auf der Treppe.

In sanftem Ton fragte Doyle sie, was denn passiert sei.

»Ich habe den Abflussreiniger immer unter dem Spülbecken aufbewahrt«, erklärte sie stockend, »und zwar in einem kleinen Blechkanister, das schwöre ich. Heilige Muttergottes, Mr. Doyle, was hat sie sich bloß dabei gedacht, ihn in eine Flasche umzufüllen?«

Doyle kniff die Augen zusammen. »Sagen Sie das noch mal, Cora.«

»Den Abflussreiniger, das Ätznatron oder was immer es ist. Wir haben hier schon seit Längerem Probleme mit dem Abfluss, deswegen habe ich das stärkste Zeug besorgt, das ich auftreiben konnte. In der Eisenwarenhandlung in Listowel. Sogar für den Profi-Bedarf geeignet, haben sie mir dort gesagt. Es stand unter dem Spülbecken, und zwar in einem kleinen Blechkanister, das schwöre ich, oder vielleicht ...« – sie schüttelte den Kopf – »vielleicht verliere ich ja den Verstand. Keine Ahnung ... Lieber Himmel, sie hat ja bekanntlich alles Mögliche in sich hineingeschüttet, wenn es ihr schlecht ging, aber das ...«

Nachdem er mit ihr gesprochen hatte, begab sich Doyle in die Küche, wo er Maggs' Mutter auf dem Boden liegen sah, die Fußknöchel übereinandergeschlagen und einen Arm seitlich ausgestreckt. Neben ihr lag eine umgefallene, mittlerweile leere Weinflasche. Ihr ausgelaufener Inhalt hatte sich regelrecht durch das Linoleum gefressen. Martin McCafferty blickte auf ihr Gesicht hinunter. Die Augen waren weit aufgerissen, und die Zunge klebte völlig verätzt an den Zähnen. Auch die Wangen und Lippen wiesen starke Verätzungen auf. Aus den Gesichtszügen sprach blankes Entsetzen. Das Notarztteam war noch an ihr zugange, während die Sanitäterin, eine junge Frau, fassungslos den Kopf schüttelte.

»Lieber Himmel«, sagte sie, »ich habe ja schon viele schlimme Sachen gesehen, aber …« – sie deutete auf die Flasche – »offenbar hat sie es hinuntergekippt, ohne nachzudenken. Ein kräftiger Schluck, und das Zeug muss angefangen haben zu brennen, bis es sich komplett durch sie durchgefressen hatte.« Sie deckte die tote Frau mit einer Decke zu.

Erst in dem Moment bemerkte Doyle Conor, der dicht an die Wand gepresst in der Ecke stand. Er betrachtete den Jungen einen Moment, ehe er ihn fragte: »Conor, weißt du, was hier passiert ist? Hast du es gesehen?« Der Junge schüttelte den Kopf.

»Warst du hier?«

Wieder schüttelte er den Kopf.

»Wie ist das Zeug in die Weinflasche gekommen? Deine Tante sagt, es war in einem kleinen Blechkanister.«

Conor sah ihn noch immer nicht an.

»Conor?«

»Das war Mam«, sagte der Junge schließlich leise. »Das Blechding, das meine Tante gekauft hat, ist rostig geworden. Sie hatte Angst, dass etwas auslaufen würde, deswegen hat sie es in die Flasche geschüttet.«

»Woher weißt du das?«, fragte ihn Doyle. »Woher weißt du, dass sie das war?«

Wieder blieb ihm der Junge die Antwort schuldig.

»Conor, woher weißt du, dass sie das war?«

Der Junge zuckte mit den Achseln. Den Blick auf den Boden gerichtet, weigerte er sich nach wie vor, Doyle anzusehen, und seine Mutter, die ausgestreckt unter der Decke lag, sah er ebenfalls nicht an. »Keine Ahnung«, murmelte er, »wahrscheinlich hat sie es mir erzählt. Ich weiß es nicht. Ich kann mich nicht erinnern.«

Dienstag, 2. September
10:35 Uhr

Frank Maguire fuhr in schnellem Tempo zurück zum Harcourt Square. In den Straßen von Dublin staute sich wie üblich der Verkehr. Das Blaulicht auf seinem Dach war eingeschaltet, und hin und wieder ließ er auch die Sirene aufheulen. Doyle hatte ihn telefonisch darüber informiert, dass Maggs wieder in Irland sei und er, Doyle, gerade unterwegs zu den Tom-Kelly-Wohnungen, um ihn einzukassieren. Was die Ermittlungen betraf, bedeutete das zweifellos einen Durchbruch, doch da Doyle für seine Vorgehensweise berühmt-berüchtigt war, hatte Maguire es sehr eilig, nach seiner kurzen Besprechung mit dem Polizeipräsidenten in die Einsatzzentrale zurückzukehren.

Während er den Fluss überquerte, klingelte sein Telefon. Rasch schob er sich den Minikopfhörer seines Bluetooth-Headsets ins Ohr und nahm das Gespräch an.

»Superintendent Maguire.«

»Hallo, Frank, hier ist Paddy.«

»Patrick, was gibt's?«

»Ich bin gerade unterwegs nach Limerick«, erklärte sein Bruder. »Gestern Abend war ich bei Moss, aber heute habe ich noch nichts von ihm gehört. Gibt es irgendwas Neues?«

Sein Bruder seufzte. »Ich fürchte, nein – jedenfalls nicht, was Evas Aufenthaltsort betrifft.«

»Mein Gott, ich hatte so gehofft, ihr wärt inzwischen einen Schritt weiter. Wie geht es Moss denn heute? Als ich gestern Abend aufgebrochen bin, hatte er gerade angefangen, sich durch eine Flasche Jameson zu trinken.«

»Es geht ihm einigermaßen. Im Moment ist er damit beschäftigt, den Mary-Harrington-Fall noch einmal unter die Lupe zu nehmen.«

»Ja, ich weiß. Er hatte die Akte dabei, als er gestern Abend nach Hause kam. Nachdem er diesen Anruf bekommen hat, halte ich das durchaus für sinnvoll.«

»Er hat dir von dem Anruf erzählt?«

»Wir sind Freunde, Frank. Außerdem habe ich Eva betreut.«

»Inzwischen gibt es zumindest einen ersten Anhaltspunkt«, informierte ihn sein Bruder. »Conor Maggs ist in Dublin.«

Patrick stieß ein hohles Lachen aus. »Natürlich. Das wundert mich nicht. Doyle hat recht, was diesen Kerl betrifft, Frankie. Du weißt ja, dass ich Maggs an dem Abend gesehen habe, als Mary entführt wurde. Das war nicht mehr der Maggs von früher. Hat Moss dir erzählt, dass dieser Mistkerl seit dem Prozess mehrfach mit Eva telefoniert hat? Ich weiß von ihr, dass er sie ein paarmal angerufen hat und sich unbedingt mit ihr treffen wollte. Womit sie aber nicht einverstanden war.« Er schwieg einen Moment und fügte dann hinzu: »Hör mal, großer Bruder, ich muss dich noch was fragen.«

»Nämlich?«

»Hast du gestern mal wieder in meiner Wohnung nach dem Rechten gesehen?«

Frank gab ihm keine Antwort, konnte im Rückspiegel aber selbst sehen, wie verlegen er plötzlich wirkte.

»Ich bin achtunddreißig, Frank. Du brauchst dir meinetwegen keine Sorgen mehr zu machen.«

»Nicht am Telefon, Pat.«

Sein Bruder lachte. »Du änderst dich nie, was?«

»Wie meinst du das?«

»Ich meine damit, dass dir so wahnsinnig wichtig ist, wie die Leute über dich denken. Oder über uns. Dich und mich, Frankie: Wo wir herkommen und wer wir wirklich sind.«

»Bitte, Pat. Ich habe doch gesagt, nicht am Telefon.«

»Kein Mensch belauscht uns, du Idiot. Seit wann hört Phoenix Park dein Handy ab?«

»Darum geht es nicht, das weißt du ganz genau. Was die

Leute über einen denken, ist wichtig, Paddy. Glaubst du wirklich, ich wäre so weit gekommen, wenn ich mich nicht um die Meinung der Leute kümmern würde?«

»Du bist der geborene Politiker, Frank, und ein ganz ausgebuffter noch dazu. Deswegen bist du so weit gekommen. Aber jetzt hör mir mal zu: Ich bin ein erwachsener Mann. Die schwierigen Jahre haben wir hinter uns. Du brauchst nicht mehr regelmäßig meine Wohnung zu inspizieren.«

Sein Bruder schwieg.

»Du warst gestern dort. Du hast meine Post aufgehoben und auf den Tisch gelegt. Du hast dir das Foto angesehen, das du angeblich so schrecklich findest. Ich weiß, dass du da warst, Frankie. Mit einem Polizisten als Bruder lernt man, auf Kleinigkeiten zu achten.«

»Ich wollte dich nicht kontrollieren, Paddy. Die Wahrheit ist, dass gestern jeder Reporter in Irland etwas von mir wollte. Ich brauchte dringend fünf ruhige Minuten zum Nachdenken und war gerade in der Nähe deiner Wohnung. Hör zu, wenn du deinen Schlüssel zurückhaben willst – kein Problem. Ich habe sowieso nur einen Ersatzschlüssel behalten, falls du deinen verlieren solltest.«

»Schon in Ordnung, das verstehe ich. Du hast im Moment eine Menge um die Ohren, und gerade deswegen brauchst du dir meinetwegen nicht auch noch Sorgen zu machen. Ich komme schon klar, Frankie. Ich gehe meinen eigenen Weg und kann auf mich selbst aufpassen.«

»Ich weiß, dass du das kannst.«

»Gut, dann sind wir uns ja einig. Alles wird gut, Frank. Alles wird gut.«

Dienstag, 2. September
10:35 Uhr

Nachdem sie sich so mühsam auf die Knie gekämpft hatte, war Eva vor Erschöpfung zusammengesackt und befand sich nun in einer Art klaustrophobischem Delirium. Hin und wieder stieg vor lauter Panik ein Schrei in ihr hoch, der aber jedes Mal im Keim erstickte, weil ihr Mund viel zu trocken war, um irgendein Geräusch zustande zu bringen.

Immer wieder glitt sie in Träume ab. Ihre Gedanken schwirrten hierhin und dorthin. Gedanken. Worte. Das Tick-Tack der Uhr.

Makabre Bilder quälten sie. Die Augenbinde war verrutscht, so dass sie schmale Lichtstreifen sehen konnte. Hielt sie die Augen jedoch geschlossen, dann verschmolz die Dunkelheit mit der Vergangenheit. Sie fühlte sich zurückversetzt in jene ersten Stunden, die sie mit Moss in Listowel verbracht hatte. Das indische Restaurant an der Ecke: scharfes Essen und Krüge mit eisgekühltem Wasser.

Obwohl Patrick damals gegenüber von Corin gesessen hatte, war offensichtlich, dass er kein Interesse an ihr hatte. Genau wie Moss hatte er nur Augen für Eva. Hinterher sagte Corin zu Eva, dass ihr das nichts ausgemacht habe. Nach all den Jahren sei sie daran gewöhnt. Trotzdem war es peinlich. Eva entdeckte durchs Fenster Conor. Er ging mit gesenktem Kopf vorüber, als hätte er sie nicht bemerkt. Obwohl sie halb aufstehen musste, um hinausspähen zu können, beobachtete sie, wie er den Platz überquerte und auf der anderen Seite Stellung bezog wie ein Wachposten – wenn auch in diesem Fall ein unerwünschter.

»Das ist doch wieder dein Bekannter, oder?«, fragte Moss. »Den scheint es ja ganz böse erwischt zu haben.«

»Er ist schon in Ordnung. Mein Onkel Joe hat ihn ständig auf dem Kieker, aber so schlimm ist er gar nicht.«

»Der guckt so komisch. Du weißt schon, wie jemand, der sich einbildet, einen Anspruch auf einen anderen Menschen zu haben.«

»Ich war nett zu ihm, als wir noch Kinder waren, das ist alles.«

»Eva ist viel zu nett zu allen, so ist sie nun mal«, murmelte Corin.

Eva sah sie von der Seite an. »Er ist kein schlechter Mensch, Corin. Manchmal spinnt er ein bisschen, aber so schlimm, wie die Leute sagen, ist er nicht. Er hatte eine schwierige Kindheit und Jugend, das ist alles.«

»Dein Onkel Joe ist da etwas anderer Meinung«, meinte Quinn.

»Ja, mein Onkel Joe spielt sich gerne als mein Ersatz-Dad auf, obwohl er selbst nie verheiratet war und bei einem Baby nicht mal unterscheiden könnte, an welchem Ende es kotzt und an welchem es kackt.«

Als sie wieder aufwachte, war ihre ganze linke Seite taub. Von dem kalten Steinboden oder der feuchten Erde – worauf auch immer sie unter den ramponierten Holzdielen liegen mochte. Schlagartig wurde ihr bewusst, wie schrecklich und aussichtslos ihre Situation war: Sie lag unter den hölzernen Dielen wie in einem Grab. Genauso war es der armen Mary Harrington ergangen. Nur dass er dieses Mal zurückgekommen war, um auf sie hinunterzustarren. Sie wusste, dass er das getan hatte. Obwohl sie nichts sah und außer dem Ticken der Uhr auch kaum etwas hörte, hätte sie hin und wieder schwören können, das er über ihr stand.

Anlässlich des letzten Spiels des Turniers hatte sich eine recht ansehnliche Menge versammelt. Eva stand mit ihren Freundinnen an der Seite des Feldes und feuerte die Heimmannschaft an, auch wenn sie in Wirklichkeit nur Augen für die Dubliner Nummer zehn hatte. Er verwandelte jeden Strafstoß und erzielte darüber hinaus noch einen besonders schönen Treffer, bei dem er den Ball direkt in der Ecke des Tores platzierte.

Als Spieler des Tages ausgezeichnet, bekam er eine Flasche Champagner überreicht, doch statt sie gleich zu öffnen, schob er sie unter seine Jacke. Später, als alle anderen gerade darüber diskutierten, wohin sie zum Essen gehen wollten, nahm er Eva beiseite, und sie stiegen gemeinsam in den Wagen ihrer Mutter.

Patrick sah sie davonfahren. Wobei er durchaus eine Spur von Neid empfand. Von der anderen Seite des Parkplatzes sah ihnen noch jemand nach: Conor Maggs. Er hasste Rugby und Sport im Allgemeinen. Eva wusste genau, dass er nur ihretwegen da war, und fragte sich allmählich, ob es ihm ein masochistisches Vergnügen bereitete, einen anderen Mann an ihrer Seite zu sehen.

Natürlich *war* da ein anderer Mann an ihrer Seite, auch wenn das Conor im Grunde gar nichts anging, weil sie nie mit ihm zusammen gewesen war – außer vielleicht in seiner Vorstellung. Nun aber war Moss Quinn aus Dublin bei ihr. Am Vorabend hatte er sie nach Hause begleitet, und sie hatten über seinen Job gesprochen und über seine Wohnung. Über die beruflichen Chancen, die man als junge Frau in der Hauptstadt hatte. Eva war noch keine neunzehn und bisher kaum aus ihrem Heimatort herausgekommen. Sie hatte gerade mal die Schule hinter sich und erzählte Moss von ihrem Plan, in einem Fach die Abschlussprüfung zu wiederholen, die sie verhauen hatte, und anschließend vielleicht zu studieren. Kurz darauf küsste er sie zum ersten Mal, und ab diesem Moment wusste Eva, dass daraus mehr als eine flüchtige Affäre werden würde.

Nun fuhren sie hinunter zum Fluss. Es war ein warmer Abend, und es hatte schon seit einer Woche nicht mehr geregnet – was in diesem Teil des Landes so gut wie nie vorkam. Evas Mutter hatte im Kofferraum einen alten Läufer liegen. Den breiteten sie nun auf dem Gras aus, und Moss öffnete den Champagner.

Da sie keine Gläser hatten, tranken sie ihn aus der Flasche.

Eva konnte das Wasser riechen, das nicht weit von ihnen entfernt gegen die Uferböschung klatschte, wo viele Seeschwalben ihre Nester hatten. In den Geruch des Flusses mischte sich der dezente Duft von Moss' Rasierwasser. Er küsste sie. Er küsste sie immer wieder und jagte ihr damit einen lustvollen Schauer nach dem anderen über die Haut.

Schließlich küsste er durch ihre Bluse hindurch ihr Dekolleté, woraufhin in ihrer Brust ein einzelner Schmetterling zu flattern begann.

Bluse und BH landeten im Gras. Eva spürte, wie ein Schauder durch ihren ganzen Körper lief. Inzwischen wurde es etwas kühler, und der Wind frischte auf. Wolken waren an diesem Abend keine zu sehen, dafür aber eine hauchdünne Mondsichel.

Wenige Augenblicke später war Eva völlig nackt und Moss auf den Knien, bereit, jeden Winkel ihres Körpers zu erforschen und zu liebkosen – mit den Händen, den Lippen und der Zunge.

Eva stieß plötzlich ein lustvolles Stöhnen aus und grub die Finger tief in sein Haar.

Als sie für einen Moment die Augen öffnete, erhaschte sie zufällig einen Blick auf Conor, der, von Schatten halb verborgen, im Ufergebüsch kauerte. Sie wusste nicht, ob ihm klar war, dass sie ihn sehen konnte, aber sie konnte es: Er war ihnen gefolgt, um sie zu beobachten. Moss sagte sie nichts davon. Sie verzichtete auch darauf, zu Conor hinüberzurufen oder irgendeinen anderen Versuch zu unternehmen, ihn zu verscheuchen. Stattdessen ließ sie sich einfach auf den Rücken sinken, während Moss die Zunge auf ihre Haut presste.

Sie spielte mit ihm und war sich dessen auch bewusst. Sie bestrafte Conor dafür, dass er ihnen gefolgt und damit einen Schritt zu weit gegangen war. Sie bestrafte ihn für seine Dreistigkeit und seine Einsamkeit. Dafür, dass er auf etwas hoffte, das nicht sein konnte. Das Mondlicht tanzte über dem schwarzen Wasser. Nachdem sie Moss das Hemd vom Leib gerissen hatte, küsste sie die Muskelstränge, die sich quer über seinen Bauch zogen. Dann begann sie – nach einem weiteren Blick in Richtung Gebüsch –, langsam seine Jeans aufzuknöpfen.

Als sie nun die Augen aufschlug, erinnerte sie sich nicht nur lebhaft an Conor, sondern auch an Patrick. Ihn hatte sie zunächst zwar nicht gesehen, dann aber plötzlich laut schreien gehört. Ab da ging alles drunter und drüber: Moss zog rasch seine Jeans wieder hoch, Eva bedeckte sich mit ihrer Bluse, Patrick beschuldigte Conor, und Conor stritt alles ab.

Danach hatte sie Conor eine Ewigkeit nicht mehr gesehen: Ein paar Wochen später zog sie nach Dublin, und obwohl sie und Moss in Listowel geheiratet hatten, war Conor an dem Tag wie vom Erdboden verschluckt gewesen.

Jetzt fühlte sie sich irgendwie verwirrt, ihre Gedanken wirbelten durcheinander, und sie war sich auf einmal nicht mehr sicher, ob sie das alles nur geträumt hatte oder ob es tatsächlich Realität gewesen war: sie und Moss, Conor und Patrick, zu viert am Ufer des Flusses – vor all den Jahren.

Sie glitt davon, die Augen fielen ihr zu. Sie hatte keine Kraft mehr: Sobald sie einen Gedanken zu fassen bekam, war er auch schon wieder weg.

Dienstag, 2. September
10:45 Uhr

Frank Maguire saß an Quinns Schreibtisch und sann über das Gespräch mit seinem Bruder nach.

Unten wartete Jane Finucane, während Doyle mit Maggs in dasselbe Polizeirevier in Rathfarnham gefahren war, wo er ihm damals mit Gewalt sein Geständnis entlockt hatte.

Maguire überlegte einen Moment und massierte sich dabei mit einer Hand die Kopfhaut. Er fragte sich, ob es nicht ratsam war, den neuen Stand der Dinge publik zu machen. Zumindest die Tatsache, dass jemand befragt wurde. Wenn er es nicht tat und Maggs einen Anwalt verlangte – was er zweifellos tun würde –, dann machte es unter Umständen einen schlechten Eindruck, wenn die Öffentlichkeit auf diese Weise davon erfuhr. Im Moment befand sich ohnehin die gesamte Weltpresse auf der Straßenseite gegenüber: Die meisten der Medienleute hatten sich im Harcourt oder anderen nahe gelegenen Hotels einquartiert.

»Superintendent?«

Als er hochblickte, sah er einen jungen, vom Land stammenden Detective in der Tür stehen. Mit seinem frischen Gesicht sah der Kollege derart jung aus, dass man ihm gar nicht zutraute, bereits die Laufbahn zum Detective absolviert zu haben.

»Detective McMichael«, stellte er sich vor, »aus Wicklow.«

Erst jetzt fiel Maguires Blick auf den Umschlag, den der Detective zwischen zwei Fingern hielt.

Rasch griff er nach ein paar Kleenex-Tüchern und breitete sie auf dem Schreibtisch aus, so dass McMichael den Umschlag darauf ablegen konnte. In der Tür hinter ihm drängten sich mehrere andere Kollegen. Murphy schob sich zwischen ihnen hindurch und wollte gerade etwas sagen, als ihr Blick auf Quinns Namen fiel, der in dicken, handgeschriebenen Lettern auf dem Umschlag prangte.

Maguire zog ein Paar Gummihandschuhe aus einer Packung, die sich in der obersten Schreibtischschublade befand, und wandte sich dann wieder an McMichael. »Wer außer Ihnen ist damit in Berührung gekommen?«

»Nur die Leute im Postraum, Sir, aber die haben Anweisung, nichts anzufassen, was an Inspector Quinn adressiert ist.«

Maguire sah Murphy an. »Wo ist Quinn? Ich dachte, er wollte herkommen?«

Dass er sich mit dieser Frage an sie wandte, ließ Murphy leicht erröten. Trotzdem wich sie seinem Blick nicht aus, als sie ihm zur Antwort gab, Quinn sei nach Rathfarnham gefahren, um sich dort mit Doyle zu treffen.

»Lieber Himmel«, murmelte Maguire, »das hat mir gerade noch gefehlt. Versuchen Sie ihn übers Handy zu erreichen.«

Vorsichtig schlitzte er den Umschlag auf und zog ein liniertes, einmal gefaltetes DIN-A4-Blatt heraus. Als er dabei kurz hochblickte, stellte er fest, dass Murphy noch immer wie angewurzelt dastand und ihm zusah.

»Keira, bitte!«

Sie griff nach dem Telefon und tippte die Nummer ein, ohne den Superintendent auch nur eine Sekunde aus den Augen zu lassen. Sie sah die Schweißtropfen auf seiner Stirn, und ihr entging auch nicht, wie er sich nervös mit der Zunge über die Lippen fuhr, während er das Blatt auseinanderfaltete. Als Quinn sich meldete, reichte sie den Hörer an Maguire weiter.

»Moss? Hier ist Frank.«

»Hallo, Frank. Was gibt's?«

»Hast du schon mit Maggs gesprochen?«

»Nein, aber ich habe es vor.«

»Eigentlich sollte ich dir jetzt raten, das lieber jemand anderem zu überlassen.«

»Frank, ich bin hier, um Joe Doyle auf die Finger zu sehen.«

»Hör zu, es gibt noch etwas, das du wissen musst, bevor du da reingehst. Wir haben gerade eine Nachricht erhalten: handgeschriebene Druckbuchstaben, an dich adressiert.«

»Was für eine Nachricht?«

»*Zwei, zwei, die lilienweißen Jungs, kleid' sie ganz in Grün, ei, ei.*«

Es klang, als würde Quinn am anderen Ende nach Luft ringen. »Was zum Teufel soll das heißen?«

»Keine Ahnung. Erst das Polaroid-Foto, dann die zwei Anrufe und jetzt diese kleine Nachricht. Der Kerl macht es gern spannend, oder?«

»Er spielt mit uns«, erwiderte Quinn. »Er lässt mich ein bisschen am Faden tanzen. Dieser Mistkerl! Der will doch gar nicht, dass wir Eva jemals finden.«

Dienstag, 2. September
10:55 Uhr

Doyle trank dünnen Automatenkaffee aus einem Plastikbecher und beobachtete seinen Partner, der ein paar Meter weiter auf dem Gang stand und mit dem Handy telefonierte.

Maggs, der im Verhörraum wartete, schien seine Fassung wiedergewonnen zu haben. Zumindest war er nicht mehr ganz so ein stammelndes Wrack wie in dem Moment, als er Doyle in der Tür gesehen hatte. Im Grunde hatte er während der Herfahrt im Wagen einen recht ruhigen und gelassenen Eindruck gemacht und bisher auch nicht nach einem Anwalt verlangt.

Doyle klopfte nervös mit dem Fuß und kaute gleichzeitig auf dem Rand seiner Plastiktasse herum. »Los, Mossie, komm schon! Steck das verdammte Telefon weg!«

Als hätte er ihn gehört, ließ Quinn just in dem Moment das Handy in seiner Tasche verschwinden und kam wieder den

Gang herauf. In knappen Worten berichtete er Doyle von der Nachricht.

»Lilienweiße Jungs«, wiederholte Doyle. »Was zum Teufel soll das heißen?«

»Gar nichts«, antwortete Quinn grimmig. »Das ist nur lauter Schwachsinn, den der Kerl sich ausdenkt, um uns beide an der Nase herumzuführen.« Vor der Tür hielt er inne. »Hat Maggs es sich wegen des Anwalts anders überlegt?«

Doyle schüttelte den Kopf.

»Gut. Wir haben ja besprochen, wie wir vorgehen wollen. Kannst du damit leben?«

»Lieber wäre es mir, ich könnte ihn an die Wand klatschen.«

»Das ist mir schon klar, aber ich würde es dir trotzdem nicht raten. Das bringt uns nicht weiter.« Kopfschüttelnd schob Quinn die Tür auf.

Maggs saß mit nachdenklicher Miene am Tisch. Er betrachtete erst den Kassettenrecorder und die Videokamera, dann die beiden Polizeibeamten.

Mit einem nervösen Lächeln wandte er sich an Doyle. »Verstehen Sie mich jetzt nicht falsch, Sergeant«, sagte er, »aber könnten Sie bitte dafür sorgen, das dieses Gespräch gefilmt wird? Mir wurde erklärt, dass ich nicht verhaftet bin, weshalb ich auch keinen Beistand brauche, aber ihr seid zu zweit, und ich bin nur einer. Außerdem können wir in der Hinsicht ja schon auf eine recht bewegte Geschichte zurückblicken, nicht wahr?«

»Keine Sorge, Conor, es wird alles aufgenommen.« Quinn nahm ihm gegenüber Platz. »Und du hast recht: Du bist nicht verhaftet. Zumindest im Moment noch nicht. Jane zufolge warst du am Sonntagabend mit ihr zusammen.«

Maggs setzte sich aufrechter hin. »Und ihr glaubt ihr? Werdet ihr nicht versuchen, ihr einzureden, dass sie lügt, wie ihr es beim letzten Mal gemacht habt?«

Quinn schürzte die Lippen und warf einen Blick auf die digitale Zeitanzeige des Kassettenrekorders. »Sergeant Doyle hier ist in der Tat der Meinung, dass sie lügt«, räumte er ein. »Schließlich ist sie mit Johnny, dem Schmierer, verwandt und dadurch – zumindest in Doyles schwarzem Buch – von Natur aus eine Lügnerin.«

»Es liegt sozusagen in ihren Genen«, fügte Doyle hinzu.

»Er ist außerdem davon überzeugt, dass du Mary Harrington ermordet hast«, fuhr Quinn fort, »und die Tatsache, dass du behauptest, er habe das Geständnis aus dir herausgeprügelt, ändert nichts am möglichen Wahrheitsgehalt gewisser Dinge.«

Maggs zog die Augenbrauen hoch. »Das klingt ganz nach Sergeant Doyle. Bestimmt glaubt er auch immer noch, dass ich meine Mutter umgebracht habe. Und wenn wir schon gerade dabei sind: Ich bin mir sicher, dass er nach wie vor der Meinung ist, ich hätte mir damals einen runtergeholt, als ich dich und Eva unten am Fluss sah.« Maggs wirkte zunehmend selbstbewusster. »Aber nicht ich war dort am Wichsen, Moss, sondern Patrick Maguire.«

Quinn starrte ihn an. Mit einem langsamen Nicken fügte Maggs hinzu: »Hast du dich nie gefragt, was er eigentlich da unten zu suchen hatte? Ist dir nie in den Sinn gekommen, was für ein seltsamer Zufall es war, dass Patrick ausgerechnet in dem Moment dort auftauchte und anfing rumzuschreien?« Seine Miene wirkte plötzlich verbittert. »Vergiss nicht, dass ich ihn am Abend des *Fleadh Cheoil* zusammen mit Eva gesehen habe. Das war lange, bevor ihr beide zu ihnen gestoßen seid. Ich habe genau gesehen, wie es ihm da ging: Bis über beide Ohren verliebt hat er neben Eva gesessen und sich gewünscht, er hätte sie geheiratet und nicht du. Ehrlich gesagt habe ich schon an eurem allerersten Abend im Pub gesehen, wie es um ihn stand. Auch wenn er sich damals ja mit Corin begnügen musste.« Kopfschüttelnd fügte er hinzu: »Moss, Patrick steht schon fast so lange auf deine Frau wie ich.«

Nun wandte er sich an Doyle. »Ich gebe es ja zu: Ich hatte tatsächlich eine Schwäche für sie, und als ich noch ein Junge war, habe ich vielleicht den Fehler begangen, irgendetwas falsch zu interpretieren. Sie war einfach nur nett zu mir, und Gott ist mein Zeuge: Ich habe dieses Mädchen immer nur verehrt. Nie und nimmer könnte ich ihr etwas antun.«

Er legte eine Hand flach auf den Tisch. »Vor Jahren habe ich ihr sogar mal eine Kette geschenkt.«

»Ich weiß.« Quinn musterte ihn jetzt eindringlich.

»Bezahlt hat sie allerdings meine Tante, weil ich ja erst zehn war. Ich habe ihr erzählt, dass von all den vielen Leuten an der Schule Eva die Einzige war, die jemals ein gutes Wort für mich übrig hatte.« In seinen Augen schimmerten Tränen. »Ihr wisst ja, wie das mit meiner Mam war. Schüreisen-Jimmy hat seine Unschuld an sie verloren. Für den Sex hat er ihr Geld gegeben, damit sie sich Schnaps kaufen konnte, und dann hat er ein Foto von ihr gemacht und es am nächsten Tag auf dem Schulhof herumgezeigt.«

»Conor«, unterbrach ihn Quinn, »wir müssen über Eva reden. Ich weiß, dass du ihr die Kette geschenkt hast: Sie wurde ihr letzten Sonntag vom Hals gerissen.«

Maggs starrte ihn mit offenem Mund an. Ein wenig Speichel lief ihm über die Lippe. »Gerissen?«

Quinn nickte. »Wir haben Glieder der Kette auf dem Grab meines Sohnes gefunden. Am Sonntag hat sich sein Todestag zum ersten Mal gejährt, und ich vermute, Eva war abends noch einmal dort, um ein bisschen mit ihm allein sein zu können ... Ich möchte, dass du uns hilfst«, fuhr Quinn fort. »Ich bin auf deine Hilfe angewiesen. Mir ist klar, dass du der Meinung bist, ich hätte dir Eva weggenommen, aber so war das nicht.«

Maggs nickte bedächtig. »Ich weiß, Moss. Ich verstehe

schon. Deswegen hatte ich ja auch nichts dagegen, mitzukommen und mit dir zu reden. Und deswegen brauche ich auch keinen Anwalt. Ich bin kein grüner Junge mehr, und ich trage dir nichts nach.«

Er warf einen raschen Blick zu Doyle hinüber, der ihn genau beobachtete: jede noch so kleine Bewegung, jede Veränderung seines Gesichtsausdrucks, jedes Rucken seines Kopfes.

»Ich lüge nicht, Sergeant.«

»Hör zu, Conor«, sagte Quinn, »wir haben ein Foto bekommen, eine Polaroid-Aufnahme: ein Bild von einem Stein auf einem Flecken Sand.«

»Jimmy Hanrahan.« Maggs verzog den Mund. »Er war derjenige mit der Kamera.«

Er senkte den Kopf, fuhr sich mit einer Hand übers Gesicht und sah dann wieder Quinn an. »Ich habe Mary Harrington nicht umgebracht. Ihr habt mir so oft um die Ohren geknallt, was mit ihr passiert war: Ihr habt mir all die gruseligen Einzelheiten über ihre Leiche erzählt und dass sie bestimmt wie ein Hühnchen gezuckt hatte, bevor sie ohnmächtig wurde. Das habt ihr mir alles erzählt, und dann habt ihr mich dazu gebracht, es aufzuschreiben.« Er deutete zu Doyle hinüber. »Ich habe sie nicht getötet, Sergeant. Egal, was Molly euch erzählt. Tatsache ist, dass sie so besoffen war, dass sie gar nicht mehr mitbekommen hat, ob ich da war oder nicht.«

»Das sieht sie aber anders.«

»Erst, seit ihr angefangen habt, sie zu bedrohen.«

»Niemand hat sie bedroht, und ihre erste Aussage hat sie nur gemacht, weil du sie darum gebeten hattest.«

»Nein.« Maggs schüttelte den Kopf. »So war das nicht. Tatsache ist, dass Molly ihre Aussage erst revidiert hat, nachdem ich mich von ihr getrennt hatte. Deswegen war sie stinksauer und wollte es mir heimzahlen.« Er schwieg einen Moment.

»Ich habe Mary wirklich nicht umgebracht«, erklärte er an

Doyle gewandt. »Ich kannte sie doch kaum. Die Einzigen, die etwas anderes behauptet haben, waren Jimmy Hanrahan, der meine alkoholkranke Mutter im Vollrausch nackt fotografiert hat, und Paddy Maguire, der mir Dinge unterstellt, die er in Wirklichkeit selbst getan hat. Nicht er hat an jenem Abend mich beim Wichsen überrascht, sondern ich ihn.«

Er wandte sich wieder an Quinn. »Mehr hattet ihr gegen mich nie in der Hand, stimmt's? Von meinem Anwalt weiß ich, dass es nicht die Spur eines handfesten Beweises gab – nichts, was mich mit dem Mord an Mary Harrington in Verbindung gebracht hätte. Ihr konntet nichts anderes vorweisen als eine Freundin, der ich den Laufpass gegeben hatte, und zwei Typen, die mich nicht ausstehen konnten. Ihr hattet mich aus rein persönlichen Gründen auf dem Kieker. Das solltet ihr euch endlich mal eingestehen. Ihr wolltet, dass ich es war. Ihr beide.« Er lehnte sich zurück. »Aber das ist schon in Ordnung. Vielleicht glaubt ihr mir ja jetzt. Vielleicht habe ich endlich die Chance, die Dinge richtigzustellen und womöglich sogar meinen Namen reinzuwaschen.« Wieder sah er Doyle an. »Mein Name wurde in den Schmutz gezogen, Mr. Doyle. Der Richter hat das Verfahren eingestellt, doch das ist nicht dasselbe wie ein Freispruch. Ich bin ein Mann Gottes, ein Pastor, und werde als Hirte bald meine eigene Herde haben. Die Leute in meiner Gemeinde müssen wissen, dass mein Name ohne Makel ist. Deswegen bin ich jetzt hier. Nur aus diesem Grund bin ich bereit, euch zu helfen. Ich möchte meinen Namen reinwaschen.«

Quinn warf einen Seitenblick zu Doyle hinüber. Dann sah er auf die Uhr und wandte sich wieder seinem Gegenüber zu.

»Wo ist meine Frau, Conor? Wo ist Eva?«

Maggs zog überrascht die Augenbrauen hoch.

»Wo ist sie?«, fragte Quinn ihn noch einmal. »Die Uhr tickt, das hast du mir selbst gesagt, wenn du dich erinnerst. *Tick-tack. Tick-tick-tack.*« Er fixierte Maggs mit gerunzelter Stirn.

»Tut mir leid«, sagte Maggs und wirkte dabei ziemlich ratlos, »ich habe keine Ahnung, wovon du sprichst.«

»Und dann war da natürlich noch Mary.«

»Ich habe euch doch gerade gesagt, dass ich Mary nicht getötet habe.«

»Mary, Mary, einen Dickkopf hatte die; bot jedermann die Stirn, dann kroch ihr eine Made ins Gehirn; so hieß es zu jener Zeit, doch nur Mary weiß Bescheid.« Quinn legte den Kopf schief. »Wolltest du mich auf diese Weise wissen lassen, dass ein anderer Mary getötet hat? Wolltest du mir damit sagen, dass ich, wenn ich diesen anderen finde, auch meine Frau finde?«

Maggs sah ihn bestürzt an. »Jetzt kapiere ich überhaupt nichts mehr.«

»Wenn diese Nachricht von dir war, dann weißt du doch, wo Eva ist, oder nicht? Wo ist sie? Du liebst sie, das weiß ich. Da kannst du doch nicht wollen, dass ihr etwas passiert.«

Wieder wanderte Quinns Blick zur Uhr. »Uns bleiben nur noch ein paar Stunden. Mary ist verdurstet, das ist dir ja bekannt. Auch wenn sie vorher fast erwürgt wurde – gestorben ist sie, weil sie nichts zu trinken hatte. Zweiundsiebzig Stunden, recht viel länger hält man das nicht durch. Ein Mensch kann tagelang, ja sogar wochenlang hungern und trotzdem überleben, aber keiner hält viel länger als zweiundsiebzig Stunden ohne Wasser durch. Danach gibt es kein Zurück mehr. Eva liegt irgendwo gefesselt in einem Loch und hat Durst, Conor, schrecklichen Durst. Bald wird sie genauso aussehen wie Mary, als wir sie schließlich gefunden haben.« Er beugte sich über den Tisch. »Wir sprechen von Eva, Conor. Der kleinen Eva aus dem Katechismus-Unterricht. Dem Mädchen, dem du die Kette geschenkt hast.« Wieder legte er den Kopf schief und musterte sein Gegenüber prüfend. »Warum hast du sie ihr abgerissen? Die Kette war doch ein Geschenk. Du hattest nicht das Recht, sie ihr wieder wegzunehmen.«

»Ich habe sie ihr nicht abgerissen«, entgegnete Maggs ruhig. »Ich war es nicht, Moss. Ich habe mit alledem nichts zu tun.«

»Immerhin hast du mit ihr telefoniert.« Quinn ließ nicht locker. »Nachdem das Verfahren eingestellt worden war, hast du sie angerufen. Was wolltest du von ihr? Was hast du zu ihr gesagt? Sie hat während der Verhandlung deine Kette getragen. Hast du das als Zeichen verstanden? Als geheimes Symbol? Eine Art Code, mit dem sie dir sagen wollte, dass sie immer nur dich geliebt hat und nicht mich? Ich wette, du hast dich gefreut wie ein Schneekönig, als du von unserer Trennung erfahren hast. Wolltest du mit ihr sprechen, weil du wusstest, dass ich nicht da war? Sie hat dich abblitzen lassen, stimmt's? Da ist dir endlich klar geworden, dass sie nichts von dir will, egal, ob ich da bin oder nicht.«

Maggs schwieg. Gelassen betrachtete er Quinn, die Arme vor der Brust verschränkt. »Es tut mir leid«, sagte er schließlich. »Es tut mir wirklich leid, dass das passiert ist. Aber mit mir hat es nichts zu tun. Ich war am Sonntagabend mit Jane zusammen.«

»Zumindest behauptet sie das«, entgegnete Quinn. »Aber Molly hat dir damals ja auch ein Alibi gegeben. Bis du so leichtsinnig warst, mit ihr Schluss zu machen.«

»Genau.« Plötzlich grinste Maggs ihn spöttisch an. »Ich habe mit ihr Schluss gemacht, woraufhin sie so sauer war, dass sie gemeinsam mit der Polizei versucht hat, mir was anzuhängen. Bestimmt kennst du das alte Sprichwort, Moss: Es gibt nichts Schlimmeres als eine erzürnte Frau. Du hast so etwas Ähnliches doch am eigenen Leib erfahren. Als es dir nicht gelungen ist, den Raser zu finden, der deinen Sohn auf dem Gewissen hat.«

Für einen Moment fühlte sich Quinn derart getroffen, dass er kein Wort herausbrachte, sondern nur steif auf seinem Platz saß.

Maggs ließ ihn nicht aus den Augen. »So sind Frauen nun mal: Sie schaffen es immer, einem die Schuld für alles in die Schuhe zu schieben. Das solltest du doch wissen, Moss. Gerade du solltest das besser wissen als jeder andere.«

Quinn musterte ihn ein paar Augenblicke schweigend. Dann erhob er sich. »Damit wären so weit alle Fragen geklärt, Conor«, sagte er, »vielen Dank, dass du mit aufs Revier gekommen bist.«

Maggs starrte ihn ungläubig an. »Du meinst, ich kann gehen?«

Quinn deutete mit dem Daumen auf seinen Partner. »Wäre es dir lieber, ich würde dich in eine schöne ruhige Zelle stecken und dir deinen Freund hier vorbeischicken?«

Dienstag, 2. September
11:25 Uhr

Durchs Fenster verfolgte Doyle, wie Maggs zur Vordertür hinausschlenderte, wo Horden von Medienleuten warteten. Selbstverständlich war er nur allzu gern bereit, stehen zu bleiben und mit ihnen zu sprechen.

»Ich kann gar nicht fassen, dass du ihn hast gehen lassen«, murmelte er.

Quinn stand neben ihm. »Ruf Martin McCafferty in Kerry an«, sagte er, ohne auf Doyles Bemerkung einzugehen. »Er soll ein paar von seinen Leuten zu Jimmy Hanrahan rausschicken. Vielleicht finden sie was.«

»Zu Schüreisen-Jimmy? Wozu?«

»Ich habe dir doch gesagt, dass wir das alles ein weiteres Mal durchgehen müssen. Maggs hat vorhin eine Bemerkung gemacht, an der durchaus etwas dran sein könnte.«

»Du meinst, dass Jimmy derjenige mit der Kamera ist?«

Quinn nickte.

»Na schön«, sagte Doyle, »ich rufe Martin an. Aber glaub mir, mein Junge: Jimmy hat damit nichts zu tun.«

Quinn fuhr zurück zum Harcourt Square. Als er vor der Schranke kurz hielt, war sein Auto sofort von Reportern umringt. In der Tiefgarage gönnte er sich erst einmal eine halbe Zigarette. Er musste daran denken, wie Maggs ihm vorhin gegenübergesessen hatte – so ruhig und selbstbewusst, wie er ihn noch nie erlebt hatte.

Er machte die Zigarette aus, indem er die Glut mit zwei Fingern erstickte, schob die höchstens zur Hälfte gerauchte Kippe zurück in die Schachtel und begab sich hinauf in die Einsatzzentrale. In seinem Büro angekommen, zog er die Tür hinter sich zu. Auf der anderen Seite des Schreibtisches legte Frank Maguire mit erwartungsvoller Miene die Hände aneinander. »Also, was hast du in Erfahrung gebracht?«, begrüßte er Quinn.

Quinn schüttelte den Kopf. »Ich habe ihn wieder gehen lassen. Es hätte keinen Sinn gehabt, ihn festzuhalten. Wir haben nichts gegen ihn in der Hand, und natürlich streitet er ab, irgendetwas mit der Entführung zu tun zu haben.«

»Was hast du für ein Gefühl?«

»Schwer zu sagen.« Quinn blickte hoch, weil gerade Doyle hereinkam. Er hatte eine Schnupftabakdose in der Hand und rötlichen Staub am Revers.

»Er wird dir sicher sagen, dass es Maggs war«, fuhr Quinn fort, »aber er hat natürlich den Vorteil, eine unfehlbare Schnüffelnase zu besitzen.«

»Stimmt, die habe ich«, bekräftigte Doyle. »Er ist unser Mann, Moss, daran besteht kein Zweifel.«

»Hast du mit McCafferty gesprochen?«, fragte Quinn.

Sie berichteten dem Superintendent, was Maggs über Jimmy Hanrahan und Patrick gesagt hatte.

»Das ist schon komisch«, bemerkte Doyle, »aber ich kann

mich nicht erinnern, dass das bei unseren Ermittlungen im Zusammenhang mit dem Mord an Mary irgendwie relevant war.«

»Du meinst, mein Bruder?« Maguire sah ihn fragend an. »Maggs' Version der Geschichte?«

»Nicht nur dein Bruder, Frank, sondern auch Jimmy.« Mit einem Seitenblick auf Quinn fügte er hinzu: »Niemand von uns hat das Ganze für besonders wichtig gehalten.«

Quinn ignorierte ihn. »Vermutlich ist es nur Madengefasel. Selbst wenn er es nicht war – er hat die Welt immer schon anders gesehen als normale Menschen.«

»Wie geht es jetzt weiter?«, fragte Doyle. »Drehen wir Däumchen, bis die Polizei von Kerry das Hanrahan-Haus auf den Kopf gestellt hat, ohne auch nur das Geringste zu finden? Sie ist meine Nichte, Moss. Du solltest mir freie Hand lassen. Wenn ich mit ihm fertig bin, wissen wir, was Sache ist.«

Quinn verdrehte die Augen zur Decke. »Was, wenn er die Wahrheit sagt? Hast du diese Möglichkeit überhaupt schon mal in Betracht gezogen? Was, wenn er gar nichts weiß? Wenn er es nicht war?«

»Er lügt. Maggs ist unser Mann.« Doyle wandte sich zum Gehen. »Denk an Eva«, fügte er hinzu. »Während wir hier alle herumsitzen und uns von dem Kerl den Daumen in den Arsch schieben lassen, stirbt sie.«

Nachdem er gegangen war, schüttelte Quinn müde den Kopf. »Ich mag ihn wirklich wahnsinnig gern, aber manchmal, das schwöre ich bei Gott, könnte ich ihn an die Wand klatschen.« Er rieb sich mit den Handballen über die Augen. »Was, wenn er unrecht hat und ich recht? Was, wenn Maggs Eva nicht entführt und auch Mary nicht getötet hat?«

»Solche Was-wenn-Fragen bringen uns nicht weiter, Moss«, meinte Maguire.

Quinn war aufgestanden und tigerte nervös hin und her.

»Was, wenn wir ihn aufgrund von reinen Vorurteilen vor Gericht gezerrt haben?«

»Willst du mir damit sagen, dass du das inzwischen so siehst?«

»Meine Frau war dieser Meinung. Und wie er selbst vorhin ganz richtig festgestellt hat, gab es nicht die Spur eines handfesten Beweises.«

»In einem Punkt hat er jedenfalls gelogen: Er hat sehr wohl mit Mary gesprochen.«

»Ich weiß. Paddy hat ihn gesehen, und Paddy glaube ich. Bei Jimmy Hanrahan bin ich mir da nicht so sicher: Er ist ein mieser Sack, und mit Maggs hat er sich noch nie vertragen. Aber Maggs hatte Angst, Frank: Er wusste, wie die Leute über ihn dachten, und Doyle hat ihn schon vor langer Zeit wissen lassen, dass er den Tod seiner Mutter nicht für einen Unfall hielt.« Er breitete die Hände aus. »Was hättest du an seiner Stelle getan? Seine Freundin war an dem Abend so sternhagelvoll, dass sie brav alles wiederholen würde, was er ihr erzählte. Sieh es doch mal aus seinem Blickwinkel: Hätte er zugegeben, auch nur einen Moment mit Mary geredet zu haben, wäre sofort die Hölle über ihn hereingebrochen.«

Maguire zeigte ihm die Nachricht, die mit der Post gekommen war. »Was hältst du davon?«

»Das ist doch nur wieder irgend so ein mysteriöser Mist. Wer auch immer der Kerl ist, er spielt mit uns.«

In dem Moment ging die Tür auf, und Murphy streckte den Kopf herein. »Inspector«, sagte sie, »unten wartet immer noch Jane Finucane. Ich habe mir ihr gesprochen. Sie bleibt bei ihrer Geschichte. Soll ich versuchen, Molly Parkinson aufzutreiben?«

»Molly?« Quinn zog eine Augenbraue hoch. »Wozu?«

»Ich dachte, sie könnte uns vielleicht helfen. Ich meine, wir gehen doch davon aus, dass Jane lügt, oder?«

»Ich gehe von gar nichts aus. Ich habe noch nicht mit ihr gesprochen.«

»Sergeant Doyle ist der Meinung, dass sie lügt.«

»Klar. Doyle hält jeden für einen Lügner.«

»Es war nur so ein Gedanke«, fuhr Murphy fort, »aber Molly hat am Anfang doch auch gelogen. Vor Gericht hat sie dann gegen ihn ausgesagt. Bestimmt haben die beiden Frauen sich damals gesehen. Wer weiß, vielleicht kann Molly Jane ja aufklären. Keine Ahnung ... Aber wenn Jane ihn tatsächlich deckt und wir das beweisen können ...«

»Eine gute Idee«, sagte Maguire. »Versuch, diese Molly aufzutreiben.«

Nachdem Murphy wieder gegangen war, bedachte Quinn seinen Boss mit einem gequälten Lächeln. »Auf die Gefahr hin, dass ich jetzt klinge wie Doyle«, sagte er, »aber wäre es nicht besser, Jane unten an der Anlegestelle abzusetzen? Eine halbe Stunde mit ihrem Cousin, Frank. Dann wüssten wir ganz schnell, ob sie gelogen hat oder nicht.«

Dienstag, 2. September
12:15 Uhr

Jimmy Hanrahan war im Schuppen damit beschäftigt, seine beiden Waffen zu reinigen, die er zum Wildern benutzte: ein zwölfkalibriges Gewehr und eine Winchester, die er aus zweiter Hand erstanden hatte.

Drüben im Haus brüllte sich sein alter Herr die Seele aus dem Leib. Er hatte eine besonders schlimme Nacht hinter sich: Bei seinem üblichen Kontrollgang hinunter in die Küche hatte er den Teufel beim Kartenspiel mit einer Frau vorgefunden, von der er schwor, es sei Jimmys Mutter gewesen. Er hatte den Teufel angefleht, ihn um ihre Seele angebettelt und dabei so laut gebrüllt, dass Jimmy aufstehen und ihn beruhigen musste – was ihm erst gelang, als er behauptete, er könne die Frau ebenfalls sehen und es sei nicht seine Mutter.

Den ganzen Vormittag hatte der alte Irre aufgeregt vor sich hingemurmelt, und als Jimmy schließlich ins Haus zurückkehrte, war das Geschrei von vorhin wieder in das wirre Gemurmel übergegangen. Sein Vater saß im Wohnzimmer in seinem Sessel, und das bisschen Haar, das ihm noch geblieben war, klebte schweißnass an seiner schorfigen weißen Kopfhaut. Er trug seine Schlafanzughose, einen alten Pulli und dicke Wollsocken.

»Besprenge alles mit Weihwasser, mein Junge«, murmelte er. »Deine Mutter, möge Gott sie in Frieden ruhen lassen! Ich weiß, was du gesagt hast, aber ich schwöre dir, dass sie es war. Spar nicht mit dem Weihwasser, vielleicht findet sie dann ein wenig Ruhe.« Unbehaglich rutschte er in seinem Sessel hin und her, während er sich immer wieder bekreuzigte.

Sein Sohn betrachtete ihn müde. »Möchtest du eine Tasse Tee, Dad?«, fragte er ihn.

Wieder machte sein Vater das Kreuzzeichen. »Es war deine Schuld.« Er deutete mit dem Finger in Jimmys Richtung, ohne den Blick von dem Fernseher abzuwenden, der in der Ecke vor sich hinplapperte. »Hättest du das damals nicht getan, wäre sie jetzt noch hier, da bin ich ganz sicher, und ich hätte nicht Beelzebub an meinem Küchentisch sitzen.«

»Verdammt noch mal!«, schrie Jimmy ihn plötzlich an. »Ist dir eigentlich klar, was für einen Schwachsinn du da redest? Niemand sitzt nachts an deinem Küchentisch, weder letzte Nacht noch in irgendeiner anderen. Das ist der Alkohol, Dad, der Gin. Du bist durchgeknallt, übergeschnappt, verrückt!«

»Sie hat die Schande nicht verkraftet«, fuhr der alte Mann fort. »Ihr eigener Junge, ihr einziger Sohn geht mit einem Schürhaken auf die arme alte Frau los. Sie hat mich dafür verantwortlich gemacht, das ist mir schon klar, aber in Wirklichkeit war es deine Schuld, dass man sie am Ende dort draußen gefunden hat, wo sich die Fische bereits ihre Augen geholt hatten.«

Mit einem verbitterten Kopfschütteln wandte Jimmy sich ab. Er fragte sich, warum er den alten Narren nicht schon vor Jahren zu seiner Mutter in die ewigen Jagdgründe befördert hatte. Wenn er das Geld nicht so gut gebrauchen könnte …

Ein Motorengeräusch ließ ihn hochblicken. Durchs Küchenfenster sah er drei Streifenwagen vorfahren. Wenige Augenblicke später stürmte ein halbes Dutzend uniformierter Beamte den Weg zum Haus herauf, und Jimmy öffnete die Tür.

»Na wunderbar«, stellte er fest, »erst schreit sich mein Alter die Seele aus dem Leib, und jetzt habe ich auch noch die Bullen vor der Tür. Nur herein, nur herein! Setzt euch und spielt ein paar Runden Karten mit dem Teufel.«

Er trat beiseite und winkte sie ins Haus. Drüben im Wohnzimmer drehte sich sein Vater in seinem Sessel nach ihnen um.

»Heilige Muttergottes«, murmelte er, »was hast du denn nun schon wieder angestellt?«

»Halt den Mund, ja?« Mit ein paar schnellen Schritten durchquerte Jimmy die Küche und schlug die Haustür zu. Dann wandte er sich an den uniformierten Inspektor, einen großen Mann mit sandfarbenem Haar und gütigen Augen. »So, Mr. McCafferty, kommen Sie zu mir oder haben Sie es auf meinen alten Herrn abgesehen?«

Dienstag, 2. September
12:30 Uhr

Murphy fuhr über den Fluss in Richtung Mountjoy Square. Hier gab es hauptsächlich vierstöckige Reihenhäuser. Sie klingelte bei einer Dachgeschosswohnung, der sie früher schon ein paar Besuche abgestattet hatte. Während sie wartete, schweifte ihr Blick zu dem von Bäumen gesäumten Platz hinüber. Ein Summen ertönte. Sie fragte, ob Molly zu Hause sei.

»Wer möchte das wissen?«, erwiderte die Stimme.

»Sind Sie das, Molly?«

»Und wer sind Sie?«

»Detective Keira Murphy. Darf ich reinkommen?«

Für einen Moment herrschte am anderen Ende Schweigen. »Was wollen Sie?«

»Ich muss mit Ihnen reden. Über Conor Maggs.«

Sie stieg die Treppe bis ins oberste Stockwerk hinauf, wo Molly sie hineinwinkte. In der Wohnung herrschte Chaos. Überall lagen stapelweise Klamotten herum. Eine von Mollys Mitbewohnerinnen bügelte gerade vor dem Fernseher. Mit einem nervösen Lächeln blickte sie hoch. Murphy betrachtete sie einen Moment und schlug dann vor, irgendwo hinzugehen, wo es ein wenig ruhiger war.

Widerwillig führte Molly sie in eines der Schlafzimmer. Das Doppelbett war nicht gemacht, und auf der Kommode lag jede Menge Schminkzeug herum.

»Wie laufen die Geschäfte, Molly?« Murphy fasste sich an die Haarspitzen. »Vielleicht werde ich Sie demnächst mal bitten, sich die meinen vorzunehmen. Ich habe keinen Friseur, wo ich regelmäßig hingehe.«

Molly betrieb ein mobiles Friseurgeschäft, fuhr also von einer Kundschaft zur nächsten. »Ich kann nicht klagen«, antwortete sie leicht gereizt.

»Hören Sie«, sagte Murphy, »nach allem, was passiert ist, belästigen wir Sie nur ungern ein weiteres Mal, aber …«

»Die Frau eines Polizisten ist entführt worden, und Sie nehmen meinen Ex unter die Lupe.« Molly schüttelte nachdenklich den Kopf. »So etwas habe ich noch nie erlebt. Inzwischen laufen auf der Straße mehr Polizisten als normale Leute rum. Sogar in den Fernsehnachrichten haben sie es gebracht!«

»Ja, die Sache ist wirklich ernst«, bestätigte Murphy.

»Und Sie verdächtigen Conor?«

»Wir haben mit ihm gesprochen, haben aber nichts gegen ihn in der Hand. Zumindest *noch* nicht.«

»Was wollen Sie dann von mir?«

Murphy ließ sich neben ihr auf der Bettkante nieder. »Erinnern Sie sich an Jane Finucane?«

»Seine neue Freundin? Die aus dem Gerichtssaal? Natürlich.«

»Sie behauptet, dass er am Sonntagabend ab halb zehn mit ihr zusammen war, also auch während des Zeitraums, in dem Eva unserer Meinung nach entführt wurde.«

»Und Sie glauben ihr nicht?«

Murphy zog ein Gesicht. »*Ihnen* haben wir damals jedenfalls nicht geglaubt.«

»Na ja, ich war wohl auch nicht sehr überzeugend. Hatte schließlich ganz gut was gepichelt.«

»Conor behauptet, Sie hätten Ihre Aussage nur revidiert, um ihm eins auszuwischen.«

Molly lachte. »Weil er mit mir Schluss gemacht hat. Was für ein Witz. In Wirklichkeit war ich kurz davor, mit ihm Schluss zu machen. Glauben Sie mir, das ist die Wahrheit. Wie auch immer, der Richter hat das Verfahren eingestellt, es hat also überhaupt nichts gebracht, dass ich meine Aussage revidiert habe.«

»Sie haben die Wahrheit gesagt. Das allein zählt.«

»Ja, ich habe die Wahrheit gesagt. Was wollen Sie also noch von mir?«

»Ich hätte gern, dass Sie mit seiner Freundin sprechen. Dass Sie ihr erzählen, wie das damals abgelaufen ist. Sagen Sie ihr, wie er Sie dazu gebracht hat, ihm ein Alibi zu geben. Falls er es bei ihr genauso gemacht hat, möchte ich, dass sie sich fragt, warum. Sie soll begreifen, dass das Leben einer anderen Frau auf dem Spiel steht. Mit dem Unterschied, dass wir sie dieses

Mal vielleicht noch retten können.« Sie tätschelte Molly am Knie. »Glauben Sie, Sie schaffen das?«

Von Murphys Beifahrersitz aus konnte Molly sehen, wie sich das blitzende Blaulicht in den Schaufenstern der Geschäfte spiegelte. Sie hatte Maggs hier in Dublin kennengelernt, als sie noch in einem Friseursalon angestellt war, in der Nähe von St. Mary's Cathedral. Als er in den Laden kam, fielen ihr gleich sein strähniger schwarzer Haarschopf und die dunklen Augen auf. Er war ein ruhiger Typ, konnte sich aber sehr gut ausdrücken. Mit seinen fünfunddreißig Jahren war er viel älter als sie. Kurz zuvor hatte sie sich von einem wesentlich jüngeren Mann getrennt, der im Kraftwerk Poolbeg gearbeitet hatte.

Irgendetwas hatte er an sich. Verglichen mit den meisten anderen Männern, mit denen sie bisher zusammen gewesen war, wirkte er sehr kultiviert. Sie sah ihn eine ganze Weile nicht mehr, doch nach sechs Wochen kam er zurück, um sich einen weiteren Haarschnitt verpassen zu lassen. Er hatte zwei Karten für das Halbfinalspiel der Gaelic-Football-Liga dabei und lud sie ein, ihn zu begleiten.

Hinterher tranken sie in seiner Wohnung eine Flasche Wein. Sie saßen nebeneinander auf dem Sofa und unterhielten sich. Obwohl er vorher ziemlich viel geredet hatte, wirkte er nun fast nervös.

Schließlich küsste er sie.

Dabei zitterte er: ein fünfunddreißigjähriger Mann, der zitterte, wenn er eine Frau küsste. Irgendwie nahm sie das für ihn ein. Er hatte etwas so Jungenhaftes, Vorsichtiges an sich. Eine gewisse Unsicherheit. Nach ein paar weiteren Drinks schob sie seine Hand unter ihr Shirt und drückte seine Handfläche gegen ihre Brust. Sie spürte seine Anspannung und sah, dass sich unter dem Reißverschluss seiner Hose etwas zu regen begann. Als sie ihn daraufhin herausholte, kam er sofort in ihrer Hand.

Mit knallrotem Gesicht sprang Conor auf und murmelte irgendeine panische Entschuldigung.

»Hey«, sagte sie, »entspann dich. Lass dir deswegen keine grauen Haare wachsen. Wirklich, Conor – es macht mir nichts aus. Ich bin mir sicher, das passiert vielen Männern.«

Seine Verletzlichkeit gefiel ihr, und irgendetwas an seinem Äußeren – vielleicht sein zierlicher Körperbau – weckte in ihr den Wunsch, ihn zu bemuttern. Dabei war ihr der Wunsch, jemanden zu bemuttern, eigentlich völlig fremd.

»Ich hab da was«, erklärte sie, »das wird dich entspannen. Später können wir es dann ja noch mal versuchen.« Ein paar Tage zuvor hatte sie ein bisschen Gras erstanden. Das holte sie nun heraus und rollte ihnen einen bescheidenen Joint.

»Es ist wirklich kein Problem«, beruhigte sie ihn erneut, »es macht mir gar nichts aus. Wir lassen es uns einfach ein bisschen gut gehen. Dann entspannst du dich, und wir können es noch einmal versuchen.«

Ein paar Wochen später fuhr er mit ihr zu dem Musikfestival, das in seinem Heimatort in Kerry stattfand. Er hatte in Ballybunion oberhalb der Klippen einen Wohnwagen gemietet.

Bevor sie in die Stadt gingen, saß Molly eine Weile in der Abendsonne, rauchte einen Joint und trank Wein. Bis sie schließlich aufbrachen, hatte sie eine ganze Flasche geleert und war schon ziemlich angeheitert. Conor dagegen sagte kein Wort. Allmählich ging ihr seine ruhige Art, die sie anfangs so anziehend gefunden hatte, fast ein wenig auf die Nerven.

Tatsache war, dass sie lange überlegt hatte, ob sie überhaupt mitfahren sollte: Je näher das Wochenende rückte, umso abwesender wirkte er. Als würde er mit irgendeinem Ereignis rechnen, von dem er nicht wusste, wie er es handhaben sollte.

»Demnach wird sie also da sein«, bemerkte sie, während sie in die Stadt fuhren.

Neben ihr auf dem Fahrersitz des alten Granada versteifte Conor sich merklich. Sie hatte wohl einen wunden Punkt erwischt: Es gab *tatsächlich* jemanden. Das war es, was ihm schon die ganze Zeit zu schaffen machte. »Du warst in den letzten Tagen noch stiller als sonst, Conor. Du solltest wirklich lernen, dich zu entspannen. So viel aufgestaute Angst bei einem Mann in deinem Alter: Das bringt dich eines Tages noch um.«

Er wandte den Kopf und starrte sie an. »Und der ganze Dreck, den du rauchst«, sagte er, »bringt *dich* eines Tages noch um.« In dem Moment wurde ihr klar, dass sie ihn vermutlich überhaupt nicht kannte. Aber nachdem sie schon einiges intus hatte und vom Dope leicht benebelt war, ließ sie nicht locker.

»Wer ist sie? Eine alte Flamme, die du nicht sehen möchtest?«

Er lächelte kalt. »Du irrst dich, Molly. Da ist niemand. Ich meine, niemand, der wichtig wäre. Natürlich kenne ich hier viele Leute, ich habe schließlich die ersten zwanzig Jahre meines Lebens hier verbracht.«

»Da ist sehr wohl jemand, das weiß ich ganz genau. Ich bin mir nur noch nicht sicher, ob es eine Person ist, die du unbedingt sehen möchtest, oder eine, die du auf keinen Fall sehen möchtest.« Mittlerweile waren sie in der Stadt angekommen, und auf der Straße waren schon jede Menge Leute unterwegs. Conor nickte zu einem hageren Mann hinüber, der gerade aus einem ramponierten Land Rover stieg.

»Da hätten wir schon mal jemanden, den ich auf keinen Fall sehen möchte«, stellte er fest. »Schüreisen-Jimmy. Diesen Mistkerl.«

Sie wechselten zwischen etlichen Kneipen und dem Zelt hin und her und hörten sich verschiedene Bands an. Im John B. Keane's kippte Molly mehrere Gläser Cider runter und wollte dann nach draußen, um in Ruhe eine zu rauchen. Conor zeigte ihr den Hinterausgang der Kneipe, wo nicht so viel los war. Nachdem er ihr ein frisches Glas Cider in die Hand gedrückt hatte, kehrte er nach drinnen zurück. Ihr war aufgefallen, dass er, egal, wo sie hingingen, immer in Tür- oder Fensternähe sitzen wollte. Ständig ließ er den Blick die Straße entlangschweifen. Er wirkte nervös, fast schon aufgeregt. Offensichtlich rechnete er damit, eine bestimmte Person zu treffen – und diese Person war bestimmt nicht Schüreisen-Jimmy.

Plötzlich spürte sie jemanden hinter sich, und als sie den Kopf hob, sah sie, dass es Conor war. Sie hatte ihn nicht kommen hören.

»Ist mit dir alles in Ordnung«, fragte er sie. »Soll ich dir noch einen Drink holen?« Dabei hatte sie ihren letzten Cider kaum angerührt und ohnehin schon glasige Augen.

»Mein Glas ist noch ganz voll«, antwortete sie.

»Kommst du wieder mit rein?«

»Ich bleibe lieber hier draußen.« Sie sprach bereits ziemlich undeutlich. »Ich brauche ein bisschen frische Luft, und die Musik bekomme ich ja trotzdem mit.«

Sie hatte einen völligen Blackout. Dabei wollte sie eigentlich nur für einen Moment die Augen schließen, weil sich um sie herum alles drehte. Als sie weiß Gott wie viel später wieder aufwachte, kauerte sie in einer Ecke an der Wand. Benommen kämpfte sie sich auf die Beine, ließ ihr immer noch randvolles Glas auf dem Boden stehen und stolperte zurück in die Kneipe. Sie war brechend voll, und alle sangen lauthals im Chor. Molly hatte das Gefühl, als würde ihr von der Musik gleich der Kopf platzen. Sie hielt nach Conor Ausschau, konnte ihn jedoch nirgendwo entdecken. Mühsam bahnte sie sich einen Weg hinaus auf die Straße. Da dort auch nichts von ihm zu sehen war, kehrte sie in die Kneipe zurück. Nach einer Weile ging sie erneut nach draußen, um hinter dem Haus noch einmal was zu rauchen. Bald darauf – wie viel später, wusste sie nicht – blickte sie hoch, weil er ihr auf die Schulter tippte.

Dienstag, 2. September
12:45 Uhr

Die Polizei von Kerry durchsuchte Jimmys Haus. Sein Vater verharrte wie angewachsen in seinem Sessel, die Arme fest vor der Brust verschränkt, und schrie jeden an, der ihm zu nahe kam. Jimmy stand in der Küche und rauchte eine Selbstgedrehte nach der anderen.

Das Haus wirkte ziemlich verdreckt, die Einrichtung karg: ein angeschlagener Tisch, ein paar Metallstühle. Auf dem Boden standen Schüsseln mit Hundefutterresten, die bestimmt schon seit Wochen nicht mehr ausgewaschen worden waren, und im Spülbecken stapelte sich schmutziges Geschirr. Überall roch es nach ranzigem Fett.

»Mit deinem Vater scheint es schlimmer zu werden, Jimmy«, bemerkte McCafferty leise. »Vielleicht solltest du allmählich über eine angemessene Pflege nachdenken.«

»Das hättet ihr wohl gerne, was? Ich soll den Alten ins Irrenhaus stecken, damit die Nachbarn ihre Ruhe haben. Sehen Sie sich doch mal um!« Jimmy deutete auf das Fenster, durch das weite Felder, das Mündungsgebiet des Flusses und die Ruine von Carrigafoyle zu sehen waren. »Hier *gibt* es keine gottverdammten Nachbarn!«

»Immer mit der Ruhe, mein Junge! Es war ja nur ein Vorschlag.«

»Ja, schon klar, aber das können Sie sich sparen. Er ist mein Dad, und ich kümmere mich schon um ihn, seit ihr meine Mam aus dem Wasser gezogen habt.«

In dem Moment kam ein junger Beamter mit einer Schuhschachtel die Treppe herunter. Er stellte die Schachtel auf den Tisch.

»Das haben wir gerade gefunden.« Dabei reckte er den Daumen in Jimmys Richtung.

McCafferty warf einen Blick in die Schachtel: Neben einem ganzen Stapel Polaroid-Fotos enthielt sie auch die Kamera, mit der sie aufgenommen worden waren. »Was ist das für Zeug, Jim?«, fragte er.

Jimmy verdrehte die Augen zur Decke. »Wonach sieht es denn aus?«

»Das sind eine Menge Fotos.«

»Ach ja? Ist es neuerdings verboten, Fotos zu schießen?«

McCafferty trat vor die Tür. Während er den Blick über das Wasser schweifen ließ, zog er sein Handy heraus, um in Dublin anzurufen.

»Joseph«, sagte er, als Doyle ranging, »hier Martin McCafferty. Bestimmt interessiert es dich zu hören, dass wir eine Polaroid-Kamera gefunden haben.«

Dienstag, 2. September
12:50 Uhr

Quinn stand gerade an seiner Bürotür, als Doyle auf ihn zukam, um ihn darüber zu informieren, dass die Kollegen aus Kerry mit Jimmy Hanrahan und einer Polaroid-Kamera auf dem Weg nach Dublin waren.

Endlich ein Durchbruch. Quinns Herz schlug plötzlich eine Spur schneller: *Eine Made kroch ihr ins Gehirn, so hieß es zu jener Zeit, doch nur Mary weiß Bescheid.*

War Jimmy Hanrahan fähig, sich so etwas auszudenken? Jimmy, der einer alten Frau eine Wunde zugefügt hatte, die mit zweiunddreißig Stichen genäht werden musste, woraufhin seine Mutter sich ertränkte und sein Vater in das höllische Gefängnis seiner eigenen, alkoholgetränkten Schuldgefühle abtauchte? Jimmy, der ihnen damals vorgefaselt hatte, er habe Maggs mit Mary Harrington gesehen, und dabei selbst in unmittelbarer Nähe der Stelle lebte, wo sie ihre Leiche gefunden hatten.

Quinn trat ans Fenster. Beide Hände in den Taschen vergraben, dehnte er für einen Moment seine Schultern und begann dann zu sprechen, ohne sich zu Doyle umzudrehen. »Hat es dir nie zu schaffen gemacht, dass wir keinerlei handfeste Beweise hatten, Doyle?«, fragte er ihn. »Keine einzige Faser aus dem alten Granada oder so was in der Art?«

»Nein, überhaupt nicht.« Doyle stieß hörbar die Luft aus. »Wir hatten, was wir hatten, und dementsprechend haben wir unsere Arbeit gemacht.«

Quinn ging zu seinem Schreibtisch hinüber, schlug Marys Akte auf und blätterte sie durch.

»Lieber Himmel, du bist ja inzwischen richtig besessen von dieser Akte«, bemerkte Doyle.

»So wie du von der Made, meinst du?«

»Ich erkenne eben einen Schuldigen, wenn ich einen sehe.«

»Das bekomme ich von dir ständig zu hören, und ich schätze, wenn wir es dieses Mal beweisen können, rechtfertigt das im Nachhinein auch deine Anwesenheit in jener Zelle.«

»Es geht mir nicht darum, mich zu rechtfertigen, Moss«, antwortete Doyle. »Außerdem habt ihr beide – sowohl du als auch Frank – genau gewusst, was an dem Abend ablief.« Er warf einen Blick auf seine Armbanduhr. »Eva ist nun schon fast zwei Tage verschwunden. Herrgott, die Made ist unser Mann! Lass ihn uns noch einmal einkassieren, und lass dieses Mal *mich* die Befragung durchführen.«

Quinn gab ihm keine Antwort. Ein paar Minuten lang herrschte Schweigen. Am Fenster trat Doyle nervös von einem Bein aufs andere, während Quinn unruhig auf seinem Schreibtischstuhl herumrutschte.

»Glaubst du denn wirklich, es könnte Jimmy sein?«, fragte Doyle schließlich. Kopfschüttelnd fügte er hinzu: »Das kann ich mir einfach nicht vorstellen. Nein, beim besten Willen nicht.«

»Immerhin hat er uns Maggs auf dem silbernen Tablett präsentiert«, gab Quinn zu bedenken. »Und er war dazu fähig, für ein paar lumpige Pfund einer alten Frau fast den Schädel einzuschlagen. Er musste davon ausgehen, dass wir ihn unter die Lupe nehmen würden, und deswegen war er nur allzu gern bereit, uns zu verraten, dass Maggs mit Mary gesprochen hatte. Alle in Listowel wussten, wie schlecht wir beide auf Maggs zu sprechen waren. Sehen wir den Tatsachen doch mal ins Auge: Wir haben ihre Erwartungen nicht enttäuscht, oder? Wir haben uns sofort voller Begeisterung auf den Kerl gestürzt. Man brauchte uns nur das richtige Stichwort zu geben. Und das bekamen wir sowohl von Jimmy als auch von Patrick Maguire.«

»Und wir bekamen es von *ihm*, Moss. Wir fanden heraus, dass die Made gelogen hatte.«

»Aber womöglich nur aus Angst.« Quinn musterte ihn eindringlich. »Hast du nicht das Gefühl – ich meine, nachdem wir nun den nötigen Abstand haben –, dass wir beide vielleicht ein klein wenig voreingenommen waren?«

Doyle setzte sich. »Keine Ahnung«, antwortete er. »Kann schon sein. Aber Jimmy? Der lebt in Kerry. War er denn am Sonntagabend überhaupt hier in der Stadt? Und selbst wenn, was zum Teufel sollte er gegen Eva haben?«

»Ich weiß es nicht. Sobald er hier ist, können wir ihn ja fragen.«

Quinn sah auf die Uhr. Er spürte, wie die Anspannung an ihm nagte. »Weißt du, Eva und ich haben uns wegen Maggs gestritten«, erklärte er schließlich.

Vor seinem geistigen Auge sah er sie wieder vor dem viktorianischen Kamin sitzen und ihn mit Nachdruck darauf hinweisen, dass er völlig falschliege. Trotz all seiner Macken und Fehleinschätzungen wäre Conor nie in der Lage, jemanden umzubringen. Er habe noch nie einer Menschenseele etwas zuleide getan, egal, was ihr Onkel behaupte. »Sie hat mir klipp und klar gesagt, dass er es nicht gewesen ist. Und sie hat mir vorgeworfen, du und ich hätten ihn aus persönlichen Gründen auf dem Kieker, und deswegen habe sie den Respekt vor uns beiden verloren.«

Doyle betrachtete das hektische Treiben vor der Einsatzzentrale. »Aber wenn es nicht Maggs ist«, sagte er, »sondern ein anderer, was soll dann der ganze mysteriöse Mist?«

Quinn hob die Hände. »Vielleicht haben wir ihn verärgert, und nun ist er ein bisschen angesäuert oder so. Vielleicht will er uns damit sagen, dass wir das Ganze noch einmal unter die Lupe nehmen müssen. Dass wir uns im Zusammenhang mit Mary getäuscht haben und Eva erst finden werden, wenn wir Marys wahren Mörder gefunden haben.«

Doyle zog eine Augenbraue hoch. »Also zurück zu den lilienweißen Jungs. Sie kommen in einem Gedicht vor, nicht wahr? ›Green Grow the Rushes O‹. Darin heißt es: *Two, two, the lilywhite boys, clothe them all in green, ho ho.*«

»Darüber habe ich auch schon nachgedacht«, bemerkte Quinn, »zumindest über den Teil ›kleid sie ganz in Grün‹. Wer weiß, vielleicht hat es etwas mit Begrabenwerden zu tun. Vielleicht spielt es darauf an, wie Mary gestorben ist.«

»Mary wurde doch gar nicht in Grün gekleidet, oder? Sie lag nicht unter Gras, Moss, sondern unter Holzdielen.« Doyle überlegte einen Moment. »Möglich, dass Kildare damit gemeint ist«, murmelte er. »Ein Lilienweißer ist im Volksmund jemand, der aus Kildare stammt.«

Nachdem Quinn sich ins Internet eingeloggt hatte, rief er eine Suchmachine auf und gab die Worte »Green Grow the Rushes O« ein.

Doyle beugte sich neben ihm über den Schreibtisch.

Quinn klickte auf den Wikipedia-Eintrag und las aus der Einleitung vor: »Das Lied wird auch bezeichnet als ›Die zwölf Propheten‹ oder ›Die Weise von den zwölf Zahlen‹. *I'll sing you one, ho, green grow the rushes, o. What is your one, ho? One is one and all alone and ever more shall be so.*« Er las einen Moment leise weiter, dann blickte er plötzlich überrascht hoch. »Sieh dir mal das hier an«, sagte er. »Hier steht: Die Zeile ›Green grow the rushes, o‹ klingt derart fehl am Platz, dass man geneigt ist, sie derselben Quelle zuzuschreiben wie ›Fine flowers in the valley‹, eine ähnlich unpassende Zeile, die in einer Version der Ballade ›The Cruel Mother‹ vorkommt. Die grausame Mutter!«

»Klick sie an«, antwortete Doyle.

»Was?«

»Diese Ballade. ›Die grausame Mutter‹. Klick sie an.«

Quinn tat, wie ihm geheißen. Auf dem Bildschirm erschien eine neue Seite. Er begann zu lesen:

»Eine Frau bringt ein, zwei uneheliche Kinder auf die Welt, meist handelt es sich um Söhne. Sie tötet und vergräbt sie. Auf dem Heimweg trifft sie zwei spielende Kinder und sagt zu ihnen, wenn sie ihre Kinder wären, würde sie ihnen schöne Sachen anziehen und auch sonst gut für sie sorgen. Worauf die Kinder ihr zur Antwort geben, sie habe sie, als sie noch die ihren waren, nicht schön angezogen, sondern umgebracht. Dafür werde sie in der Hölle landen.«

Doyle blähte die Nüstern. »Maggs war ein uneheliches Kind«, stellte er fest, »dessen Mutter ihm das Leben zur Hölle gemacht hat.«

»Stimmt«, pflichtete Quinn ihm bei. »Aber hier in dem Text ist von einem beziehungsweise *zwei* unehelichen Söhnen die Rede.« Er überlegte einen Moment. Dann kehrte er zur vorherigen Seite zurück und las noch einmal das ursprüngliche Gedicht. Diesmal fiel ihm eine andere Zeile besonders ins Auge – eine Zeile, die ihm sofort zu schaffen machte. *Sehr* sogar.

»Seven for the seven stars in the sky; or seven for the seven who went to heaven.«

Durch die offene Tür blickte er in die Einsatzzentrale hinüber, wo sich auf Murphys Schreibtisch die Akten stapelten, die sie eigentlich mit nach Naas hätten nehmen sollen.

»Sieben für die sieben, die in den Himmel kamen«, murmelte er. »Sechs Frauen sind tot, Doyle, und eine weitere wird vermisst.«

Dienstag, 2. September
13:15 Uhr

Das Zimmer war klein und vollgepfercht, und Jane Finucane saß mit verschränkten Armen da, als Murphy mit Molly den Raum betrat. Die beiden jungen Frauen musterten sich einen Moment eindringlich.

»Ich weiß nicht, ob Sie einander jemals vorgestellt wurden«, brach Murphy das etwas peinliche Schweigen. »Jane Finucane, Molly Parkinson.«

»Ich habe Sie bei Conors Prozess gesehen«, bemerkte Jane. »Sie haben gegen ihn ausgesagt.«

»Ja, das stimmt.«

»Was tun Sie hier?«

Molly gab ihr keine Antwort. Hilfesuchend sah sie Murphy an.

»Ich habe mir gedacht, ihr zwei Mädels könntet euch mal ein bisschen unterhalten«, erklärte Murphy. »Schließlich habt ihr einiges gemeinsam.«

Nervös nahm Molly Platz. »Ich glaube, sie meint Conor, Jane. Ich weiß, dass Sie ihn zur Verhandlung begleitet haben. Ich habe Sie auf der Treppe gesehen, als er die Pressekonferenz gab. Sind Sie noch mit ihm zusammen?«

Jane nickte. »Wir sind zusammengekommen, als er in Untersuchungshaft war. Er hat damals einen offenen Brief geschrieben, um alle wissen zu lassen, was ihm widerfahren war und unter welch dramatischen Umständen er bekehrt wurde. Ich gehöre zu einer speziellen Glaubensgemeinde, müssen Sie wissen. Sein Brief hat nicht nur mich, sondern uns alle sehr berührt.«

»Deswegen haben Sie ihm zurückgeschrieben?«

»Ja, und dann habe ich ihn in Mountjoy besucht.«

»Und dort haben Sie sich in ihn verliebt?«

»Praktisch auf den ersten Blick.«

»Das soll vorkommen«, meinte Molly. »Bei mir war es eher so, dass ich ihn bemuttern wollte. Was mir eigentlich überhaupt nicht ähnlich sieht. Aber er wirkte auf mich immer ein wenig verletzlich. Ich weiß noch, dass mir das schon aufgefallen ist, als er das erste Mal den Salon betrat. Ich bin Friseurin, müssen Sie wissen, und eines Tages kam Conor zur Tür herein. Obwohl er nicht viel gesagt hat, hatte er irgendetwas an sich, das mir wirklich unter die Haut ging.«

»Er ist ehrlich«, erklärte Jane, »das findet man heutzutage nur noch ganz selten. Bei Conor muss man nicht zwischen den Zeilen lesen: Was er sagt, das meint er auch so.«

»Zumindest wirkt er ehrlich«, entgegnete Molly. »In der Nacht, als Mary Harrington ermordet wurde, hat er mir nämlich eingebläut, was ich der Polizei gegenüber aussagen soll.«

»Sie meinen, er hat Ihnen ins Gedächtnis gerufen, wie es war. Ich habe Ihre Zeugenaussage gehört, Molly, und auch mit Conor darüber gesprochen. Wir haben keine Geheimnisse voreinander. Ich weiß von ihm, dass er Ihnen erst sagen musste, was vorgefallen war, weil Sie so sternhagelvoll waren, dass Sie sich an nichts erinnern konnten.«

»Ich hatte ein paar Drinks zu viel, das stimmt.«

»Sie hatten einen totalen Filmriss.«

»Als ich wieder aufgewacht bin, war er nicht da.«

»Das behaupten Sie.«

»So war es, Jane. Ich habe doch nichts davon, wenn ich Sie

jetzt noch anlüge, das Gericht hat ihn ja bereits gehen lassen. Tatsache ist, dass Conor nicht da war, als ich aufgewacht bin.«

Jane brauchte ein paar Minuten, um zu verdauen, was sie gerade gehört hatte. Dann wandte sie sich an Murphy.

»Hören Sie«, sagte sie, »mir ist klar, wie ernst die Lage ist, aber ich weiß auch, wie das so läuft bei der Polizei. Wenn jemand vermisst wird, steht ihr unter großem Zeitdruck. Ihr müsst möglichst schnell einen Schuldigen finden. Da spielt es im Grunde keine Rolle, wen ihr euch schnappt – Hauptsache, ihr könnt jemanden einkassieren.«

Molly blickte zu ihr hinüber. »Ich schätze, wenn man so denkt, ist es leichter, einem Mann ein Alibi zu geben«, erklärte sie, »obendrein, wenn man glaubt, in den Kerl verliebt zu sein. Außerdem haben Sie ja schon einmal miterlebt, wie die Polizei versucht hat, ihm was anzuhängen. Klar, dass Sie den Bullen nicht trauen.«

Sie warf einen schnellen Blick zu Murphy hinüber. »In meinem Fall war das ganz anders. Ich hatte keine Ahnung, wie raffiniert Polizisten sein können, und ich hatte auch nicht das Gefühl, richtig verliebt zu sein. Ich war an dem Abend nur dermaßen besoffen, dass ich keinen blassen Schimmer hatte, was wirklich ablief. Laut Conor waren wir keine Minute voneinander getrennt – abgesehen davon, dass er mir mal schnell Zigaretten holte. Von der Polizei habe ich dann aber erfahren, dass er von zwei verschiedenen Leuten dabei beobachtet wurde, wie er mit Mary Harrington sprach. Nach einer Weile dämmerte mir, dass tatsächlich eine junge Frau ermordet worden war. Das war eine ernste Sache. Sehr ernst sogar. Nicht nur, weil es eine Tote gegeben hatte, sondern auch, weil ich, wenn ich mich nicht richtig erinnerte, womöglich einen Mann belastete, der gar nichts mit der Sache zu tun hatte. Ich habe lange nachgedacht, das müssen Sie mir glauben. Ich habe mich gezwungen, den ganzen Abend im Geiste wieder und wieder durchzugehen, bis ich schließlich das Gefühl hatte, einigermaßen klar zu sehen. Nach der Trennung von Conor habe ich mir ein weiteres Mal das Gehirn zermartert, doch am Ende musste ich der Polizei sagen, dass ich nicht lückenlos Rechenschaft darüber ablegen konnte, wo ich den Abend zugebracht hatte, geschweige denn, wo jemand anderer ihn zugebracht hatte. Es war die Wahrheit, Jane. Sie haben meine Aussage gehört, und eigentlich hätte ich gedacht, für eine glaubige Frau wie Sie gäbe es nichts Wichtigeres als die Wahrheit.«

Mit diesen Worten schob sie ihren Stuhl zurück und stand auf. »Mehr habe ich dazu nicht zu sagen: Eine Frau wird vermisst, genau wie damals Mary – nur dass dieses Mal noch Hoffnung besteht, sie lebend zu finden. Da ich mich seinerzeit nicht richtig erinnern konnte, hielt ich es für das Beste, einfach nachzuplappern, was Conor mir eingeimpft hatte. Aus diesem Grund habe ich ihm sein Alibi gegeben. Ich habe nicht absichtlich gelogen, ich konnte mich nur nicht erinnern.« Sie hielt einen Moment inne und sah Jane in die Augen.

»Sie dagegen waren am Sonntagabend nicht betrunken. Falls er also nicht bei Ihnen war, dann lügen Sie – und in Anbetracht dessen, was alles passiert ist, sollten Sie sich vielleicht fragen, warum.«

Dienstag, 2. September 14:00 Uhr

Patrick Maguire schrieb sich gerade am Besucherempfang der Strafanstalt von Limerick ein. Da er in dem Gefängnis regelmäßig ein und aus ging, kannte er den diensthabenden Beamten recht gut: Es war noch dazu ein alter Freund seines Bruders, der sie sogar schon einmal in Franks Ferienhaus unten in Ballybunion besucht hatte.

»Gibt es etwas Neues von Quinns Frau?«, fragte ihn der

Sergeant. »Ich verfolge die Nachrichten, habe aber den Eindruck, die Medien wissen nicht allzu viel.«

»Mein Bruder leitet die Show«, antwortete Maguire, »und vermutlich hält er sich ziemlich bedeckt. Er ist kein großer Fan von Ermittlungen, die übers Fernsehen laufen, John. Er hat keine Zeit für die Schlaumeier, die einem ständig an den Fersen kleben und schon über den nächsten Schritt der Polizei berichten, bevor die ihn getan hat.«

»Kann ich ihm nicht verdenken.«

»Davon mal abgesehen«, fuhr Maguire fort, »befürchte ich fast, dass es im Moment wirklich nichts Neues gibt.«

»Die haben also tatsächlich noch keine Ahnung, wo sie sein könnte?«

»Zumindest wissen sie, dass sie nicht in den Kanälen oder der Liffey liegt. Da ist ja schon mal was.«

»Also, wenn du Moss Quinn siehst, dann grüß ihn ganz herzlich von mir.«

»Das mache ich, John. Bis bald.«

Maguire besuchte Willie Moore, einen dreiundzwanzigjährigen Insassen, der zu sieben Jahren Gefängnis verurteilt worden war, weil er auf den Straßen von Limerick Heroin verkauft hatte. Er hatte kantige Gesichtszüge, mehrfach gepiercte Ohren und am rechten Arm eine Tätowierung, die die dreibeinige Triskele der Isle of Man darstellte. Maguires erstes Gespräch mit ihm lag etwa zwei Jahre zurück. Damals hatte Willie in Untersuchungshaft gesessen. Der junge Mann war nicht nur hochintelligent, sondern darüber hinaus auch eiskalt und berechnend. Und ziemlich abgebrüht: Er wusste, was er wollte, und scherte sich nicht im Mindesten darum, auf welchem Wege er sein Ziel erreichte.

Willie stammte aus der Mittelschicht und hatte eine gute Ausbildung genossen, dann aber sein Studium abgebrochen, um eine kriminelle Laufbahn einzuschlagen. Während ihrer ersten paar Sitzungen hatte er Patrick erklärt, er habe verschiedene Berufe in Betracht gezogen und sich überlegt, wie viel Geld er damit verdienen würde, und das Ergebnis dann mit dem verglichen, was er als Heroinhändler einsacken konnte.

Ein Wärter brachte ihn in den Besucherraum. Willies erste Handlung bestand darin, einen Blick auf die Uhr zu werfen und die angezeigte Zeit dann mit der auf der Armbanduhr des Wärters zu vergleichen.

»Nur um sicherzugehen, dass ich meine volle Stunde bekomme, Mr. McShane«, erklärte er.

»Sie bekommen schon Ihre Stunde, Willie, keine Sorge.« Der Wärter nickte Maguire zu. »Es ist wie immer schön, Sie zu sehen, Patrick.«

»Wie geht es Ihnen, Willie?«, fragte Maguire, nachdem der Beamte gegangen war. »Wie läuft es denn so?«

»Recht gut, Patrick.« Er unterstrich seine Worte mit einer forschen Handbewegung. »Ich freue mich immer auf Ihren Besuch, weil ich sonst ja kaum Gelegenheit habe, ein vernünftiges Gespräch mit jemandem zu führen. Das geistige Niveau hier ist definitiv einer der Nachteile eines Gefängnisaufenthalts, aber damit muss ich nun mal leben.«

»Betrachten Sie einen solchen Aufenthalt immer noch als Berufsrisiko?«, fragte ihn Maguire.

»Natürlich. Das habe ich Ihnen ja schon bei unseren ersten Gesprächen erklärt: Ich habe meine Entscheidung erst nach eingehender Prüfung sämtlicher Vor- und Nachteile getroffen.«

»Sie meinen, es war ein klar berechneter Schritt von Ihnen, Drogenhändler zu werden?«

»Heroinhändler, um genau zu sein. Es ist ein Markt wie jeder andere auch: Man hat ein Produkt, einen Kundenstamm und einen Preis.«

»Es kostet sie sieben Jahre Ihres Lebens, Willie. Ist es das wirklich wert?«

»Natürlich. Ansonsten wäre ich nicht hier. Als ich anfing, habe ich mir ausgerechnet, wie viele Jahre ich im Fall einer Verhaftung schlimmstenfalls bekommen würde und welches finanzielle Polster ich bräuchte, um mir das leisten zu können.«

»Leisten zu können?«

»Das ist alles Teil der Gleichung. Selbst bei sieben Jahren – von denen ich übrigens nur drei absitzen werde – bin ich finanziell immer noch fein raus. Ich habe jede Menge Geld auf der Seite. Sobald ich wieder draußen bin, organisiere ich mich erst mal neu, strukturiere einiges um – und weiter geht's!«

»Einfach so, ohne jedes schlechte Gewissen? Obwohl dieses Land inzwischen ein Drogenproblem hat wie noch nie zuvor?«

Moore bedachte ihn mit einem sardonischen Grinsen. »Nun hören Sie aber auf, Patrick, was kümmert uns denn ein Drogenproblem? Wir sprechen vom Keltischen Tiger, einer der am schnellsten gewachsenen Wirtschaften Europas. Kaum irgendwo gibt es so viele Millionäre pro Quadratkilometer wie hier bei uns. Wir haben ein Drogenproblem, sagen Sie? Und wenn schon! Ein Alkoholproblem haben wir schon seit jeher, und ein Tabakproblem haben wir auch. Der einzige Unterschied besteht in der Steuer. Im Grunde bin ich nicht anders als die Bierbrauer oder Zigarettenhersteller, bloß dass ich keine Steuern zahle. Ich befriedige eine Nachfrage, und zwar zu einem Preis, den die Leute sich leisten können. Die Zeit im Gefängnis ist sozusagen als Verlust zu verbuchen, aber unter dem Strich rechnet es sich trotzdem.«

»Lieber Himmel, Willie«, meine Maguire, »ich sollte es allmählich ja schon wissen, aber Sie sind wirklich ein kaltschnäuziger Hund.«

»Alles hat seinen Preis«, gab Moore zurück. »Wer es im Gefängnis nicht aushält, taugt nicht zum Verbrecher. Das ist ein Klischee, aber es stimmt.«

»Trotzdem, Willie, sieben Jahre! Sie sind ein junger Mann, für den das Leben doch sicher nicht nur aus Geldverdienen besteht. Was ist mit Ihren Eltern, Ihrer Familie? Oder mit dem Wunsch nach einer Freundin? Oder sogar einer Ehefrau und Kindern? Wie verbuchen Sie diese Seite Ihres Lebens, wenn Ihr einziger Plan darin besteht, mit dem Dealen weiterzumachen?«

Moore zog ein Gesicht. »Meine Familie weiß, wie ich bin. Und Freundinnen kommen und gehen.«

Einen Moment lang betrachtete Maguire ihn schweigend. »Sie haben der Polizei nie die Wahrheit über sie erzählt, oder?«

Moore setzte eine verächtliche Miene auf. »Natürlich nicht. Eine so wichtige Information hat ihren Preis. Zu der Zeit wartete ich gerade auf meinen Prozess, wenn Sie sich erinnern, und war auf jedes Ass in meinem Ärmel angewiesen. Ich brauchte schließlich eine gute Verhandlungsbasis. Natürlich haben sie mich damals danach gefragt, aber als ich versuchte, einen Deal auszuhandeln, wollten sie davon nichts wissen.« Ein gnadenloses Lächeln breitete sich auf seinem Gesicht aus. »Im Zusammenhang mit dem, was da draußen gerade abläuft, könnte dieser kleine Schnipsel Wissen eine Menge wert sein.«

Dienstag, 2. September
14:35 Uhr

Murphy fuhr Molly Parkinson auf die Nordseite des Flusses. Als sie zum Harcourt Square zurückkam, redeten in der Einsatzzentrale alle von Jimmy Hanrahan. Quinn saß am Computer, und Doyle hing an der Strippe. Von Frank Maguire war weit und breit nichts zu sehen. Murphy nahm sich einen Moment Zeit, um ein paar persönliche Worte mit Quinn zu wechseln.

»Wie geht es dir, Moss?«, fragte sie. »Kommst du weiter?«

Während er sich seufzend zurücksinken ließ, versuchte er, ein Lächeln zustande zu bringen. »Ehrlich gesagt weiß ich das selbst nicht so genau. Solange ich Maggs für den Täter hielt, bestand für mich noch die Hoffnung, dass es Eva gut geht. Dass sie nicht in irgendeiner gottverlassenen Gegend in einem Loch liegt und langsam verdurstet. Immerhin gab es mal eine Zeit, da hat er sie geliebt. Wenn sie es mit Maggs zu tun hätte, könnte sie ihn vielleicht zur Vernunft bringen.«

»Willst du damit sagen, dass du ihn inzwischen nicht mehr für den Täter hältst? Veranstalten wir hier deswegen alle so ein Theater wegen Schüreisen-Jimmy?«

Quinn blickte durch die Glasscheibe zu den anderen Detectives hinaus, die im angrenzenden Raum über ihre Schreibtische gebeugt saßen. Er musste an die unzähligen uniformierten Beamten denken, die im ganzen Land nach Eva suchten. Dann hatte er plötzlich Sandsteinfelsen vor Augen und eine raue Stimme im Ohr.

»Jimmy und Maggs verbindet eine lange Geschichte«, erklärte er, »das war uns von Anfang an klar. Hinzu kommt, dass die Jungs aus Kerry eine Polaroid-Kamera in seinem Haus gefunden haben.«

Murphy ließ sich nieder. »Wurde sein Haus denn nicht schon durchsucht, als ihr damals Marys Leiche gefunden habt?«

»Nein, wieso auch? Zu dem Zeitpunkt hatten wir uns doch längst unwiderruflich auf Maggs eingeschossen.« Er überlegte einen Moment. »Seit Evas Verschwinden bin ich gezwungen, alles neu zu bewerten. Noch einmal von Anfang an zu rekonstruieren, was Mary widerfahren sein könnte. Ich war so felsenfest von Maggs' Schuld überzeugt, dass ich wohl alle anderen Möglichkeiten außer Acht gelassen habe. Lieber Himmel, so etwas sollte nicht passieren, aber in diesem Beruf passiert es eben doch manchmal.« Er überlegte einen Moment.

»Du weißt, dass Jimmys Mutter Selbstmord begangen hat?«

Sie nickte. »Und?«

»Ich finde es nur interessant. Ich meine, in unserem Zusammenhang. Auf den ersten Blick wirkt Jimmy ja nicht gerade wie der poetische Typ. Aber er schießt gerne Fotos, vorzugsweise mit einer Polaroidkamera.« Er deutete auf den Bildschirm, wo er erneut die Informationen aufgerufen hatte, auf die er und Doyle vorhin gestoßen waren. »Die lilienweißen Jungs, Murph. Zunächst konnten wir überhaupt nichts damit anfangen, aber sobald man etwas genauer hinschaut ...«

»Die Ballade von der grausamen Mutter.« Murphy überflog den Text auf dem Bildschirm. »Eine Frau bringt ein, zwei uneheliche Kinder auf die Welt, meist handelt es sich um Söhne. – Moss, soll das heißen, es gibt zwei von der Sorte?«

»Nein, natürlich nicht. Aber sieh dir mal die siebte Zeile von dem anderen Gedicht an: ›... seven stars in the sky; or ... the seven who went to heaven.‹ Sechs Frauen sind bereits tot, und nun wird eine siebte vermisst.«

Mit gerunzelter Stirn starrte sie ihn an. »Demnach reden wir also von einem Verbindungsglied zwischen all diesen Fällen?«

»Ehrlich gesagt, weiß ich selbst nicht so genau, wovon wir hier eigentlich reden. Der ganze Schwachsinn, den wir aufgetischt bekommen, dieser ganz mysteriöse Mist – so etwas passiert doch sonst nur im Film und nicht im wirklichen Leben.«

Murphy dachte scharf nach. »Moss, die Fälle können nicht alle miteinander zusammenhängen. Fünf von den Frauen waren alleinerziehende Mütter, während die sechste vermutlich noch gar nicht wusste, dass sie schwanger war. Und die siebte ...«

»Hat einen Sohn verloren und ihren Ehemann von sich gestoßen.« Quinn gestikulierte mit einer Hand. »Man könnte argumentieren, dass Eva durch meinen Auszug zur alleinerziehenden Mutter geworden ist. Ich spiele nur alle Möglichkeiten durch, Murph, oder versuche es zumindest. Jedenfalls wusste der Kerl, der hinter alledem steckt – wer auch immer er sein mag –, dass wir irgendwann nachforschen würden, was es mit der Nachricht bezüglich der lilienweißen Jungs auf sich hat. Folglich war ihm auch bekannt, worauf wir dabei stoßen würden.«

Er hielt einen Moment inne. »Wie ich schon des Öfteren gesagt habe: Ein Serienmörder genießt nicht nur das Töten. Zwangsläufig erreicht er irgendwann den Punkt, an dem es ihm keinen Spaß mehr macht, wenn kein Mensch weiß, dass er der Täter ist. Ich behaupte nicht, dass es sich in diesem Fall so verhält, aber mir braucht auch keiner zu erzählen, dass Evas Entführung nichts mit Mary Harrington zu tun hat. Liam Ahern, unser Polizeipsychologe, spricht immer davon, dass jedes Kind, das auf die Welt kommt, von Anfang an die nötige Hardware besitzt, die es braucht, um zu einem menschlichen Wesen heranzuwachsen. Nur über die Software verfügt es noch nicht. Wie man sich zu einer ausgeglichenen Persönlichkeit entwickelt, muss ihm erst einprogrammiert werden, und diese Aufgabe übernimmt in der Regel die Mutter. Findet dieser Programmierungsprozess aus irgendeinem Grund nicht statt, kommt dabei ein Mensch heraus, der keine Ahnung hat, wie er sich anderen gegenüber verhalten soll, und manchmal ist das Endergebnis ein Psychopath.« Erneut deutete er auf den Bildschirm. »Egal, wie man es dreht und wendet, das Ganze hat zumindest teilweise etwas mit dem Thema Mutterschaft zu tun: Fünf der Opfer waren alleinerziehende Mütter, Mary Harrington war schwanger, und meine Frau hat unsere Töchter allein gelassen.«

In dem Moment betrat Frank Maguire die Einsatzzentrale, und Quinn erhob sich. »Hör zu, Murph«, sagte er, »wenn die Kollegen aus Kerry eintreffen, möchte ich, dass du die Kamera persönlich ins Labor bringst. Die Leute dort müssen sie sich unter polarisiertem Licht ansehen. Das wissen sie selbstverständlich. Aber sie sollen auch den Walzabdruck unter die Lupe nehmen, damit wir das Muster mit dem auf den Fotos vergleichen können. Hast du das verstanden?«

»Ja«, antwortete sie lächelnd. »Schließlich war ich diejenige, die den Superintendent auf diese Möglichkeit aufmerksam gemacht hat. Erinnerst du dich?«

»Ja, natürlich. Entschuldige.«

Er wandte sich Maguire zu. »Frank«, sagte er, »lass mich mit Jimmy Hanrahan reden, ja? Ich habe damals, als wir Mary Harrington fanden, seine Aussage aufgenommen, und Doyle war vor Ort, als sie seine Mutter aus dem Wasser gefischt haben.«

Maguire nickte. »Gibt es sonst irgendetwas Neues?«

Quinn zeigte ihm, was sie mithilfe des Computers herausgefunden hatten. »Ein Lilienweißer ist jemand, der aus Kildare stammt. Das weiß ich von Doyle«, erklärte er. »Mehr gibt das aber auch nicht her. Als wir uns dann das Gedicht näher angesehen haben, aus dem die Zeilen stammen, sind wir auf die ›sieben Sterne‹ gestoßen. ›Sieben für die sieben, die in den Himmel kamen.‹ Und auch auf eine Ballade, in der von einer ›grausamen Mutter‹ die Rede ist.«

Maguire sagte erst mal gar nichts. Als er dann zu sprechen begann, war seine Stimme kaum mehr als ein Flüstern: »*O mother dear, when I was thine, Fine flowers in the valley, You did na prove to me sae kind, And the green leaves they grow rarely*. Das ist von Robbie Burns, Moss. Du weißt ja, dass ich alles von Kavanagh auswendig kann, aber das hat Robbie Burns geschrieben.«

Als er sich setzte, machte er plötzlich einen sehr müden Eindruck. Er hatte dunkle Augenringe, und seine Haut wirkte wächsern und fahl.

»Kildare, sagst du?«

»Ein sogenannter Lilienweißer, ja. Das ist der einzige Hinweis auf einen konkreten Ort.«

»Warte mal einen Moment: Ich dachte, wir hätten gesagt, das Verbindungsglied sei, dass es lauter alleinerziehende Mütter waren. Was jedoch nicht für Mary Harrington gilt, und erst recht nicht für Eva.«

»In gewisser Weise vielleicht doch.« Quinn erklärte ihm, worüber er gerade mit Murphy gesprochen hatte.

»Das ist aber ziemlich weit hergeholt, um es mal gelinde auszudrücken«, meinte Maguire. »Außerdem vergesst ihr dabei, dass niemand von Marys Schwangerschaft wusste, nicht einmal ihre Freundinnen.«

»Da hast du recht«, räumte Quinn ein, »und das ist auch genau der Punkt, der keinen Sinn ergibt. Aber womöglich haben wir etwas übersehen. Unter Umständen gibt es doch jemanden, der davon wusste – vielleicht der Vater des Kindes.«

»Wir haben mit ihm gesprochen: ihrem damaligen Freund. Es steht in der Akte.«

»Stimmt, ja. Er saß damals gerade in Untersuchungshaft und konnte sich nicht dazu durchringen, irgendetwas abzustreiten oder zu bestätigen. Er meinte lediglich, jede Information, über die er möglicherweise verfüge, habe ihren Preis. Er erklärte mir, er wisse, was so eine Information wert sei, und werde erst damit herausrücken, wenn wir den Preis ausgehandelt hätten. Ich war nicht in der Stimmung für solche Spielchen. Außerdem war es für uns ohnehin nicht mehr wichtig. Wir hatten ja bereits Maggs in der Mangel. Doyle und ich, wir hatten uns auf ihn gestürzt wie die Schmeißfliegen.«

Maguire musterte ihn eindringlich. »Soll das jetzt heißen, ihr habt euch *tatsächlich* von Vorurteilen leiten lassen?«

Quinns Miene verfinsterte sich. »Wir hatten beide allen Grund, die Made zu hassen. Rückblickend kann ich mir meine Fehler durchaus eingestehen. Manchmal hat man eben mit jemandem zu tun, der geradezu danach verlangt, fertiggemacht zu werden. Du weißt, wie so etwas laufen kann, Frank: Du bist selbst schon lange genug Polizist.«

Er überlegte einen Moment, ehe er hinzufügte: »Vielleicht wusste Willie Moore tatsächlich etwas. Vielleicht weiß er es ja immer noch.«

Dienstag, 2. September
15:35 Uhr

Maggs saß im Wohnzimmer, als Jane zurückkam. Er hörte das Taxi von der Hauptstraße einbiegen. Nervös grub er seine Fingernägel in die Armlehne des Sessels. Kurz darauf drehte sich der Schlüssel im Schloss. Die Tür ging auf und wieder zu, und dann rief Jane nach ihm.

»Conor? Bist du da, mein Liebling?«

»Hier, Schatz«, antwortete er.

Die Wohnzimmertür öffnete sich, und da war sie, ein wenig rot im Gesicht.

»Was ist passiert?« Sie kauerte sich neben ihn, ein Knie auf den Boden gestützt, und legte beide Hände um seine Rechte. »Was ist passiert, Liebster? Als ich Doyle sagen hörte, dass er mit dir aufs Revier von Rathfarnham wollte, war ich …«

»Wo haben sie dich denn hingebracht?«, fiel er ihr ins Wort. »Diese Polizistin, wohin ist sie mit dir gefahren?«

»In die Harcourt Street. Du weißt schon, das Gebäude mit dem ganzen Satellitenzeug auf dem Dach.«

»Was wollten sie von dir?«

Sie strich ihm das Haar aus der Stirn.

Ungeduldig schob er ihre Hand weg. »Was haben sie dich gefragt, Janey?«

Sie verlagerte ihr Gewicht ein wenig nach hinten und musterte ihn besorgt. »Anfangs haben sie kaum mit mir gesprochen. Sie haben mich einfach in einen Verhörraum gesetzt und warten lassen.«

»Hast du einen Anwalt verlangt?«

Sie schüttelte den Kopf. »Ich bin mit Johnny, dem Schmierer verwandt: Ich kann mit den Bullen umgehen.«

»Bist du sicher? Du weißt doch, wie sie sind. Sehr clever und sehr raffiniert. Sie drehen einem das Wort im Mund um. Am Ende kommt etwas ganz anderes heraus, als man eigentlich sagen wollte. Ich weiß, wovon ich rede! Erinnerst du dich? Sie haben mich sogar gezwungen, es aufzuschreiben.«

Wieder nahm Jane seine Hand. »Ist schon gut«, sagte sie in beruhigendem Ton. »Das gehört alles der Vergangenheit an. Sie haben die Vergangenheit für ihre Zwecke benutzt – Dinge bewusst verdreht und dann gegen dich eingesetzt.«

Mittlerweile nickte er wie ein Kind. »Das stimmt«, gab er ihr recht, »so haben sie es gemacht. Genau so ist es abgelaufen.«

Dann war er plötzlich wieder er selbst, nahm eine aufrechtere Haltung an, drückte ihre Hand und sah ihr in die Augen.

»Nun sag schon, Janey, was wollten sie von dir wissen? Was hast du ihnen gesagt?«

»Sie sind mit der jungen Frau angekommen. Der, die damals vor Gericht gegen dich ausgesagt hat.«

Seine Augen wurden vor Überraschung ganz rund. »Molly Parkinson?«

»Ja. Die haben sie angeschleppt. Sie hat mir erzählt, wie sie für dich gelogen hat, als sie anfangs behauptete, sie habe damals in Kerry die ganze Nacht mit dir verbracht.«

»Aber sie hat nicht gelogen!«, stammelte er. »Ich war die ganze Zeit bei ihr. Ich bin nicht von ihrer Seite gewichen, außer um ihr mal schnell eine Schachtel Kippen zu holen. Zwei Minuten, länger war das nicht.«

»Genau«, sagte sie und streichelte ihm dabei übers Gesicht.

»Nicht genug Zeit, um irgendwas von dem zu tun, was sie dir unterstellt haben.«

»Natürlich nicht. Wie ging es dann weiter?«

»Gar nicht. Ich bin doch nicht blöd. Mir war sofort klar, was sie versuchten: ein bisschen emotionale Erpressung durch ein Mädchen, das keinen Alkohol verträgt.« Lächelnd fügte sie hinzu: »Das hat mich schon vor Gericht nicht beeindruckt, und jetzt beeindruckt es mich erst recht nicht.«

Dienstag, 2. September
15:45 Uhr

Frank Maguire trat vor die Tür. Er tastete nach dem Rosenkranz, den er immer in der Hosentasche hatte.

Während er das Rückgebäude umrundete, um Ruhe vor der Presse zu haben, schwirrten ihm lauter Erinnerungen durch den Kopf: Bilder aus einer Vergangenheit, die er eigentlich längst unter den Teppich gekehrt hatte. Doch genau wie der Geruch einer eitrigen Wunde ließen sich diese Erinnerungen einfach nicht ausmerzen.

Obwohl er sich an seinen eigenen Dad nicht erinnern konnte, wusste er noch genau, wie der Vater seines Bruders ausgesehen hatte. Er war eines Tages aufgetaucht, nachdem ein sowjetisches Schiff in Dublin angelegt hatte, woraufhin die gesamte Besatzung sofort geflüchtet war. Es war die Zeit des Eisernen Vorhangs gewesen: Viele Männer flohen damals auf diese Weise aus der UdSSR. Gutaussehend genug, um eine alleinerziehende Mutter, die zu viel trank, um den Finger zu wickeln, war er auf der Suche nach einem Platz, wo er sich verstecken konnte, und wurde fündig. Er blieb neun Monate: genau lange genug, um die Geburt seines Sohnes noch mitzubekommen. Dann war er weg. Von dem Tag an machte seine Mutter den Jungen dafür verantwortlich.

Es war ein Tag wie jeder andere, als Frank aus der Schule nach Hause kam: Nachdem er die Betontreppe zu ihrer tristen kleinen Wohnung hinaufgestiegen war, fand er sie mal wieder schlafend in ihrem Sessel vor, wie immer im Alkoholdelirium. Patrick saß neben ihr auf dem Boden.

»Hallo Paddy, mein Junge, wie geht's dir?« Mit dem liebevollen Lächeln, das er für seinen Bruder reservierte, nahm Frank den Kleinen hoch und drückte ihn fest.

»Frankie, unsere Ma schläft immer noch. Sie schläft schon die ganze Zeit!«

»Du weißt doch, dass sie immer schläft. Aber was ist mit dir, Kleiner, geht es dir gut? Hast du was gegessen?«

Paddy schüttelte den Kopf.

Frank sah ihn an. Mit einem schmerzhaften Ziehen in der Brust ließ er den Blick von seinem Bruder zu seiner Mutter wandern. Bei ihrem Anblick empfand er plötzlich einen tiefen Hass. Er fragte sich, ob es nicht langsam Zeit wurde, dass er jemandem davon erzählte. Bisher hatte er es immer geheim gehalten, weil er, seit er denken konnte, in der Angst lebte, in ein Heim zu kommen und von seinem Bruder getrennt zu werden.

Nachdem er Paddy an dem kleinen Tisch abgesetzt hatte, zog er das leere Glas zwischen den Fingern seiner Mutter hervor. Anschließend kippte er den Inhalt des Aschenbechers in den Müll und säuberte ihn. Seine Mutter rührte sich noch immer nicht. Ihr Kopf hing auf eine Seite. Angewidert betrachtete er ihr fettiges Haar.

Frank hasste sie. Bevor sein Bruder zur Welt gekommen war, hatte er nicht gewusst, wie Hass sich anfühlte. Damals gab es nur sie beide, und Frank kam damit klar. Seine Mutter trank zu der Zeit auch noch nicht so viel, oder vielleicht merkte er es nur nicht, weil er noch so klein war.

»Hast du Hunger, Paddy?«, wandte er sich an seinen Bruder.

»Ja, und wie!« Der Kleine tätschelte seinen Magen, und

Frank konnte es darin gurgeln hören. Bestimmt hatte er seit den Cornflakes, die er ihm zum Frühstück gegeben hatte, nichts mehr bekommen. Manchmal, wenn Brot da war, strich er ihm zusätzlich ein Marmeladenbrot und deponierte es in einem Versteck, so dass Patrick ein bisschen was zum Mampfen hatte, bis Frank wieder nach Hause kam.

An diesem Tag aber war kein Brot da und ansonsten auch kaum etwas. Als Frank einen Blick in den Kühlschrank warf, kam er zu dem Schluss, dass sie wohl würden hungern müssen. Dann erspähte er auf der Arbeitsplatte die Handtasche seiner Mutter. Sie hatte ein paar Münzen in der Börse. Vielleicht reichte es für eine Wurst mit Pommes am Imbiss unten an der Straße. Damit würden sie sich begnügen müssen. Und wenn ihre Mutter es merkte, dann merkte sie es eben. Sie konnten nicht einfach ohne Essen auskommen. Bei ihr war das etwas anderes, sie trank so viel, dass sie ansonsten wohl nichts mehr brauchte, aber Jungs mussten essen.

Eine Stunde später, nachdem sie sich an der Imbissbude ein Paar zerknautschte Würstchen und eine Portion Pommes geteilt hatten, brachte Frank seinen Bruder wieder nach Hause. Leise schloss er die Tür auf und legte demonstrativ einen Finger an die Lippen, bevor er Patrick in Richtung ihres gemeinsamen Zimmers zog.

Doch ehe sie es sich versahen, schwang die Tür auf, und ihre Mutter stand vor ihnen. Das Haar hing ihr über eine Schulter nach vorne, was sie fast wie eine Hexe aussehen ließ. Mit weit aufgerissenen Augen blickte sie zwischen ihren Söhnen hin und her und nickte dabei langsam mit dem Kopf. Dann ließ sie plötzlich mit einer Behändigkeit, die man ihr gar nicht zugetraut hätte, eine Hand vorschnellen und schlug Frank ins Gesicht.

»Du kleiner Mistkerl«, zischte sie, »du raffinierter kleiner Mistkerl! Deiner Mammy Geld zu stehlen, Frank! Deiner Mammy Geld zu stehlen!«

»Mam!«, schrie Patrick sie an. Aus den Augen des Fünfjährigen sprach so viel Gift, dass seine Mutter einen Schritt zurückwich.

Aber sie fing sich schnell wieder. »Was fällt dir ein, Junge, mich derart anzuschreien?«

»Lass Frankie in Ruhe!«, rief er.

Sie schlug erneut zu, diesmal mit der Faust, woraufhin Patrick quer über den ganzen Flur flog. Als er sich wieder aufrichtete, hatte er eine blutige Lippe, doch noch denselben mörderischen Ausdruck in den Augen.

Wieder wich seine Mutter zurück. »Heilige Muttergottes, wenn Blicke töten könnten! Ich schwöre, du hast den Teufel im Leib!«

Dienstag, 2. September
16:05 Uhr

Wie lange war sie weg gewesen?

Wie lange hatte sie hier bewusstlos unter der Uhr gelegen? Inzwischen konnte sie wieder sehen, es war ihr endlich gelungen, die Binde von ihren Augen zu schieben. Sie war ihrem Grab entkommen. Der Durst hatte sie hinausgetrieben. Nachdem das Wasser in ihrem Loch zu Ende gegangen war, hatte sie ihre ganze restliche Kraft zusammengenommen, um die schweren Bodendielen hochzustemmen und sich Zentimeter für Zentimeter – durch mühsames Schlängeln – bis zu einer Pfütze Regenwasser vorzukämpfen, die sich auf dem Boden gebildet hatte. Auf der Seite liegend, schaffte sie es, ihren zugeklebten Mund in das Wasser zu tauchen und durch das Loch etwas Flüssigkeit einzusaugen. Es war nicht genug – es würde niemals reichen. Aber vielleicht half es ja, nicht noch mehr ins Delirium zu fallen.

Obwohl Eva die Uhr vom Boden aus nicht sehen konnte, hörte sie ihr Ticken hoch über sich: *tick-tack, tick-tack*.

Sie wusste, dass die Uhr eine wichtige Rolle spielte. Sie war nur allzu gut über die Bedeutung des Zeitfaktors informiert. Sie wusste, was mit Mary Harrington passiert war, und ihr war auch durchaus bewusst, dass sie selbst bereits am Verdursten war. Ihre Sinne stumpften immer mehr ab, ihr Magen trocknete langsam ein. Ihre Lippen. Die Zunge. Der Hals. Die Gliedmaßen. Ihr Gedärm verschrumpelte. Ihre Eingeweide fühlten sich jetzt schon an wie ausgeleierte Gummibänder, die einmal zu oft gedehnt worden waren.

Das Gesicht gegen den Boden gepresst, lauschte sie angestrengt, in der Hoffnung, erneut die Stimmen zu hören, die sie bereits einmal zu vernehmen geglaubt hatte. Sie war sicher, dass Danny nach ihr gerufen hatte. Bestimmt versuchte er schon die ganze Zeit, sie zu sich zu winken, und rief dabei ihren Namen, weil er wollte, dass sie zu ihm kam. Er war ihr jetzt so nahe, dass sie ihn fast berühren konnte.

Es war verlockend: ihr kleiner Junge, der auf sein Rad gestiegen und so weit fortgefahren war. Sie brauchte nur noch die Augen zu schließen und sich in den Schlaf hinübergleiten zu lassen, dann wäre sie bei ihm.

Jess und Laura: Plötzlich sah sie ihre Gesichter ganz deutlich vor sich. Als sie daraufhin doch noch einmal die Augen aufschlug, sah sie das Dach über ihrem Kopf. Durch ein paar Löcher in den Schindeln konnte sie Wolken erkennen: Wolken, die sich am Himmel türmten.

Leben.

Ein einzelnes Wort, das sich klar und deutlich in ihrem Kopf abzeichnete.

Ich lebe. Mein Name ist Eva. Ich bin Eva-Marie Quinn, und ich habe zwei kleine Mädchen. Ich weiß, dass ich zwei kleine Mädchen habe.

Mein Ehemann heißt Moss, und er sucht nach mir. Der Name meines Ehemannes ist Moss. Er ist Polizist und sucht nach mir.

Auf einmal hörte sie Schritte. Sie klangen seltsam verzögert, wie eine Art weit entferntes Echo: Schritte, die sich von draußen näherten.

Und sie lag hilflos auf dem Boden, entflohen aus dem Grab.

Sie kamen immer näher. Es waren gleichmäßige, zielstrebige Schritte. Sie wusste, dass er zurückkehrte. Nach einem kurzen Moment der Stille ging die Tür langsam auf. Da stand er, die Arme locker an den Seiten, die Hände in Handschuhen. Sie konnte ihn nur undeutlich sehen, seine Gesichtszüge verschwammen im Nebel ihrer Verwirrung. Trotzdem fiel ihr auf, wie seine Finger sich verkrampften. Dann drang wieder diese raue, heisere Stimme an ihr Ohr.

»Eva, mein Liebling, was machst du denn da? Zurück ins Bett mit dir!«

Vor Verzweiflung hätte sie am liebsten laut geschrien, aber sie hatte ja nur das winzige Loch im Klebeband, und das durfte sie ihm nicht zeigen. Er steuerte quer durch den Raum auf sie zu, griff nach der Augenbinde und schob sie wieder an Ort und Stelle. Dann hob er sie hoch und trug sie mit wenigen Schritten die Strecke zurück, für die sie kriechend eine ganze Ewigkeit gebraucht hatte.

Dienstag, 2. September
16:15 Uhr

Auf der O'Connell-Brücke herrschte reger Verkehr. Die ersten Pendler beeilten sich, nach Hause zu kommen, vielleicht in einen ruhigen Küstenort oder hinaus aufs Land. Maggs saß in einem Taxi, unterwegs zu Janes Wohnung, und klopfte gedankenverloren mit einem Fingernagel gegen seine Zähne. Er dachte gerade an die Gebetsstunde, die er für diesen Abend in Harold's Cross einberufen hatte.

Seit zwei Tagen war Dublin ein Meer aus Polizei – mit dem

üblichen Tamtam: heulenden Sirenen und blinkenden Blaulichtern. Gerade rauschten wieder zwei Fords mit Blaulicht vorbei. Während sie das Taxi überholten, spürte Maggs nun schon zum zweiten Mal, wie der Fahrer ihn prüfend musterte.

»Kenne ich Sie nicht aus dem Fernsehen oder so?«, fragte der Mann schließlich.

Maggs betrachtete den Hinterkopf des Mannes: weißes Haar, in den Sechzigern – mit einem Rasseln in der Stimme, das bestimmt von zu vielen Zigaretten herrührte.

»Schon möglich«, antwortete er knapp.

»Was sind Sie denn für eine Berühmtheit?«

Maggs lachte leise. »Ich schätze mal, das hängt davon ab, wen Sie fragen. Meine Freundin würde Ihnen antworten, dass ich ein Mann Gottes bin. Fragen Sie dagegen die Polizei, werden Sie zu hören bekommen, ich sei ein Mörder.«

Der Taxifahrer warf einen überraschten Blick in den Rückspiegel. Dann ging ihm ein Licht auf. »Lieber Himmel, jetzt weiß ich es: Sie sind der Typ, den die Bullen verprügelt haben! Da war doch dieser Prozess im Frühjahr, bei dem das alles ans Licht gekommen ist.«

Maggs gab ihm keine Antwort.

»Ging es dabei nicht um die junge Frau, die man in Mayo gefunden hat?«

»In Kerry.«

»Ach ja, richtig, in Kerry. Dann sind Sie also derjenige, der unter Verdacht stand.« Er grinste leicht verlegen. »Was ist denn nun wirklich passiert? Waren Sie es? Haben Sie sie umgebracht?«

»Klar«, antwortete Maggs.

Wieder starrte der Mann verblüfft in den Rückspiegel. Dann verzog sich sein Mund samt Oberlippenbart zu einem Grinsen. »Ich schätze, nach der Antwort habe ich verlangt, was?«

»Ja, schätze ich auch.« Sie waren inzwischen am südlichen

Ende der Lower Camden Street angekommen. Maggs reichte ihm einen Zehn-Euro-Schein. »Der Rest ist für Sie.«

Statt auf direktem Weg zur Wohnung zurückzukehren, unternahm er noch einen kleinen Spaziergang, den gleichen wie kürzlich abends: am Portobello-Hotel vorbei und dann den Kanal entlang, in Richtung der Bronzestatue von Patrick Kavanagh. In dieser Ecke lebte Patrick Maguire. Maggs wusste, in welchem Haus sich seine Wohnung befand: dem letzten der älteren Häuser, vor den großen, in den Sechzigern gebauten Blöcken, mit Blick auf die Schleuse. Patrick Maguire, den er vor all den Jahren in Kerry kennengelernt hatte. Patrick Maguire, der in Mountjoy Gefangene besuchte und der vor Gericht gegen ihn ausgesagt hatte.

Nach seinem Treffen mit Quinn fühlte Maggs sich irgendwie befreit, auch wenn er die alten Ressentiments gegen Doyle noch immer nicht losgeworden war. Das machte ihn wütend, aber böses Blut war nun mal böses Blut, daran ließ sich wohl nichts ändern. Dafür war ihm ein weiterer Fernsehauftritt beschert worden, und den hatte er sehr genossen: sein erstes Interview seit dem Prozess im April. Völlig in Gedanken versunken, nahm er seine Umgebung erst wieder wahr, als ein Auto viel zu knapp an ihm vorbeifuhr. Sonst hätte er gar nicht bemerkt, dass auf einer Bank unterhalb der Mauer, wo ein Treidelpfad den Kanal entlangführte, die Wasserratte saß. Er erkannte den Mann sofort wieder: Jug Uttley, der Kerl mit dem großen Plappermaul, den er im Gefängnis kennengelernt hatte. Allem Anschein nach legte er gerade eine Verschnaufpause ein, ehe er sich auf den Weg zur nächsten Tränke machte. Tagsüber hingen Saufbrüder wie er gerne am Kanal herum. Auf einmal dämmerte es Maggs: Jetzt wusste er, wer Doyle den Weg zu Janes Tür gewiesen hatte!

Ohne zu merken, wer sich da näherte, erhob Uttley sich von seiner Bank. Über ihm beugte Maggs sich über die Mauer.

»Jug«, rief er hinunter, »hast du mal wieder mit den Bullen geplaudert, du alte Eiterbeule?«

Für einen Moment starrte Uttley mit offenem Mund zu ihm hoch. Dann warf er einen raschen Blick nach links und rechts, aber abgesehen von ein paar Obdachlosen, die ein Stück weiter vorne mit mehreren Flaschen Cider dasaßen, war der Weg menschenleer.

Mit einem athletischen Sprung setzte Maggs über die Mauer und schlitterte die Uferböschung hinunter. Wenige Sekunden später stand er dem Informanten von Angesicht zu Angesicht gegenüber und stieß ihn zurück auf die Bank.

»Sag mal, Jug, was fällt dir ein, Sergeant Doyle bei mir vorbeizuschicken?«

Uttley schüttelte heftig den Kopf. Hinter seinen dicken Brillengläsern mit dem schwarzen Rand hatte er die Augen vor Angst weit aufgerissen. »Ich habe ihn nicht vorbeigeschickt! Mein Gott, ich wusste doch gar nicht, dass du hier bist!«

In seiner Wut hatte Maggs ihn am Kragen gepackt. Erst jetzt bemerkte er, dass die Kleidung des alten Mannes völlig verdreckt war und ziemlich streng roch. Vor lauter Ekel hätte er ihn beinahe wieder losgelassen. Der Atem des Alten stank ranzig – und nach Whiskey.

»Ich schwöre es! Das Letzte, was ich gehört habe, war, dass du in London bist«, stotterte Uttley, »und dass du bekehrt worden bist und jetzt gute Werke tust. Bekehrt vom Blut Jesu!«

»Ich gebe dir gleich das Blut Jesu, du hässliche Missgeburt! Nun spuck es endlich aus, oder ich prügle es aus dir heraus, das verspreche ich dir!«

»Ich habe nichts gesagt!«, heulte Uttley. »Ich habe zu keinem was gesagt! Ich habe doch gar nicht gewusst, dass du hier bist!«

Maggs packte ihn noch fester. »Ich bin ein Mann Gottes, Jug, kein Mann der Gewalt, aber bei dir könnte ich mich vergessen und eine Ausnahme machen …«

»Lieber Himmel, jetzt lass mich doch bitte …«

»Raus mit der Wahrheit!«

»Also gut, also gut! Jemand hat mir was geflüstert, und da habe ich mit Mr. Doyle gesprochen. Heilige Muttergottes, ich brauchte eben ein bisschen Kleingeld, und passieren konnte dir doch sowieso nichts, oder? Nachdem bekannt war, was er beim letzten Mal mit dir gemacht hat – da war mir doch klar, dass er dich nicht mehr anrühren würde!«

»Wie viel hat er dir bezahlt?«

»Dreißig Euro.«

»Wie viel, habe ich gefragt!« Maggs schüttelte ihn heftig. »Wie viel, Jug? Wie viele Silberlinge?«

»Also schön, fünfzig.«

»Her damit.«

»Das war doch schon gestern. Ich habe alles ausgegeben.«

»Her damit, oder du landest im Kanal!«

»Meinetwegen, wenn es unbedingt sein muss, aber du bist wirklich ein Hurensohn, das kann ich dir sagen.«

Mit einem wütenden Ruck befreite er sich aus Maggs' Griff, wühlte kurz in seiner Tasche und zog dann ein Bündel Geldscheine heraus. Doch ehe er Maggs einen Fünfziger geben konnte, hatte der sich bereits das ganze Bündel geschnappt.

»Mann, könntest du vielleicht mal einen Gang zurückschalten? Das ist alles, was ich habe, Conor. Du hast mir mein ganzes Geld genommen.«

»Ruf doch deinen Kumpel Doyle an und heul ihm vor, dass du ausgeraubt worden bist.« Maggs stopfte die Scheine in seine Tasche. »Das ist deine Strafe, weil du mich verraten hast. Und nun verschwinde, aber schnell. Du hast Glück, dass ich heute gut aufgelegt bin, sonst könntest du jetzt deine sämtlichen Einzelteile vom Weg aufsammeln.«

Dienstag, 2. September
16:25 Uhr

Durch all die Erinnerungen in Aufruhr versetzt, stieg Frank Maguire über den Stapel Briefe hinweg, die hinter der Wohnungstür seines Bruders auf dem Boden lagen. Er musste an ihr letztes Gespräch denken und ließ die Post liegen. Wieder tauchten vor seinem geistigen Auge Bilder aus Kindertagen auf: der heruntergekommene Wohnblock, der Innenhof voller Müll, die hässliche Betontreppe, die zu ihrer Wohnung hinaufführte. Auf dem Hof standen ein paar Kinderschaukeln, auf denen man aber nicht mehr schaukeln konnte, weil die Sitze von den Ketten gerissen worden waren. Die älteren Jungen nutzten die herabhängenden Kettenglieder, um kleinere Kinder daran festzubinden. Frank wusste noch genau, wie er eines Tages beim Nachhausekommen drei von ihnen dabei erwischt hatte, wie sie gerade seinen Bruder festbanden. Er hatte den Anführer mit einer dicken Lippe nach Hause geschickt und Pat nach oben getragen.

Seit Frank erwachsen war, achtete er darauf, dass niemand von dieser Vergangenheit erfuhr: In seinem beruflichen Umfeld – besser gesagt, in seinem *ganzen* Umfeld – gingen die Leute davon aus, dass er und sein Bruder Dubliner Jungs waren, deren Eltern im Ausland lebten. Letztendlich entsprang seine Geheimniskrämerei nur dem Wunsch, den Mantel des Vergessens über eine peinliche Kindheit zu breiten – eine Kindheit, wie es sie längst nicht mehr hätte geben dürfen. Für ihn gehörten solche Zustände in die dunklen Zeiten, als die Iren noch alles Englische verbrannten, abgesehen von englischer Kohle.

Nun stieg er in Patricks Wohnung die Stufen zum Wohnzimmer hinauf. Nur der Verkehrslärm, der von der Charlemont Bridge herüberdrang, störte die Ruhe. Und das Ticken der Uhr. Frank verglich den Stand ihrer Zeiger mit dem auf seiner Armbanduhr: Sie ging ein wenig vor. Er war bereits im Begriff, das zu korrigieren, überlegte es sich dann aber anders.

Neben der Uhr stand das Foto. Ein nichtssagendes Gesicht, mal abgesehen von dem verlebten Ausdruck in den Augen. Er betrachtete das geflochtene Haar und die schmale, von Lücken durchbrochene Rauchsäule, die von ihrer Zigarette aufstieg. An ihrem Hals funkelte ein Hauch von Gold: der Herz-Jesu-Anhänger, den er in natura zum letzten Mal gesehen hatte, als er und Patrick auf ihren offenen Sarg hinunterblickten.

Als Junge war Paddy davon höchst fasziniert gewesen. Vor seinem geistigen Auge sah Frank seinen kleinen Bruder und seine Mutter, die vor lauter Alkohol mal wieder nicht mitbekam, wie ihr ungeliebter Sohn auf ihren Schoß kletterte. Dort saß er dann und spielte mit jener Halskette herum, als würde sie ihn dabei im Arm halten wie eine richtige Mutter – was sie für ihn nie war.

Eine Made kroch ihr ins Gehirn; so hieß es zu jener Zeit, doch nur Mary weiß Bescheid.

Die Worte hallten durch Franks Kopf, während er sich am Tisch niederließ. Sein Blick schweifte über die Bäume und die parkenden Autos hinüber zum Kanal. Er hörte die Uhr ticken: *Tick-tack, tick-tack, die Maus und die Uhr. Tick-tick-tack. Bleibt die Uhr steh'n, ist's um die Maus gescheh'n.*

Als er die Augen schloss, konnte er seinen Bruder wieder weinen hören.

Bereits auf dem Hof hatte er das laute Schluchzen gehört. Da er schon sein Leben lang lauschte, ob seinem Bruder etwas fehlte, erkannte er die Stimme sofort. Mit seinen knapp achtzehn Jahren wünschte Frank sich nichts sehnlicher, als auf die Polizeischule zu gehen, und überlegte schon die ganze Zeit, wie er das seiner Mutter beibringen sollte. Paddy war inzwischen elf. Wenn Frank nach Templemore ging, würde sein Bruder allein mit ihr zurückbleiben. Er hatte schon mit ihm darüber gesprochen. Er hatte ihm zu erklären versucht, dass er nun doch schon ein großer Junge sei und bestimmt klarkommen werde, aber Pat war völlig zusammengebrochen.

Frank begann zu rennen. Mit ein paar großen Sätzen hatte er die Grasfläche überquert und stürmte in das stinkende Treppenhaus, die betonierte Treppe hinauf, die in die oberen Stockwerke führte. Oben angekommen, stürzte er auf die Wohnungstür zu – die wie üblich abgesperrt war. Während er mit der einen Hand gegen die Tür donnerte, fummelte er mit der anderen den Schlüssel ins Schloss.

Mit zwei Schritten durchquerte er die kleine Diele, riss die Wohnzimmertür auf – und sah Paddy auf den Fersen kauernd zu ihrer Mutter hochstarren, die mit steifen Armen und zurückgeworfenem Kopf in ihrem Sessel hing.

Ein schwerer Schlaganfall, erklärte ihnen der Arzt, herbeigeführt durch jahrelange Depressionen und jahrelangen Alkoholkonsum. Selbst wenn Frank zu Hause gewesen wäre, hätte er nichts tun können. Sie war tot, und nichts hielt ihn nun noch davon ab, zur Polizei zu gehen. Möge Gott ihm verzeihen: Sechs Wochen später war Patrick bei den Ordensbrüdern in Islandbridge, und er an der Polizeischule in Templemore.

Dienstag, 2. September
16:45 Uhr

Quinn rief die Kollegen aus Kerry an und bat sie, Schüreisen-Jimmy im Polizeirevier von Terenure abzuliefern, das im Süden der Stadt lag, ein altmodisches, vierstöckiges Ziegelgebäude mit einem Schieferdach. Der dortige DI war ein Freund von ihm und versprach dafür zu sorgen, dass Jimmy es schön gemütlich hatte.

Anschließend kamen die Kollegen herauf zum Harcourt Square, und Murphy nahm die Kamera in Empfang. Quinn und Doyle schnappten sich die Schachtel mit den Polaroid-Aufnahmen, um die Fotos gemeinsam durchzusehen.

In der Hauptsache handelte es sich um Schnappschüsse, die Jimmy beim Jagen gemacht hatte: Wild, das er erlegt hatte, und Vögel. Jede Menge Kaninchen. Es gab aber auch andere Bilder, darunter ein paar von seinem armen alten Dad, wie er in seinem Stuhl schlief oder in seiner verlotterten Küche herumschlurfte und Weihwasser sprengte. Auf einem anderen flitzte er gerade die Treppe hoch und verlor dabei fast seine Schlafanzughose. »Da sieht man doch, was für ein perverser Kerl dieser Jimmy ist«, lautete Doyles Kommentar.

Quinn war bei dem Foto angekommen, nach dem sie Ausschau gehalten hatten. »Schau mal«, sagte er zu Doyle. Dieser betrachtete das mittlerweile ziemlich körnige Bild: eine ältere Frau, die mit gespreizten Beinen auf dem Rücken lag. »Das berüchtigte Erinnerungsfoto«, murmelte er. »Lass uns doch ein Wörtchen mit dieser Kakerlake reden.«

Sie nahmen das Foto mit und fuhren nach Terenure. Ein uniformierter Beamter brachte Jimmy in den Verhörraum, wo Doyle bereits am Tisch saß. Quinn lehnte an der Wand. Es standen weder ein Kassetten- noch ein Videorecorder bereit, von einem Pflichtverteidiger ganz zu schweigen.

Die Uhr zeigte kurz vor fünf.

Jimmy trug Jeans und Arbeitsstiefel, ein Hemd mit offenem Kragen und darüber eine Thermoweste. Mit seinem schmalen Gesicht und den eng beieinanderstehenden Augen wirkte er wie ein in die Enge getriebenes Tier. Die Arme vor der Brust verschränkt, verzog er den Mund.

»Verdammt lange Strecke für ein Plauderstündchen.«

»Das bist du ja gewohnt, Junge«, gab Doyle zurück, »schließlich warst du am Sonntag auch schon hier.«

»Von wegen! Ich war in Kerry, wo ich immer bin.«

»Unsinn, du warst auf dem Glasnevin-Friedhof und hast Eva beobachtet.«

Jimmy sperrte den Mund auf. »Lieber Himmel«, stieß er hervor, »also darum geht es! Ihr glaubt, ich habe seine Frau entführt? Ich war in Kerry, Herrgott noch mal! Was sollte ich denn hier oben in Dublin?«

Doyle legte das Foto vor ihm auf den Tisch und drehte es so hin, dass Jimmy es richtig herum sehen konnte. »Du bist ein kleiner Starfotograf, was?«, meinte er. »Hat deine Mam das auch zu Gesicht bekommen, Jimmy? Oder reichte das, was du der armen Mrs. Bolton angetan hast, um deine Mam in den Fluss zu treiben?«

Jimmys Miene verfinsterte sich.

»Fotografieren macht dir Spaß, stimmt's?«, fragte Quinn von seinem Platz an der Wand. »Ich meine, immerhin hast du einen ganzen Haufen Fotos.«

»Und wenn schon? Gibt es da irgendein neues Gesetz, von dem ich nichts weiß? Ist es nun auch schon verboten, eine Kamera zu besitzen?«

Doyle deutete auf das Polaroid-Foto. »Wie alt warst du damals? Dreizehn, vierzehn vielleicht?«

Jimmy schwieg.

»Wie viel hat dir die arme Seele denn berechnet?«

»Das weiß ich nicht mehr«, antwortete Jimmy mit einem grausamen Lächeln, »aber ich weiß noch genau, dass ich mein Geld zurückbekommen habe. Glaubt mir, dieses Bild hat ganz schön was eingebracht.«

»Hat Conor es auch gesehen?«

Jimmy zuckte mit den Achseln.

»Natürlich hat er es gesehen. Deswegen ist er an dem Tag doch auf dich losgegangen.«

»Falls er das jemals getan hat, ist er nicht weit gekommen.«

Doyle betrachtete das Bild. »Stell dir vor, das wäre deine Mutter«, sagte er. »Wie hättest du das gefunden? Hast du dir das je überlegt? Nein, natürlich nicht. Du warst schließlich immer schon ein Mistkerl. In deinen Augen war Maggs' Mam nur eine alte Schlampe – eine, die alles nahm, was kam, egal, ob jung oder alt. So hast du das doch gesehen, oder?« Er beugte sich zu ihm hinüber. »Wie viele von euch waren es denn? Wie ich gehört habe, ein ganzes Rudel. Eine richtige kleine Gruppensex-Orgie, was?« Doyle biss für einen Moment die Zähne zusammen. »Conor hat davon erfahren, nicht wahr?«, fuhr er fort. »Und dir dafür eine solche verpasst, dass du auf deinem Hintern gelandet bist, bevor deine Kumpels ihn verdroschen haben.«

»So, wie Sie ihn verdroschen haben, Mr. Doyle?« Jimmy verzog den Mund. »Was soll das? Ich war damals noch ein Junge. Das alles ist zwanzig Jahre her. Wieso kommt ihr mir mit diesen alten Geschichten?«

»Wegen der Kamera, Jimmy. Es geht um die Kamera, die du benutzt hast, um diese Aufnahme hier zu machen, und die du kürzlich auch wieder benutzt hast. Am Strand. War das dort, wo du wohnst? Der kleine Streifen Sand drüben bei der Burg?«

Nun wirkte Jimmy wirklich verblüfft. »Wovon reden Sie? Ich habe das verdammte Ding schon eine Ewigkeit nicht mehr benutzt.«

»Doch, das hast du. Du hast ein Stück Stein auf Sand fotografiert, einen Kieselstein am Strand. Worum ging es dabei, mein Junge? Sand und Stein, Stein und Sand. Vielleicht Sandstein?«

Quinn meldete sich von seinem Platz hinter Jimmy zu Wort. »Was hast du mit Eva gemacht, Jimmy?«

Jimmy wandte sich nach ihm um. »Ich habe keinen blassen Schimmer, wovon ihr redet.«

»Eva«, sagte Doyle in drängendem Ton. »Das Mädchen, das

euch geilen kleinen Scheißkerlen feuchte Träume beschert hat, als ihr noch Jungs wart.«

»Ich habe keine Ahnung, worauf ihr hinauswollt.« Kopfschüttelnd fuhr Jimmy fort, als spräche er mit sich selbst: »Ist das zu fassen? Lieber Himmel, da sitze ich gesetzestreuer Bürger mit einem kranken alten Herrn zu Hause, um den ich mich kümmern muss, und ihr schickt mir Martin McCafferty vorbei. Anschließend lasst ihr mich auch noch durch das halbe Land schleppen. Wisst ihr Jungs mit eurer Zeit eigentlich nichts Besseres anzufangen?«

»Zeit, sagst du?« Quinn packte ihn hart an der Schulter und riss ihn herum, so dass er genau in Richtung Uhr sah. »Ein paar Stunden noch, dann ist sie tot. Ist es das, was du willst?«

Jimmy wirkte plötzlich alarmiert. »Sie glauben wirklich, ich habe Ihre Frau entführt, Mr. Quinn? Wie dämlich sind Sie eigentlich? Ich lebe in Kerry, Herrgott noch mal! Seit wann ist sie vermisst? Seit Sonntag? Ich habe Ihnen doch gerade gesagt, dass ich da mit meinem Dad zu Hause saß. Sie können ihn gerne fragen.«

»Das haben wir getan, und er hat uns geantwortet, dass du nicht da warst.« Quinn funkelte ihn an. »Also, wo warst du?«

»Hören Sie«, entgegnete Jimmy, »mein alter Herr kann doch einen Tag nicht vom nächsten unterscheiden. Er ist nicht ganz richtig im Kopf. Ich war am Sonntag zu Hause, das schwöre ich.«

»Und was ist mit dem Foto?«, fragte Doyle.

»Welchem Foto? Ich habe doch gesagt, dass ich nichts von einem Foto weiß.«

»Du hast mit dieser Kamera früher schon viel Unheil angerichtet. Du hast die Situation einer armen alten Alkoholikerin ausgenutzt, wenn du dich richtig erinnerst.«

»Ich habe eine arme alte Alkoholikerin gebumst, das ist richtig, und mir als Lohn für meine Mühe auch ganz schön was eingefangen: Wochenlang hat es mich gejuckt wie einen von Flöhen zerfressenen Hund.«

»Und dann war da noch Mrs. Bolton, die alte Dame, in deren Haus du eingebrochen bist. Du hast dir den Schürhaken geschnappt und ihr damit eine Kopfverletzung verpasst, die mit dreißig Stichen genäht werden musste.«

»Lieber Himmel, das ist doch schon so viele Jahre her! Ich habe wirklich nicht die leiseste Ahnung, was ihr von mir wollt. Ich war am Sonntag zu Hause und habe mich um meinen Dad gekümmert.«

Quinn zog sich einen Stuhl heraus, ließ sich darauf nieder und betrachtete Jimmys verkniffene Gesichtszüge. »Erzähl uns von Mary«, sagte er, »dem Mädchen, das wir unter dem Boden der Hütte gefunden haben, gegenüber von eurem Haus.«

»Ich habe euch alles erzählt, was ich darüber weiß, und zwar schon damals, nachdem die Sache passiert war. Ich habe gesehen, wie sie mit Conor Maggs gesprochen hat. Mehr weiß ich nicht.«

»Du selbst hast nicht mit ihr gesprochen?«

»Nein.«

Doyle lachte leise. »Was würdest du sagen, wenn wir dir verraten würden, dass uns ein kleines Vögelchen etwas anderes geflüstert hat?«

»Ich würde sagen, dass ihr versucht, mir was anzuhängen. Genau, wie ihr es mit der Made versucht habt.«

»Ach, so siehst du das also? Du warst doch derjenige, der ihn ans Messer geliefert hat, Jimmy. Du bist damals bei uns angetanzt und hast uns erzählt, du hättest die beiden neben dem Laden an der Ecke miteinander reden sehen.«

»Weil es so war.«

»Seit wann verpfeifst du gerne andere Leute?«

»Ich habe niemanden verpfiffen. Ihr habt mir eine Frage gestellt, und ich habe geantwortet. Das war alles.«

Doyle lehnte sich zurück und streckte über dem Bauch seine ineinander verschränkten Finger aus. Dabei fiel seine Jacke auseinander, so dass man das Halfter mit der Waffe an seiner Hüfte sah. »Auf der Jagd nach dem Wild kommst du ganz schön herum, was? Du und dein alter Pritschenwagen. Von Kerry in die Midlands und von dort bis herauf nach Dublin: Es gibt eine Menge zu wildern, wenn die Saison vorbei ist, und dazu bleibt man ja nicht gern vor der eigenen Haustür ... Warst du am Sonntag auch wieder beim Wildern, Jimmy?« Doyle musterte ihn jetzt kalt. »Dein Vater hat gesagt, du warst nicht zu Hause. Er konnte sich an den Sonntag genau erinnern, weil da der Priester vorbeikam, um ihm die Heilige Kommunion zu spenden. Also, wo warst du? Auf der Suche nach einem schönen Reh? Einem, das reif war, von dir mitgenommen zu werden?«

»Ich habe es euch schon gesagt«, antwortete Jimmy, »Priester hin oder her, mein alter Herr kann den Sonntag nicht vom Samstag unterscheiden, genauso wenig wie von jedem anderen Tag.«

»Was ist das nur mit dir und den Frauen?«, fragte Quinn. »Wann hast du angefangen, sie zu hassen? Ging es damit los, dass Maggs' Mutter sich zum Preis einer Flasche Schnaps von einem Vierzehnjährigen besteigen ließ? Oder war es die Tatsache, dass deine eigene Mutter dich so sehr verachtet hat, dass sie das Fegefeuer und den Grund des Shannon einem Leben mit dir vorgezogen hat?«

Plötzlich schlug Jimmy zu. Er ließ seine Faust so blitzartig vorschnellen, dass er Quinn fast an der Nase erwischte. Ehe er es sich versah, hatte Doyle ihn im Schwitzkasten und verdrehte ihm den Arm so brutal, dass er vor Schmerz jaulte. Doyle zwang ihn zu Boden.

»Sag mir, was das zu bedeuten hat!« Quinns Stimme klang drängend. »*Eine Made kroch ihr ins Gehirn; so hieß es zu jener Zeit, doch nur Mary weiß Bescheid.*«

»Nun sag es uns schon, Junge!«, schnaubte Doyle. »Los, erleichtere endlich dein Gewissen. Nach allem, was du mit deiner Mam und deinem alten Herrn durchgemacht hast, können wir dich weiß Gott verstehen. Auf diese Weise seine Mutter zu verlieren – im Wasser, von den Fischen angenagt –, da dreht doch jeder durch!«

Jimmy begann zu kreischen wie ein Kind. »Sie brechen mir den Arm, verdammt noch mal! Sie brechen mir meinen gottverdammten Arm!«

Doyle ließ ihn trotzdem noch nicht los, doch als Quinn schließlich nickte, hievte er ihn wieder auf die Beine. Quinn forderte ihn auf, sich zu setzen. »Ich werde ignorieren, dass du gerade versucht hast, mich zu schlagen«, informierte er Jimmy. »Auch wenn du es vielleicht nicht glaubst, aber ich weiß, wie einem so etwas zusetzen kann: all die Jahre, die du dich nun schon um deinen Dad kümmerst ... seine Sauferei und die Sache mit deiner Mam und all das.« Er warf einen raschen Blick zu Doyle hinüber. »Laut Martin McCafferty sind die Leute unten in Kerry sogar der Meinung, dass es anständig von dir war, ihn nicht ins Irrenhaus zu stecken.«

Leicht irritiert rieb Jimmy sich das Handgelenk.

»Erzähl uns von Eva«, fuhr Quinn in sanftem Ton fort. »Nun komm schon, uns bleibt keine Zeit mehr. Dass du versucht hast, mich anzugreifen, vergesse ich einfach. Hauptsache, du sagst mir, wo sie ist.«

Jimmy schüttelte den Kopf. »Ich schwöre es Ihnen, Mr. Quinn, beim Grab meiner Mutter: Ich habe keine Ahnung, was mit ihr passiert ist.«

Dienstag, 2. September
17:15 Uhr

Draußen auf dem Parkplatz lehnte Quinn sich mit dem Rücken gegen die Wagentür und schob die Hände in die Taschen. »Was meinst du?«

Doyle zog ein Gesicht. »Ich weiß es nicht. Bei solchen Typen ist das schwer zu sagen. Der ist schon sein Leben lang ein Fiesling – aber ist er auch fähig zu der Art von durchdachter Planung und Vorgehensweise, mit der wir es in diesem Fall zu tun haben? Keine Ahnung.« Er stieß die Luft aus. »Wir werden es jedoch erfahren, sobald wir die Ergebnisse aus dem Labor bekommen.«

Als sie in die Einsatzzentrale zurückkehrten, saß der Superintendent an Quinns Schreibtisch, die Akten der fünf vermissten Frauen vor sich ausgebreitet.

»Irgendetwas Neues, Frank?«, fragte Quinn. »Neue Ansatzpunkte?«

Maguire schüttelte den Kopf. »Was ist mit Hanrahan?«

»Nichts aus ihm herauszubekommen.«

Nachdem er die Tür hinter sich zugezogen hatte, ließ Quinn sich auf der Schreibtischkante nieder und deutete auf die Akten. »Na, habe ich dich mit meinem ganzen abwegigen Gefasel endlich überzeugt?«

Maguire brachte ein gequältes Lächeln zustande. »Ich will Eva finden, Moss. Was du gesagt hast, ergibt durchaus einen gewissen Sinn, deshalb wären wir natürlich Narren, wenn wir es ignorieren würden.«

»Also, was ist mit den lilienweißen Jungs? Wen kennen wir aus Kildare?«

Maguire gab ihm keine Antwort. Auf die Ellbogen gestützt, blätterte er die Seiten durch. »Fünf alleinerziehende Mütter«, stellte er fest. »Sechs, wenn man Mary mitzählt.«

»Und sieben, wenn man meine Frau mitzählt.«

Maguire schien das nicht zu überzeugen. »Moss, selbst wenn wir zu dem Ergebnis kommen, dass Mary in die Reihe dieser Frauen gehört – wobei wir so weit noch nicht sind –, muss ich in Evas Fall wirklich die Grenze ziehen: Sie passt einfach nicht ins Bild.«

»Vielleicht nicht für dich, Frank. Vielleicht auch nicht für mich oder Doyle oder irgendeinen anderen von uns. Aber für diesen durchgeknallten Mistkerl …« Quinn unterstrich seine Worte mit einer Handbewegung. »Wir wissen, dass er aus irgendeinem Grund Frauen bestraft – und zwar nicht Frauen im Allgemeinen, sondern insbesondere Mütter. Was uns zu Maggs' Mutter bringt, die Abflussreiniger getrunken hat, und auch zu der von Jimmy Hanrahan, die sich ertränkt hat. Glaub mir, würdest du diese zwei Jungs einem forensischen Psychiater vorsetzen, würde er dir bestimmt sagen, dass sie beide mit ziemlicher Wahrscheinlichkeit einen Sprung in der Schüssel haben.«

»Du hast recht«, räumte Maguire mit einem Nicken ein, »das würde er. Womit wir aber wieder bei Mary Harrington wären. Moss, weder Maggs noch Hanrahan können gewusst haben, dass sie schwanger war.«

»Stimmt, das können sie nicht gewusst haben«, antwortete Quinn. »Trotzdem müssen wir jede Möglichkeit in Betracht ziehen.« Mit diesen Worten öffnete er die Tür und rief quer durch die Einsatzzentrale: »Doyle, tust du uns einen Gefallen? Häng dich an die Strippe und sag den Leuten im ›Back of Shaws‹, dass wir mit Willie Moore reden müssen.«

Dienstag, 2. September
18:00 Uhr

Der Baldonnel-Hubschrauber landete in einem Park im Zentrum von Limerick, wo schon ein Beamter samt Streifenwagen bereitstand, um Doyle und Quinn abzuholen. Mit Blaulicht und Sirene fuhr er sie zu der Strafanstalt hinter dem alten Kaufhaus Shaws.

Unterwegs rief Quinn die Piratenkönigin an. »Grace«, sagte er, als sie ranging, »hier ist Moss Quinn. Wie geht's?«

»Ich lerne Russisch, Mossie. Und wie geht's dir?«

Er lachte. Sie war eine knallharte Gangsterin – so skrupellos, wie eine Frau nur sein konnte –, besaß dabei aber nicht nur einen Sinn für Geschichte, sondern auch für Humor, und das gefiel Quinn.

»Meine Frau wird vermisst, Grace. Sie ist nun schon fast zwei Tage verschwunden. Uns läuft die Zeit davon.«

»Ich weiß, ich habe es im Fernsehen verfolgt. Das ist nicht gut, das ist gar nicht gut. Wir beide haben unsere Differenzen, klar haben wir die, schließlich spielen wir für verschiedene Seiten, aber die Frau eines Polizisten zu entführen geht wirklich zu weit.«

»Hör zu, Grace, im ›Back of Shaws‹ gibt es einen Jungen, der zu sieben Jahren verknackt worden ist, weil er mit Heroin gedealt hat. Seine Bezugsquelle war Alexej Bris-Mintow. Ich brauche jemanden, der ihn ein bisschen in die Mangel nimmt, und zwar sofort.«

»Im ›Back of Shaws‹, sagst du?«

»Ja. Doyle und ich sind gerade auf dem Weg dorthin. Der Kerl heißt Willie Moore.«

Sie sagte weiter nichts dazu, doch es war auch nicht zu erwarten gewesen, dass Grace der Polizei offen ihre Hilfe anbieten würde. Man wusste schließlich nie, wer mithörte.

»Sie ist in Ordnung«, bemerkte Doyle, nachdem Quinn das Gespräch beendet hatte. »Soweit das im Rahmen der kriminellen Brüderschaft möglich ist, meine ich. Mehr kann man nicht erwarten.«

»Und äußerst vorsichtig«, sagte Quinn. »Wir konnten sie nie festnageln, oder?«

»Nein, aber wenn sie sich jetzt mit Mintow bekriegt, tut sie uns damit einen großen Gefallen. Was mich übrigens auf eine Idee bringt«, fügte er hinzu. »Vielleicht sollte ich noch einmal zur Anlegestelle hinunterfahren und mit unserem Freund dort ein weiteres Wörtchen über die Moral seiner lieben Verwandtschaft reden.«

»Jane Finucane?« Quinn warf ihm einen Seitenblick zu. »Du glaubst, dass sie lügt?«

»Natürlich lügt sie.« Doyle klopfte mit einem Finger an seine Nase. »Zweiunddreißig Jahre, Moss: Ich kann es genauso deutlich riechen, wie ich damals an dem Tag, als es mich durch eine Flachglasscheibe geblasen hat, die Engländer riechen konnte.«

Der Beamte setzte sie vor dem Gefängnis ab. Ein paar Minuten später wurden sie im Eingangsbereich darüber informiert, dass Moore wegen eines Zwischenfalls auf seinem Stockwerk aufgehalten worden sei. Quinn und Doyle wechselten einen vielsagenden Blick. Während sie warteten, tranken sie schnell einen Kaffee.

»Die gute alte Grace«, bemerkte Quinn leise. »Du hast noch nie mit diesem Typen gesprochen, oder, Doyle? Er ist ein berechnender Mistkerl.«

Willie Moore hatte eine leichte Schwellung unter dem linken Auge und eine etwas gerötete Wange. Mit angewiderter Miene ließ er sich nieder und legte die Hände auf den Schoß.

»Willie«, begann Quinn, »ich bin Moss Quinn, und …«

»Ich weiß, wer Sie sind«, fiel Moore ihm ins Wort. »Ich vergesse niemals ein Gesicht und nur selten – wenn überhaupt – einen Namen.«

»Dann weißt du ja, warum ich hier bin.«

Moore berührte mit einer Fingerspitze seine Wange. »Um mir eine bedingte Haftentlassung anzubieten?«

»Du bist ein mieser kleiner Drogendealer«, rief ihm Doyle ins Gedächtnis. »Da gibt es keine Sonderbehandlung wie für politische Gefangene.«

»Von wegen politisch! Das waren die übelsten Gangster in der irischen Geschichte.«

»Um dieses Thema geht es jetzt nicht«, meldete Quinn sich wieder zu Wort. »Bei unserem letzten Gespräch habe ich dir eine bestimmte Frage gestellt.«

»Ich erinnere mich.« Moore lehnte sich ihm entgegen, die Unterarme auf dem Tisch überkreuzt.

»Ich werde dir dieselbe Frage noch einmal stellen«, erklärte Quinn, der ihm dabei direkt in die Augen sah. »Ich habe keine Zeit für Spielchen, Willie, also beantworte mir einfach meine Frage.«

»Eine Antwort wollen Sie?« Moore berührte erneut seine Wange. »Was ist sie Ihnen denn wert, Inspector? Wie viel ist Ihnen eine Antwort wert?«

»Du Ratte!« Doyle packte ihn quer über den Tisch am Kragen.

Moore lachte ihm ins Gesicht. »Sergeant«, sagte er, »wir sind hier im ›Back of Shaws‹. Vielleicht kommt ja der eine oder andere Wärter ungestraft davon, wenn er hin und wieder ein paar Tritte austeilt, aber nicht ein Bulle – auch wenn ihm in dieser Hinsicht ein gewisser Ruf vorauseilt.« Er wandte sich an Quinn. »Sie wollen eine Antwort, und ich sage: Wie viel?« Ein weiteres Mal fasste er sich an die Wange. »Übrigens berechne ich Ihnen jetzt zusätzlich noch einen Prämienzuschlag.«

»Hör zu, Willie«, sagte Quinn, »meine Frau liegt irgendwo in einem Loch, und wenn noch einmal vierundzwanzig Stunden verstreichen, ist ihr nicht mehr zu helfen.«

»Was für eine Schande.« Moore lehnte sich zurück. »Ich bin nicht in dem Geschäft, in dem man Menschen wehtut, aber ich *bin* Geschäftsmann.«

»Soll ich dir mal was über das Geschäft erzählen, in dem man Menschen wehtut?« Doyle reckte das Kinn in Moores Richtung. »Wir brauchen nur ein paar Leute hier drinnen wissen lassen, wie kooperativ du warst« – er deutete auf die Schwellung an Moores Wange –, »dann wird dieser kleine Kratzer die geringste deiner Sorgen sein. Bis sie mit dir fertig sind, wirst du dir wünschen, du wärst von der Mannschaft eines liberischen Fischkutters durchgebumst worden.«

»Dann geht der Preis hoch«, konterte Moore, »und er geht immer höher, Sergeant, Sie können also genauso gut Ihr großes Maul halten, weil Sie es nämlich auf keinen Fall schaffen werden, mich einzuschüchtern.«

Quinn schüttelte den Kopf. »Glaub mir, Willie«, erklärte er, »ich werde mir deinen Namen merken.«

»Natürlich werden Sie das, Mr. Quinn. Ich werde schließlich lange im Geschäft sein.«

Quinn bedachte ihn mit einem kalten Blick, ehe er sagte: »Mary Harrington war in der sechsten Woche schwanger, als sie starb.«

Moore tat überrascht.

»Ich habe dich schon einmal gefragt, ob du darüber informiert warst. Wir wissen, dass sie dich besucht hat: Das steht im Gefängnisprotokoll.«

»Vielleicht war ich darüber informiert, Inspector, vielleicht aber auch nicht.«

Doyle erhob sich. Er umrundete den Tisch, packte Moore am Kragen und riss ihn hoch. Die Finger fest in die Kehle des Drogendealers gedrückt, flüsterte er ihm in Ohr: »Jetzt hör mir mal zu, du kleiner Scheißkerl. Du wirst auf die Frage des Inspektors antworten, und zwar jetzt gleich, denn wenn nicht, knalle ich deinen Kopf gegen die Wand dort drüben.« Mit diesen Worten ließ er Moore rückwärts durch den Raum marschieren.

Moore versuchte zu lachen, aber sein Gesicht hatte die Farbe von Roter Bete angenommen, und in seinen Augen standen Tränen.

Doyle drückte noch fester zu. Als Moore schließlich mühsam etwas hervorstieß, klang seine Stimme wie ein schrilles Quieken. »Lassen Sie mich los! Lieber Himmel!«, jaulte er. »Also, gut, also gut! Ja, ich habe es gewusst.«

Doyle ließ ihn los, und Moore wich ein paar Schritte zurück, während er sich mit einer Hand den Hals massierte. »Sie sind ein Psycho, Doyle, wissen Sie das? Was die Leute über Sie erzählen, ist völlig untertrieben.«

»Setz dich, Willie«, knurrte Quinn, »oder ich lasse ihn wieder von der Leine.«

Moore tat, wie ihm geheißen, und Doyle postierte sich direkt hinter ihm. »Nun rede schon!«, sagte Doyle. »Spuck aus, was du weißt, oder ich reiße dir den Kehlkopf heraus! Dann kannst du es nur noch aufschreiben.«

»Was hat sie dir erzählt?«, fragte Quinn.

»Dass sie in der sechsten Woche ist. Sie ist hier erschienen und hat behauptet, ich sei der Vater und sie wolle es behalten. Sie wusste, dass ich Geld habe, und wollte so viel davon, wie sie nur kriegen konnte.«

Moore warf einen Blick über die Schulter und funkelte Doyle böse an. »Hast du das gehört, du verdammter Affe? Ich habe Geld. Mehr als genug, um jemanden dafür zu bezahlen, dass er dich mal so richtig vermöbelt.«

Quinn packte ihn am Arm. »Herrgott noch mal, jetzt reiß

dich endlich zusammen! Wir haben schließlich nicht den ganzen Tag Zeit.«

»In der sechsten Woche. Die dumme Kuh.« Moore sah aus, als müsste er kotzen. »Wie ich schon zu Paddy gesagt habe: Die dumme Kuh hatte vergessen, dass wir erst seit einem Monat zusammen waren.«

»Paddy?« Quinn starrte ihn an. »Was soll das heißen, Sie haben es zu Paddy gesagt? Wer ist Paddy?«

Moore zog die Schultern hoch. »Paddy Maguire. Der Typ, der hier immer die Gefangenen besucht.«

Dienstag, 2. September
19:00 Uhr

Während des gesamten Rückflugs nach Dublin musste Quinn an das denken, was Willie Moore gesagt hatte. Als sie hinterher am Empfang nachgefragt hatten, war ihnen dort bestätigt worden, dass Maguire ihn tatsächlich regelmäßig besuchte. Quinn konnte noch nicht so recht einschätzen, was das bedeutete – außer dass Patrick über Mary Harringtons Schwangerschaft Bescheid wusste und es nicht für nötig befunden hatte, ihn, Quinn, darüber zu informieren.

»Weißt du, was?«, meldete Doyle sich mit knackender Stimme über den Kopfhörer. »Meiner Meinung nach brauchen wir uns trotzdem keine Gedanken mehr darüber zu machen, dass Marys Tod mit den anderen Morden in Zusammenhang steht. Mary war ein zufälliges Opfer, Moss. Jemand hat sie sich aus einer Laune heraus geschnappt, die anderen fünf hatten damit nichts zu tun.« Er warf einen Blick auf seine Armbanduhr. »Patrick hätte es uns natürlich sagen sollen. Gott allein weiß, warum er es nicht getan hat. Wahrscheinlich bildet er sich ein, den Insassen gegenüber eine Art Schweigepflicht zu haben oder irgend so was Schwachsinniges.« Als sie zur Landung ansetzten, blickte er Quinn von der Seite an. »Uns läuft die Zeit davon. Sobald ich mir einen fahrbaren Untersatz organisiert habe, rase ich runter zur Anlegestelle.«

Der Hubschrauber setzte sie am Phoenix Park ab, wo Murphy bereits auf sie wartete. Quinn stieg auf der Beifahrerseite ein, Doyle hinten. Quinn bat Murphy, sie hinauf zum Harcourt Square zu fahren. Dann bemerkte er ihre nachdenkliche Miene.

»Was ist los?«

»Das Labor, Moss. Die Kamera. Der Walzenabdruck stimmt nicht mit dem Muster auf dem Bild überein.«

Hinten auf dem Rücksitz stieß Doyle ein Schnauben aus. »Da habt ihr es«, murmelte er.

»Ich habe auf dem Revier in Terenure angerufen«, fuhr Murphy fort, »und die Kollegen gebeten, Jimmy das Busgeld für die Rückfahrt nach Kerry zu geben.«

Plötzlich wurde Quinn so richtig bewusst, wie die Minuten verstrichen. Zum ersten Mal begann er daran zu zweifeln, dass sie Eva finden würden. Diese Möglichkeit ließ ihm das Blut in den Adern gefrieren. Er konnte nur noch daran denken, wie seine Töchter ihn ansehen würden, wenn er es ihnen sagen musste.

Auf dem Parkplatz am Harcourt Square nahm er eine weitere Zigarette aus der mittlerweile fast leeren Schachtel. Als er sie sich anzündete, zitterten seine Hände leicht.

»Habt ihr im ›Back of Shaws‹ etwas erfahren?«, fragte ihn Murphy.

Er erzählte ihr, was Moore ihnen gesagt hatte – und bat sie, es vorerst für sich zu behalten. Nachdem sie gegangen war, wählte er Patricks Handynummer.

»Paddy, hier ist Moss.«

»Moss, wie geht es dir? Gibt es etwas Neues?«

»Wir dachten, wir hätten eine Spur im Zusammenhang mit Jimmy Hanrahan, aber die hat sich als Flop erwiesen.«

»Und sonst habt ihr nichts?«

»Nein. Mal abgesehen von meiner Idee, dass es eine Verbindung zu Mary Harrington geben könnte. Davon habe ich dir ja erzählt. Falls jemand gewusst hat, dass sie schwanger war, wäre es zumindest denkbar, dass ihr Fall mit den anderen Frauen zusammenhängt.«

Maguire schwieg.

»Doyle und ich sind gerade zurückgekommen. Wir haben uns von einem Hubschrauber zum ›Back of Shaws‹ runterfliegen lassen und mit ihrem alten Freund gesprochen. Du kennst ihn: Willie Moore. Mary hat ihm gegenüber behauptet, das Baby sei von ihm, was aber gar nicht stimmen konnte, weil sie schon in der sechsten Woche war, die beiden aber erst einen Monat zusammen waren.«

»Und Willie hat dir gesagt, dass er mir davon erzählt hat«, führte Maguire den Bericht an Quinns Stelle zu Ende.

»Warum hast *du* es mir nicht gesagt?«, fragte Quinn.

Er hörte seinen Freund schwer seufzen. »Ich habe darüber nachgedacht, Moss, und zwar lange und intensiv. Aber als ich damals anfing, mit diesen Jungs zu reden, habe ich mich dazu verpflichtet, die Gespräche vertraulich zu behandeln.«

»Egal, was sie dir erzählen?«

»Sie müssen sich darauf verlassen können, dass sie mir alles anvertrauen können, ohne befürchten zu müssen, dass ich etwas ausplaudere. Was ist sonst der Sinn der Sache?«

»Herrgott noch mal, Pat, du fasst diese Kerle mit Samthandschuhen an! Das sind üble Verbrecher! Und du machst dir Gedanken darüber, ob sie dir vertrauen? Die können froh sein, überhaupt jemanden zum Reden zu haben. Bei den meisten anderen Menschen ist das nämlich nicht so.«

»Ach, hör auf, Moss, du weißt doch, wie das läuft. Ohne Vertrauen gibt es …«

»Nein, hör *du* auf, Patrick. Lieber Himmel, ich ermittle in einem Mordfall, und du verfügst über Informationen, die von entscheidender Bedeutung hätten sein können!«

»Ich habe mich zum Stillschweigen verpflichtet – sozusagen ein Versprechen gegeben.«

»Meine Güte, du bist doch nicht ihr Beichtvater! Du besuchst sie nur im Gefängnis.« Er brach abrupt ab und zog mit grimmiger Miene an seiner Zigarette.

»Hör zu, Moss, es tut mir leid, aber was hätte ich denn tun sollen?«

»Du hättest es mir sagen sollen, Patrick. *Das* hättest du tun sollen.«

Doyle machte sich auf den Weg zur Liffey und Johnny Finucanes Boot. Wieder stand derselbe Leibwächter an Deck, und er musterte Doyle genauso finster wie beim letzten Mal.

»Wo ist der Boss?«, fragte Doyle, während er hinaufstieg.

»Nicht da.«

»Wo ist er?«

»Keine Ahnung, höchstwahrscheinlich bei den Hunden.«

Doyle nickte bedächtig. »Sieh zu, dass du ihn an die Strippe bekommst, Dessie. Ruf ihn an und richte ihm von mir aus, er soll aufhören, mich zu verarschen, und sich bei mir melden. Kapiert? Sage ihm, er soll sich schnell melden, sonst komme ich mit einem Kanister Benzin und ein paar Streichhölzern zurück.«

»Lieber Himmel, Sie meinen das wahrscheinlich auch noch ernst, oder?«

»Worauf du dich verlassen kannst«, antwortete Doyle, ehe er wieder hinunter auf den Kai sprang.

Auf dem Weg zu seinem Wagen hörte er aus irgendeinem dunklen Winkel jemanden rufen.

Als er sich über die Schulter umblickte, entdeckte er Jug Uttley, der, von zu viel Alkohol leicht angeschlagen, zwischen Finucanes Boot und der *Jeanie Johnston* am Geländer lehnte.

»Jug, was hast du mir zu sagen?«

»Sind Sie es wirklich, Mr. Doyle?«, fragte die Wasserratte mit ziemlich undeutlicher Aussprache.

»Was ist, Mann? Ich habe es eilig. Wenn du mir etwas zu sagen hast, dann spuck es aus.«

»Die Made, Mr. Doyle: Der verdammte Kerl hat mich ausgeraubt.«

»Er hat *was*?« Doyle starrte ihn überrascht an.

»Ich lüge Sie nicht an. Es war unten am Kanal. Ich stehe einfach nur da und kümmere mich um meine eigenen Angelegenheiten, als plötzlich dieser Mistkerl auftaucht und mir mein ganzes Bares abnimmt.«

»Ich traue dem kleinen Scheißer ja eine Menge zu, aber Straßenraub? Bist du sicher, dass er das war, Jug?«

»Klar bin ich mir sicher, Mr. Doyle.«

»Dann zeig ihn an. Gleich drüben in der Amiens Street ist das größte Polizeirevier von ganz Dublin.«

»Sie verstehen das nicht.«

»Was verstehe ich nicht? Wenn es etwas gibt, das ich wissen sollte, dann spuck es endlich aus.«

»Hätten Sie vielleicht ein paar Scheinchen für mich übrig? Der Drecksack hat mir alles genommen.«

Doyle griff nach seiner Brieftasche, zog ein paar Geldscheine heraus und reichte sie dem Alten.

»Ah, vielen Dank, Mr. Doyle, das ist wirklich nett von Ihnen.«

»Sag mir, was du weißt«, fauchte Doyle.

»Na ja, nachdem dieser Fiesling mir mein Geld abgenommen hatte, bin ich ins Nachdenken gekommen. Ich habe ein paar Telefonate geführt, und da hat mir einer von den Jungs etwas erzählt, das Sie meiner Meinung nach wissen sollten.«

»Und das wäre?«

»Patrick Maguire, Mr. Doyle, der Bruder des Superintendent: Er hat in Mountjoy zwei Männer besucht, deren Frauen zu den Vermissten gehören.«

Doyle öffnete die Wagentür. »Janice Long und Karen Brady. Da erzählst du mir nichts Neues. Das steht in den Gefängnisunterlagen. Es ist kein Geheimnis.« Kopfschüttelnd fuhr er fort: »Lieber Himmel, und ich habe dir auch noch Geld gegeben. Tu uns einen Gefallen, ja? Halt in Zukunft nicht mehr nach mir Ausschau, wenn du schon einen über den Durst getrunken hast.«

»Das ist noch nicht alles, Mr. Doyle. Da wäre noch etwas.«

»Nämlich?«

»Er hat nicht nur mit den beiden schweren Jungs gesprochen. Patrick hat auch mit der Made geredet.«

Nun starrte Doyle ihn verblüfft an.

»Das war eigentlich der Punkt, auf den ich hinauswollte. Ist das nicht ein Witz? Der Bruder des Superintendent besucht Conor Maggs in der Untersuchungshaft. Ich meine, das ergibt doch keinen Sinn, oder? Schließlich wusste Maggs, dass Patrick vor Gericht gegen ihn aussagen würde.«

»Von wem hast du das?«

»Vom Crawthumper, Mr. Doyle. Dem Typen, der für Lorne McGeady die Bücher frisiert hat.«

Dienstag, 2. September
19:15 Uhr

Die kleine Glaubensgemeinde in Harold's Cross war kaum mehr als eine Bibelgruppe, aber Jane gehörte zu den Gründungsmitgliedern, zusammen mit dem selbsternannten Pastor Ray Kinsella. Nachdem Maggs seinen offenen Brief aus Mountjoy geschrieben hatte, war Jane diejenige gewesen, die ihn der Gruppe vorgelesen hatte. Dann waren sie alle gemeinsam übereingekommen, sich seiner Sache anzunehmen.

Kinsella verfügte über Kontakte in London. Seiner Meinung nach hatten sowohl Maggs als auch Jane Geschichten zu erzählen, die andere dazu inspirieren würden, sich ihrer Gemeinde anzuschließen. Er brachte die beiden für eine Weile bei einer anderen Gruppe in Muswell Hill unter, damit sich der Staub, den der Prozess aufgewirbelt hatte, ein wenig legen konnte, aber sein Plan war von vorneherein, sie nach Dublin zurückzuholen.

Kinsella war jünger als Maggs, etwa in Janes Alter, jedenfalls nicht älter als dreißig, ein kleiner Mann mit bereits etwas schütterem Haar und Designerbrille. Er trug Schlagjeans und spitze Schuhe, und er krempelte seine Hemdsärmel an den Manschetten einmal um, die Innenseite nach außen.

Nun waren sie alle versammelt: eine noch ganz junge, aber höchst lebendige Gemeinde. Wenn sie sich trafen, wurde immer viel gesungen, geklatscht und getanzt.

Gleich sollte ihre Gebetsstunde beginnen, doch vorher bat Maggs, ein paar Worte sagen zu dürfen.

»Ihr müsst verstehen«, erklärte er, »dass in Anbetracht der Tatsache, dass ausgerechnet Inspector Quinns Frau entführt wurde, mit meiner Befragung zu rechnen war.« Er musterte die Gruppe prüfend. Versammlungsort war eine Schulaula in der Nähe des Franziskaner-Hospizes. »Ihr habt mich bestimmt alle im Fernsehen gesehen, die Aufnahmen werden ja ständig wiederholt, und ihr wisst auch alle, was passiert ist, als ich vor Gericht stand.« Er schenkte seinen Zuhörern ein gütiges Lächeln. »Aber wie ich schon an jenem Tag gesagt habe, trage ich der Polizei nichts nach, denn wäre das mit Doyle damals nicht passiert, dann hätte ich wohl auch mein Erlebnis in Rathmines nicht gehabt.«

»Amen!«, rief eine der jüngeren Frauen.

Maggs warf ihr einen raschen Blick zu. »Bedauerlicherweise ist die Polizei noch immer der Meinung, ich wäre verantwortlich für das, was Mary Harrington widerfahren ist. Offenbar wollen diese Leute nicht einsehen, dass mein sogenanntes ›Geständnis‹ nur deshalb so überzeugend war, weil Joseph Doyle es selbst verfasst hatte. Es ist ein trauriges Symptom für den Zustand unserer Gesellschaft, dass die Polizei nicht zugeben kann, einen Fehler begangen zu haben, geschweige denn zu einer ernst zu nehmenden Entschuldigung fähig ist. Deshalb möchte ich euch noch ein paar erklarende Worte dazu sagen, damit ihr Bescheid wisst, wie das alles vonstatten ging: Als ich befragt wurde, war kein Rechtsbeistand anwesend, und ich wurde auch nicht über meine Rechte aufgeklärt. Ich sagte den Beamten, dass ich nichts dagegen hätte, mit ihnen zu sprechen. Ganz im Gegenteil, ich sah darin eine gute Gelegenheit, meinen Namen reinzuwaschen.«

An der Stelle ergriff er Janes Hand und fuhr mit einem herzlichen Lächeln fort: »Ihr sollt außerdem alle wissen, wie treu mir diese Lady zur Seite gestanden hat. Sie kann bezeugen, dass ich ziemlich schockiert reagiert habe, als die Meldung über die Entführung in den Nachrichten kam. Mir war klar, dass die Polizei vor meiner Tür stehen würde, sobald sie von meiner Anwesenheit in Irland erfuhr, und vor diesem Moment habe ich mich sehr gefürchtet, das gebe ich auch ganz offen zu. Ich kenne Quinn und Doyle schon sehr lange. Quinn ist nie damit zurechtgekommen, dass Eva und ich uns nahestanden. Und er hat stets versucht, mich ein Stück weit aus ihrem Herzen zu verdrängen. Als wir noch Kinder waren, trug sie immer eine Kette, die ich ihr geschenkt hatte.« Für ein, zwei Sekunden hielt er inne und kniff dabei die Augen leicht zusammen. »Während meiner Verhandlung hat sie diese Kette wieder getragen«, fuhr er etwas leiser fort. »Obwohl sie mit Quinn verheiratet ist, ließ sie nichts auf mich kommen. Vielmehr vertrat sie die Meinung, dass ich niemals dazu fähig gewesen wäre, Mary Harrington zu entführen.« Wieder lächelte er. »Wie auch immer, ich wollte euch das nur wissen lassen, damit ihr den größeren Zusammenhang ein wenig besser versteht. Mir sind in meinem Leben schon viele Dinge vorgeworfen worden – und nichts davon war sehr erfreulich.«

Er schwieg eine Weile. Auch die anderen sagten nichts, sondern ließen seine Worte erst einmal nachwirken. Schließlich beugte er sich vor. »Ihr wart alle sehr nett zu mir. Nein, mehr als nur nett. Ihr wart viel freundlicher und herzlicher, als ich das bis dahin kannte. Das soll jetzt nicht nach Selbstmitleid klingen, aber ich habe mein Leben größtenteils ohne Familie verbracht, und viele Freunde hatte ich auch nie.«

»Nun hast du beides, Conor«, stellte Kinsella fest.

»Dafür«, antwortete Maggs, »möchte ich euch danken. Ich möchte, dass ihr wisst, wie viel mir das bedeutet. Auch die Tatsache, dass ich heute diese Versammlung einberufen konnte, bedeutet mir sehr viel. Denn im Gegensatz zu ihrem Onkel und ihrem Mann hat Eva sich immer Zeit für mich genommen.« Plötzlich zitterte seine Stimme. Er wartete einen Moment, bis er sich wieder gefangen hatte. »Sie ist eine der liebsten Seelen, die Gott je auf die Erde gesandt hat, und ich glaube, dass die Kraft unserer Gebete ihn darin bestärken wird, sie zu beschützen.«

Dienstag, 2. September
19:15 Uhr

Jimmy saß an der Bushaltestelle und beobachtete, wie der Wind allerlei Müll die Straße entlangwehte. Er befand sich jenseits der Bowling-Rasenfläche an der Kreuzung, wo die Terenure Road in Harold's Cross mündete. Einer der Polizeibeamten hatte ihm geraten, zur Nordseite der Liffey hinaufzufahren und von der Amiens Street aus den Bus nach Kerry zu nehmen. Er war stinksauer: Erst schleppten sie ihn den ganzen

Weg von der Westküste hier herauf, und dann schmissen sie ihm ein paar Euro hin und forderten ihn auf, Leine zu ziehen. Seine Kamera hatten sie einbehalten – ebenso wie die Schachtel mit den Fotos. Alle Aufnahmen, die er jemals gemacht hatte, waren in dieser Schachtel.

Während er an seine Sachen dachte, zog er so heftig an seiner Zigarette, dass seine Wangen sich beinahe in der Mitte trafen. Er musste auch an seinen Vater denken, der den Polizisten gegenüber behauptet hatte, er sei am Sonntag nicht zu Hause gewesen.

Dem Mistkerl würde er was erzählen, wenn er zurückkam. Die Leute vom Sozialdienst mochten es gar nicht, wenn er ohne Aufsicht war. Nun aber saß er schon den ganzen Nachmittag allein zu Hause.

Zum Teufel mit ihm, dachte Jimmy. Geschieht ihm recht. Es gab keine Versammlung der Seelen. Der Alte sah in seiner Küche keine Toten, er sah nur, was seine zerstörte Leber ihm vorgaukelte: Halluzinationen – von der Sorte, wie sie sich einstellten, wenn ein so schlechtes Gewissen wie das seine sich mit flaschenweise purem Gin vermischte. Jimmy wusste genau, was sein Vater allen erzählte: dass er seit dem Tod seiner Frau keinen Tropfen Alkohol mehr anrühre. Aber das war alles Bockmist, er war noch derselbe alte Trunkenbold wie eh und je.

Wahrscheinlich hatte der Sozialdienst jemanden vorbeigeschickt, um sicherzustellen, dass es ihm gut ging. Bestimmt hatte McCafferty dort angerufen und Bescheid gesagt, dass die Polizei seinen Sohn mitgenommen habe und der alte Narr allein zu Hause sitze. Vielleicht hatten sie die Slowakin angerufen, die eigentlich hin und wieder bei ihnen putzen sollte, und sie gebeten, vorbeizuschauen und dem Alten eine Kleinigkeit zu kochen. Jimmy konnte fast sein Gemurmel hören. Er sah ihn vor sich, wie er in seinem Sessel thronte – mit seinem roten Gesicht, seiner Knollennase und den vielen geplatzten Äderchen, die mit jedem Tropfen, den er soff, deutlicher hervortraten.

Von dem Bus war weit und breit nichts zu sehen. Mit einem Blick auf seine Armbanduhr warf Jimmy die Zigarette weg. Warum saß er hier überhaupt und befolgte die Anweisungen der Bullen? Sie hatten ihn hier heraufgeschleppt. Eigentlich wäre es *ihre* Aufgabe gewesen, ihn wieder zurückzubringen.

Er hatte ein paar Euro in der Tasche, und bestimmt gab es hier in der Nähe irgendwo ein Pub. Vorhin hatte er gehört, wie einer der Beamten erwähnte, auf der Hunderennbahn von Harold's Cross sei an diesem Abend etwas los. Da er sich mit Windhunden ein wenig auskannte, beschloss Jimmy, sein Glück zu versuchen. Vielleicht gewann er ja ein bisschen was. Seinem alten Herrn geschah es nur recht. Sollte er doch in seinem eigenen Schweiß baden und den Stimmen in seinem Kopf lauschen! Nach allem, was er wegen Sonntag von sich gegeben hatte, konnte er sich diese Nacht ruhig mal allein mit dem Teufel herumschlagen.

Dienstag, 2. September
19:40 Uhr

Quinn fuhr zu seinem Haus in Glasnevin, um sich ein frisches Hemd zu holen. Sein Vorrat im Garda-Club war aufgebraucht, und an diesem Morgen war er in seine bereits getragenen Sachen geschlüpft. Nach zwei Tagen rieb ihm der Kragen allmählich den Hals wund.

Das Haus war still und leer, roch aber so sauber und frisch wie immer. Für ihn roch es nach seiner Frau. Während er nun in der Diele stand, wurde ihm das Ausmaß seines Verlusts erst so richtig bewusst. Am liebsten hätte er sich auf die Treppe sinken lassen und losgeheult.

Der Anrufbeantworter blinkte. Vielleicht hatten seine Töchter angerufen, während er nicht da war. Ein Blick auf das Display sagte ihm, dass der Anruf kurz nach sieben eingegangen war. Er drückte auf den Knopf und lauschte.

»Drei kleine Mäuse, die fanden nicht nach Haus, drei kleine Mäuse, die Uhr ging für sie aus.«

Als er kurz darauf am Harcourt Square die Treppe zur Einsatzzentrale hinaufstürmte, kam Murphy ihm schon entgegen. »Ich habe keine Ahnung, was zum Teufel da eigentlich abläuft«, erklärte er, »aber fest steht, dass wir uns im Kreis bewegen. Irgendjemand muss doch etwas wissen. Ich rede noch mal mit Maggs, Keira. Tu mir einen Gefallen, ja? Versuch, Doyle zu erreichen, und sag ihm, er soll zur Wohnung von Jane Finucane kommen.«

Beim Verlassen des Gebäudes blieb er vor der Tür einen Moment stehen und nahm die 9-Millimeter-Glock aus seinem Schulterhalfter. Er zog das Magazin heraus und überprüfte sorgfältig die Patronen. Nachdem er das Magazin wieder hineingeschoben und die Waffe zurück in ihr Halfter gesteckt hatte, stieg er in seinen Wagen und fuhr die kurze Strecke bis zu der kleinen Gasse, die von der Richmond Street abzweigte.

Er parkte direkt unterhalb des Betonbalkons. Während er mit kaltem Blick und zusammengebissenen Zähnen auf den Eingang zusteuerte, ließ er die linke Hand über das von spitzen Zacken gekrönte Metallgeländer gleiten.

Fast schon acht Uhr: Seit Evas Verschwinden waren achtundvierzig Stunden vergangen. Schlagartig fühlte er sich leicht zittrig. Vor seinem geistigen Auge sah er Eva mit ihren kurzen, kastanienbraunen Haaren. Nach Dannys Tod hatte sie es sich abschneiden lassen, als wollte sie dadurch auf irgendeine Art Buße tun. Ab diesem Zeitpunkt war nichts mehr so gewesen wie vorher.

Eilig stieg Quinn die Steinstufen hinauf, doch als er an der

Tür klopfte, konnte er durch den drahtverstärkten Glaseinsatz bereits sehen, dass in der Wohnung kein Licht brannte. Frustriert hämmerte er an die Tür der Nachbarwohnung. Einen Moment später öffnete ihm ein Mann, der ein schwammiges Gesicht hatte und Laufshorts trug.

»Garda«, stellte Quinn sich vor. »Entschuldigen Sie die Störung, aber haben Sie einen Ahnung, wo Ihre Nachbarn sein könnten?«

Die Miene des Mannes hellte sich auf, als er Quinn erkannte. »Sie sind doch der Polizist, dessen Frau vermisst wird«, stellte er fest. »Im Fernsehen bringen sie ständig etwas darüber.«

Quinn überlegte einen Moment. »Wie heißen Sie?«, fragte er.

»Harry Long.«

»Ich bin Moss Quinn. Waren Sie am Sonntagabend zu Hause, Harry?«

Der Mann nickte.

»Haben Sie da nebenan jemanden kommen oder gehen hören?« Quinn reckte den Daumen in Richtung Nachbarwohnung.

Long zog ein Gesicht. »Ich glaube, sie hatte am Sonntagabend Besuch. Er kam ziemlich früh und ging gegen neun wieder.«

»War sie allein?«

»Da bin ich überfragt. Aber soviel ich weiß, lebt dieser Typ bei ihr. Sie war ja eine Weile weg, in England, glaube ich – zumindest habe ich das gehört. Und kam mit ihm wieder.«

»Was für ein Typ?«

»Der andere Kerl, mit dem sie vorher schon zusammen war.«

»Sie meinen, Conor Maggs?«

»Heißt er so? Das weiß ich nicht. Jedenfalls ist es ein Schwarzhaariger.«

»Haben Sie sonst noch was gehört?«

Long schüttelte den Kopf. »Falls Sie die beiden sofort sprechen wollen, müssen Sie wohl nach Harold's Cross. Sie rennt immer zu einer von diesen Kirchengruppen, die vor lauter Freude ständig hüpfen und singen. Sie wissen schon – die Glück-und-Klatsch-Fraktion.«

»Da geht sie hin?«

»Oh ja.« Long lächelte säuerlich. »Sie will mich schon die ganze Zeit mitschleppen. Aber da beißt sie bei mir auf Granit. Wie auch immer, ich glaube, sie treffen sich in einer Schule nicht weit von Mount Jerome.«

»Danke Harry«, sagte Quinn, »ich bin Ihnen wirklich sehr zu Dank verpflichtet.«

»Gern geschehen, Inspector. Ich hoffe, Sie finden Ihre Frau.«

Quinn war gerade im Begriff, wieder in seinen Wagen zu steigen, als Doyle neben ihm hielt. Quinn ging zu ihm hinüber und stützte eine Hand aufs Autodach.

»Der Mistkerl hat wieder bei mir angerufen, Doyle. Er hat mir zu Hause aufs Band gesprochen.«

»Was hat er gesagt?«

Quinn wiederholte es. Sein Blick wanderte hinauf zum Balkon. »Nachdem Jimmy aus dem Schneider ist, wollte ich noch mal mit Maggs reden, aber es ist niemand da. Der Nachbar meint, sie sind drüben in deiner Ecke der Stadt.«

Die Schule lag gleich neben dem Hospiz, das seinerseits an den Mount-Jerome-Friedhof grenzte. Es war ein modernes Gebäude mit einem roten Ziegeldach. Vor der Tür parkten eine Handvoll Autos. Obwohl drinnen Licht brannte, war der Haupteingang abgesperrt. Sie drückten auf die Klingel und warteten.

Quinn sah Doyle an, dass ihm etwas im Kopf herumspukte. »Hast du Johnny Finucane angetroffen?«, fragte er ihn.

»Nein, aber ich habe dem Kerl, der auf sein Boot aufpasst,

ein bisschen eingeheizt. Woraufhin der mir dann geflüstert hat, dass Johnny hier ganz in der Nähe beim Hunderennen sein könnte.«

»Sonst alles okay mit dir?«, hakte Quinn nach. »Du machst so ein säuerliches Gesicht. Ist dir eine Laus über die Leber gelaufen?«

In dem Moment ging drinnen eine Tür auf, und eine junge blonde Frau kam den Gang entlang.

Quinn zog seinen Polizeiausweis aus der Tasche und hielt ihn gegen die Scheibe. »Sind Sie von der Kirchengruppe?«, rief er.

Die Frau nickte und schloss die Tür auf. »Wir halten gerade eine Gebetsstunde ab. Warum, gibt es ein Problem?«

»Ist Conor Maggs bei Ihnen?«

Als sie ihn daraufhin genauer betrachtete, erkannte sie ihn. »Sie sind Inspector Quinn, nicht wahr? Die Gebetsstunde ist für Ihre Frau, müssen Sie wissen.«

Einen Moment starrte Quinn sie nur an.

»Ja, wirklich, wir sind extra deswegen zusammengekommen. Genau genommen war es Conor, der uns zusammengetrommelt hat.«

Ein Mann mit sandfarbenem Haar und eher schmächtiger Statur tauchte am anderen Ende des Ganges auf und steuerte ebenfalls auf sie zu.

»Das ist Ray Kinsella, unser Pastor«, erklärte die junge Frau. An ihn gewandt fügte sie hinzu: »Ray, die Herren sind von der Polizei. Das hier ist Inspector Quinn.«

Kinsella stand einen Moment verlegen da, als wüsste er nicht recht, was er sagen sollte. In dem Moment tauchte Maggs auf.

»Na, wieder mal bei mir angerufen?« Quinn durchbohrte ihn mit grimmigem Blick, eine Hand in der Jackentasche, die andere locker an der Seite.

Maggs musterte ihn müde. »Wir beten gerade für Eva, Moss.«

»Ich hätte da einen anderen Vorschlag«, entgegnete Quinn. »Warum lässt du sie nicht einfach gehen, statt für sie zu beten?«

Kinsella trat vor ihn hin. »Inspector Quinn, bitte!«

Quinn blickte auf ihn hinunter. »War er die ganze Zeit über hier?«

»Natürlich, genau wie wir alle.«

»Wann haben Sie angefangen?«

»Gegen sieben.«

Maggs trat vor. »Worum geht es denn, Moss? Was willst du?«

Quinn blähte die Nüstern. Während er Maggs in die Augen starrte, spannte er jeden Muskel im Körper an. »Sergeant«, sagte er zu Doyle, »begleiten Sie den Herrn doch schon mal zum Wagen. Ich komme gleich nach.«

»Ist das jetzt eine Verhaftung?«, fragte Kinsella.

Quinn wandte sich wieder an Maggs. »Ich weiß nicht. Sollen wir dich verhaften, oder kommst du freiwillig mit?«

Kopfschüttelnd trat Maggs an ihm vorbei.

»Sergeant Doyle«, sagte Kinsella, »nachdem ich soeben Zeuge dieses Gesprächs geworden bin, möchte ich Sie warnen. Wenn Sie ihm auch nur ein Haar krümmen, ziehe ich Sie dafür zur Rechenschaft.«

Ohne sich umzudrehen, antwortete Doyle: »Ich werde daran denken, Vater.«

Quinn trat in den Eingangsbereich, wo er Jane Finucane entdeckte, die neben einer anderen jungen Frau auf einem Stuhl mit hoher Rückenlehne saß. Jane wirkte etwas rot um die Augen und hatte ein Taschentuch in der Hand. Quinn steuerte schnurstracks auf sie zu. Nachdem er die andere Frau mit einer Handbewegung verscheucht hatte, stützte er die Handflächen auf die Oberschenkel, beugte sich zu Jane hinunter und sah ihr in die Augen.

»Meine Frau ist entführt worden«, erklärte er. »Sie liegt mit aufgesprungenen Lippen und geschwollener Zunge in irgendeinem Loch. Wenn sie weint, kommen keine Tränen, weil ihre Tränenkanäle nach achtundvierzig Stunden längst ausgetrocknet sind. Möglicherweise hält sie noch bis morgen Abend durch. Spätestens dann fällt sie ins Koma. Sobald das passiert, beginnen ihre Organe den Dienst einzustellen, und selbst wenn wir Eva dann noch finden, gibt es keine Garantie, dass wir sie zurückholen können.« Nach einer kurzen Pause fügte er hinzu: »Haben Sie das verstanden?«

Jane nickte.

»Ich frage Sie das jetzt nur einmal: War Conor am Sonntagabend mit Ihnen zusammen. Ja oder nein?«

Jane wich seinem Blick nicht aus. »Ja, er war mit mir zusammen.«

»Wenn Sie lügen und Eva stirbt, landen Sie wegen Beihilfe zum Mord im Frauengefängnis.« Er richtete sich auf. »Nur damit das klar ist, Jane. Nur damit das klar ist.«

Doyle hatte Maggs auf den Rücksitz seines Wagens verfrachtet, und Quinn stieg auf der Beifahrerseite ein. Er überlegte, ob sie die Befragung in seiner kleinen Wohnung im Garda-Club oder gar in seinem Haus in Glasnevin durchführen sollten, aber da er Kinsellas Worte von vorhin noch im Ohr hatte, entschied er sich dagegen. »Fahr uns in die Crumlin Road, Joe«, befahl er.

Während der Fahrt sagte keiner von ihnen ein Wort. Maggs hatte die Hände auf dem Schoß gefaltet, und Quinn starrte geradeaus. Sie erreichten die Parnell Road und fuhren ein kleines Stück den Grand Canal entlang, ehe sie in südwestlicher Richtung in die Crumlin Road einbogen und kurz darauf vor dem Polizeirevier anhielten. Sie zerrten Maggs aus dem Wagen und führten ihn zum Hintereingang hinein, wo sie von einem uniformierten Beamten begrüßt wurden. Doyle erklärte, sie bräuchten einen Verhörraum. Ein anderer junger Beamter begleitete Maggs den Gang hinunter und kehrte dann zu ihnen zurück.

»Soll ich den Kassettenrecorder bereitstellen, Inspector?«, fragte er.

Quinn schüttelte den Kopf.

Der Beamte wirkte ein wenig verunsichert. Doyle legte ihm eine Hand auf die Schulter. »Er ist nicht verhaftet, mein Junge. Er ist freiwillig hier.«

Quinn war bereits im Begriff, auf den Verhörraum zuzusteuern, aber Doyle hielt ihn zurück. »Moss, du hast mich vorhin gefragt, welche Laus mir über die Leber gelaufen ist.«

»Ja, stimmt. Dir bereitet doch irgendetwas Kopfzerbrechen, das sehe ich dir an. Nun sag schon!«

Doyle erzählte ihm von dem Gespräch mit Uttley. »Er hat behauptet, er habe seine Informationen von Lorne McGeadys Buchhalter.«

»Dem Crawthumper?«

Doyle nickte. »Anscheinend waren er und die Made recht dicke. Er hat Jug erzählt, Maggs sei von Pat Maguire besucht worden – was ich beim besten Willen nicht verstehen kann.« Er schwieg einen Moment. »Ich bin der Letzte, der irgendwelche falschen Schlüsse ziehen möchte, aber fest steht, dass Patrick nicht nur Maggs im Gefängnis besucht hat, sondern auch den Mann, mit dem Janice Long mal verheiratet war. Und den Ehemann von Karen Brady.«

Quinn nickte bedächtig. »Das bereitet mir schon seit unserem Gespräch mit Willie Kopfzerbrechen.«

»Die Frage ist nun also«, fuhr Doyle mit einem Blick in Richtung Verhörraum fort, »ob du immer noch mit dem Kerl da drin reden willst oder ob wir uns nicht lieber Paddy vornehmen sollten.«

Maggs trommelte nervös mit den Fingern auf der Tischplatte herum.

Während Doyle sich setzte, zog Quinn seine Jacke aus und nahm die Glock aus dem Halfter. Er lud durch, trat hinter Maggs, packte ihn an den Haaren und riss seinen Kopf zurück.

»Wo ist sie, Conor? Wo ist Eva?« Er drückte Maggs den Lauf der Waffe knapp unterhalb des Ohres an den Hals. Maggs bekam einen so panischen Blick, dass das Weiß seiner Augen ganz zu sehen war.

»Was hast du mit Eva gemacht?«

»Nichts ... gar nichts«, stammelte er. »Ich habe dir doch gesagt, dass ich nichts darüber weiß. Was muss ich denn um Himmels willen noch tun, um dich zu überzeugen?«

»Uns die Wahrheit sagen!«

»Das tue ich doch! Ich schwöre, es ist die Wahrheit.«

»Sag uns, wo sie ist.«

»Ich weiß es nicht.«

»Was ist mit den übrigen Frauen?«, fragte Doyle plötzlich von der anderen Seite des Tisches herüber. »Was ist mit den fünf, die wir nie gefunden haben? Hast du mit denen dasselbe gemacht, Made? Sie gewürgt, bis sie getanzt haben, bevor du sie begraben hast?«

»Ich weiß nicht, wovon Sie sprechen, Sergeant. Ehrlich nicht, das schwöre ich bei Gott.«

Quinn knallte Maggs' Kopf mit dem Gesicht voraus auf die Tischplatte. »Ich habe gesagt, du sollst mit der Wahrheit herausrücken!«

»Das tue ich doch, das tue ich doch! Um Himmels willen, ich sage euch wirklich die Wahrheit!« Maggs hatte einen großen roten Fleck an der Stirn. Speichel lief ihm über die Lippen.

Quinn ließ ihn los, so dass er sich wieder aufrichten konnte. Maggs brauchte einen Moment, bis er sich einigermaßen gefangen hatte. Vorsichtig berührte er seine Lippen, inspizierte anschließend seine Finger und wischte sie sich dann an seiner Jeans ab. »Schon wieder diese Tour«, murmelte er, »ihr lernt einfach nicht aus euren Fehlern.« Mit einem wilden Gesichtsausdruck blickte er hoch. »Das gibt Blutergüsse, Moss, genau wie beim letzten Mal – bloß dass ich euch dieses Mal auf Schmerzensgeld verklagen werde. Dann könnt ihr beide zahlen, bis ihr schwarz werdet.«

Quinn packte ihn erneut an den Haaren. »Glaubst du, deine Blutergüsse interessieren mich? Du kleiner Scheißkerl, wenn ich mit dir fertig bin, wird man dich vor lauter Blutergüssen gar nicht mehr sehen!«

Mit diesen Worten ließ er ihn wieder los, trat einen Schritt zurück und schob seine Waffe zurück ins Halfter. »Drei kleine Mäuse«, sagte er. »*Drei kleine Mäuse, die fanden nicht nach Haus. Drei kleine Mäuse, die Uhr ging für sie aus.*«

»Ein Widerling wie du sollte das Dichten lieber bleiben lassen«, sagte Doyle. »Glaubst du wirklich, du kannst uns mit so einem kleinen Reim in Schach halten?«

»Das ist nicht von mir«, entgegnete Maggs.

»Natürlich ist das von dir. Du lachst dich doch insgeheim kaputt. Spielst deine Spielchen mit zwei Polizisten, die du schon seit einer Ewigkeit zum Narren hältst.«

Maggs fasste an seine rote Stirn, wo sich bereits eine Beule zu bilden begann. »Ich glaube, jetzt brauche ich einen Anwalt«, erklärte er in sarkastischem Ton. »Ihr wisst schon – bevor die Sache ganz außer Kontrolle gerät.«

Quinn schnaubte verächtlich. »Lass dich überraschen.«

»Ich habe ein Recht auf einen Anwalt.«

»Einen Scheißdreck hast du!« Wieder war Quinn an seiner Seite. Er packte Maggs' Hand und drückte ihm die Finger zusammen. »Worauf hat Eva denn ein Recht, hm?«

»Auf ein Gebet«, antwortete Maggs. »Sie hat ein Recht darauf, dass wir für sie beten.«

»Du bist doch krank!« Doyle schüttelte den Kopf.

Maggs wandte sich ihm zu. »Was ist krank daran, wenn man für eine Freundin betet? Was ist krank daran, dass ich Ihnen verziehen habe, obwohl Sie mich mit Ihren Schlägen damals derart zugerichtet haben? Wie krank ist das, verglichen mit dem Kerl, der diese Schläge ausgeteilt hat?«

»Immerhin hast du anschließend ein Geständnis abgelegt.«

»Schwachsinn.« Maggs' böser Blick galt nun wieder Quinn. »Nur zu, Moss. Hol deine Boxhandschuhe und deine Telefonbücher und deine Fesseln. Und wenn du schon dabei bist, bring doch auch gleich die Daumenschrauben und die Streckbank mit. Mach mit mir, was du willst, ich kann dir trotzdem nicht sagen, wo sie ist.«

Ein paar Augenblicke sagte keiner ein Wort, dann ließ Quinn sich schwer auf einen Stuhl fallen. Er warf einen Blick auf seine Armbanduhr. »Es ist halb neun, Conor.«

Maggs breitete die Hände aus, die Handflächen nach oben gedreht. »Ich weiß nicht, wo sie ist.«

»Warum hast du nach Patrick Maguire verlangt, als du in Mountjoy in Untersuchungshaft warst?«

»Ich habe nicht nach ihm verlangt.«

»Da haben wir aber etwas ganz anderes gehört.«

»Es ist mir egal, was ihr gehört habt, Moss. *Er* wollte mit *mir* sprechen.«

Beide Männer starrten ihn überrascht an.

»Wie habt ihr überhaupt davon erfahren?«, fragte Maggs.

»Dir ist doch wohl klar«, antwortete Doyle, »dass wir über eine Made wie dich einfach alles wissen. Wir wissen, dass du mit Patrick gesprochen hast, und wir wissen auch, was am Kanal mit der alten Wasserratte passiert ist.« Kopfschüttelnd fuhr er fort: »Den alten Mistkerl auszurauben! Wie viel hast du ihm denn abgeknöpft? Und wie verträgt sich das mit deinen Freunden aus der Bibelgruppe?«

»Ich habe auch noch eine Frage an dich, Conor«, meldete Quinn sich wieder zu Wort. »Wen kennst du, der aus Kildare stammt?«

Maggs sah ihn verblüfft an.

»Die lilienweißen Jungs. Du kennst doch das Gedicht?«

»Natürlich kenne ich das.«

»Lilienweiße sind Leute aus Kildare. Also, wen kennst du, der aus Kildare kommt?«

Auf einmal fing Maggs zu lachen an.

»Was ist daran so komisch?«, wollte Quinn wissen.

Maggs schüttelte den Kopf.

»Warum zum Teufel lachst du?«

»Maguire, Moss. Patrick Maguire.«

»Was ist mit ihm?«

»Er kommt aus der Grafschaft Kildare.«

Quinn starrte ihn an. »Nein, das stimmt nicht. Er ist aus Dublin.«

»Nein.« Maggs beugte sich vor. Ein paar lange Haarsträhnen fielen ihm in die Stirn, während er Quinn mit seinen dunklen Augen fixierte. »Er kommt aus dem Ort Clane in der Grafschaft Kildare.«

»Woher weißt du das?«, fragte Doyle.

Wieder breitete Maggs die Hände aus. »Weil er es mir gesagt hat.«

Dienstag, 2. September
19:45 Uhr

Sie ließen ihn allein. Draußen auf dem Gang sah Quinn Doyle fragend an.

»Was meinst du?«

Doyle zog die Schultern hoch. »Schlag mich, aber ich weiß es nicht. Die ganze Sache wird mir immer schleierhafter.«

»Sagt er die Wahrheit?«

Zum ersten Mal zögerte Doyle.

»Haben wir Mist gebaut, Doyle?«, fragte Quinn. »Waren wir voreingenommen? Haben wir uns von persönlichen Gefühlen leiten lassen?«

Doyle zog ein Gesicht. »Ich hätte die ganze Zeit schwören können, dass ich mit meinem Bauchgefühl richtig lag. Ich war mir so sicher, dass er unser Mann ist ...«

»Und jetzt?«

»Ich weiß es nicht. Wenn ich ehrlich sein soll, Moss, dann muss ich zugeben, dass ich es nicht mehr weiß. Eva ist die Tochter meines Bruders. Ich habe versprochen, auf sie aufzupassen. Aber jetzt tappe ich völlig im Dunkeln.«

Als sie wieder hineingingen, saß Maggs noch genauso da, wie sie ihn zurückgelassen hatten. Doyle hatte inzwischen Tee in Auftrag gegeben. Ein paar Minuten später stellte der junge Beamte von vorhin drei Tassen auf den Tisch.

»Trinkst du ihn mit Zucker?«, fragte Quinn Maggs.

Maggs sah ihn von der Seite an.

»Was ist los?«, fragte Doyle. »Du wirst doch wohl wissen, ob du deinen Tee mit Zucker magst oder nicht.«

Maggs lachte nervös. »Das ist es nicht. Das Problem seid ihr beide: Erst haltet ihr mir ein Gewehr an den Kopf, und einen Moment später fragt ihr mich, ob ich Zucker in meinen Tee möchte.«

»Wie würdest du denn an unserer Stelle vorgehen?«, fragte ihn Quinn. »Nur mal angenommen, du wärst mit ihr verheiratet und ich säße auf deinem Platz. Sie ist spurlos verschwunden, und dir läuft die Zeit davon. Wie würdest du da vorgehen, Conor?«

Maggs, der wie ein Kind beide Hände um seine Tasse gelegt hatte, nahm einen Schluck Tee. »Warum habt ihr beide euch eigentlich getrennt?«, fragte er.

Quinn überlegte einen Moment, bevor er die Frage beantwortete. »Weißt du, was mit meinem Sohn passiert ist?«

Maggs nickte. »Unfall mit Fahrerflucht. Nördlich des Flusses. Ich habe natürlich davon gehört.«

»Das stand irgendwie zwischen uns.«

»Trauer ist etwas Schreckliches.« Maggs warf einen schnellen Blick zu Doyle hinüber. »Jeder Mensch geht damit auf seine eigene Weise um. Als damals meine Mutter starb, zog mir das auch den Boden unter den Füßen weg. Ich weiß, wie die Leute über sie dachten, aber sie war trotzdem meine Mutter. Sie war Alkoholikerin, also suchtkrank. Es war eine richtige Krankheit, sie konnte nichts dafür. Ich habe es gehasst, wie sie ihren Lebensunterhalt verdiente, andererseits hatte sie wohl keine andere Wahl. Unter anderen Umständen wäre sie bestimmt nie so geworden.«

Sein Blick schien am Boden festgewachsen. »Ich habe mit Evas Verschwinden nichts zu tun, Moss. Du musst doch wissen, dass ich ihr niemals etwas antun könnte. Während meiner Kindheit war sie meine einzige Freundin. Dir war das nie klar, aber als du nach Kerry gekommen bist, hast du mir meine einzige Freundin genommen. Sie war immer nett zu mir. Schon möglich, dass ich in sie verliebt war und dass ich mir eingebildet habe, aus unserer Freundschaft könnte mehr werden. Aber Eva hat immer zu mir gehalten, egal, was die anderen über mich dachten. Eva war meine Freundin.«

Er holte kurz Luft und fuchtelte mit den Händen durch die Luft. »Alle meinten, ich würde mir einbilden, einen Anspruch auf sie zu haben, weil ich ihr diese Kette geschenkt hatte. Aber so war das nicht: Ich bin ihr nicht nachgelaufen wie der herrenlose kleine Welpe, den immer alle in mir gesehen haben.« Seine Miene verfinsterte sich, und er legte den Kopf schräg, um Doyle ins Visier zu nehmen. »Ich weiß, Sergeant, dass Sie die Art, wie meine Mom ums Leben kam, sehr verdächtig fanden.

Es gab dann ja auch allerlei Gerüchte. Aber wieso hätte ich damals auf Jimmy losgehen sollen, als er dieses Bild in der Schule herumzeigte, wenn meine Mam mir egal gewesen wäre? Ich werde doch nicht meine Mutter gegen Jimmy und zwanzig andere Jungs verteidigen und ihr dann Abflussreiniger in eine Weinflasche füllen.«

Quinn musterte ihn jetzt eindringlich, weil er hoffte, in seinen Zügen irgendeinen Hinweis darauf zu finden, dass er log. »Hast du Mary Harrington ermordet?«

Maggs schüttelte den Kopf. »Nein, das habe ich nicht.«

»Weißt du, wo Eva ist?«

Wieder schüttelte er den Kopf.

»Warum wolltest du während deiner Untersuchungshaft mit Patrick sprechen?«

»Ich habe euch doch schon gesagt, dass es umgekehrt war. Er wollte mit mir sprechen.«

Quinn und Doyle sahen sich an.

»Ich habe es auch nicht begriffen«, erklärte Maggs mit einer ratlosen Handbewegung. »Schließlich hatte er euch gegenüber behauptet, mich mit Mary Harrington gesehen zu haben, und mir war klar, dass er vor Gericht gegen mich aussagen würde, also warum zum Teufel wollte er mit mir reden? Er wusste, dass ich an jenem Abend nicht mit Mary Harrington zusammen war – jedenfalls nicht so, wie er es euch geschildert hat. Sie mag ja an der Ecke gestanden haben, als ich über die Straße ging, um für Molly eine Schachtel Kippen zu holen, doch ich habe mich auf keinen Fall länger mit ihr unterhalten. Ich habe sie höchstens gefragt, ob mit ihr alles in Ordnung ist.«

»Patrick hat gesagt, ihr hättet die Köpfe zusammengesteckt«, erwiderte Doyle. »Ihm zufolge hast du mindestens ein paar Minuten lang mit ihr gesprochen.«

Maggs schnaubte. »Jimmy Hanrahan hat auch so was behauptet.«

»Demnach haben sie sich beide getäuscht?«

»Sergeant, ich habe es Ihnen schon gesagt, als Sie mich damals das erste Mal danach gefragt haben: Ich habe mich mit Mary nicht unterhalten, sondern sie höchstens gefragt, ob mit ihr alles in Ordnung ist. Sie war schließlich sturzbetrunken.«

»Apropos betrunken«, sagte Quinn, »warum hast du eigentlich Molly dazu überredet, dir ein Alibi zu geben, obwohl euch doch beiden klar gewesen sein muss, dass sie sich in ihrem Zustand an nichts erinnern konnte?«

Maggs stieß ein kurzes, verächtliches Lachen aus. »Ihr wisst genau, warum. Sergeant Doyle war der festen Überzeugung, ich hätte meine Mutter getötet, und du dachtest, ich wäre damals am Fluss wie ein Spanner hinter euch hergeschlichen. Ich bin doch nicht blöd: Mir war klar, dass ihr mich beide auf dem Kieker hattet. Ihr habt doch nur auf eine Gelegenheit gewartet, mich fertigzumachen!«

»Worüber hast du mit Patrick gesprochen?«, wollte Quinn wissen.

»Was glaubst du denn, worüber wir gesprochen haben? Mary Harrington natürlich. Ich war mir sicher, dass er mir irgendetwas entlocken wollte.«

»Was meinst du mit *entlocken*?«

»Ich meine damit, dass er irgendetwas hören wollte, das über das von euch erzwungene Geständnis hinausging. Irgendetwas, das mich belastete, damit er ruhiger schlafen konnte.«

»Was soll das heißen, *damit er ruhiger schlafen konnte*?«

»Du bist der Detective. Finde es heraus.«

»Willst du damit andeuten, dass Patrick etwas mit Marys Tod zu tun hatte?«

»Ich will damit gar nichts andeuten. Jedes Mal, wenn ich meinen Mund aufmache, werden mir die Zähne eingeschlagen.«

»Worüber habt ihr noch gesprochen?«

Maggs schüttelte den Kopf.

»Nun komm schon, ich habe dich etwas gefragt: Worüber habt ihr noch gesprochen?«

»Die Nacht unten am Fluss.«

»Du meinst, als er dich mit heruntergelassener Hose im Gebüsch erwischte?«

»Das ist seine Version.«

»Was hattest du denn sonst dort zu suchen?«

Maggs gab ihm keine Antwort.

»Conor, ich habe dir eine Frage gestellt.«

»Du glaubst mir doch sowieso nicht, egal, was ich dir antworte. Ihr wart die Stars eines Rugby-Turniers, du und dein bester Kumpel, und ich war der kleine Scheißer, der Eva nicht in Ruhe ließ.« Er schüttelte niedergeschlagen den Kopf. »Komm, lass es gut sein, mir reicht es jetzt. Ich habe euch alles gesagt, was ich weiß.«

»Nein, das hast du nicht. Und deswegen frage ich dich jetzt noch mal: Wieso warst du unten am Fluss?«

Wieder richtete Maggs den Blick auf den Boden. »Wenn du es unbedingt wissen musst: Ich war dort, weil ich gesehen hatte, wie Patrick Eva anstierte. Das war mir schon am ersten Abend im Pub aufgefallen, und dann sah ich seinen Blick, als ihr beide miteinander abgezogen seid. Er ist *euch* gefolgt, Moss. Ich bin bloß hinter *ihm* hergegangen.« Mittlerweile musterte er Quinn eindringlich. »Er hat Eva auf eine Art angesehen, die mir nicht gefallen hat. Warum, glaubst du, hat er so ein Theater veranstaltet und wie ein Irrer herumgeschrien? Mal angenommen, du hättest mich beim Spannen erwischt, wie er angeblich mich. Was hättest du dann getan? Wie ein Irrer geschrien? Wohl kaum. Ich schätze eher, du hättest mich ganz still und leise so weit wie möglich weggezerrt, um mich in Ruhe verdreschen zu können.«

Dienstag, 2. September
20:30 Uhr

Der Kanal bot ein friedliches Bild: die Schatten der Bäume im Licht der Straßenlampen; ein paar Leute, die auf der anderen Seite den Treidelpfad entlangspazierten. Patrick Maguire stand in seiner dunklen Wohnung am Fenster und blickte in den Abend hinaus, wie er es so gerne tat. Wenn ihn kein Licht ablenkte, konnte er all die Feinheiten viel besser erkennen, die Nuancen der Nacht. Er dachte an Eva. Er dachte an Willie Moore und dessen Berechnungen. Und an sein Telefongespräch mit Quinn, das noch keine zwei Stunden zurücklag.

Er schenkte sich noch einen Bushmills ein. Nachdem er in der Küche einen Schuss Leitungswasser hinzugefügt hatte, kippte er den Inhalt des Glases hinunter und stellte es auf das Abtropfbrett. Er empfand eine leichte Nervosität. Mit einem plötzlichen Gefühl von Beklemmung wanderte er in der Wohnung umher. Ein solches Gefühl hatte er schon ganz lange nicht mehr gehabt. Schließlich ließ er sich auf einen Sessel sinken und stemmte einen Fuß gegen den Kamin. Wie immer zog ihr Bild seinen Blick magisch an.

Frank hatte recht: Er hätte es längst in den Müll werfen sollen.

Er spielte mit dem Gedanken, sich einen weiteren Whiskey einzuschenken, aber nachdem er schon zwei große gehabt hatte, ließ er es dann doch lieber bleiben. Noch einen, und er würde Kopfschmerzen bekommen. In der Wohnung aber hielt er es nicht mehr aus, sie kam ihm plötzlich so eng und vollgestopft vor.

Er überquerte die Straße und trat auf den Treidelpfad, wo er einen Moment zögerte. Statt seinem ersten Impuls zu folgen und nach rechts in Richtung Lansdowne Road zu gehen, entschied er sich für die Gegenrichtung und steuerte auf die

Richmond Bridge zu, um von dort aus zur Kaserne hinunterzuspazieren.

Was er dann aber doch nicht tat.

Er ging über die Brücke und blieb kurz stehen, um mit gerümpfter Nase die Raucher zu betrachten, die sich vor dem Portobello-Hotel versammelt hatten. Nachdem er noch ein wenig weitergewandert war, kehrte er im Jocky O'Connell's ein. Er bestellte sich ein Bier und ließ sich an der Theke des Pubs nieder, um ein bisschen mit Marie zu plaudern, der Bardame. Er kannte sie gut – die Jungs kannten sie alle –, und Marie bat ihn, Moss auszurichten, dass die ganze Stadt bete, seine Frau möge wohlbehalten zurückkehren.

Dienstag, 2. September
21:00 Uhr

Eva hatte kein Zeitgefühl mehr, auch wenn es draußen inzwischen wohl wieder dunkel war und die Uhr weitertickte. Sie spürte, dass das Leben langsam aus ihr wich.

Sie sah Dannys Gesicht, wenn auch nur verschwommen. Jess und Laura konnte sie ebenfalls sehen, allerdings noch verschwommener als Danny.

Sie sah ihre Mutter und ihre Schwestern und ihren Onkel Joe.

Sie sah Moss, als er noch ganz jung war. Und Patrick Maguire.

Worte, Sätze, Halbsätze. Dinge, die sie irgendwann mal gehört hatte. Bilder aus der Vergangenheit – das alles zog vor ihren Augen vorüber. So war das wohl. So war es, bevor man starb.

In dem Moment hörte sie die Schritte.

So schwach sie auch war, die Schritte hörte sie trotzdem.

Sofort begann sie zu zittern. Ihr Magen fühlte sich noch

flauer an als ohnehin schon, und sie spürte Urin, wo längst keiner mehr war.

Sie hörte die Uhr und die Schritte.

Sie hörte, wie die Tür aufging und er den Raum über ihr betrat. Während sie auf seine Stimme wartete, weinte sie ohne Tränen. Sie wusste, dass er genau über ihr stand und dass sie nichts tun konnte.

Am liebsten hätte sie geschrien, aber sie war so schwach, so verwirrt. Selbst wenn sie kein Klebeband über dem Mund gehabt hätte, wäre ihr nichts eingefallen, was sie ihm hätte sagen können. Doch sie konnte ihn hören, sie konnte ihn spüren, und nun, da er über ihr stand und auf ihr Grab hinunterblickte, konnte sie ihn beinahe riechen.

Dies war nun ihre Ruhestätte, auch wenn sie noch keine Ruhe fand. Früher oder später würden ihre Phasen der Bewusstlosigkeit immer länger werden, bis sie schließlich gar nicht mehr aufwachte. Wenn sie so darüber nachdachte, wurde sie fast ruhig: Bald würde sie bei Danny sein, und Moss würde sich um Jess und Laura kümmern. Es würde ihnen gut gehen. Sie brauchten ihren Daddy und waren noch so klein, dass sie sowieso nie verstanden hatten, warum sie ihn weggeschickt hatte.

In dem Moment hörte sie wieder seine Stimme. Sie empfand sie wie einen körperlichen Angriff. Dieses heisere Flüstern. »Wenn sie clever genug sind, werden sie dich finden. Hörst du mich, Eva? Wenn sie clever genug sind, finden sie dich.«

Nein, dachte sie, *es ist zu spät.*

Vor ihrem geistigen Auge sah sie sein Gesicht und wusste endlich, wer er war.

Dienstag, 2. September
21:20 Uhr

Quinn und Doyle machten sich auf zum Harcourt Square. Auf der Treppe fasste Quinn seinen Partner am Arm. »Lass uns erst mal für uns behalten, was wir erfahren haben«, bat er ihn, »zumindest, bis wir wissen, was davon zu halten ist.«

Doyle lächelte ihn gepresst an. »Was genau haben wir denn deiner Meinung nach erfahren? Ich bin ja nur ein einfacher Sergeant – und verwirrt dazu, das kann ich dir sagen.«

Als sie die Einsatzzentrale betraten, steuerte Frank Maguire sofort auf sie zu. »Moss«, sagte er, »wenn ihr euch Maggs schnappt, muss ich das vorher wissen. Der Mann ist ein heikles Thema, und die Presse fährt voll darauf ab, dass wir ihn wieder in der Mangel haben. Sollte er gegen uns vorgehen wollen, wird das genüßlich breitgetreten werden. Falls ihr ihn verhaftet habt, müssen wir warten, bis von offizieller Seite jemand benannt worden ist, der ihn verhören wird. Das könnt auf keinen Fall ihr beide übernehmen.«

»Wir haben ihn nicht verhaftet, Frank.«

Maguire runzelte die Stirn.

»Zumindest *noch* nicht«, fügte Doyle hinzu. »Wir haben zwar soeben noch einmal mit ihm gesprochen, aber das ist alles ganz freundschaftlich abgelaufen.«

Maguire nahm Quinn am Arm und zog ihn zur Seite. »Was faselt er denn da? Zwischen ihm und Maggs ist noch nie etwas auch nur ansatzweise freundschaftlich abgelaufen.«

»Keine Sorge, Frank«, beruhigte ihn Quinn. »Wir haben mit ihm gesprochen und ihn dann wieder gehen lassen.«

Murphy saß an ihrem Schreibtisch. »Wo sind die Akten, Murph?«, fragte Quinn sie. »Die fünf vermissten Frauen – wo sind die Akten hingekommen?«

»Sie liegen immer noch in deinem Büro.«

Maguire folgte ihm an Quinns Schreibtisch. »Moss«, erklärte er, »ich finde wirklich, wir sollten die anderen Fälle außer Acht lassen. Im Moment zählt nur, Eva zu finden. Alles andere verkompliziert die Sache nur.«

»Meinst du?« Quinn ließ sich an seinem Schreibtisch nieder.

»Drei kleine Mäuse«, sagte Doyle. »Mäuse und Uhren: schon wieder so ein Kinderreim. Meine Güte, was soll das?«

»Keine Ahnung«, entgegnete Maguire hilflos. »Für mich ist das alles nur wirres Zeug. Nichts davon hängt miteinander zusammen, nichts ergibt einen Sinn.«

»Die lilienweißen Jungs etwa«, sagte Quinn, ohne hochzublicken.

»Ja, die zum Beispiel. Und Maden im Kopf und ein Foto von einem Stein auf Sand.«

Quinn warf einen Blick auf die Wanduhr und verglich die Zeit mit der auf seiner Armbanduhr und an seinem Computerbildschirm. Dann öffnete er die Akte über Janice Long, die Frau, die als Erste verschwunden war. Vor nunmehr knapp sechs Jahren.

Eine halbe Stunde später stand er mit Doyle draußen auf dem Parkplatz. »Joseph«, sagte er, »was auch immer Frank sagt, wir haben fünf vermisste Frauen, die alle alleinerziehende Mütter waren und von denen zwei mit Männern verheiratet waren, die im Joy einsaßen. Darüber hinaus haben wir Mary Harrington, die schwanger war, und wir haben Eva ...«

»Und den Bruder des Superintendent, der zu allen Zugang hatte«, führte Doyle den Satz für ihn zu Ende.

Quinn überlegte einen Moment. »Wir müssen mit ihm sprechen, aber vorher möchte ich hören, was der Crawthumper zu sagen hat. Komm, lass uns den alten Gauner aus dem Bett holen.«

Ohne Frank zu verständigen, überquerten sie den Fluss. Doyle saß am Steuer, während Quinn mit dem diensthabenden Gefängnisbeamten telefonierte und ihn anwies, dafür zu sorgen, dass sein Informant für ein Gespräch zur Verfügung stand, wenn sie eintrafen. Natürlich erhob der Mann Einwände, weil es schon so spät war, doch Quinn erklärte ihm, die geplante Befragung stehe in direktem Zusammenhang mit dem Verschwinden seiner Frau. Als sie die grauen viktorianischen Mauern passierten, saß Lorne McGeadys Buchhalter bereits in einem Verhörraum.

Quinn hatte einen Karton Zigaretten für ihn dabei. Wenn er sie verkaufte, sprang für ihn mehr heraus, als wenn Quinn ihm Bares gab, und seinem Ruf im Gefängnis schadete es auch nicht. Der Crawthumper war in seinen Vierzigern und bereits ziemlich ergraut. Ein schmächtiges Kerlchen mit hagerem Gesicht. Obwohl er aussah, als hätte er nie genug zu essen bekommen, gehörte er zu den klügsten Köpfen in Mountjoy, und seinem wachsamen Auge entging nichts.

»Hallo Craw«, begrüßte ihn Quinn, während er sich setzte. Das Mobiliar beschränkte sich auf einen Tisch und drei Stühle. »Sie kennen Sergeant Doyle?«

»Wer kennt den nicht? Sein Ruf eilt ihm voraus.«

»Craw, Sie wissen, dass meine Frau verschwunden ist.«

»Natürlich, das weiß doch jeder, und ich kann Ihnen sagen, dass diese Sache nicht nur draußen, sondern auch hinter diesen geheiligten Mauern große Entrüstung ausgelöst hat. Bestimmte Grenzen dürfen nicht überschritten werden, das wissen sogar Soziopathen wie unsere Ukrainer.«

»Hören Sie«, sagte Quinn, »ich brauche Hilfe, sonst finde ich sie nicht rechtzeitig. Und demjenigen, der mir weiterhilft, werde ich das bestimmt nicht vergessen.« Er reichte ihm den Karton mit den Zigaretten.

»Während wir hier miteinander reden«, antwortete Craw, »betet die gesamte Mountjoy-Bruderschaft auf den Knien für Ihre Frau, das dürfen Sie mir glauben.«

»Ich brauche mehr als gottverdammte Gebete, Craw, ich brauche Informationen.« Quinn atmete scharf durch die Nase ein. »Warum wollte Paddy Maguire hier im Gefängnis mit Conor Maggs reden, obwohl er doch vorhatte, vor Gericht gegen ihn auszusagen?«

Craw lehnte sich zurück. »Mmh, das wollte doch kürzlich erst jemand von mir wissen«, meinte er nachdenklich. »Ach ja, jetzt fällt es mir wieder ein.« Er breitete die Hände aus. »Ich kann euch nur sagen, was Maggs mir erzählt hat, aber wenn ihr Patrick danach fragt, wird er vermutlich behaupten, Conor habe ihn um ein Gespräch gebeten und nicht umgekehrt.«

Quinn dachte einen Moment über diesen Kommentar nach.

»Wie sollte es auch anders sein«, fuhr der Craw fort. »So läuft das hier drinnen nun mal: nie ich, Sir, sondern immer der andere. Es sei denn, man hat einen Vorteil davon.«

»Aber Maggs hat Ihnen erzählt, Patrick sei von sich aus zu ihm gekommen.«

»Das hat Maggs zumindest behauptet.«

»Worüber haben die beiden gesprochen?«

»Über Maden«, antwortete der Crawthumper.

Maggs hatte mit verschränkten Armen am Tisch gesessen, als Paddy Maguire hereinkam, blickte jedoch erst hoch, nachdem die Tür wieder ins Schloss gefallen war und der Gefängnisbetreuer seine weiche Lederaktentasche auf dem Tisch abgestellt hatte.

»Na, das ist aber eine Überraschung, Bruder«, sagte er, »mit deinem Besuch habe ich hier wirklich nicht gerechnet.«

Maguire sah ihm in die Augen. »Ich bin nicht dein Bruder.«

»Nein, natürlich nicht, das ist mir schon klar. Das ist doch nur so eine Redensart.«

»Mir gegenüber kannst du dir die sparen. Hast du mich verstanden?«

Maggs nickte. »Nun lass mal hören – nachdem du ja gegen mich aussagen willst, bin ich wirklich neugierig –, über was du mit mir reden willst.«

»Conor, *du* wolltest mit *mir* sprechen.«

Mit einem vielsagenden Nicken deutete Maggs auf die Lederaktentasche. »Verstehe«, sagte er, »du hast ein Aufnahmegerät da drin und hoffst auf ein Geständnis.« Er lachte freudlos. »Was soll das, Paddy? Haben Quinn und Doyle dich geschickt? In der Hoffnung, vor Gericht doch noch etwas vorweisen zu können, das nicht mit Gewalt erzwungen wurde?« Er blies für einen Moment die Wangen auf und stieß die Luft dann wieder aus. »Das können sie vergessen, Bruder. Du wirst mich nicht dazu bringen, meinen Namen unter weitere Lügen von denen zu setzen.«

»Hast du mich vorhin nicht verstanden?«, entgegnete Maguire. »Ich bin nicht dein Bruder! Und in meiner Tasche ist auch kein Aufnahmegerät.«

»Was willst du dann? Mir deine psychologische Betreuung angedeihen lassen? Ist es das? Oder willst du vielleicht einfach nur deine Machtposition auskosten?«

Maguire gab ihm keine Antwort.

Plötzlich schien es Maggs zu dämmern. Er ließ sich auf seinen Stuhl zurücksinken. »Du bist gekommen, um über mich zu triumphieren, nicht wahr? Natürlich. Das ist genau dein Ding. Ich hätte es eigentlich wissen müssen. Du machst deinen Gegner fertig, und dann triumphierst du über ihn. Damals in Kerry hast du es genauso gemacht. Erinnerst du dich? Als wir unten am Fluss waren.«

Er beugte sich wieder vor und schlug mit der flachen Hand auf die Tischplatte. »Und am Abend des *Fleadh Cheoil* hast du versucht, endlich bei Eva zu landen. Jetzt begreife ich. Natürlich! Kein Wunder, dass du ihnen erzählt hast, *ich* hätte mit Mary gesprochen.«

»Wovon redest du überhaupt?«, fragte Maguire.

»Ich rede davon, dass ich dich vor all den Jahren dabei erwischt habe, wie du Eva von deinem Versteck aus beobachtet hast. Auch wenn du immer behauptet hast, es sei andersherum gewesen. Machst du das jetzt auch wieder, Patrick? Sorgst du wieder dafür, dass ich für dich den Kopf hinhalten muss?«

Patrick hatte zu zittern begonnen.

»Du willst sicherstellen, dass ich im Knast lande. Deswegen bist du hier.« Maggs' Miene verfinsterte sich. »Aber damit kommst du nicht durch. Diesmal ziehe ich den Kopf aus der Schlinge. Dann wirst du schon sehen, wo du bleibst!«

Er schwieg einen Moment, ehe er hinzufügte: »*Aithininn ciaróg*, Paddy. *Aithininn ciaróg ciaróg eile.*«

Dienstag, 2. September
21:22 Uhr

Ein paar Augenblicke saßen die beiden Detectives einfach nur da und starrten den Craw an, der ihnen mit ernster Miene gegenübersaß, die Hände auf dem Schoß gefaltet.

»*Aithininn ciaróg*«, murmelte Doyle, »*aithininn ciaróg ciaróg eile.*« An Quinn gewandt übersetzte er: »Eine Made erkennt eine andere.«

Quinn betrachtete den Informanten. »Was sollte das ganze Gerede über einen Bruder?«, fragte er.

»Das war nur ein Scherz von Maggs, Mr. Quinn. Eine kleine Stichelei, würde ich sagen.«

»Was meinen Sie damit?«

»Patrick. Er wäre doch fast zu den Brüdern gegangen.«

»Wovon reden Sie?«

»Von den christlichen Brüdern, der Ordensgemeinschaft der Christian Brothers. Wir haben zur Zeit sogar ein, zwei von ihnen hier.«

»Craw, wollen Sie damit sagen, Patrick wäre beinahe in diesen Orden eingetreten?«, fragte Quinn.

Der betrügerische Buchhalter sah ihn über den Tisch hinweg an. »Inspector, Sie haben doch mit dem Jungen Rugby gespielt.«

»Jahrelang, ja.«

»Und Sie hatten wirklich keine Ahnung?«

»Nein.«

»Mit elf Jahren kam er nach Islandbridge. Dort ist er aufgewachsen.«

Quinn starrte ihn an.

»Er war im Internat von St. Boniface. Einer von den Mönchen, der ihn dort unterrichtet hat, sitzt im Moment hier im Joy ein. Angeblich hat er einen anderen seiner Schüler missbraucht, aber das glaube ich nicht. Er ist schließlich ein Mann Gottes. Ich bin fest davon überzeugt, dass er unschuldig ist. Und wenn nicht, wird Gott ihm verzeihen.«

»Paddy ist in Islandbridge aufgewachsen?« Ungläubig zog Quinn eine Augenbraue hoch. »Aber seine Eltern leben doch noch, Craw. Sie sind nur irgendwohin ausgewandert, nach Dubai oder so.«

Der Buchhalter schüttelte den Kopf. »Nein, das sind sie nicht. Frank und Patrick haben ihre Kindheit in einer Sozialwohnung in County Kildare verbracht, und keiner von beiden hat seinen Dad je zu Gesicht bekommen. Ihre Mom hat sich mehr oder weniger totgesoffen. Patrick war erst elf, als sie starb.«

Quinn und Doyle waren beide sprachlos. Die Arme vor der Brust verschränkt, starrten sie ihr Gegenüber an.

»Frank ging nach ihrem Tod sofort nach Templemore«, fuhr der Craw fort. »Er wollte seit jeher Polizist werden. Sein sehnlichster Wunsch war es, anerkannt und akzeptiert zu werden. Frank war auch derjenige, der den ganzen Schwachsinn über ihre Eltern in Umlauf brachte. Er wollte nicht, dass jemand die Wahrheit erfuhr. Er wollte respektiert werden. Da Patrick erst elf war, wusste Frank nicht so recht, wohin mit ihm. Deswegen fragte er bei den Brüdern an, ob sie ihn nehmen könnten. Von elf bis achtzehn lebte der Junge dann in St. Boniface. Offenbar war er fest entschlossen, selbst Mönch zu werden, doch dann war plötzlich Schluss mit heilig, und er behauptete, Atheist zu sein.«

»Was ist passiert?«, fragte ihn Doyle.

»Ich habe keine Ahnung, aber mittlerweile hat ›Bruder Patrick‹, wie Conor ihn immer nannte, keine Zeit mehr für Religion oder Kirche. Er glaubt nur noch an das Überleben des Stärkeren.«

Draußen hatte der Wind aufgefrischt. Dicke Wolken hingen am Himmel, und erste Regentropfen sprenkelten das Dach ihres Wagens. Quinn stand in der Dunkelheit, die Jacke bis zum Hals zugeknöpft.

Doyle, der an der Fahrerseite lehnte, wandte sich ihm zu. »Dann hat Maggs also die Wahrheit gesagt«, stellte er fest, »oder zumindest zum Teil.«

»Welchen Teil meinst du?«

»Dass Paddy aus Kildare stammt«, antwortete Doyle, während er die Wagentür öffnete. »Meinst du nicht, dass es langsam Zeit wird, mit ihm zu sprechen?«

Quinn stieg ein. »Auf jeden Fall wird es Zeit, mit Frank zu sprechen. Lass uns zurück zum Harcourt Square fahren, Doyle.«

Auf dem Parkplatz liefen sie Murphy in die Arme. Quinn bat sie, für ihn in Erfahrung zu bringen, woher der Anruf gekommen war, der auf seinem Festnetzanschluss eingegangen war.

»Da bin ich schon dran«, informierte sie ihn. »Die Leute

von der Eircom kümmern sich darum, schaffen es aber nicht vor morgen Früh.«

»Dann muss das eben reichen.« Er und Doyle eilten die Treppe hinauf. Plötzlich fiel Quinn noch etwas ein, und er rief Murphy zurück. »Hör zu, Keira, bevor du Jimmy Hanrahan seine Bilder zurückschickst, nimm bitte das Bild von Maggs' Mutter heraus. Denkst du daran?«

»Was soll ich damit machen?«

»Du kannst es verbrennen oder zerreißen, Hauptsache, du vernichtest es – auf welche Weise, ist mir egal.«

Doyles Telefon klingelte. Weitsichtig, wie er war, musste er das Handy erst vom Gürtel haken und mit ausgestrecktem Arm von sich weghalten, um den Anrufer identifizieren zu können. »Unser Bootsfreund«, murmelte er. Dann wandte er sich ab, um das Gespräch entgegenzunehmen: »Johnny, wie geht es dir?«

Die Stimme am anderen Ende klang unwirsch. »Was willst du, Doyle? Dessie hat mir berichtet, dass du wieder unten bei meinem Boot warst – nur sollst du dieses Mal damit gedroht haben, es abzufackeln.«

»Das hat er gesagt? Da muss er sich verhört haben.«

»Hör zu, du Mistkerl, ich habe es dir schon mal gesagt: Bald gehst du in Pension, und dann schützt dich keine Uniform mehr.«

»Nein, aber meine Waffe, Johnny. Ich werde nie ohne Waffe unterwegs sein.«

»Zum Teufel noch mal, was willst du, Doyle? Es ist schlecht fürs Geschäft, wenn ich ständig die Bullen auf dem Boot habe.«

»Wir haben noch einmal mit Maggs geredet. Die Tochter deines Cousins behauptet nach wie vor, in der Zeit, als Quinns Frau entführt wurde, mit der Made zusammen gewesen zu sein.«

»Warum erzählst du mir das?«

»Weil ich die Wahrheit wissen möchte.«

»Wenn ich die Wahrheit für dich herausfinde, lässt du uns dann endlich in Ruhe?«

»Klar. Schließlich bist du ein Gangster. Ich rede nur höchst ungern mit Leuten wie dir.«

Nachdem er das Gespräch beendet hatte, folgte er Quinn hinauf in die Einsatzzentrale, wo Frank Maguire gerade eine Gruppe von Detectives instruierte. Murphy fing Doyle an der Tür ab. »Sergeant«, sagte sie, »ich habe über den letzten Anruf nachgedacht. Den auf Moss' Festnetz.«

»Was ist damit?«

»Was, wenn die drei Mäuse, die nicht nach Hause fanden, sich deswegen verliefen, weil sie blind waren?«

Doyle starrte sie an. »Drei blinde Mäuse. *Three blind mice.* Wieder ein Kinderreim. Interessant, Murphy. Schau mal, ob du in dieser Richtung weiterkommst. Und melde dich, wenn du auf etwas stößt.«

Nachdem Maguire seinem Team die nötigen Anweisungen erteilt hatte, gesellte er sich zu Quinn, der mit seinen dunklen Augenringen aussah, als müsste er dringend mal wieder eine Nacht durchschlafen.

»Was ist los?«, fragte Maguire. »Moss, ich kenne diesen Gesichtsausdruck. Sprich mit mir, ja? Sag mir, was du auf dem Herzen hast.«

Quinn warf einen schnellen Blick zu Doyle hinüber. »Vielleicht liegt es nur daran, dass wir alle völlig übermüdet sind, Frank, aber es haben sich da ein paar Dinge ergeben, über die wir reden müssen.«

»Ich bin ganz Ohr«, antwortete Maguire und unterstrich seine Worte mit einer Handbewegung, »mehr denn je zuvor. Lieber Himmel, was bleibt mir auch anderes übrig? Schließlich gibt es nach wie vor keine konkreten Spuren. Wir haben ein Foto, aber keine Kamera. Wir haben ein paar mysteriöse Stichworte, die jedoch keinerlei …«

»Wie die grausame Mutter, meinst du«, unterbrach Quinn ihn sanft, »und ein Paar lilienweiße Jungs aus Kildare. Aus Clane, um genau zu sein, Frank. Clane in der Grafschaft Kildare.«

Maguire wurde blass. »Was weißt du über Clane?«

»Ich weiß von einer Sozialwohnung. Ich weiß von zwei Jungen, die eine Säuferin zur Mutter hatten und beide ihren Vater nicht kannten.«

»Mit wem habt ihr gesprochen?«

»Das spielt keine Rolle. Die Frage ist nur, ob es stimmt. Stimmt es, dass du und dein Bruder zwei lilienweiße Jungs aus Kildare seid?«

Maguire bedachte ihn mit einem kalten Blick. »Willst du mir irgendetwas unterstellen?«

»Ich frage nur, ob es stimmt.«

Maguire sah für einen Moment zu Doyle hinüber, dann nickte er langsam.

»Warum dann die ganzen Lügen? Warum habt ihr behauptet, eure Eltern würden in Dubai leben?«

Maguire gab ihm keine Antwort.

»Bist du wirklich der Meinung, dass das die Leute interessiert?«

»Mit achtzehn war ich dieser Meinung.«

Quinn ließ sich schwer auf seinen Stuhl fallen. »Erzähl mir davon«, forderte er Frank auf. »Erzähl mir von Paddy. Ich weiß, dass er am Ende in Islandbridge gelandet ist. Aber davor, Frank? Was war davor?«

Maguire schien in sich zusammenzusinken. Fast eine Minute lang sagte er kein Wort. »Ich habe mich um ihn gekümmert«, brach er schließlich das Schweigen. »Ich habe ihn aufgezogen, obwohl ich selbst noch ein Kind war. Seine Mutter – *unsere* Mutter – war nie besonders nett zu ihm. Würdest du Liam Ahern fragen, würde er dir wahrscheinlich sagen, dass Paddy nicht richtig programmiert worden ist.«

Dienstag, 2. September
21:30 Uhr

Die plötzliche Stille wurde durch das Ticken der Uhr nur noch betont. Sowohl Quinn als auch Doyle starrten ihren Boss überrascht an – während der es vorzog, auf den Boden zu schauen.

»Programmiert? Wie meinst du das, Frank?«, fragte Quinn leise nach.

»Nennen die guten Ärzte das nicht so, wenn jemand seine erste Dosis Liebe, Zuneigung und Verständnis nicht bekommt? Das entspricht doch genau dem Täterprofil, an dem du gearbeitet hast, Moss. Du und Murphy – das ist euch doch durch den Kopf gegangen, als ihr euch die anderen Akten angesehen habt.«

»Und was ist mit dir? Siehst du das selbst auch so?«, wandte Doyle sich an ihn.

Maguire gab ihm keine Antwort. Stattdessen erhob er sich und ging zum Fenster hinüber, wo er mit dem Rücken zu ihnen stehen blieb.

»Paddy hat in Mountjoy den Ehemann von Janice Long besucht«, erklärte Quinn. »Das stand ja in der Akte – den von ihr und den von Karen Brady –, aber wir haben uns zunächst nichts dabei gedacht. Wir sind erst hellhörig geworden, nachdem wir mit Willie Moore gesprochen hatten.«

»Was ist mit Willie Moore?«, fragte Maguire, während er sich abrupt Quinn zuwandte. »Moss, als Leiter dieser Ermittlungen sollte ich über alle neuen Erkenntnisse Bescheid wissen. Was ist mit Willie Moore?«

»Es gab sehr wohl jemanden, der von Marys Schwangerschaft wusste«, antwortete Quinn kalt. »Patrick wusste Bescheid, Frank. Willie Moore hatte es ihm erzählt.«

Maguire sperrte den Mund auf.

»Als ich Paddy danach fragte, gab er mir zur Antwort, er

habe es mir nicht gesagt, weil er seine Gespräche im Gefängnis vertraulich behandeln müsse. So weit so gut, aber das ist noch nicht alles: Laut Lorne McGeadys Buchhalter hat Patrick auch mit Maggs gesprochen, als Maggs in Untersuchungshaft saß. Das steht in keiner Akte, Frank, und in den Gefängnisunterlagen taucht es auch nicht auf.«

Maguire war kreidebleich geworden. »Was willst du mir damit sagen?«

Quinn hob entschuldigend beide Hände. »Ich weiß es nicht. Vielleicht will ich nur wissen, warum ich meinen alten Kumpel längst nicht so gut kenne, wie ich dachte. Vielleicht interessiert es mich einfach, was mit ihm passiert ist. Ich würde beispielsweise gerne wissen, warum er, als er der Gemeinschaft der Christian Brothers beitreten sollte, plötzlich bockte und nichts mehr damit zu tun haben wollte.«

Maguire ließ sich hinter den anderen Schreibtisch sinken. Er wirkte erschöpft, fast schon krank, als würde ihm etwas schwer zusetzen. »Patrick hat ausgesagt, er habe Maggs mit Mary Harrington gesehen«, erklärte er. »Jimmy Hanrahan hat das bestätigt. Die beiden haben unabhängig voneinander übereinstimmende Aussagen gemacht. Was bedeutet, dass Maggs *tatsächlich* mit ihr gesprochen hat. Und dass er *gelogen* hat.«

»Ja«, räumte Quinn ein, »aber es bedeutet nicht automatisch, dass er sie getötet hat.«

Der Superintendent legte die Handflächen aneinander. »Nun spuck es schon aus, Moss. Bezichtigst du meinen Bruder des Mordes? Hältst du ihn für Evas Entführer?«

»Ich weiß es nicht, Frank. Und du?«

Draußen auf dem Parkplatz tastete Quinn in seiner Jackentasche nach einer Zigarette, doch die Schachtel war leer. »Lass uns was trinken gehen«, schlug Doyle vor. »Verdammt, ich könnte glatt ein paar Bierchen vertragen.«

Sie überquerten die Straße. Ihr Ziel war die Bar im Harcourt Hotel. Billy stellte zwei Gläser unter die Guinness-Hähne und schenkte ihnen währenddessen je einen Jameson ein.

»Meinen bitte mit einem Spritzer Portwein«, bat Doyle. Mit einem Seitenblick auf Quinn holte er seine Schnupftabakdose aus der Tasche und zog sich eine Prise in die Nase.

»Ich brauche jetzt eine Zigarette«, erklärte Quinn. »Billy, hast du irgendwelche Kippen da?«

Der Barmann warf ihm eine Schachtel über die Theke. Bewaffnet mit ihren Whiskeygläsern gingen die beiden vor die Tür hinaus. Nachdenklich betrachtete Quinn das Gebäude gegenüber. Nur im fünften Stock brannte noch Licht.

»Der Gedanke ist ihm nicht zum ersten Mal gekommen«, bemerkte Doyle.

»Was? Wovon sprichst du?«

»Von Frank Maguire und von der möglichen Bedeutung der Informationen, mit denen wir ihn vorhin konfrontiert haben. Der Gedanke ist ihm nicht zum ersten Mal gekommen. Ich habe es in seinen Augen gesehen, Moss. Er hat diesen Verdacht schon länger.«

Mittwoch, 3. September
08:00 Uhr

Noch nie hatte Quinn eine solche Stille empfunden wie in dem Moment, als er auf dem Sofa erwachte: sein Sohn tot, seine Frau vermisst, seine Töchter bei ihrer Großmutter in Kerry. Er hätte heulen können. Er war so erschöpft, dass ihm der ganze Kopf wehtat. Die Partie unter seinen Augen fühlte sich an, als wäre sie gar nicht Teil seiner Haut.

Es klingelte an der Tür. Während Quinn die Diele durchquerte, konnte er durch den Glaseinsatz bereits Doyles massige Gestalt ausmachen.

»Hast du ein bisschen geschlafen?«, fragte ihn Doyle zur Begrüßung.

»Ja, ein bisschen. Du?«

»Mrs. Mulroney hatte eine Flasche Bushmills im Haus. Ich glaube, ich habe auch ein paar Stunden gepennt.« Er folgte Quinn in die Küche, wo er sofort Kaffeepulver in einen Filter löffelte und die Kaffeemaschine mit der nötigen Menge Wasser füllte. Als sie zu gurgeln begann, trat er einen Schritt zurück.

»Hör zu«, wandte er sich an Quinn, »es gibt da etwas, das ich dich schon die ganze Zeit fragen wollte.«

»Nämlich?«

»Wie lange schläfst du schon mit der Kollegin Murphy?«

Quinn stand gerade über den Kühlschrank gebeugt, auf der Suche nach irgendetwas Essbarem, das er sich in den Mund stopfen konnte. Er antwortete, ohne den Kopf zu heben. »Wie bist du dahintergekommen?«

»Ich bin doch nicht blöd. Ich habe gesehen, wie du in ihrer Gegenwart bist, mein Junge. Ich weiß, wie das ist.«

»Es war nur das eine Mal.«

»Die Nacht, als Eva entführt wurde.«

Quinn schloss die Augen.

»Und jetzt plagen dich Schuldgefühle, hm?«

»Ja, Joseph, jetzt plagen mich Schuldgefühle – allein schon, weil die Kinder mich nicht erreichen konnten. Ich fühle mich ganz schlimm deswegen. Bist du jetzt zufrieden?«

Doyle zog scharf die Luft ein. »Es geht mich nichts an, was du tust, Moss – es sei denn, es betrifft mich persönlich. Und nachdem Eva meine Nichte ist, habe ich das Gefühl, es betrifft mich. Trotzdem urteile ich nicht über dich, und ich will das Ganze im Grunde auch gar nicht kommentieren. Ich dachte bloß, du solltest wissen, dass ich Bescheid weiß – nur für den Fall, dass du dir etwas von der Seele reden möchtest.«

Quinn musterte ihn mit säuerlicher Miene. »Du scheinheiliger Mistkerl. Du willst es mir doch nur heimzahlen. Du willst mir heimzahlen, dass ich es gewagt habe, dich zu kritisieren. Wegen deines ewigen Bauchgefühls und wegen der Art, wie du mit der Made umgesprungen bist.« Er schwieg einen Moment. »Hast du Murphy auch darauf angesprochen?«

»Nein.«

»Das ist auch nicht nötig. Es war ein einmaliger Fehltritt.«

Doyle trug den Kaffee ins Wohnzimmer hinüber. »Ich wollte dir nur sagen, dass ich Bescheid weiß, das ist alles«, wiederholte er. »Du brauchst mir nichts zu erklären. Ich habe ja gesehen, was los war: Eva war enttäuscht von uns beiden, weil wir wegen Danny nichts zuwege gebracht haben. Dann wird auch noch Maggs wegen Mordes angeklagt, und ihr Onkel Joe hat seine Fäuste nicht unter Kontrolle. Was kommt dabei heraus? Eine Frau am Rande des Nervenzusammenbruchs – eine Frau, die in ihrer Verzweiflung um sich schlägt und dabei sogar auf die Menschen losgeht, die sie eigentlich liebt.«

»Und die *sie* lieben«, fügte Quinn hinzu. »Ich habe nie aufgehört, sie zu lieben, und ihr auch nie krummgenommen, dass sie mich von sich weggestoßen hat.« Plötzlich traten ihm Tränen in die Augen. »Den Tod eines Kindes verwindet man nicht so leicht. Im Grunde verwindet man ihn nie. Die Zeit lässt sich nicht zurückdrehen, Doyle. Man muss einfach damit leben.«

Doyle ließ sich auf dem Sofa nieder. Inzwischen betrachtete er den jüngeren Mann voller Mitgefühl.

»Wir werden sie finden«, sagte er. »Ich bin mir ganz sicher, dass wir sie finden werden, Junge.«

Sie gingen auf ein schnelles Frühstück in ihr Stammcafé in der Cabra Road. Trotz der Anspannung und Angst verspürte Quinn plötzlich einen Heißhunger, nachdem er seit Sonntag kaum etwas gegessen hatte.

»Möchtest du bei Paddy vorbeischauen? Vielleicht ist er ja zu Hause«, meinte Doyle. »Sollen wir ihn anrufen?«

Quinn schüttelte den Kopf. »Nein, ich glaube, wir sollten ihn Frank überlassen. Frank ist ein guter Polizist. Er wird tun, was er für nötig hält.« Er trank einen Schluck Kaffee. »Ich würde lieber nach Islandbridge fahren und mit den Brüdern reden.«

St. Boniface lag am Südufer der Liffey, nicht weit vom Kriegerdenkmal entfernt. Nördlich davon wurde der Fluss etwas breiter und umschloss eine Reihe von Inseln mit üppiger grüner Vegetation. Das Ganze sah aus wie eine Miniaturlagune – ein Eindruck, der durch das Tosen eines Wehrs noch verstärkt wurde.

Nachdem sie ihren Wagen geparkt hatten und ausgestiegen waren, blieb Quinn einen Moment nachdenklich stehen. Er betrachtete die Ruderbote am Südufer. Die hohen, weißgestrichenen Gebäude, die ein Stück davon entfernt die Straße säumten. Die Brücken und Wege, die die Inseln miteinander verbanden.

»Gar kein so schlechter Ort für einen Heranwachsenden«, bemerkte Doyle. »Jedenfalls Welten besser als eine beschissene Sozialwohnung in Clane.«

Am Haupteingang wurden sie von Bruder Peter Farrell in Empfang genommen. Er trug eine lange schwarze Kutte mit weißem Kragen, woran man erkennen konnte, dass er ein Mönch war und kein Priester. Mit seinen knapp sechzig Jahren hatte Bruder Peter wettergegerbte Gesichtszüge und trug sein weißes Haar kurz geschoren wie ein US Marine. Die Hände tief in die Taschen geschoben, ging er mit den beiden Polizisten in Richtung Fluss.

Das Rauschen des Wehrs ließ Quinn an seine Frau denken. Vor seinem geistigen Auge sah er sie ohne etwas zu trinken in irgendeinem Versteck liegen. Das hielt sie höchstens noch bis zehn Uhr abends durch, dann würde sie ins Koma fallen.

»Worüber wollten Sie mit mir sprechen, Inspector?«, wandte Farrell sich an ihn.

»Über Patrick Pearse Maguire.«

Farrells Miene verfinsterte sich. Er zog einen Rosenkranz aus der Tasche, betrachtete ihn einen kurzen Moment und klemmte sich dann ein paar von den Perlen zwischen die Finger, ehe er ihn wieder verschwinden ließ.

»Er ist vor zwanzig Jahren hier zur Schule gegangen«, fuhr Quinn fort. »Er kam im Alter von elf Jahren und blieb, bis er achtzehn war. Am Ende wollte er sogar in den Orden eintreten, überlegte es sich dann aber aus irgendeinem Grund anders.«

»Handelt es sich hierbei um eine offizielle Befragung, Inspector?«

Quinn kniff die Augen zusammen. »Ich versuche, meine Frau zu finden, Bruder Peter.«

Der Wind frischte auf, und die Liffey hatte plötzlich Schaumkronen.

»Sie erinnern sich an ihn?«, fragte Doyle.

Farrell nickt. »Natürlich erinnere ich mich. Sie meinen den Bruder von Superintendent Frank Maguire. Frank ist ein guter Mensch, ein guter Katholik. Bis zum heutigen Tage unterstützt er uns, indem er Spendengelder für uns auftreibt, Empfehlungsbriefe schreibt und so weiter. Ihnen ist sicher klar, dass ich ihm von diesem Gespräch erzählen muss. Ich fühle mich ihm gegenüber verpflichtet.«

»Natürlich, kein Problem«, antwortete Quinn, »das ist Ihr gutes Recht. Aber nun erzählen Sie uns doch erst einmal, wie das damals abgelaufen ist.«

»Was genau meinen Sie mit *abgelaufen*?«

»Wie Patrick zu Ihnen kam, und warum er am Ende doch wieder gegangen ist.«

Mittwoch, 3. September
09:00 Uhr

Als Patrick aus der Haustür trat, lehnte sein Bruder mit verschränkten Armen an seinem silberfarbenen Opel.

»Frank?«, rief Patrick überrascht aus. »Was tust du denn hier?«

Frank gab ihm nicht gleich eine Antwort. Mit einer energischen Bewegung stieß er sich von dem Auto ab und überquerte die Straße.

»Ich habe auf dich gewartet, Pat. Lass uns hineingehen.«

Patrick starrte ihn verblüfft an. »Das geht nicht, Frankie, ich habe einen Termin im Gefängnis.«

»Der kann warten.«

»Was soll das?«

»Dein Termin kann warten, Patrick«, wiederholte sein Bruder stur. »Lass uns hinaufgehen.«

Oben stellte Frank sich ans Fenster und blickte auf den Kanal hinaus. »Das ist ein schöner Platz zum Wohnen«, stellte er fest. »Mitten in der Stadt, mit so einem Blick … du hättest es wesentlich schlechter erwischen können.«

»Dessen bin ich mir durchaus bewusst. Ich habe wesentlich Schlechteres zu sehen bekommen, das darfst du mir glauben.« Patrick stand neben dem Kamin.

»Was ist los, Frank? Was soll das alles?«

Sein Bruder gab ihm keine Antwort.

»Frank, was ist los? Bist du wegen Eva da? Geht es ihr gut? Habt ihr sie gefunden? Ist alles in Ordnung?«

Frank wandte sich ihm zu. »Ich weiß es nicht, Paddy. Sag du es mir. Ist alles in Ordnung?«

Patrick runzelte die Stirn. »Wovon redest du?«

»Eva. Weißt du, wo sie ist?«

»Natürlich nicht. Wie sollte ich?«

»Moss ist sich da nicht so sicher.«

»Was?« Patrick starrte ihn entsetzt an. Er wirkte regelrecht schockiert. »Wovon sprichst du?«

»Er hat mir erzählt, dass Willie Moore zu deinen Schützlingen gehört.«

Patricks Schultern sackten nach vorn. Mit einem schweren Seufzer ließ er sich nieder. »Das war ja klar«, murmelte er.

»Warum hast du ihm das nicht gesagt, Paddy? Warum hast du es *mir* nicht gesagt?«

Mittlerweile betrachtete Patrick ihn kopfschüttelnd. »Mein Gott«, sagte er, »ich glaube das einfach nicht. Eine Frau wird vermisst – und zwar nicht irgendeine beliebige Frau, sondern eine gute Freundin, die ich schon seit zwanzig Jahren kenne –, und nun sagst du mir, dass ihr mich verdächtigt?«

»Das habe ich nicht gesagt.«

»Aber gemeint.«

»Warum hast du Maggs besucht, als er in Untersuchungshaft saß? Und warum hast du niemandem davon erzählt?«

»Das war kein Freundschaftsbesuch. Gefangene zu betreuen ist mein Beruf, Frank. Ich war gerade in Mountjoy, und er hat um ein Gespräch mit mir gebeten. Lieber Himmel, ich war höchstens fünf Minuten bei ihm.«

»Es ist nirgendwo vermerkt.«

»Warum auch? Es handelte sich um ein ganz kurzfristig eingeschobenes Gespräch. Eigentlich war ich wegen anderer Insassen dort.«

»Hast du da denn keinen Interessenskonflikt gesehen? In Anbetracht der Tatsache, dass sein Schicksal unter anderem von deiner Zeugenaussage abhing?«

»Das Verfahren wurde eingestellt, Frank, und zwar lange, bevor ich auch nur in die Nähe des Zeugenstandes kam.«

Frank starrte ihn an. »Was hat er zu dir gesagt? Hat er dich beschuldigt, Mary Harrington ermordet zu haben?«

»So was in der Art, glaube ich. Ich kann mich nicht mehr genau erinnern.«

»Und du hast dem keine größere Bedeutung beigemessen?«

»Es war typisch Maggs, Frankie. Sein übliches dummes Geschwätz.«

»Und?«

»Was?«

»Hast du sie ermordet? Mary Harrington?«

»Mein Gott, Frankie.«

Sein Bruder warf einen Blick auf seine Armbanduhr. »Eva lebt noch, Paddy. Es bleibt noch genug Zeit, um sie zu retten. Falls du irgendetwas weißt – was auch immer –, dann musst du es mir sagen.«

Patrick war aufgesprungen. »Herrgott noch mal!«, stieß er hervor. »Ich glaube einfach nicht, dass wir dieses Gespräch tatsächlich führen!«

»Deine Flüche kannst du dir sparen! Hast du mich verstanden?«, fuhr Frank ihn an. »Ich muss mir schon genug gottloses Gerede anhören. Da brauchst du nicht auch noch einzustimmen.«

»Frank!« Patricks Blick wirkte plötzlich sehr wütend. »Weißt du eigentlich, wie du klingst? Du solltest dich mal hören! Du bist mein Bruder, nicht mein Dad – und trotz allem, was du für mich getan hast, auch nicht meine Mam. Aber du kannst einfach nicht anders, oder? Das geht nun schon mein ganzes Leben lang so, und es nimmt kein Ende. Ständig verschaffst du dir mit deinem Schlüssel Zutritt zu meiner Wohnung und schnüffelst hier herum. Ständig sagst du mir, was ich zu tun habe und wann. Wenn ich unterwegs bin, machst du dir Sorgen. Dabei warst du doch derjenige, der mich in St. Boniface zurückgelassen hat. Weil du es kaum erwarten konntest, loszuziehen und einen auf wichtig zu machen. Woher nimmst du überhaupt das Recht, mir Vorschriften zu machen? Woher nimmst du das Recht, mir diese Fragen zu stellen? Ich weiß nicht, was mit Eva passiert ist, und ich weiß auch nichts über Mary.«

»Ich stelle dir diese Fragen wegen Willie Moore und Karen Brady und wegen Janice Long. Und ich habe durchaus das Recht dazu. Denk daran, was für ein Leben du hattest, als wir Kinder waren.«

»Passe ich deswegen ins Täterprofil, Frank? Willst du darauf hinaus?« Patrick trat ganz nahe an ihn heran. »Ich hätte nie ein solches Geheimnis aus der Vergangenheit gemacht, wenn dir nicht so viel daran gelegen gewesen wäre. Du bist doch derjenige, der diesen ganzen Mist erfunden hat: dass wir aus Dublin sind und unsere Eltern in Dubai leben. Ein alter Herr, der in der Ölbranche arbeitet, obwohl er gar nicht existiert!« Er wandte sich dem Foto ihrer Mutter zu. »Nur, um gut dazustehen. Damit einen alle akzeptieren. Was auch immer. Zum Teufel damit, Frank! Letztendlich war doch ich derjenige, dessen Anblick sie nicht ertragen konnte, aber mir war das scheißegal!«

»Du hast gewusst, dass Mary Harrington schwanger war«, rief Frank ihm ins Gedächtnis. »Du hast mit Maggs gesprochen und die Ehemänner von Karen Brady und Janice Long im Gefängnis besucht.«

»Und?«

»Das sieht nicht gut aus, Paddy.« Frank betrachtete das Foto. »Außerdem hast du unsere Mam gehasst. Du hast sie genauso verachtet wie sie dich. Sie hat gesagt, du hättest den Teufel im Leib.«

Patrick lachte laut auf. »Ach du lieber Himmel! Das hat mir gerade noch gefehlt, dass du mir jetzt auch noch auf die religiöse Tour kommst. Es gibt keinen Teufel, Frank. Es gibt keinen Gott, keine jungfräuliche Empfängnis, keine M…«

Frank fiel ihm ins Wort. »Keine perfekte Mutter, Patrick? Ist es das, was du mir sagen willst?« Er starrte ihn einen Moment an. »War das der Grund für das, was du getan hast, bevor du St. Boniface verlassen hast? Was für eine Schändung, Patrick: die heilige Muttergottes.«

Mittwoch, 3. September
9:30 Uhr

Quinn und Doyle saßen gegenüber von Dr. Liam Ahern in dessen Büro mit Blick auf die O'Connell Bridge.

Der forensische Psychiater – ein Mann in den Vierzigern, mit blauen Augen und ziemlich langem Haar – konnte es mit jeder anderen Koryphäe seines Fachbereichs aufnehmen. Er arbeitete in Großbritannien und Amerika. Er beriet Gerichte und ermittelnde Beamte in Australien, Neuseeland, Südafrika und vielen europäischen Ländern. Er hatte sogar beim FBI in Quantico einen Fuß in der Tür, war jedoch in Dublin geboren und arbeitete am liebsten in diesem Büro mit Blick auf die Straßen einer Stadt, die einmal die zweitwichtigste des Britischen Weltreichs gewesen war.

Die irische Garda musste seine Hilfe nicht allzu oft in Anspruch nehmen, auch wenn man ihn schon ein paarmal damit beauftragt hatte, Leute zu beurteilen, die Opfer von Kindesmissbrauch durch katholische Geistliche geworden waren.

Quinn kannte ihn, seit er mit ihm Gespräche über die fünf vermissten Frauen geführt hatte. Anschließend hatte Dr. Ahern ein Täterprofil für ihn erstellt.

Der Psychiater, der unter seinem Designerjackett ein Hemd mit offenem Kragen trug, lehnte sich in seinem handgefertigten Ledersessel zurück. »Sprechen wir über Ihre Frau, Moss?«

Quinn erwiderte seinen Blick. »Ist es denkbar, dass ein Mann mit einem Profil, wie wir es besprochen haben, Eva in einem ähnlichen Kontext sehen könnte wie die anderen Frauen?«

»Das ist denkbar, ja. Vorausgesetzt, der Betreffende wusste, dass Sie beide getrennt leben – wozu die Initiative ja wohl von Ihrer Frau ausgegangen war, wenn ich Sie richtig verstehe. Insofern könnte eine Person mit einer entsprechenden Denkweise sie durchaus in diese Reihe stellen.«

»In zwei von den anderen Fällen«, fuhr Quinn fort, »verbüßten die Väter in Mountjoy eine Gefängnisstrafe. Beide Frauen wollten sich scheiden lassen, Liam, erinnern Sie sich? Bei mir und Eva liegt der Fall nicht ganz unähnlich, oder?«

»Wie ich gerade gesagt habe, Moss«, antwortete Ahern, während er ihn eindringlich musterte, »bei einer Person mit einer derartigen Denkstruktur ist das durchaus möglich. Im Übrigen mache ich mir um Ihre Frau genauso große Sorgen wie alle im Land. Was haben Sie herausgefunden, wovon ich nichts weiß?«

Quinn beugte sich vor. »Eine Frau bringt zwei uneheliche Söhne zur Welt. Sie tötet und verscharrt sie. Auf dem Weg nach Hause sieht sie zwei Jungen spielen und sagt zu ihnen, wenn sie ihre Kinder wären, würde sie ihnen schöne Sachen anziehen und sich um sie kümmern. Die Jungen antworten ihr, sie habe sich nicht um sie gekümmert, als sie ihre Kinder *waren*. Stattdessen habe sie sie ermordet. Sie erklären ihr, dafür werde sie in der Hölle landen.«

Ein paar Augenblicke herrschte Schweigen. Ahern musterte Quinn einen Moment, dann blickte er zum Fenster hinaus. »Die Ballade von der grausamen Mutter«, sagte er.

»Sie kroch in ein Gebüsch aus Dorn,
Schöne Blumen in dem Tale blühn,
Ein süßes Kind hat sie gebor'n,
Dort wachsen wenig Blätter grün.

Kein Mensch sah sie ihr Messer heben,
Schöne Blumen in dem Tale blühn,
Dem süßen Kind nahm sie das Leben,
Dort wachsen wenig Blätter grün.«

Er wandte sich wieder den beiden Männern zu. Erneut beugte Quinn sich vor: »Es war einmal ein Junge, der für seine Mutter kaum existierte. Sie hat ihn nie gefüttert oder gewickelt. Sie gab ihm nicht einmal einen Namen. Sie hat sich auch nie die Mühe gemacht, ihn mit der Software auszustatten, von der Sie immer reden. Das und alles andere blieb seinem älteren Bruder überlassen. Dieser Bruder aber war erst sieben, als der zweite Junge zur Welt kam. Als der Ältere achtzehn war, starb ihre Mutter, und der Jüngere kam in die Obhut der Christian Brothers. Sein großer Bruder ging zur Polizei, und alles schien in Ordnung – das heißt, bis sein kleiner Bruder achtzehn wurde. Da ging er in die Kapelle und pinkelte auf eine Statue der heiligen Jungfrau.«

Mittwoch, 3. September
10:00 Uhr

Murphy saß an ihrem Schreibtisch, als der Superintendent hereinkam. Er wirkte bleich und abgespannt, die Erschöpfung der letzten zwei Tage schien wie ein schweres Gewicht auf seinen Schultern zu lasten. Ohne mit jemandem zu sprechen, ging er in Quinns Büro hinüber und hängte seine Jacke über die Rückenlehne.

Murphy schnappte sich ihre Notizen und klopfte.

»Was ist?«, fragte Maguire.

»Der Anruf, Superintendent: derjenige, der auf Inspector Quinns Festnetz ging. Die Leute von der Eircom haben mir gerade gesagt, dass er aus einer Telefonzelle in Harold's Cross kam.«

Nachdenklich ließ Maguire sich zurücksinken. »Wo war Maggs, als Quinn und Doyle ihn abgeholt haben?«

»Er hat an einer Gebetsstunde teilgenommen, die in einer Schule stattfand, direkt neben dem Hospiz und dem Friedhof von Mount Jerome.«

»Und befragt haben sie ihn in der Crumlin Road?«

Sie nickte.

»In Ordnung, danke.«

»Jimmy Hanrahan ist in Terenure verhört worden, Superintendent«, fügte Murphy hinzu. »Als die Ergebnisse aus dem Labor kamen, hat man ihm das Geld für die Heimfahrt in die Hand gedrückt und ihn zur Amiens Street geschickt, wo die Busse nach Kerry abfahren.«

Wieder blickte Maguire hoch. »Auf dem Weg dorthin musste er also durch Harold's Cross.«

»Genau.« Sie warf einen raschen Blick in ihre Unterlagen. »Da wäre noch etwas, Superintendent. Ich habe Sergeant Doyle auch schon darauf hingewiesen.«

Sie nahm ihm gegenüber Platz und berichtete von ihrer Recherche bezüglich der drei Mäuse: dass sie vielleicht deswegen nicht nach Hause fanden, weil sie blind waren. »Ich habe ein bisschen nachgeforscht, woher der Kinderreim von den drei blinden Mäusen stammt«, erklärte sie. »Er scheint noch gar nicht so alt zu sein – vielleicht zweihundert Jahre alt. Jedenfalls ist das die gängige Meinung. Einer anderen Theorie zufolge ist er jedoch viel älter.«

»Und wie lautet diese Theorie?«

»Dass der Reim auf *Bloody Mary* zurückgeht, also auf Maria I. von England: die Tochter von Heinrich VIII. und Katharina von Aragon. Sie bestieg den englischen Thron im Jahre 1553, als ihr Halbbruder an Tuberkulose starb.«

»Und?«

»Sie war wie ihre Mutter Katholikin und begann die Neuerungen rückgängig zu machen, die ihr Vater nach seinem Bruch mit Rom eingeführt hatte. 1555 ließ sie drei Männer blenden und anschließend auf dem Scheiterhaufen verbrennen: Hugh Latimer, Nicholas Ridley und Thomas Cranmer, den Erzbischof von Canterbury.«

Maguire betrachtete sie ein wenig ratlos. »Ein Stück englische Geschichte. Das hilft uns aber nicht viel weiter, oder?«

»Auf den ersten Blick nicht, nein, aber mehr habe ich zu dem Thema nicht gefunden. Ich weiß es ja auch nicht. Ich dachte nur, ich sollte es erwähnen.«

»Jedenfalls danke für Ihren Einsatz.« Maguire überlegte einen Moment. »Erzählen Sie mir mehr über die Telefonzelle.«

»Da gibt es im Grunde nicht viel zu erzählen. Ich habe die Spurensicherung hingeschickt. Vielleicht finden sie ja einen Fingerabdruck.«

»Sehen Sie zu, dass Sie möglichst schnell Moss an die Strippe bekommen, Keira, und informieren Sie ihn darüber, dass der Anruf aus Harold's Cross kam.«

Quinn und Doyle verließen Aherns Büro und gingen zurück zu ihrem Wagen. Als Quinn die Fahrertür öffnete, klingelte sein Handy. »Keira«, meldete er sich, »wie ist Frank denn heute morgen drauf? Hat er schon nach uns gefragt?«

»Er hat mich gebeten, dich anzurufen.« Sie erzählte ihm von der Telefonzelle.

»Harold's Cross?«, wiederholte Quinn mit einem Seitenblick auf Doyle.

»Um kurz vor sieben. Ich habe die Spurensicherung losgeschickt und fahre gleich selber hin.«

»Maggs war in Harold's Cross«, stellte Quinn fest.

»Und Jimmy Hanrahan auch. Das soll ich dir vom Superintendent ausrichten. Er wollte, dass ich dir sofort Bescheid gebe.«

»Gut, dann fahren wir jetzt zu den Tom-Kelly-Wohnblocks runter. Mal sehen, ob Maggs daheim ist. Mach doch einen kurzen Abstecher zu uns, Murph. Wir treffen uns bei seiner Wohnung.«

Nachdem Doyle und er ihren Wagen hinter der Richmond Street geparkt hatten und die Treppe zur Wohnung hinaufgegangen waren, mussten sie feststellen, dass niemand zu Hause war. Während sie auf die dunkle Tür starrten, blies Doyle ratlos die Wangen auf und stieß die Luft wieder aus.

»Was zum Teufel läuft da ab, Moss? Erst die Made, dann Schüreisen-Jimmy und der gottverdammte Paddy Maguire und jetzt wieder Maggs. Jesus, Maria und Josef, tanzen wir eigentlich nach unserer eigenen Melodie, oder zieht da irgendjemand die Fäden, so dass wir nur herumhampeln wie Marionetten?«

Quinn schüttelte den Kopf. »Ich habe keinen blassen Schimmer. Jedes Mal, wenn ich glaube, wir wären einen Schritt weiter, passiert wieder irgendetwas, das in eine völlig andere Richtung weist.«

Doyle überlegte einen Moment. »Nachdem wir schon mal in dieser Ecke der Stadt sind, könnten wir doch einen kleinen Spaziergang am Kanal entlang machen und nachsehen, ob unser anderer Kandidat zu Hause ist.«

»Lass uns auf Murphy warten. Sie soll uns erst mal auf den neuesten Stand bringen, was Frank betrifft. Bestimmt hat er inzwischen schon mit Paddy gesprochen, so dass wir uns die Mühe sparen können.« Auf das Geländer gestützt, blickte er zu dem mit spitzigen Zacken versehenen Geländer zwei Stockwerke tiefer hinunter. »Weißt du, was?«, murmelte er. »Wir werden sie nicht rechtzeitig finden. So sehr wir uns auch bemühen, Doyle, wir werden sie nicht rechtzeitig finden.«

Doyle gab ihm keine Antwort. Bisher hatte er Quinn immer Mut gemacht, aber nun war er selbst nicht mehr sicher. Quinn sah ihn an. »Uns bleibt keine Zeit mehr, und wir haben noch immer keine Ahnung, wo sie ist. Mein Gott, was soll ich nur den Mädchen sagen?«

Sie gingen wieder hinunter und setzten sich in den Wagen, wo Quinn bei offenem Fenster eine rauchte. Er warf einen Blick auf seine Armbanduhr. »Noch zwölf Stunden«, stellte er fest, »mehr haben wir nicht.«

Doyle schwieg. Im Seitenspiegel sah er Murphy hinter dem Steuer eines Ford von der Richmond Street einbiegen.

Sie stiegen alle drei aus, und Quinn fragte Murphy, ob Frank etwas über Paddy gesagt habe.

»Zu mir nicht«, antwortete sie, »aber er ist im Moment überhaupt nicht sehr gesprächig.«

Quinn verzog den Mund und warf einen raschen Blick zu Doyle hinüber.

Murphy sah die beiden fragend an. »Gibt es da etwas, das ich nicht weiß?«

»Ich muss die Mädchen anrufen«, erwiderte Quinn. Mit diesen Worten holte er sein Handy heraus und wanderte damit ein Stück in Richtung Hauptstraße.

Murphy wandte sich an Doyle. »Was ist los, Sergeant?«

Doyle atmete hörbar durch die Nase ein. »Du siehst geschafft aus, Keira. Hast du ein bisschen Schlaf erwischt?«

»Nein, wer kann im Moment schon schlafen?« Sie musterte ihn immer noch prüfend. »Dürfte ich vielleicht erfahren, was los ist?«

»Bist du mit der Theorie, von der du mir erzählt hast, irgendwie weitergekommen?«

»Ich habe einen Blick ins Internet geworfen, allerdings nicht viel gefunden, abgesehen von ein bisschen englischer Geschichte: die Blendung dreier protestantischer Märtyrer durch Bloody Mary. Sie hat ihnen die Augen ausstechen und sie dann an der Oxford University verbrennen lassen. Ich habe Maguire informiert, aber der war nicht der Meinung, dass uns das irgendwie weiterbringt.«

»Nein, das hat wahrscheinlich nichts ...« Doyle schien plötzlich zu erstarren. »Lieber Himmel!«, murmelte er.

»Sergeant?«

Doyle wirbelte herum und rief nach Quinn. »Moss, hör auf zu telefonieren!«

Einen Moment später riss er die Wagentür auf und sprang hinters Steuer.

»Murphy«, sagte er, »lass den Helikopter startklar machen. Sag ihnen, sie sollen uns auf dem Sportplatz an der Crumlin Road abholen.« Er verrenkte sich den Hals nach Quinn. »Moss!«, schrie er ein weiteres Mal. »Nun steig um Gottes willen endlich in den verdammten Wagen, Mann!«

Ohne die Beifahrertür zu schließen, wendete er und kam mit quietschenden Bremsen neben Quinn zum Stehen.

»Was ist denn?«, fragte Quinn, während er sich neben ihn schwang. »Was zum Teufel hast du?«

Doyle klatschte das magnetische Blaulicht aufs Dach. »Ich weiß, wo sie ist, Mann. Ich weiß, wo Eva ist.«

Mittwoch, 3. September
10:25 Uhr

Mit heulender Sirene bog Doyle in die Richmond Street ein und raste auf die Brücke zu. Nachdem sie den Kanal überquert hatten, folgten sie dem Wasser nach Westen in Richtung Crumlin Road.

»Um Himmels willen, Doyle, nun rede doch endlich!«, beschwor ihn Quinn.

»Wir müssen nach Carrigafoyle, Moss. Eva liegt genau dort, wo er auch Mary Harrington versteckt hatte.«

Vor seinem geistigem Auge sah Quinn das halb verfallene

Cottage, das auf Höhe der alten Burg auf der anderen Seite der Flussmündung lag.

»Drei Mäuse, die nicht nach Hause fanden.« Doyle fuchtelte wild mit einem Arm durch die Luft. »Murphy hatte recht: Sie haben nicht nach Hause gefunden, weil sie blind waren.« Er überholte einen Lastwagen auf der falschen Straßenseite. »Drei blinde Mäuse: Sie ist bei ihren Recherchen auf drei protestantische Märtyrer gestoßen, die von Maria I. von England geblendet wurden.«

Mit einem Seitenblick auf Quinn fuhr er fort: »Einer von ihnen war Cranmer, der Erzbischof von Heinrich VIII.«

»Und?«

»Lislaughtin Abbey, 1580. Sir William Pelham, der englische Kommandant, der Elisabeth I. unterstand – Elisabeth war wiederum Marias Halbschwester und die Tochter von Heinrich und Anne Boleyn. Zuerst hat er die Burg der O'Connors in Carrigafoyle zerstört und dann die Abtei niedergebrannt. Sämtliche Mönche wurden gehängt, darunter auch drei alte Herren über siebzig. Sie waren blind, Moss. Die drei waren blind.«

Quinn brauchte einen Moment, um all diese Informationen zu verarbeiten. Plötzlich durchlief ihn ein Hoffnungsschauder.

»Lieber Himmel, Doyle! Aber warum ausgerechnet Carrigafoyle? Wie ist er auf die Idee gekommen, dorthin zurückzukehren?«

»Warum hätte er nicht dorthin zurückkehren sollen? Nachdem Eva in Dublin entführt wurde, war ja wohl kaum damit zu rechnen, dass wir in Carrigafoyle nachsehen würden. Das Bild, Moss, das Foto: Das ist kein Sandstein und auch kein Stein auf dem Sand, sondern ein Stein *im* Sand. Es handelt sich dabei um eine Einbuchtung, ein Loch – einen Felsen in einem Loch. *Der* Felsen in *dem* Loch, Moss. Auf Irisch ist das Carrigafoyle.

»*Nur Mary weiß Bescheid*«, murmelte Quinn. »*Nur Mary*

weiß Bescheid, weil Eva genau dort liegt, wo Mary lag.« Er schlug gegen das Armaturenbrett. »Mein Gott, Mann, du hast recht!« Er griff nach seinem Handy und rief am Harcourt Square an.

»Frank, hier ist Moss. Ist Murphy schon zurück?«

»Nein, aber sie hat angerufen. Der Hubschrauber ist unterwegs, Moss. Was zum Teufel habt ihr vor?«

»Sie ist in Kerry, Frank. Eva liegt in demselben Loch, in dem wir Mary Harrington gefunden haben.«

Mittwoch, 3. September
11:00 Uhr

Der alte John Hanrahan hatte in seinem Wohnzimmer gesessen, als er den Lärm hörte. Von der Ballylongford Road heulten Sirenen herüber. Er hatte eine Tasse Tee neben sich stehen und sah sich gerade auf einem der Satellitensender, die er dank Jimmy hereinbekam, einen Zeichentrickfilm für Kinder an. John liebte solche Zeitentrickfilme: Ihre Einfachheit und die Art, wie sich alles ineinanderfügte, machten ihn glücklich.

Sirenen aber verhießen nichts Gutes. Ihr Heulen kam immer näher. Er hasste dieses Geräusch. Bereits zweimal hatte er es an diesem Abschnitt des Flusses gehört, und beide Male hatte kurz darauf die Polizei mit ihm gesprochen. Beim ersten Mal waren sie gekommen, um ihm zu sagen, dass sie seine Frau aus dem Shannon gezogen hatten. Das zweite Mal lag ein paar Jahre zurück. Kurz zuvor hatte er das Mädchen in seiner Küche gesehen.

Sie fanden sie drüben auf der anderen Seite in der alten Torfstecherhütte, die schon keiner mehr bewohnte, seit er denken konnte. Als die Polizei auftauchte, war ihm sofort klar gewesen, dass sie wegen des Mädchens kamen, und für den Fall, dass sie beim Bergen ihrer Leiche Hilfe brauchten, hatte er das

Pferd vor den Wagen gespannt. Er erzählte ihnen, dass sie zusammen mit dem Teufel in seiner Küche gesessen hatte, aber natürlich glaubten sie ihm nicht. Während er nun den Sirenen lauschte, konnte er sie wieder dort sitzen sehen. Er sah sie so klar und deutlich vor sich, als wäre es erst gestern gewesen.

Geflüster hatte ihn aufgeweckt – Geflüster und Schritte. Als er dann plötzlich einen Lichtstrahl sah, biss er sich so fest auf die Zunge, dass er das Gefühl hatte, Blut zu schmecken. Dann hatte das Geflüster aufgehört, und stattdessen vernahm er schabende Geräusche aus der Küche. Ein vertrautes Gefühl von Entsetzen ergriff von ihm Besitz. Er erwartete sie voller Angst und Anspannung: die Versammlung der Seelen in seiner Küche. Womöglich würde er seine Frau sehen, endlich war es so weit. Er wartete schon so lange auf sie. Ihm blieb keine andere Wahl, er musste hinunter.

Während er noch in der Dunkelheit im Bett lag, spürte er die Schweißtropfen auf seiner Stirn wie die Beine einer jagenden Spinne. Das Entsetzen überwältigte ihn derart, dass ihm sein Bettzeug binnen kürzester Zeit klatschnass am Körper klebte. In seinem Schlafzimmer war es stockfinster.

Es wusste, dass er trotzdem aufstehen musste.

Entschlossen griff er nach der Flasche Weihwasser, die der Priester gesegnet hatte, und schwang die Beine über die Bettkante.

Im Haus herrschte plötzlich Totenstille. Falls Jimmy zu Hause war, lag er im Bett und rührte sich nicht. Jimmy rührte nie einen Finger für die Toten.

Die Kälte kroch ihm in die Schultern und von dort den Hals hinauf. Er fürchtete sich so sehr, dass seine sämtlichen Sinne angespannt waren wie die Saiten einer Violine.

Er zögerte. Noch hatte er sein Zimmer nicht verlassen. Nach so vielen Jahren hatte er sich noch immer nicht daran gewöhnt. Seine Nerven lagen derart blank, dass ihn bereits das kleinste Geräusch erschrocken zusammenzucken ließ. Sowohl der Arzt als auch der Priester hatten ihm geraten, in ein Pflegeheim umzuziehen, wo ihm die Dämonen nichts mehr anhaben könnten.

Aber das durfte er nicht: Das hier war seine Aufgabe, seine Pflicht, seine Buße für die Jahre der Vernachlässigung.

Oben am Treppenabsatz zögerte er einen Moment. Das einzige Licht, das er nun noch sah, stammte von der Glühbirne draußen vor der Haustür. Es tauchte die Diele in eine Art blasses Gold. Schritte hörte er ebenfalls keine mehr, von seinen eigenen mal abgesehen. Vorsichtig setzte er einen Fuß vor den anderen. Seine Beine waren auch nicht mehr das, was sie mal waren. Er hielt sich am Geländer fest.

In der Diele legte er erneut eine Pause ein.

Langsam schob er sich in die Küche. Dabei sprang ihm fast das Herz aus der Brust. Er spürte jeden hohlen Schlag, den es tat. Er spürte den Schweiß auf seinen Handflächen und auch die schmerzende Stelle in seinem Bauch, wo es ihm derart die Gedärme zusammenzog, dass er manchmal sogar Blut pinkelte.

Sie saß mit dem Teufel am Tisch: eine junge Frau mit langem, dunklem Haar. Ihr Kopf war gesenkt, so dass er das Gesicht nicht sehen konnte.

Obwohl er ihr Gesicht nicht gesehen hatte, blieb ihm diese Nacht in lebhafter Erinnerung. Er wusste noch genau, wie er den ganzen Raum mit Weihwasser besprengt hatte. Trotzdem blieb sie sitzen. Er war ins Bett zurückgekehrt. Wie ein Kind hatte er sich die Bettdecke bis übers Kinn gezogen. Ein paar Minuten später hörte er eine Tür ächzen und dann jemanden die Treppe heraufftapsen. Auf dem Treppenabsatz machten die Schritte halt. Dann wurde Jimmys Tür geöffnet. Erleichtert atmete John aus: Wenigstens war er nicht allein. Danach war er wohl eingeschlafen, denn er hörte nichts mehr. Als sie später das arme Mädchen aus dem Cottage drüben zogen, wusste er sofort, dass sie diejenige war, die er gesehen hatte. Er sagte es ihnen – der Polizei. Die Ärmste war nicht nur ermordet worden, sondern hatte auch noch mit dem Teufel um ihre Seele Karten spielen müssen.

Nun schlurfte er zum Fenster hinüber und blickte über das Wasser. Es war ein kalter, regnerischer Morgen. Vom Atlantik her schoben sich schwere graue Wolken über die Küste. Er sah die Streifenwagen an der Burg vorbeifahren. Sie hielten nicht an, sondern umrundeten die Spitze und hielten dann vor dem aus fünf Pfosten bestehenden Tor, genau wie beim letzten Mal.

Mittwoch, 3. September
12:00 Uhr

Aus der Luft konnten sie die Ruinen der alten O'Connor-Festung sehen. Die Windschutzscheibe war vom Regen verschmiert. Die grauen Wolken hingen tief und bedrohlich, wie schon während des ganzen Flugs von Dublin her. Quinn saß in gebeugter Haltung auf seinem Platz, während der Pilot den Hubschrauber für einen Moment kreisen ließ. Als sie dann immer tiefer gingen, wirkte das Gras unter ihnen genauso geriffelt wie das daran angrenzende Wasser. Quinn konnte die Stellen sehen, wo die Engländer die Burgmauern durchbrochen hatten. Er sah die alte Abtei und den Friedhof, wo man die Mönche erhängt hatte.

Während der Landung war Quinns Blick auf das fast dachlose Cottage fixiert. Es sah aus, als wäre es schon halb in einem Meer aus hohem Sumpfgras versunken. Hier hatten sie Mary gefunden. Als er nun auf das alte Gemäuer hinunterblickte, konnte er uniformierte Beamte in Gummistiefeln sehen. Leute mit Spürhunden waren ebenfalls vor Ort. Und die Spezialisten von der Spurensicherung in ihren Papieranzügen.

Über Funk hatten sie niemanden erreichen können. Entweder das System des Hubschraubers spielte verrückt, oder es lag an atmosphärischen Störungen, jedenfalls fühlten er und Doyle sich im Moment selbst fast wie blinde Mäuse. Sie hatten keine Ahnung, worauf die Kollegen unten gestoßen waren, merkten aber an ihrer Körpersprache, dass ihrer Suche inzwischen jede Dringlichkeit fehlte.

Es herrschte eine Atmosphäre des Scheiterns, der Resignation. Während der Hubschrauber tiefer ging, schien sich ein Hauch von Kälte um ihn zu legen.

Doyle spürte es auch: Wie erstarrt saß der kräftige Mann auf seinem Platz. Sein Kinn war von grauen Bartstoppeln überzogen, und am Hinterkopf stand ihm das stahlgraue Haar in verklebten Strähnen vom Schädel ab.

»Ich kann hier nicht landen«, erklärte ihnen der Pilot. »Der Boden ist viel zu nass. Wir würden in null Komma nichts im Schlamm versinken. Ich gehe so weit runter wie möglich, dann müsst ihr beide springen.«

Mit einem Nicken öffnete Quinn die Tür. Er sah die Gesichter seiner Kollegen. Die an der kurzen Leine gehaltenen Hunde schnappten und bellten lautlos vor sich hin, während das Getöse des Hubschraubers alle anderen Geräusche übertönte. Plötzlich klang es, als fingen die Rotorblätter zu stottern an, und der Hubschrauber neigte sich ein wenig zu Seite. Der Pilot gab ihnen das Zeichen. Die beiden Männer lösten ihre Sicherheitsgurte und ließen sich hinunter ins Gras fallen.

Quinn starrte auf die pockennarbigen Wände des halb verfallenen Cottages. Wieder sah er Mary Harringtons Leiche vor sich, übersät mit weißen Maden. Er roch den üblen Gestank, bei dem es einem regelrecht den Magen umdrehte, und er hörte das schreckliche Schmatzen, das ihr Körper von sich gab, als er – immer noch von einer Plastikfolie umhüllt – aus dem flachen Grab gehoben wurde.

Sein Blick wanderte von einem Gesicht zum nächsten. Einige der uniformierten Beamten wandten den Kopf ab. Sein ungutes Gefühl verstärkte sich.

Seine Kinder befanden sich nur eine halbe Fahrstunde von hier entfernt bei ihrer Großmutter in Listowel, der kleinen Stadt, in der Eva aufgewachsen war. Alle, die sie dort kannten, mochten sie. Was, wenn er ihnen nun sagen musste, dass sie tot war? Er zitterte so sehr, dass er sich ganz und gar darauf konzentrieren musste, einen Fuß vor den anderen zu setzen.

Martin McCafferty tauchte in der Tür der Ruine auf.

»Was habt ihr gefunden?«, fragte ihn Quinn bereits aus einiger Entfernung.

»Das solltest du dir lieber selbst ansehen.«

Quinns Herz begann zu rasen. Er spürte, wie ihm das Blut in den Kopf schoss. Er roch verfaultes Holz und modrigen Mörtel. Gleichzeitig roch er auch die Flussmündung. Und Kuhfladen. Es kam ihm vor, als könnte er sogar die Toten riechen. Dicht gefolgt von Doyle steuerte Quinn auf McCafferty zu, der beiseitetrat, um sie vorbeizulassen. Im Inneren des Cottages war es eisig kalt. Die Mauern schimmerten nass, an vielen Stellen fiel der Verputz in Brocken von der Wand. Im zweiten Raum waren die Bodendielen entfernt worden, genau wie beim letzten Mal.

Aber das Loch im Boden war leer. Diesmal gab es keine Leiche. Es gab keine Kleidung, keine alte Plastikplane und auch keine Schicht aus Maden. Quinn warf einen raschen Blick zu McCafferty hinüber, dann starrte er erneut hinunter in das Loch. In der feuchten Erde, die vorher von den Dielen bedeckt gewesen war, lag eine durchsichtige Plastikhülle mit einem einzelnen Blatt Papier.

Eins ist eins und ganz allein und wird es immer sein.

**Mittwoch, 3. September
12:05 Uhr**

In der Einsatzzentrale am Harcourt Square herrschte hektische Betriebsamkeit. Alle warteten auf Nachricht aus Kerry, aber zwischen dem Boden und dem Helikopter bestand keine Verbindung, und niemand konnte ihnen etwas Konkretes sagen.

Maguire tigerte auf und ab wie ein zum Tode Verurteilter, der von seiner Zelle aus mit anhören muss, wie draußen sein Schafott zusammengenagelt wird.

»Sergeant Doyle hat sofort kapiert, worum es ging«, erklärte Murphy ihm gerade. »Drei geblendete Märtyrer und drei blinde Mönche.«

Maguire nickte. »Der alte Haudegen kennt sich in Geschichte aus, darin war er schon immer gut.« Sein Blick wanderte von der Wanduhr zurück zu Murphy und dann weiter zu seiner Armbanduhr. »Sind das die Sachen von Jimmy Hanrahan?« Er deutete auf die Schachtel, die auf ihrem Schreibtisch stand.

Sie nickte. In dem Moment fiel ihr wieder ein, was Quinn ihr aufgetragen hatte, und sie ließ sich nieder, um die Fotos durchzusehen.

Als das Telefon klingelte, griff sie sofort danach, hatte aber weder Quinn noch Doyle an der Strippe. Es war auch keiner von den Kollegen aus Kerry, sondern lediglich einer von unten, der wissen wollte, ob ein Detective namens Stevens oben bei ihnen sei.

Ihres Wissens nicht. Frustriert legte sie auf und setzte ihre Suche nach dem betreffenden Foto fort. Eines der anderen Bilder erregte ihre Aufmerksamkeit: eine junge Frau, die in der Dunkelheit am Küchentisch saß. Ihre stark gebeugte Haltung hatte etwas Seltsames, ebenso die Art, wie ihr das Haar ins Gesicht fiel.

Schließlich stieß Murphy auf den Schnappschuss, von dem Quinn ihr erzählt hatte: ein obszönes, entwürdigendes Foto, in Farbe und aus nächster Nähe aufgenommen. Die arme Frau war im Vollrausch gewesen und hatte nichts mitbekommen, und ein vierzehnjähriger Junge hatte die Gelegenheit genutzt und auf den Auslöser gedrückt. Murphy war gerade im Begriff, die Aufnahme zu zerreißen, als ihr plötzlich ein Schauder über die Kopfhaut lief. Sie legte das Foto beiseite und griff noch einmal nach dem anderen. Ein Mädchen in Jimmys Küche. Das erinnerte sie an irgendetwas, das sie gehört oder vielleicht auch nur gelesen hatte.

Etwas, das irgendwie nicht passte.

Durch die offene Tür sah sie, dass der Superintendent die Harrington-Akte immer noch auf seinem Schreibtisch liegen hatte, zusammen mit den fünf anderen. Auf ihre Bitte hin reichte er sie ihr. »Immer noch keine Nachricht von Quinn?«, fragte er.

Murphy schüttelte den Kopf.

An ihren Schreibtisch zurückgekehrt, blätterte sie die Seiten durch, ohne recht zu wissen, wonach sie eigentlich Ausschau hielt. Dabei stieß sei auf eine Randnotiz, die Doyle an dem Tag geschrieben hatte, als sie die Leiche fanden. Über eine Bemerkung des alten Mannes, er habe Marys Geist an seinem Küchentisch sitzen sehen. Natürlich hatten sie sein Gerede als Hirngespinst abgetan. Wie hätte es auch anders sein sollen, schließlich sah John Hanrahan an seinem Tisch alle möglichen Geister.

Murphy starrte auf das Foto. Vom Gesicht war nichts zu sehen. Nur das Haar. Die Form des Haars, die Art, wie es ihr über die Schultern fiel. Sie legte die Aufnahme neben diejenige, die Marys Familie zur Verfügung gestellt hatte. Ein eisiger Finger glitt ihre Wirbelsäule hinunter.

Sie ging zu Maguire hinüber und hielt ihm das Foto unter

die Nase. Wenig erfreut über die Störung, schnalzte er mit der Zunge und zog dabei seine ohnehin schon faltige Stirn in noch mehr Falten. »Was ist, Detective? Ich versuche gerade, diesen Bericht hier zu schreiben.«

»Werfen Sie mal einen Blick darauf«, sagte sie.

Mit einem müden Seufzen tat Maguire, wie ihm geheißen. »Und?«, fragte er. »Was soll mir das sagen?«

»Das ist die Küche von Jimmy Hanrahan.«

»Murphy, bitte!«

»Wo sein Vater Tote sieht. Wo er auch den Geist von Mary Harrington gesehen hat. Doyle hat es in der Akte vermerkt: Der alte Mann hat ihm gegenüber behauptet, sie in seiner Küche gesehen zu haben. Die Notiz stammt von dem Tag, als ihre Leiche gefunden wurde, Sir. Der Alte stand mit Pferd und Wagen am Fundort bereit.«

»Könnten wir bitte mal zum Punkt kommen, Murphy? Worum geht es eigentlich?«

Murphy tippte auf das Foto. »Er hat sie tatsächlich gesehen, Sir: Das ist Mary Harrington.«

Mittwoch, 3. September
12:10 Uhr

Quinn stolperte aus dem verfallenen Cottage ins Freie. Eisiger Regen schlug ihm ins Gesicht. Es kam ihm vor, als dränge die Kälte bis in seine Knochen. Neben der Straße stand John Hanrahan mit seinem alten Pferd, das er vor einen verdreckt aussehenden Karren gespannt hatte. Die Kappe saß ihm schief auf dem Kopf. Er war in einen abgetragenen Anzug geschlüpft und hatte sich einen Schal um den Hals gebunden. Die Zügel des Pferdes in der Hand, stand er am Tor und sah ihnen einfach nur zu, genau wie an dem Tag, als sie Marys Leiche aus dem Cottage geholt hatten.

Quinn spürte, wie Doyle neben ihn trat, und wandte sich ihm zu. Sein Blick wirkte trüb. Der große Mann zitterte.

»Dieser Mistkerl«, murmelte Quinn. »Dieser bösartige, gottverdammte Mistkerl.« Während er scharf einatmete, sah er wieder zu Hanrahan hinüber, der ihn seinerseits ebenfalls beobachtete. »Nun werden wir sie nie finden, Doyle – oder wenn doch, dann zu spät.«

Doyle hatte nichts dagegenzuhalten. Als Murphy ihm erzählt hatte, worauf sie im Zusammenhang mit den drei Mäusen gestoßen war, hatte ihn die Erkenntnis wie ein Schlag getroffen, und er war sich zu hundert Prozent sicher gewesen, Eva hier vorzufinden. Was ihr Entführer natürlich genau so beabsichtigt hatte: um sie auf diese Weise wissen zu lassen, dass sie sie niemals finden würden.

Eins ist eins und ganz allein und wird es immer sein.

Verzweiflung überflutete ihn wie eine der Wellen, die über die grasbewachsenen Ufer der Flussmündung klatschten.

Neben ihm setzte Quinn sich in Bewegung und murmelte dabei vor sich ihn, er müsse zu seiner Schwiegermutter, nach seinen Kindern sehen.

Nachdem sich all ihre Hoffnungen zerschlagen hatten, zog es ihn zu seiner Familie.

Doyle brauchte dringend einen Whiskey und ein, zwei Gläser dunkles Gebräu. Außerdem wünschte er sich einen Moment Ruhe am Grab seines Bruders Tom, dem er versprochen hatte, auf seine Familie aufzupassen.

Sein Handy begann zu klingeln: die Einsatzzentrale am Harcourt Square.

»Doyle, hier ist Frank Maguire.«

»Superintendent?«

»Endlich haben wir wieder Verbindung. Heilige Muttergottes, was ist denn bei euch los?«

»Eva ist nicht hier«, informierte ihn Doyle. »Dabei war ich

mir ganz sicher, und in gewisser Weise hatte ich sogar recht. Wir sollten glauben, dass sie hier ist.«

»Was? Wie meinst du das?«

»Der Kerl führt uns an der Nase herum. Er lässt uns einen fröhlichen Marionettentanz aufführen.« Doyle berichtete ihm von der Nachricht.

Maguire schwieg, so dass Doyle für einen Moment dachte, die Verbindung wäre wieder unterbrochen. »Bist du noch da, Frank?«

»Ja, bin ich. Hör zu, Joseph, hier bei uns hat sich etwas Neues ergeben.«

Quinn war am Tor stehen geblieben, wo John Hanrahan immer noch mit Pferd und Wagen wartete. Der alte Mann hatte feuchte Augen, als würde er gleich in Tränen ausbrechen. Unverwandt starrte er auf das etwa hundert Meter entfernte Cottage, wo die uniformierten Beamten gerade mit Plastikband das Gelände absperrten. Das Pferd, das er am Zügel hielt, wirkte alt und klapprig. »Ich habe die Stute mit herübergebracht, nur für den Fall, dass ihr sie braucht«, erklärte er.

Quinn musste daran denken, dass er damals, als sie Mary gefunden hatten, ebenfalls angeboten hatte, ihre Leiche über die Wiese zu transportieren.

»Vielen Dank, John«, antwortete er, »aber sie ist nicht da.«

»Nicht?« Hanrahan wirkte verwirrt. »Ich dachte, sie wäre es.«

»Das war beim letzten Mal, John. Erinnern Sie sich?«

»Beim letzten Mal?« Nun wirkte er noch verwirrter. »Ach ja, stimmt. Beim letzten Mal.« Er nickte. »Ich habe sie gesehen, müssen Sie wissen. Sie saß in meiner Küche und spielte Karten mit dem Teufel. Ich hatte eigentlich gehofft, meine Elizabeth dort anzutreffen, aber sie kommt nie.«

»Ich weiß, John, ich weiß.« Quinn legte ihm sanft eine Hand auf die Schulter.

»Aber die junge Frau habe ich gesehen.« Der alte Mann machte eine Kopfbewegung in Richtung Cottage. »Habe ich Ihnen das je erzählt?«

»Das haben Sie, John. Schon damals, als es passiert ist.«

»Ich bin manchmal etwas durcheinander, das weiß ich, aber die junge Frau habe ich gesehen.« Er räusperte sich und spuckte einen Klumpen Schleim aus. »Dann braucht ihr das Pferd also nicht.«

Quinn schüttelte den Kopf.

Doyle kam herüber, und gemeinsam verfolgten sie, wie der Alte mit Pferd und Karren den Rückweg über die Straße antrat.

Ein Land Rover kam um die Kurve und bog in den verwucherten Hof ein.

Doyle beobachtete, wie Jimmy heraussprang und angesichts der polizeilichen Aktivitäten den Mund aufsperrte.

»Was hat der alte John gerade gesagt?«, wandte Doyle sich an Quinn.

»Er hat mir erzählt, wie er damals Mary beim Kartenspielen mit dem Teufel in seiner Küche gesehen hat.«

Doyle hatte Jimmy keine Sekunde aus den Augen gelassen. Während er nun das Holztor aufschob, schnippte er die Ledersicherung vom Abzugshahn seiner .38er.

Der Regen peitschte vom Himmel. Graue Speere aus Wasser brachen wie Zweige an Doyles massigem Körper. Unter dem Vordach des Hauses drehte Jimmy sich eine Zigarette.

»Gib nicht auf, Moss«, sagte Doyle. »Es ist noch nicht mal halb eins. Das Spiel ist längst noch nicht vorbei.«

Mit diesen Worten überquerte er die Straße und zog dabei ein Paar Handschellen aus der Tasche.

Jimmy beobachtete ihn, die Zigarette zwischen den Fingern.

»Bleib, wo du bist, mein Junge«, knurrte Doyle.

Jimmy sah nach rechts und links. Dann schweifte sein Blick

zu der Stelle hinüber, wo sein Vater gerade das Pferd wendete. Er wirkte wie ein Mann auf dem Sprung – kurz davor, die Flucht zu ergreifen. Doyle zog seine Pistole. »Du missratenes Stück Scheiße, liefere mir ja keinen Vorwand, dich zu erschießen.«

Mittwoch, 3. September
14:30 Uhr

Dublin begrüßte sie kalt und grau. Der Regen war ihnen wie ein bösartiger Nebel den ganzen Weg von Kerry gefolgt.

Jimmy Hanrahan hatte – immer noch in Handschellen – mit versteinerter Miene zwischen ihnen gesessen und während der gesamten Fahrt kein einziges Wort gesagt. So hielt er es auch nun, während er mit einem Bereitschaftsanwalt auf dem Polizeirevier an der Amiens Street saß. Diesmal waren sie alle drei zugegen: Quinn und Doyle hatten Jimmy gegenüber Platz genommen, Maguire blieb als Beobachter im Hintergrund.

Quinn hatte die Schachtel mit den Fotos vor sich stehen und hielt Jimmy gerade die Kamera unter die Nase.

»Wo ist die andere?«

»Welche andere? Es gibt keine andere.«

»Und ob es eine gibt! Die, mit der du das Foto aufgenommen hast, das du uns geschickt hast. Was hast du damit gemacht, Jimmy? Was hast du mit meiner Frau gemacht?«

Jimmy schüttelte den Kopf. »Das *habe* ich euch doch schon gesagt, und zwar bis zum Erbrechen. Ich weiß nichts über deine Frau, und ich weiß auch nichts über Mary Harrington.«

»Gestern Abend«, fuhr Quinn fort, »da solltest du eigentlich längst im Bus zurück nach Kerry sitzen, hast den Bus aber nie bestiegen. Wo warst du? Was hast du hier in der Stadt getrieben?«

Jimmy schüttelte ungläubig den Kopf. »Niemand hat mir

gesagt, dass ich zu einem bestimmten Zeitpunkt irgendwo sein muss. Meines Wissens sind wir hier in Dublin und nicht im früheren Ostberlin. Lieber Himmel, nun schleppt ihr schon zum zweiten Mal meinen Kadaver hier herauf und stellt mir wieder die gleichen dummen Fragen. Wenn ihr es genau wissen wollt: Ich hatte einfach mal die Schnauze voll davon, ständig auf meinen alten Herrn aufzupassen, und deswegen bin ich über Nacht in der Stadt geblieben. Das könnt ihr gerne nachprüfen. Ich habe in einer Frühstückspension übernachtet, nur einen Katzensprung von der Hunderennbahn entfernt.«

In Quinns Augen loderte plötzlich Wut auf. Er stieß seinen Stuhl zurück und packte Jimmy quer über den Tisch am Kragen. »Du mieses Stück Dreck! Wo ist meine Frau? Was hast du mit meiner Frau gemacht?«

»Verdammt noch mal!« Jimmy schüttelte ihn ab und warf dabei einen hilfesuchenden Blick zu seinem Anwalt hinüber. »Lieber Himmel, nun tun Sie doch was, Mann!«

»Inspektor!«, bellte der Anwalt. Er blickte sich nach Maguire um. »Superindendent, würden Sie bitte Ihren Detective zurückpfeifen? Ich werde nicht tatenlos zusehen, wie mein Mandant hier eingeschüchtert wird.«

Während Quinn sich mit verkniffenem Mund auf seinen Stuhl zurücksinken ließ, übernahm Doyle die Befragung. Der große Mann tippte auf das Foto, das Mary zeigte – noch besinnungslos, nachdem sie vorher gewürgt worden war. Nur durch den Tisch wurde die Frau in einer sitzenden Position gehalten.

»Da bist du aber ein ganz schönes Risiko eingegangen, mein Junge«, wandte er sich an Jimmy. »Wie leichtsinnig von dir, dieses Foto die ganze Zeit in der Schachtel zu lassen. Bestimmt hast du dich kaputtgelacht, als du anfangs dachtest, wir hätten es übersehen.«

»Mr. Doyle«, erklärte Jimmy, nun mit ernster Miene, »ich schwöre, dass ich dieses Foto nicht gemacht habe.«

»Wer denn dann: Beelzebub?«

»Ich habe es euch doch schon gesagt«, entgegnete Jimmy fast verzweifelt und spreizte dabei die Finger der rechten Hand. »Ich habe es euch letztes Mal gesagt und auch schon damals in Kerry. Ich sage es euch noch einmal: Ich habe keine Ahnung, wo Eva ist. Das schwöre ich bei Gott. Ich weiß nichts über sie, und ...« Er warf einen weiteren Blick auf das Bild. »Das Foto ist nicht von mir. Ich habe nicht mal gewusst, dass es in der Schachtel war.«

Plötzlich beugte Quinn sich vor und schnappte sich das Bild von Maggs' Mutter. »Aber das hier ist von dir, oder etwa nicht?«

Ohne seinen Worten noch etwas hinzuzufügen, sah Quinn erst Doyle an, dann den Anwalt und zuletzt den hageren Mann mit dem verkniffenen Gesicht, der ihm gegenübersaß. »Lass dir einen Moment Zeit, Jimmy«, sagte er schließlich, »und denk in Ruhe darüber nach. Du steckst bis zum Hals in der Scheiße. Wir haben dich wegen Marys Ermordung am Wickel. Du hast ihr die Luft abgeschnürt, bis sie die Besinnung verlor, und dann ist dir die Idee gekommen, dass es doch lustig wäre, sie an den Tisch zu setzen und zu warten, bis dein alter Herr mit dem Weihwasser kommt.« Er schnaubte. »Mein Gott, wenn man es laut ausspricht, wird einem erst so richtig bewusst, was für ein Haufen Scheiße du bist.«

»Jetzt hör mir mal zu!« Jimmy deutete mit dem Zeigefinger auf ihn. »So etwas würde ich nie tun! Ich mag meinen alten Herrn. Immerhin bin ich der arme Trottel, der sich schon seit zwanzig Jahren um ihn kümmert.«

»Du machst das doch nur, um deine Stütze aufzustocken, Jimmy«, rief ihm Doyle ins Gedächtnis. »Mit dem Pflegegeld, das du einstreichst, kannst du es dir leisten, den ganzen Tag deine Waffen zu polieren und nachts zum Wildern zu gehen. Das heißt, wenn du nicht gerade Fotos von Frauen machst, die du vorher stranguliert hast.«

Jimmys Gesicht war knallrot angelaufen. »Glaubt ihr wirklich, ich würde meinem Dad das antun? Wo er doch die ganzen Geister nur deswegen sieht, weil er nach meiner toten Mutter Ausschau hält?«

»Und warum muss er nach ihr Ausschau halten?«, fragte Quinn. »Deinetwegen, Jimmy.«

»Nun hör aber auf, ich war doch noch ein Junge, als ich damals in das Haus der alten Schachtel eingebrochen bin. Ich wusste nicht, was ich tat. Und als ich Maggs' Mammy gebumst habe, war ich auch noch ein halbes Kind. Meine Güte, nun überlegt doch mal: Bin ich jemals wieder in Schwierigkeiten geraten, seit meine Mam sich ertränkt hat? Bin ich verhaftet worden? Habe ich einem anderen Menschen je auch nur ein Haar gekrümmt?«

»Du hast Mary Harrington stranguliert und sie dann in dem Cottage sterben lassen, gleich bei euch gegenüber, weil du dachtest, kein Mensch würde je auf die Idee kommen, dort nach ihr zu suchen.«

»Nein, das stimmt nicht! Lieber Himmel! Sonst hätte ich doch wohl kaum zum ersten Mal in meinem Leben freiwillig mit der Polizei gesprochen. Schließlich habe ich euch den Tipp wegen Maggs gegeben. Ich habe euch erzählt, was ich gesehen hatte.«

»Klar, Jimmy.« Doyle hielt sein Gesicht ganz dicht vor das seines Gegenübers. »Weil du auf die Art und Weise perfekt von dir selbst ablenken konntest.«

»Herrgott noch mal!« Jimmy ließ sich zurücksinken und verschränkte die Arme vor der Brust. Er warf einen Seitenblick zu seinem Anwalt hinüber. »Wenn ich dieses Foto tatsächlich gemacht hätte, wäre ich dann so blöd gewesen, es zu all den anderen in die Schachtel zu legen? Wo jeder herumschnüffeln und es finden kann? Wäre ich seelenruhig zurück nach Kerry gefahren, wenn ich gewusst hätte, dass dieses idiotische Foto noch bei der Polizei liegt?« Er verdrehte die Augen zur Decke. »Natürlich nicht! Ich bin doch kein Volltrottel!« Er sah zu Maguire hinüber, der ein Stück hinter Quinn und Doyle stand. »Und wieso sollte ich gleich *zwei* von diesen verdammten Kameras haben? Es gibt die Dinger doch nicht mal mehr zu kaufen. Den Film zu bekommen ist schon schwierig genug.« Er wandte sich an Quinn. »Ich habe keine zwei Kameras, und dieses Foto stammt nicht von mir. Begreift ihr denn nicht? Die Made hat es gemacht.«

Doyle lachte laut auf. »Jetzt habe ich aber genug gehört. Woher willst du denn wissen, dass es Maggs war?«

»Wie kann man nur so blöd sein!« Jimmy tippte auf das Foto von Maggs' Mutter. »Weil ich *das* hier gemacht habe, natürlich.«

Draußen auf dem Gang presste Quinn eine Handfläche gegen die Wand. Doyle warf einen Blick auf seine Armbanduhr. »Er lügt«, stellte Maguire fest, bevor Quinn etwas sagen konnte. »Wir wissen, dass er lügt. Er war in Harold's Cross, das hat er sogar zugegeben. Von dort hat er bei dir angerufen, Moss. Der Anruf auf dein Festnetz kam von ihm, da bin ich mir ganz sicher.«

Quinn dachte lange und intensiv nach. Obwohl ihnen die Zeit davonlief, zwang er sich, ruhig zu bleiben und seine Gedanken zu ordnen.

»Warum sagt er uns dann nicht, wo sie ist?«, fragte er. »Er weiß doch, dass wir ihn am Wickel haben. Warum versucht er nicht, einen Deal mit uns auszuhandeln?«

Maguire gestikulierte mit einer Hand. »Warum sollte er? Warum sollte er es uns leicht machen? Wie du selbst gerade gesagt hast: Egal, was wir ihm versprechen, er weiß, dass er dran ist.«

Quinn wirkte nicht überzeugt. »Bei ihm wurde keine Spur von der Kette gefunden«, bemerkte er.

»Was?«

»Wir haben doch vorhin sein Haus durchsucht, und vor Kurzem hat Martin McCafferty es schon einmal auf den Kopf gestellt. Keine Spur von der Kette. Wenn er das Foto von Mary einfach herumliegen ließ, warum nicht auch die Kette?«

»Weil sie ihm nichts bedeutet hat«, meldete Doyle sich leise zu Wort.

»Warum hat er sich dann überhaupt die Mühe gemacht, sie ihr vom Hals zu reißen?« Quinn schüttelte den Kopf. »Ich kann mir durchaus vorstellen, das er Mary getötet hat. Das fällt mir gar nicht schwer. Er hat versucht, bei ihr zu landen, und sie hat ihn abblitzen lassen. Oder sie sind gemeinsam zu einer Spritztour aufgebrochen, bei der etwas schieflief, was auch immer. Dass er seinem Dad das antut – ihm Mary in die Küche setzt – und dann auch noch ein Foto davon macht, traue ich ihm ebenfalls zu. Aber diese Kette hat ihm nichts bedeutet. Warum hätte er als Evas Entführer damit seine Zeit vergeuden sollen?« Ratlos hob er beide Hände. »Das passt einfach alles nicht zusammen. Und wie er selbst ganz richtig sagt, scheint es auch nicht sehr einleuchtend, dass er zwei Polaroid-Kameras besitzen sollte.«

Er ging ein paar Schritte den Gang entlang, ehe er fortfuhr: »Wir können es uns nicht leisten, unnötig Zeit zu verschwenden. Stellt ihn meinetwegen wegen Mary unter Mordanklage, damit habe ich kein Problem. Aber der einzige Mensch, dem die Kette etwas bedeutet, ist Conor Maggs.«

»Moss.« Maguires Ton klang gepresst.

Quinn sah ihn fragend an.

»Du irrst dich.«

»Wie meinst du das?«

»Er ist nicht der einzige Mensch«, antwortete Maguire. Er schüttelte den Kopf und starrte dann auf einen Fleck am Boden hinunter, wo das Linoleum abgewetzt war. »Wir müssen mit meinem Bruder sprechen«, erklärte er schließlich. »Wir müssen mit Pat sprechen.«

Mittwoch, 3. September
15:00 Uhr

Frank führte das unvermeidliche Telefongespräch. Bei ihrer Ankunft am Harcourt Square wartete Patrick bereits in Quinns Büro.

Als Quinn die Tür aufschob, starrten sich die beiden Männer einen Moment wortlos an. Die Luft zwischen ihnen knisterte vor Spannung.

»Wie ich höre, willst du mit mir reden.« Patricks Stimme klang gepresst, und seine Miene wirkte fast wütend.

Sein Bruder öffnete den Mund, um etwas zu sagen, doch Patrick winkte ab.

»Ich brauche keine Hilfe«, erklärte er in entschiedenem Ton. »Es gibt hier nichts, womit ich nicht selbst klarkomme.« Er wandte sich wieder an Quinn. »Die bloße Tatsache, dass ich eine beschissene Kindheit hatte und deiner Meinung nach dem Täterprofil entspreche, hat nichts zu bedeuten.« Er warf einen raschen Blick zu seinem Bruder hinüber. »Also, was meint ihr? Wollen wir uns hier drinnen unterhalten, wo uns all diese Detectives zusehen, oder sollen wir uns einen ruhigeren Ort suchen, wo wir Frank nicht so in Verlegenheit bringen?«

Franks Gesicht hatte inzwischen einen Stich ins Schiefergraue. Während sie den Gang zu einem der Konferenzräume entlangmarschierten, wandte Patrick sich mit trotziger Miene ein weiteres Mal an Quinn. »Sag mal, Moss, was genau glaubst du eigentlich über mich zu wissen?«

Quinn musterte ihn eindringlich. »Ich weiß, dass Eva dir immer viel bedeutet hat«, antwortete er. »Ich weiß, dass du heimlich schon immer in sie verliebt warst. Und ich weiß auch, dass du all deine Gefühle unterdrückt hast, um sie in ihrer Trauer angemessen betreuen zu können.«

Patrick zog eine Augenbraue hoch.

»Falls du eine Ahnung hast, wo sie ist, dann sag es mir bitte«, fuhr Quinn fort. »Um der alten Zeiten willen. Eva war dir doch immer so wichtig!«

»Ich habe keine Ahnung, wo sie sein könnte. Sonst hätte ich es längst gesagt, das ist doch wohl klar. Wie kommst du überhaupt darauf, dass ich etwas darüber wissen könnte?«

Quinn trat ein wenig näher an ihn heran. »Weil sie eine alleinerziehende Mutter war, genau wie Janice und Karen, deren Ehemänner du ebenfalls betreut hast.«

»Und?«

»Du warst außerdem der Betreuer von Willie Moore, dem Drogendealer, der jede Gleichung – egal, ob finanzieller oder emotionaler Art – bis auf den letzten Penny genau berechnet. Erklär mir doch mal eins: Warum hast du es nicht für nötig gehalten, jemanden darüber zu informieren, dass Moore dir von Marys Schwangerschaft erzählt hat?«

»Moss«, mischte Frank sich ein, »was Mary betrifft, haben wir doch schon Jimmy Hanrahan festgenagelt.«

»Halt den Mund, Frank!«, fauchte Quinn. »Dein Bruder hat sich bereit erklärt, mit mir zu reden, also lass ihn reden, ja?«

»Mossie.« Doyle legte ihm sanft eine Handfläche auf die Schulter. »Schalt mal einen Gang zurück, Junge. Vergiss nicht, dass du den Superintendent vor dir hast.«

Quinn schüttelte seine Hand ab. »Im Moment ist mir das scheißegal! Und wenn er der Polizeipräsident wäre!« Er wandte sich wieder an Patrick. »Beantworte meine Frage, Paddy.«

»Das Gespräch war vertraulich. Ich habe es dir doch schon erklärt: berufliche Schweigepflicht.«

»Du bist weder Arzt noch Anwalt, und du bist auch kein

verdammter Priester. Du bist noch nicht mal ein Mönch. Die Chance, einer zu werden, hast du dir für immer versaut, als du damals auf die heilige Jungfrau gepinkelt hast.«

Patrick wich seinem Blick nicht aus. »Ich war achtzehn und betrunken.«

»Betrunken, ja? Soll das heißen, du warst dermaßen besoffen, dass du nicht mehr gewusst hast, was du tust? Vielleicht war es ja so, Paddy, vielleicht war es wirklich so. Andererseits könnte es auch ganz anders gewesen sein: Womöglich hast du dir dabei vorgestellt, auf deine eigene tote Mutter zu pinkeln, die sich Zeit ihres Lebens einen Dreck um dich gekümmert hat.«

Patrick atmete scharf ein. »Ich habe mich bereit erklärt, mit dir zu sprechen, aber du bist wirklich ein Ausbund an Charme, das kann ich dir sagen. Du stehst doch total neben dir, Moss. Mag ja sein, dass sie mich nicht abkonnte, aber sie war trotzdem meine Mutter, und egal, was ihr alle sagt, ich bin mit ihr klargekommen.«

»Blödsinn!«, schrie Quinn. »Du hast sie gehasst! Du hast die versoffene Kuh verachtet!«

Patrick deutete mit dem Finger auf ihn. »Noch so was in der Art, und ich verpasse dir eine, dass dir Hören und Sehen vergeht.«

Frank trat vor, doch Patrick winkte erneut ab. »Halt du dich da raus, Frank!«, fuhr er ihn an. »Ich habe es dir doch gesagt, ich kann meine Kämpfe selbst ausfechten.«

Er bedachte Quinn mit einem finsteren Blick. »Hör zu, ich weiß, dass du unter Druck stehst, Moss, und mir ist auch klar, dass dir die Zeit davonläuft. Aber ich bin aus freien Stücken zu diesem Gespräch erschienen, also wenn du mit mir reden möchtest, dann benimm dich wie ein zivilisierter Mensch. Ansonsten kannst du entweder Anklage gegen mich erheben oder dir dieses Gespräch in den Hintern schieben. Das ist mir dann egal.«

»So kommen wir nicht weiter«, warf Frank ein. »Moss, du reißt dich jetzt am Riemen, oder du gehst. Es bringt überhaupt nichts, wenn du hier wie ein Wahnsinniger herumschreist.«

Quinn ging ihm fast an die Gurgel. »Ich will einen Durchsuchungsbefehl für seine Wohnung!«, stieß er hervor und spuckte dabei vor Aufregung. »Wenn du ihn mir nicht beschaffst, fahre ich runter zum Ermittlungsrichter und hole mir selbst einen.«

Patrick wühlte kurz in seiner Tasche, dann zog er seinen Haustürschlüssel heraus. »Du brauchst keinen Durchsuchungsbefehl, Inspector. Sei mein gottverdammter Gast!«

Doyle zerrte Quinn aus dem Raum, während Frank mit seinem Bruder sprach. Draußen auf dem Parkplatz ließ Quinn sich gegen die Wand sinken und zündete sich eine Zigarette an. »Tut mir leid, Doyle«, brummte er nach einem tiefen Lungenzug, »ich habe da drinnen für einen Moment die Beherrschung verloren.«

»Wer könnte es dir verdenken, Junge?«

»Ich schlage blind um mich, das ist mir schon bewusst. Ich verdächtige jeden. Benimmt sich so ein guter Polizist? Lieber Himmel, ich bin völlig am Ende!«

»Es geht um deine Frau. Da ist es schwer – nein, es ist nahezu *unmöglich*, objektiv zu bleiben.«

»Jimmy Hanrahan«, murmelte Quinn. Sein Blick schweifte über den Parkplatz hinweg, wo gerade eine große schwarze Katze von Motorhaube zu Motorhaube sprang. »Den kann ich mir als Marys Mörder vorstellen, kein Problem. Ich sehe richtig vor mir, wie er sie in seinen Wagen verfrachtet und zu sich nach Hause fährt. Wo er dann das Foto von ihr macht. Das traue ich ihm durchaus zu.«

»Aber als Evas Entführer kommt er für dich nicht in Frage, und auch nicht als Mörder der anderen Frauen.«

»Du sagst es. Egal, von welcher Seite wir die Sache betrachten: Patrick wusste als Einziger unserer drei Verdächtigen von Marys Schwangerschaft.«

»Würde er sie allen Ernstes in das Haus des alten Mannes schmuggeln und dort einen Schnappschuss von ihr machen?«

»Denkbar wäre es. Mal angenommen, er wollte die Sache Jimmy in die Schuhe schieben. Immerhin wusste er über die ganzen Umstände Bescheid. Er wusste, dass der alte Mann Geister sah. Alle wussten das. Falls er einen Sündenbock suchte, war Schüreisen-Jimmy der perfekte Kandidat. Ansonsten kam nur noch die Made in Frage, aber die war ja ungeschoren davongekrochen.« Mit diesen Worten richtete er sich wieder auf und trat den Zigarettenstummel auf dem Boden aus. »Ich weiß es ja auch nicht. Verdammt, ich weiß es ja auch nicht.« Er starrte zu der Katze hinüber, die sich inzwischen auf dem Dach eines Wagens niedergelassen hatte und von dort seinen Blick erwiderte. »Apropos Maden, Doyle, hat Johnny Finucane sich gemeldet?«

Doyle schüttelte den Kopf.

»Dieser Mistkerl! Das werde ich ihm heimzahlen.«

Doyle ging auf und ab, ohne auf den immer heftigeren Regen zu achten, die Hände tief in den Taschen vergraben. »Entscheidend waren weder Willie Moore noch Janice und Karen, oder?«, meinte er. »Egal, wer was zu wem gesagt hat und wer wen um ein Gespräch gebeten hat – Fakt ist doch, dass Patrick und Maggs aufeinandergetroffen sind, als Maggs in Mountjoy in U-Haft saß.«

Quinns Miene hatte einen bitteren Zug angenommen. »Patrick und ich sind seit zwanzig Jahren befreundet, Doyle. Aber am Ende beißt einen immer der Hund, von dem man es am wenigsten erwartet.«

In dem Moment kam Murphy heraus und blickte sich suchend um. Als sie sie entdeckte, warf sie sich einen Regenmantel um die Schultern und steuerte auf sie zu.

»Moss«, erklärte sie, »wir wollen Patricks Wohnung durchsuchen, und der Superintendent lässt fragen, ob du mitkommen möchtest.«

Mittwoch, 3. September
15:30 Uhr

Eine kleine Wagenkolonne der Polizei fuhr den Kanal entlang. Quinn und Doyle folgten Murphy und Maguire.

Die beiden Detectives schwiegen. Nun dauerte es nicht mehr lange, dann war Eva zweiundsiebzig Stunden vermisst.

Quinn hatte sich den Ernst ihrer Lage noch einmal von Doktor Ahern bestätigen lassen, als sie an diesem Morgen dessen Büro verließen. Es war, wie er befürchtet hatte: Bald würde seine Frau in ein Koma fallen, aus dem es aller Wahrscheinlichkeit nach kein Zurück gab.

In Kerry hatte er mit Laura und Jess gesprochen und auch mit Evas Mutter und Schwester. Sie hatten zu einer Mahnwache aufgerufen. Die ganze Stadt betete, Eva möge wohlbehalten zurückkehren. Viele andere stimmten in dieses Gebet mit ein: Evas Notlage hatte die Herzen der Nation gerührt, und es schien, als hielten alle nach ihr Ausschau.

Quinn war vor Sorge richtig übel. Die Anstrengungen der letzten Tage hatten sein Gesicht mit Falten durchzogen und seine Sinne stumpf werden lassen. Im Moment konnte er keinen klaren Gedanken mehr fassen. Während sie in eine Parklücke stießen, wandte er sich an Doyle, der neben ihm am Steuer saß.

»Was tun wir hier eigentlich?« Es klang, als würde er diese Frage eher an sich selbst richten. »Wir reden von Paddy, Herrgott noch mal! Meinem guten alten Kumpel Paddy. Sein Bruder hat nichts über ihre Vergangenheit erzählt. Na und? Wenn ich Superintendent wäre, hätte ich es wahrscheinlich genauso gemacht.«

In der Wohnung herrschte Hochspannung. Während Quinn und Patrick sich quer durch das kleine Wohnzimmer anstarrten, schien die Luft fast Funken zu schlagen.

»Nun sind wir ja endlich alle hier«, stellte Patrick fest. »Nachdem die Wohnung nicht allzu groß ist, dürfte es nicht lange dauern.« Er deutete auf das Foto auf dem Kaminsims. »Da ist sie, Moss, die versoffene Kuh. Genau wie Maggs' Mammy, nur dass unsere die Beine bloß für ein paar Kerle breit gemacht hat, was, Frank?«

»Halt den Mund, Patrick!«, wies Frank ihn zurecht, ehe er ins Schlafzimmer hinüberging.

Patrick rief ihm nach: »Mach dir keine Sorgen, was die Leute denken! Superintendent bist du ja schon, und Polizeipräsident wärst du sowieso nie geworden.« Er wandte sich wieder an Quinn. »Die Wahrheit kommt immer ans Licht, was, Moss? Am Ende kommt alles heraus.« Sein Blick wirkte plötzlich verbittert. »Übrigens, weil wir schon gerade hier sind, was hat dir Maggs denn sonst noch erzählt – abgesehen davon, dass er mich des Mordes bezichtigt hat? Hat er behauptet, ich hätte mir damals einen runtergeholt, während du es mit Eva getrieben hast?« Er zwinkerte zu Doyle hinüber. »Wirklich ein bildhübsches Mädchen, deine Nichte. Die kann einen schon ganz schön scharf machen.«

Aus dem Schlafzimmer rief Frank herüber: »Halt endlich dein Schandmaul, Patrick, oder ich schmeiße dich eigenhändig die Treppe runter!«

Patrick ließ sich in einen Sessel sinken. »Mit wem hast du eigentlich in Islandbridge gesprochen, Moss? Mit Peter Farrell? Als er noch jünger war, ist er ziemlich auf mich abgefahren. Die meiste Zeit hatte er unter seiner Kutte keine Unterhose an, weil er durch die Reibung des Stoffes einen Steifen bekam. Hast du gehört, Frankie? Unsere Mam hat wenigstens nur damit gedroht, uns zu den Männern in den schwarzen Kutten zu schicken, aber du hast es wahr gemacht und sie damit bei Weitem übertroffen.«

Sein Bruder tauchte im Türrahmen auf. Seine Miene wirkte wie versteinert. Er hatte eine Hand tief in die Tasche geschoben und die andere zur Faust geballt. Eine lange, eisige Minute starrte er zu Patrick hinüber. »Du bist tief gesunken, Pat. Du bist ganz tief gesunken.«

Patrick zog ein Gesicht. »Tja, da kann man nichts machen. Was für eine Schande.«

Frank fixierte ihn immer noch.

Patrick war im Begriff, eine weitere provokante Bemerkung vom Stapel zu lassen, doch sie blieb ihm im Halse stecken. Während er den Blick seines Bruders erwiderte, wich jede Farbe aus seinem Gesicht. Frank hob die geballte Faust und öffnete sie langsam, bis alle sehen konnten, was sich auf seiner Handfläche befand. »Das war in der Schachtel unter deinem Bett.«

Patrick starrte genauso gebannt zu ihm hinüber wie Quinn. Doyle ging ein paar Schritte auf Frank zu, hielt dann aber abrupt inne.

»Was zum Teufel wolltest du damit?«, fragte Frank. »Was hat das unter deinem Bett zu suchen?«

Die Stille, die daraufhin herrschte, schien von den Wänden widerzuhallen.

Ein Herz-Jesu-Anhänger aus mattem Gold. Ohne Kette.

Quinn hatte schlagartig einen trockenen Mund. Vor seinem geistigen Auge sah er Eva auf Dannys Grab liegen.

Patrick sagte kein Wort. Obwohl sein Mund offen stand, gab er keinen Laut von sich. Er saß einfach nur da – mit kreidebleichem Gesicht, beide Hände zwischen die Beine geklemmt.

Zitternd wandte Quinn sich ihm zu: »Falls sie tot ist, wenn wir sie finden, bringe ich dich um! Hast du mich verstanden? Ich stecke dir meine Knarre in den Mund und blase dir den Hinterkopf weg.«

Plötzlich sprang Patrick auf und stürmte quer durch den Raum, doch sein Bruder stellte sich ihm in den Weg. Er packte Patrick am Handgelenk, drehte ihm den Arm auf den Rücken und zwang ihn in die Knie.

»Das ist nicht der Anhänger von Eva!«, rief Patrick. »Er hat unserer Mutter gehört! Herrgott noch mal!«

»Unsere Mutter hat den ihren mit ins Grab genommen!« Frank spuckte die Worte mit einer solchen Heftigkeit aus, dass ein wenig Speichel mitflog.

»Nein, hat sie nicht. Ich habe ihn an mich genommen.«

»Ich war doch dabei, du Mistkerl! Ich war verdammt noch mal dabei!« Frank zitterte vor Aufregung am ganzen Körper. Mit einer ruckartigen Bewegung zwang er Patrick noch tiefer zu Boden.

Patrick jaulte vor Schmerz laut auf.

Frank holte keuchend Luft und schloss dabei für einen Moment die Augen. »Patrick Pearse Maguire«, verkündete er, »du bist hiermit verhaftet. Du stehst unter dem dringenden Verdacht, Eva-Marie Quinn entführt zu haben. Du bist nicht verpflichtet, dich dazu zu äußern, aber alles, was du sagst, kann vor Gericht gegen dich …«

»Um Himmels willen, Frankie!«, fiel ihm Partrick ins Wort. »Ist dir überhaupt bewusst, mit wem du sprichst? Ich bin es, dein Bruder Patrick! Du hast den falschen Mann am Wickel.«

Mittwoch, 3. September
19:30 Uhr

Die Stimmung in der Einsatzzentrale war gedrückt. Die Uhr tickte unablässig weiter, und in die allgemeine Anspannung mischte sich nun der Schock wegen der Verhaftung von Superintendent Maguires Bruder. Der Herz-Jesu-Anhänger befand sich bereits im Labor, wo der Verbindungsring mit den auf Dannys Grab sichergestellten Kettengliedern verglichen werden sollte.

Da nun auch Frank persönlich von dem Fall betroffen war, wollte er einen anderen leitenden Beamten hinzuziehen, der seinen Bruder verhören sollte. Der stellvertretende Polizeipräsident, der als Maguires Vorgesetzter die Verantwortung für die Ermittlungen trug, war bereits unterwegs vom Garda-Hauptquartier zur Einsatzzentrale, um mit ihnen das weitere Vorgehen zu besprechen.

»Wir haben keine Zeit für solche Dinge«, gab Quinn gerade zu bedenken. Sie saßen zu dritt in seinem Büro, wo sie die Tür geschlossen und die Jalousien heruntergelassen hatten. Quinn deutete auf die Uhr. »Jede Sekunde ist kostbar, Frank. Wir dürfen keine Zeit damit verschwenden, jetzt noch einen neuen Mann einzuarbeiten.«

»Ich kann dich auf keinen Fall mehr in Patricks Nähe lassen, falls es das ist, was dir vorschwebt«, erwiderte Frank. »Du hast schon mehr als genug gegen die Vorschriften verstoßen.«

Doyle ließ sich auf der Schreibtischkante nieder. »Moss hat recht, Frank«, erklärte er. »Uns bleibt keine Zeit, und derjenige, der am besten mit Patrick reden kann, bist du.«

Frank wirkte nicht sehr überzeugt. »Meinst du wirklich?«

»Natürlich. Der Junge hat immer zu dir aufgeblickt. Als ihr noch Kinder wart, warst du sein Fels in der Brandung. Du warst alles, was er hatte.«

»Stimmt, das war ich.« Frank nickte. »Zumindest die ersten zehn Jahre seines Lebens.« Er bekam schlagartig rote Augen. »Mit elf ist dann seine ganze Welt zusammengebrochen.«

»Du darfst dir deswegen keine Vorwürfe machen, Frank«, meinte Doyle. »Selbst wenn du nicht so scharf darauf gewesen wärst, zur Polizei zu gehen, hätte das Jugendamt dir deinen Bruder auf keinen Fall gelassen. Er wäre so oder so in irgendeinem Heim gelandet. Da war er doch besser in Islandbridge aufgehoben, wo du zumindest die Mönche kanntest. Auch wenn er gerade diese provozierenden Sachen gesagt hat, ist mir all die Jahre nie zu Ohren gekommen, dass in Islandbridge irgendetwas nicht ganz astrein abgelaufen wäre.«

Frank schlug die Hände vors Gesicht. Einen Moment hatte es den Anschein, als bräche er gleich in Tränen aus. Doch er riss sich am Riemen. Mit einem Räuspern wandte er sich wieder Quinn zu.

»Diese Kette ... Unsere Mutter trug genau so eine um den Hals, nachdem man ihren Leichnam fürs Begräbnis hergerichtet hatte. Paddy und ich waren gemeinsam in der Leichenhalle, um sie ein letztes Mal zu sehen.« Er schwieg einen Moment und rieb sich mit den Fingerspitzen über die Augen. »Habt ihr mit Liam Ahern über meinen Bruder gesprochen?«

»Ja, haben wir«, antwortete Doyle, »allerdings ohne seinen Namen zu nennen. Er passt genau ins Profil, Frank, das brauchen wir dir ja wohl kaum zu sagen.«

Frank schob seinen Stuhl zurück und stand auf. »Ihr habt recht«, erklärte er, »der einzige Mensch, der mit ihm sprechen kann, bin ich. Wenn der stellvertretende Polizeipräsident eintrifft, dann informiert ihn bitte über den Stand der Dinge.« Mit diesen Worten griff er nach seiner Jacke und ging.

Sie beobachteten, wie er in aufrechter Haltung die Einsatzzentrale durchquerte. Natürlich starrten ihn auch alle anderen an.

Murphy klopfte gegen die offene Tür. »Moss«, sagte sie, »die Kollegen von der Spurensicherung haben sich gerade gemeldet. Wegen der Telefonzelle in Harold's Cross. Sie haben alle möglichen Fingerabdrücke gefunden, aber nichts, womit wir etwas anfangen können.«

»Danke Keira, einen Versuch war es wert.«

»Was sollen wir mit Jimmy Hanrahan machen, nachdem nun Patrick verhaftet ist?«

Quinn wechselte einen Blick mit Doyle. »Gute Frage. Er ist noch nicht aus dem Schneider – nicht, solange wir weiter im Dunklen tappen. Lass ihn, wo er ist, Murphy. Das kann nicht schaden.«

Er trat ans Fenster. Diverse Bilder wirbelten durch seinen Kopf: Patricks böser Ausbruch von vorhin; der alte Hanrahan mit Pferd und Karren; Eva, die langsam ins Koma fiel. Als er daraufhin einen Blick auf die Uhr warf, kam es ihm vor, als würden die Zeiger absichtlich ein wenig schneller ticken, um ihn zu verhöhnen.

Er musste an die Nachricht denken, die letzte Meldung des Entführers. Seine Frau war *ganz allein*, und wenn Patrick ihnen nicht sagte, wo sie zu finden war, dann ... würde sie *es immer sein.*

Mittwoch, 3. September
21:30 Uhr

Frank Maguire setzte sich mit seinem Bruder in denselben Verhörraum, in dem sie auch mit Jimmy Hanrahan gesprochen hatten.

Patrick saß ihm gegenüber. Sein Zorn war verraucht, er wirkte inzwischen eher verloren – so hilflos und durcheinander wie das verängstigte Kind, das Frank elf Jahre lang aufgezogen hatte.

»Paddy«, begann er leise, »möchtest du nicht doch einen Anwalt?«

Patrick blickte hoch. »Brauche ich einen?«

»Du bist verhaftet worden.«

»Ich weiß – von meinem eigenen Bruder.«

»Soll ich dir einen Anwalt besorgen?«

Patrick schüttelte den Kopf. »Nein, ich brauche keinen. Ich habe nichts getan – auch wenn ich nun hier sitze und mich frage, wieso ich eigentlich hier gelandet bin. Tut mir leid, dass ich dich vorhin so angeschnauzt habe und Moss auch. Aber mit mir sind einfach die Gäule durchgegangen. Wie könnt ihr mir das alles nur zutrauen? Lieber Himmel! Selbst Moss hält es für möglich ...« Er schwieg einen Moment. »Vermutlich macht er sich einfach nur schreckliche Sorgen. Natürlich tut er das. Wer würde das in seiner Situation nicht tun?«

Frank betrachtete ihn: seinen kleinen Bruder, seinen Kampfgenossen aus Kindertagen.

»Wo ist sie, Pat? Du musst es uns sagen. Du willst doch nicht, dass sie stirbt. Nicht Eva.«

Patrick gab ihm keine Antwort.

»Hat sie dich an unsere Mam erinnert? Geht es darum? Haben dich all diese Frauen an sie erinnert?«

Patrick starrte ihn quer über den Tisch an. »Hältst du mich allen Ernstes für Evas Entführer, Frankie? Glaubst du wirklich, ich wäre zu so etwas fähig?«

»Du hast als Kind keine Liebe bekommen, Patrick. Du hattest keine richtige Mutter. Sie hat dich nie geliebt, und das macht dir schon dein Leben lang zu schaffen. Weißt du noch, wie du immer an ihrer Halskette herumgefummelt hast? Wenn sie im Vollrausch und völlig weggetreten war, konntest du auf ihren Schoss klettern und mit der Kette herumspielen. War es vielleicht das Funkeln des Goldes? Oder hast du es einfach nur genossen, dich in ihren Schoß zu kuscheln und ihr nahe zu sein?«

Patrick standen inzwischen die Tränen in den Augen. »Sie hat mich gehasst«, murmelte er, »nicht wahr, Frankie? Sie hat mich so sehr gehasst, dass sie es dir überlassen hat, einen Namen für mich auszusuchen. Du hast dich um mich gekümmert und dafür gesorgt, dass ich etwas zu essen bekam. Du warst alles, was ich hatte. Aber dann hast du mich zu den Brüdern gesteckt und ...«

Frank griff nach seiner Hand. »Ich weiß, ich weiß. Und das tut mir auch leid, es tut mir so leid, aber was hätte ich tun sollen?«

»Ich fand es dort ganz schrecklich«, fuhr Patrick fort. »Sie hat doch immer zu uns gesagt, dass man von den Jungen, die dort landen, nie wieder etwas hört oder sieht. Ich hatte solche Angst, Frankie, dass ich fast das ganze erste Jahr auf dem Fußboden unter meinem Bett geschlafen habe.«

Er starrte ins Leere. »Moss hat recht: Ich war *tatsächlich* all die Jahre heimlich in Eva verliebt. Ich weiß noch genau, wie wir sie damals im Pub das erste Mal sahen, an dem Tisch am Fenster. Moss hat sie sich sofort geschnappt, ohne mir die geringste Chance zu lassen. Trotzdem hat sie mich hin und wieder auf eine ganz besondere Art angesehen. Wäre das alles ein wenig anders gelaufen, dann wäre vielleicht ich der Glückliche gewesen und nicht Moss.« Er legte eine kurze Pause ein, ehe er fortfuhr: »Nach Dannys Tod hat sie dann bei mir Trost gesucht. Mit Moss kam sie nicht mehr zurecht. Sie hatte so eine Wut auf ihn, eine ganz schreckliche Wut. Natürlich war das irrational, und das wusste sie auch. Es war schließlich nicht seine Schuld, dass Danny überfahren worden war. Aber als Maggs dann des Mordes angeklagt wurde und ein Geständnis ablegte und alles ganz rasch und problemlos über die Bühne ging, da verlor sie den Glauben an ihren Mann. Es war genau die Art von Polizeiarbeit, die sie in Dannys Fall nicht zu sehen bekam. Ich nehme an, es lag an dieser Kombination – Maggs und Danny –, dass sie am Ende ihren Ehemann von sich wegstieß.« Er sah seinem Bruder ins Gesicht. »Damals hat sie auch angefangen, die Kette zu tragen.«

»Hat sie dich an unsere Mam erinnert?«, fragte Frank.

Patrick schürzte die Lippen. »In gewisser Weise wahrscheinlich schon. Ich hatte diese Kette noch nie an Eva gesehen, aber eines Tages trug sie sie plötzlich um den Hals. Sie erzählte mir, wer sie ihr geschenkt hatte und dass sie den Anhänger jahrelang nicht mehr getragen habe. Nun habe sie ihn wieder hervorgeholt, weil es sich um das Herz Jesu handle und ihr seit Dannys Tod nur noch der Glaube Halt gebe.«

»Du hast ihr aber nicht gesagt, dass du das alles für Unsinn hältst, oder? Das mit Jesus, meine ich. Und dass deiner Meinung nach die ganze Welt und jeder Einzelne von uns – einfach alles – ein reines Zufallsprodukt ist, sozusagen ein Unfall des Universums?«

Patrick schüttelte den Kopf. »Das wäre grausam gewesen.«

»Wo ist sie?«, fragte ihn Frank.

»Ich weiß es nicht.«

»Du musst es uns sagen.«

»Das kann ich nicht, weil ich es nicht weiß.«

»Uns bleibt keine Zeit mehr. Wenn wir sie nicht bald finden, stirbt sie.«

»Darüber bin ich mir im Klaren.«

»Deswegen musst du es uns sagen. Du musst es *mir* sagen.«

»Ich kann es dir nicht sagen, weil ich es nicht weiß.« Patrick beugte sich vor und sah seinem Bruder in die Augen. »Glaubst du wirklich, dass ich dafür verantwortlich bin, Frank? Ich meine, ganz tief im Innersten deines Herzens? Hältst du mich allen Ernstes für fähig, die Frau meines besten Freundes zu entführen? Glaubst du tatsächlich, ich hätte sie unter irgendwelchen Bodendielen beerdigt, um sie wie Mary Harrington verdursten zu lassen?«

Frank musterte ihn eindringlich. Dabei spürte er eine solche Spannung in den Schultern, dass es richtig wehtat. »Was ist mit den anderen?«, fragte er. »Was ist mit den fünf Frauen, von denen wir nie eine Spur gefunden haben?

Wie du mir vorhin sehr richtig erklärt hast, war Eva inzwischen quasi eine alleinerziehende Mutter: Sie hatte Moss von sich weggestoßen, so dass sie mit den beiden Mädchen allein war. Dadurch fiel sie auf einmal in die gleiche Kategorie wie die anderen. Zwei von ihnen hast du gekannt, nicht wahr?«

Patrick sah ihn fast traurig an. »Glaubst du wirklich, ich habe sie getötet? Ich meine, allen Ernstes? Patrick Pearse Maguire, ein Serienkiller? Der schlimmste Mörder, den dieses Land je gesehen hat?«

»Ist dem so?«

Patrick schloss die Augen. »Dass ich dem Täterprofil entspreche, heißt noch lange nicht, dass ich es war. Und dass ich als Kind keine Liebe bekommen habe, macht mich auch nicht automatisch zum Mörder. Ist dir eigentlich schon mal in den Sinn gekommen, dass ich dank dir am Ende doch noch ein normaler Mensch geworden bin?« Er zuckte mit den Achseln. »Ich habe in St. Boniface auf eine Statue gepinkelt. Na und? So eine große Sache ist das auch wieder nicht. Es war nur eine Statue, Frank, und ich war sturzbetrunken.«

»Aber warum hast du ausgerechnet so etwas getan? Dir muss doch klar gewesen sein, was das für einen Eindruck machen würde. Und dass du danach nicht mehr dort bleiben konntest.«

»Ich war so betrunken, dass ich gar nicht wusste, was ich tat. Deswegen kann ich mich auch überhaupt nicht daran erinnern. Und was es für einen Eindruck machte, war mir zu dem Zeitpunkt vermutlich egal. Ich war achtzehn und wollte ohnehin weg: Nur die Mönche waren immer der Meinung gewesen, ich sollte dem Orden beitreten. Dabei hatte ich längst genug von der Religion. Ich glaubte nicht mehr an all das, und egal, was irgendjemand da hineininterpretiert – ich war an dem Abend einfach nur derart besoffen, dass ich bis heute keinen blassen Schimmer habe, wie ich überhaupt in die verdammte Kapelle gekommen bin.«

Er beugte sich erneut vor und fixierte seinen Bruder. »Ich habe es nicht getan. Ich bin nicht der, den ihr sucht. Ich habe

Eva genauso wenig entführt, wie ich Mary Harrington entführt habe. Ich bin nicht euer Mann, Frankie. Du liegst völlig falsch, ihr liegt alle völlig falsch. Die Halskette ist die unserer Mutter, nicht die von Eva.«

Frank schüttelte den Kopf. »Die von unserer Mutter wurde mit ihr beerdigt.«

»Nein, wurde sie nicht.«

»Nun hör aber auf, Paddy, ich habe sie an ihrem Hals gesehen.«

»Ja, das hast du: du und ich, damals in der Leichenhalle. Aber ich bin hinterher noch einmal umgekehrt, erinnerst du dich? Du hast mit dem Bestatter gesprochen. Du hast recht erwachsen getan und dich wie üblich um alles gekümmert, und ich habe zu dir gesagt, ich müsse mal schnell pinkeln.« Er griff nach dem Arm seines Bruders. »Ich bin noch mal zurück, Frankie. Ich bin zurück, um mir die Kette zu holen. Das Kettchen habe ich schon vor Jahren verloren, aber auf den Anhänger habe ich immer gut aufgepasst. Er hat mich an unsere Mam erinnert. An die Stunden auf ihrem Schoß. Das war die einzige schöne Erinnerung, die ich je an sie hatte.« Er schwieg einen Moment.

»Hör zu«, fuhr er schließlich fort, »ich kann durchaus nachvollziehen, wieso ihr auf die Idee gekommen seid, mich zu verdächtigen. Ich habe genug Zeit mit Gefängnisinsassen verbracht, um zu wissen, was im Leben alles schieflaufen kann und was für falsche Schlüsse die Umwelt oft daraus zieht. Letztendlich aber warst du derjenige, der den Leuten unsere Vergangenheit verschwiegen hat, und nicht ich. Hättest du das nicht getan, hätte Moss niemals Verdacht geschöpft. Begreifst du denn nicht? Dass die Dinge momentan so aussehen, wie sie aussehen, liegt größtenteils daran, dass du solche Angst hattest, was die Leute über uns denken könnten. Das musst du jetzt jedoch alles vergessen und mir vertrauen. Du musst mir in die Augen sehen und glauben, was ich dir sage. Ich bin nicht euer Mann. Ich habe das alles nicht getan. Nichts davon.«

Mittwoch, 3. September
21:50 Uhr

In Janes Wohnzimmer verfolgte Maggs, wie der Polizeipräsident gegenüber der Presse eine Stellungnahme abgab. Er konnte kaum fassen, was er da hörte. Jane saß auf der Armlehne seines Stuhls. Sie hielt seine Hand, und ihre Augen leuchteten vor Aufregung.

»Wir haben zwei Personen in Gewahrsam genommen«, erklärte der Polizeipräsident gerade. »Beide unterstützen uns bei unserer Suche nach Eva. Mehr kann ich dazu vorerst nicht sagen. Sicher haben Sie jede Menge Fragen, aber ich muss Sie um Nachsicht bitten: Ich kann sie Ihnen im Moment nicht beantworten.«

Mit diesen Worten wandte er sich ab und steuerte auf den Eingang des Präsidiums zu.

Plötzlich saß Jane auf Maggs' Schoß, schlang ihm die Arme um den Hals und bedeckte ihn mit Küssen. »Oh, Conor«, sagte sie, »hast du das gehört? Dir ist endlich Gerechtigkeit widerfahren: Du bist aus dem Schneider!«

Maggs starrte immer noch auf den Fernseher, bekam jedoch gar nicht mehr mit, was über den Bildschirm flimmerte. Stattdessen saß er wieder im Obersten Strafgerichtshof auf der Anklagebank, und unter den Zuschauern saß Eva und wickelte die Halskette, die er ihr geschenkt hatte, um den kleinen Finger.

An der Art, wie er plötzlich die Schultern nach vorne sinken ließ, konnte Jane sehen, wie erleichtert er war. Sie hatte die Hände an seine Wangen gelegt und küsste ihn immer wieder. »Ach, mein Liebster, das ist wundervoll! Es ist fantastisch! Lobe den Herrn, Conor, lobe den Herrn!«

Maggs erhob sich wortlos und blieb ein paar Augenblicke stehen, wobei er durch die Diele zur Wohnungstür hinausblickte, ohne wirklich etwas wahrzunehmen.

»Ist mit dir alles in Ordnung, Conor?«, fragte Jane.

»Ja, es geht mir gut. Ich vermute nur, nach der langen Zeit werde ich eine Weile brauchen, um diese Neuigkeit zu verdauen. Ich kann es noch gar nicht fassen.« Plötzlich riss er die Augen weit auf. »Sie verdächtigen nicht mehr mich, Jane. Nach allem, was Doyle und Quinn mir angetan haben, verdächtigen sie endlich nicht mehr mich.«

Mittlerweile standen ihm die Tränen in den Augen, und er zitterte leicht. »Du hast an mich geglaubt«, stellte er fest. »Als niemand anderer für mich da war, hast du stets an mich geglaubt.«

»Und das werde ich auch in Zukunft tun. Ich werde immer für dich da sein. Ich liebe dich, Conor, das weißt du. Für mich ist das mit uns beiden etwas auf Dauer.«

Er schlang die Arme um ihren Hals. »Ich liebe dich auch. Weißt du, was? Wir sollten feiern. Das ist ein denkwürdiger Moment, vielleicht sogar ein Wendepunkt in unserer Beziehung. Lass uns Champagner kaufen, Jane. Lass uns Champagner kaufen und zusammen ins Bett schlüpfen. Wir feiern ein bisschen.« Lächelnd küsste er sie. »Zieh dich aus«, befahl er, »zieh alle deine Sachen aus und leg dich ins Bett. Ich hole den Champagner.«

Er griff nach Jacke und Brieftasche und verließ die Wohnung. Jane blieb noch ein paar Minuten in der Diele stehen und badete in ihrem Glück. Sie spürte, wie sehr sie ihn liebte und wie sehr er ihre Liebe erwiderte. Ihr ging durch den Kopf, dass das im Moment so ziemlich das Einzige auf der Welt war, was für sie zählte.

Sie überlegte, ob er sie wohl bitten würde, seine Frau zu werden. Singend tänzelte sie nach nebenan, um sich ein Bad einlaufen zu lassen. Während die Wanne sich füllte, ging sie in ihr winziges Schlafzimmer hinüber, um ihr reizvollstes Nachthemd herauszulegen, und zog dabei das Bett ein wenig zurecht. Draußen auf dem Treppenabsatz hörte sie Schritte. »Conor, wenn du das schon bist, die Tür ist offen.«

Sie bekam keine Antwort. Jane fragte sich, ob es in dem kleinen Laden an der Ecke überhaupt Champagner gab oder ob Conor rasch zum Hotel hinaufgegangen war. Als sie hinter sich die Wohnungstür ins Schloss fallen hörte, drehte sie sich lächelnd um.

»Das ging aber schnell ...« Erschrocken trat sie einen Schritt zurück.

Zwei kräftig gebaute Männer waren in die Diele getreten. Es handelte sich um besonders große, brutal aussehende Kerle. Einer trug einen Ledermantel, der andere eine gefütterte schwarze Jacke. Beide waren Skinheads, und der eine hatte selbstgemacht aussehende Tätowierungen auf beiden Handrücken.

»Wer sind Sie?«, fragte sie. »Was tun Sie in meiner Wohnung?«

Der eine Mann starrte sie nur an, während der andere ins Bad trat und den Wasserhahn abdrehte.

»Dein Cousin will mit dir reden«, erklärte er ihr. »Du musst mitkommen.«

Ehe Jane ein Wort erwidern konnte, packte er sie am Ellbogen und nahm ihren Mantel vom Haken. »Es wird nicht lange dauern, Süße. Komm einfach mit.«

Mittwoch, 3. September
22:03 Uhr

Zweiundsiebzig Stunden. Quinn starrte auf die Uhr. Doyle telefonierte, Murphy ebenfalls. Von Frank Maguire war weit und breit nichts zu sehen. Soweit Quinn wusste, war er immer noch auf der anderen Seite des Flusses, in der Amiens Street.

Quinn fühlte sich hilflos und verloren. Nicht einmal morgens beim Aufwachen war er sich so allein vorgekommen wie jetzt. Nebenan in der Einsatzzentrale herrschte nach wie vor Hochbetrieb: Es wurde hin und her diskutiert, ständig klingelten die Telefone, und Faxnachrichten trafen ein. Was jedoch nichts an der Tatsache änderte, dass Evas Entführung inzwischen zweiundsiebzig Stunden zurücklag. Er war in Blackrock gewesen, in Clare und in Carrigafoyle, wo Doyle ihn ermuntert hatte, nicht aufzugeben. Nun aber schien jede Hoffnung vergebens. Obwohl sie Pat Maguire und Jimmy Hanrahan verhaftet hatten, konnte ihm immer noch niemand sagen, was mit Eva geschehen war.

Er saß einfach nur da. Seine Frustration war so groß, dass es ihm vorkam, als wäre plötzlich seine ganze Muskulatur gelähmt – und er dazu verdammt, hilflos zuzusehen, wie rund um ihn herum alle fieberhaft arbeiteten, während die Uhr immer weiter über den Punkt hinaustickte, ab dem es keine Wiederkehr gab.

Sein Handy klingelte. Nachdem er es aus seiner Jackentasche gefischt hatte, starrte er einen Moment auf das Display, konnte die Nummer zunächst jedoch nicht zuordnen. Dann dämmerte ihm, dass es sich um das Labor handelte.

»Quinn«, meldete er sich.

»Moss, hier ist John May.« May war ein hervorragender Ballistiker, mit dem er in der Vergangenheit schon oft zusammengearbeitet hatte.

»Was habt ihr herausgefunden, John?«

»Gibt es denn schon etwas Neues über Eva?«

Quinn biss sich auf die Lippe. »Nein, nichts«, antwortete er. »Wir haben zwei Männer verhaftet, aber gebracht hat uns das verdammt wenig.«

»Lieber Himmel, das tut mir leid. Hör zu, ich wollte dich sofort wissen lassen, was wir bezüglich des Anhängers herausgefunden haben. Die von der Spurensicherung sichergestellten Kettenstücke weisen ja mehrere deutlich verformte Glieder auf.«

»Ja, stimmt.«

»Also, ich habe hier gerade den Anhänger unter dem Elektronenmikroskop liegen, das wir normalerweise für die Untersuchung von Kugeln verwenden. Ich habe es dir schon mal gezeigt, es liefert eine zweimillionenfache Vergrößerung.«

»Was verrät es dir?«

»Der kleine Ring, an dem der Anhänger befestigt ist, weist keine entsprechende Verformung auf, Moss. Ich führe natürlich noch weitere Untersuchungen durch, und ein paar von meinen Assistenten arbeiten auch gerade daran, aber soweit ich es im Moment beurteilen kann, war der Anhänger, den du mir gegeben hast, niemals mit dieser Kette verbunden.«

Mittwoch, 3. September
22:03 Uhr

Jane war noch nie auf dem Boot ihres Cousins gewesen. Während sie neben dem tätowierten Skinhead auf der Rückbank saß, wären beinahe die Nerven mit ihr durchgegangen. Johnny, der Schmierer war eigentlich der Cousin ihres Vaters, und die beiden verstanden sich gar nicht gut. Während Multimillionär Johnny eine Baufirma betrieb und angeblich ein Gangster war, hatte ihr Dad es nur zu einer Stelle im Bauamt gebracht, im Süden von Finglas.

»Weswegen will Johnny sich denn mit mir treffen?«, wandte sie sich an den neben ihr sitzenden Mann, dessen Blick nach vorne gerichtet war. Sie fuhren in Richtung O'Connell Bridge. »Ich habe ihn schon jahrelang nicht mehr gesehen. Was will er denn plötzlich von mir?«

Der glatzköpfige Schlägertyp, der mit seinem bulligen Körper den Großteil des Rücksitzes einnahm, gab ihr keine Antwort. Er würdigte sie nicht einmal eines Blickes, sondern starrte weiter mit undurchdringlicher Miene geradeaus, während der Fahrer den Wagen durch den dichten Stadtverkehr lenkte. An der Brücke bogen sie ab und fuhren den Kai entlang, vorbei an der kleinen Gasse, die zur Abbey Street führte. Jane konnte bereits das riesige Kajütboot sehen, das an der Anlegestelle vertäut war.

Nachdem die Männer mit ihr an Deck gegangen waren, schoben sie Jane die Treppe zur Kajüte hinunter.

Ihr Blick fiel auf Ledersofas, einen Flachbildschirm-Plasmafernseher und eine gut gefüllte Bar, vor der ihr Cousin in einem Seidenhausmantel und Lederhausschuhen stand. Er wandte ihr den Rücken zu. Sein untersetzter Körper wirkte unförmig, und an seinem Hinterkopf glänzte ein rosiger Fleck Kopfhaut, als wäre er gerade erst aus der Dusche gestiegen.

Jane hörte Eiswürfel klirren. Als sie sich über die Schulter umblickte, sah sie den Mann, der neben ihr im Auto gesessen hatte, oben an der Treppe stehen, die tätowierten Hände vor dem Bauch verschränkt. Sie spürte, dass sie leicht zitterte und dass ihr unter den Achseln und zwischen den Oberschenkeln der Schweiß ausbrach. Sie musste an Conor denken, der inzwischen bestimmt schon in die Wohnung zurückgekehrt war, ohne dort eine Spur von ihr vorzufinden.

»John«, sagte sie. Er drehte sich noch immer nicht um. »Johnny, du wolltest mich sprechen?«

Als hätte er ihre Anwesenheit überhaupt nicht registriert,

mixte er sich weiter seinen Drink. Selbst als er ihn sich schließlich eingeschenkt hatte, blieb er mit dem Rücken zu ihr stehen, während er daran nippte. Sie sah, wie er sich aus einer bereits geöffneten Zigarettenschachtel eine herauszog und nach seinem Feuerzeug griff. Sekunden später roch sie den Rauch. Sie hatte das Gefühl, in dem engen Raum sofort Atemnot zu bekommen. In dem Moment drehte er sich um und betrachtete sie: Aus einem aufgeschwemmten Mondgesicht starrten sie kleine Schweinsäuglein an, die tief in fleischigen Höhlen lagen.

»Jane Finucane«, sagte er mit sanfter Stimme, »nun erzähl mal, wie geht es deinem Dad?«

Verblüfft starrte Jane ihn an. »Es geht ihm gut, John – zumindest ging es ihm gut, als ich das letzte Mal mit ihm gesprochen habe.«

»Immer noch bei der Stadt, was? Ich habe da oben in Finglas ein paar Bauprojekte laufen. Aber er arbeitet ja für das Straßenbauamt, nicht wahr? Mit meiner Sparte hat er nichts zu tun.«

Nachdem er ihr mit einer Handbewegung bedeutet hatte, sich zu setzen, griff er nach einer Dose Fischfutter und ging damit über den dicken Teppich zu einem großen Aquarium hinüber, in dem ein paar farbenfrohe exotische Fische hin und her schwammen.

»Wie ich höre, pflegst du die Gesellschaft einer Made«, bemerkte er, wieder in diesem sanften Ton.

Jane lief rot an. »Ich kann dir nicht folgen, John.«

»Conor Maggs, der Kerl, dem die Bullen eine Tracht Prügel verpasst haben, ehe sein Verfahren eingestellt wurde.« Während er ein wenig Fischfutter auf die Wasseroberfläche streute, lächelte er in sich hinein. »So heißt er bei den Bullen, musst du wissen: wie die kleinen Krabbeltiere, die ich normalerweise an die Fische verfütterte.«

»Er ist freigesprochen worden, Johnny, er ist …«

»Er ist ein Haufen Scheiße und nichts anderes.« Mit einem kalten Blick in ihre Richtung stellte ihr Cousin die Dose weg. »Und er hat mir in letzter Zeit eine Menge Ärger gemacht.«

»Das verstehe ich nicht. Wie könnte er dir Ärger machen?«

»Durch die Bullen, Jane. Durch einen gewissen Joseph Doyle, einen alten Haudegen aus dem County Kerry.« Er verzog den Mund. »Mit diesem Doyle ist nicht gut Kirschen essen, ebenso wenig wie mit Moss Quinn. Weißt du, die beiden gehören nicht zu den Polizisten, die unsere moderne Welt verstehen. Sie leben in der Vergangenheit – einem Irland, das es nicht mehr gibt. Ihnen ist nicht klar, dass ein Bürger gewisse Rechte hat, und sie lassen sich durch nichts einschüchtern.«

»Aber was hat das mit mir zu tun?«

»Sonntagabend, Süße. Am Sonntagabend gegen zehn. Wo warst du da?«

»Letzten Sonntag war ich zu Hause, Johnny. In meiner Wohnung.«

»Und der Madenmann? War er bei dir?«

Sie zögerte.

Seine Augen funkelten finster. »Lüg mich jetzt ja nicht an. Bei den Bullen kannst du das bringen, wenn du meinst, aber mich lügst du besser nicht an.«

Sie öffnete den Mund, klappte ihn aber gleich wieder zu, woraufhin ihr Cousin bedächtig vor sich hin nickte. »Ich merke es sofort, wenn mich jemand anflunkert, Jane.« Er tippte sich an die Schläfe. »Ich habe da so eine Art Mistdetektor eingebaut. Schon mein ganzes Leben lang. Und wenn der alte Johnny eines nicht ausstehen kann, dann sind es billige Lügen. Du und ich, Jane, wir sind eine Familie. Aber wenn ich das Gefühl hätte, dass du mich anlügst, würde ich trotzdem den Anker lichten und ein Stück die Liffey entlangschippern, hinaus in die Irische See. Dort würde ich dir dann die Hand- und Fußgelenke mit ein paar schweren Ketten zusammenbinden und dich über Bord werfen.« Er schnippte mit den Fingern. »Und schon gibt's keine Jane Finucane mehr und keine kleine Lügen.«

Jane hätte sich vor Angst fast in die Hose gemacht, während sie auf dem Ledersofa ihres Cousins saß und von ihm mit Blicken durchbohrt wurde. Oben an der Treppe stand immer noch der Glatzkopf und sah ihnen zu, ein wölfisches Grinsen im Gesicht. Johnny ließ sich neben ihr nieder. »So«, sagte er, »nun werde ich dir noch mal dieselbe Frage stellen, und nachdem du jetzt weißt, wie es abläuft, kannst du mir eine Antwort geben. Ich muss dir allerdings sagen, dass wir das wie bei einem Fernsehquiz handhaben: Ich kann nur deine erste Antwort gelten lassen. Falls du sie revidieren musst, treten wir unsere Schiffsreise an, und vorher lasse ich Dessie seinen Spaß mit dir haben.« Er blickte zur Treppe hinüber. »Und Dessie mag es hart, Jane. Er tut seinen Frauen gern weh.«

Sie zitterte inzwischen am ganzen Körper. Es fehlte nicht viel, und sie hätte vor lauter Angst seine ganze Couchgarnitur vollgepinkelt.

»Also lass hören«, sagte er sanft. »Ich frage dich jetzt, und ich frage dich nur ein einziges Mal: War die Made bei dir, oder hast du die Bullen angelogen?«

Mittwoch, 3. September
22:10 Uhr

Maggs kaufte in dem Mini-Supermarkt an der Lower Camden Street eine Flasche spanischen Sekt. Er hatte so weit gehen müssen, weil er im Laden an der Ecke nichts Vergleichbares bekommen hatte. Für eine Flasche Moët reichte sein Budget nicht, aber Jane stellte da keine großen Ansprüche, außerdem schmeckte das spanische Zeug genauso gut. Nachdem er die Flasche in der großen Innentasche seines Mantels verstaut hatte, wanderte er zurück in Richtung Kanal. Momentan regnete es nicht, auch wenn ein strenger Wind über die Stadt hinwegfegte.

Zwei Männer in Gewahrsam. Das zauberte ein Lächeln auf sein Gesicht. Nach all der Zeit hatte er kaum noch damit gerechnet, aber am Ende siegte eben doch Justitia, egal, wie langsam ihre Mühlen mahlten.

Zehn Minuten später bog er in die kleine Gasse ein und ließ den Blick an dem Sechziger-Jahre-Wohnblock hinaufschweifen: graue Betonbalkone, billige Fliesen und große rechteckige Fenster. Er war von jedem Verdacht befreit. Endlich hatten sie jemand anderen am Wickel, was bedeutete, dass er die Flügel ausbreiten und neu durchstarten konnte, wenn er wollte. Wobei er natürlich auch ans Geldverdienen denken musste. Er hatte noch keinen Job, und früher oder später würde selbst die Großzügigkeit von Gruppen wie der in Harold's Cross ein Ende haben.

Das betonierte Treppenhaus roch unangenehm. Bisher war ihm das nie so richtig aufgefallen. Vielleicht brachte dieses neu entdeckte Gefühl von Freiheit mit sich, dass sämtliche Sinne sich bei ihm entfalteten. Er roch, dass irgend so ein kleiner Drecksack mitten auf die Treppe gepinkelt hatte, wo andere Leute gehen mussten. Vielleicht würden er und Janey ja bald umziehen. Sie hatten etwas Besseres verdient als diese Wohnung hier. Er zog seinen Schlüssel aus der Tasche und sperrte auf. »Ich bin wieder da, Liebling«, rief er, »aber wir müssen uns mit spanischem Sekt begnügen!«

Er bekam keine Antwort.

»Bin wieder da!«, rief er noch einmal. »Es gab keinen richtigen Schampus, deswegen habe ich eine Flasche von dem spanischen Zeug genommen. Selbst dafür musste ich bis runter zur Camden Street.«

Noch immer keine Antwort. Als er die Tür zum Schlafzimmer aufschob, sah er, dass sie sich ein Nachthemd herausgelegt hatte. Von seiner Freundin selbst fehlte jede Spur.

»Jane?«, rief er. »Janey, wo bist du?«

Sie war weder in der Küche noch im Wohnzimmer, aber im Bad schimmerte ein Rest von Wasser in der Wanne. Dann fiel sein Blick auf die Garderobe in der Diele. Janes Mantel war weg – obwohl ihr Handy noch in der Küche auf der Arbeitsplatte lag, neben ihrer Handtasche. Er kratzte sich am Kopf. Wieso sollte sie ohne Geld und Handy das Haus verlassen? Er ging auf den Balkon hinaus, beugte sich über das Geländer und spähte die kleine Gasse auf und ab, aber auch dort war weit und breit nichts von ihr zu sehen.

Er konnte sich das nicht erklären.

Plötzlich fröstelte er, und sein Herz begann schneller zu schlagen. Nachdenklich rieb er sich mit der Handfläche übers Kinn. Er überlegte, und zwar scharf.

Mittwoch, 3. September
22:15 Uhr

Maguire betrat die Einsatzzentrale genau in dem Moment, als Quinn sein Telefonat mit dem Ballistik-Experten beendete.

Doyle, der auch gerade ein Gespräch beendet hatte, blickte von seinem Schreibtisch hoch. Er hatte den Hörer noch in der Hand, aber als er den Superintendent hereinkommen sah, legte er ihn beiseite. Ohne auf die Detectives zu achten, die mit ihm sprechen wollten, stürmte Maguire in Quinns Büro, zog die unterste Schublade von Quinns Schreibtisch auf und holte die halbe Flasche Jameson heraus, die dieser dort deponiert hatte. Zwei Gläser standen ebenfalls bereit. Er griff nach dem einen, schenkte sich einen anständigen Schuss ein und kippte ihn hinunter. Anschließend schenkte er sich gleich nochmals ein und hielt Quinn mit fragender Miene das zweite Glas hin.

Quinn schüttelte den Kopf.

Doyle schob sich an ihm vorbei, schnappte sich das leere Glas und schenkte sich drei Fingerbreit ein. »Was hat er gesagt, Frank?«

»Er behauptet, nicht zu wissen, wo sie ist. Er sagt, er war es nicht.« Maguire kippte den zweiten Whiskey hinunter. »Ich weiß, was ihr mir jetzt gleich antworten werdet: Natürlich gibt er es nicht zu. Keiner von uns ist je einem schuldigen Mann begegnet, oder?«

Quinn zog die Oberlippe zwischen die Zähne. »Die Kette eurer Mutter«, begann er. »Die auf dem Foto in Paddys Wohnung.«

»Zum letzten Mal habe ich diese Kette kurz vor ihrer Beerdigung gesehen, aber Patrick behauptet, er habe sie ihr abgenommen, während ich mit dem Bestatter sprach.«

»Ich hatte gerade das Labor an der Strippe«, erklärte Quinn ruhig. »Die verformten Kettenglieder passen nicht zum Anhänger.«

Maguire erstarrte mitten in der Bewegung. Er hatte Doyle die Flasche aus der Hand genommen und war im Begriff gewesen, sich einen dritten Schuss Whiskey einzuschenken. Stattdessen wandte er sich nun an Quinn. »Was hast du gerade gesagt?«

»Die Verformungen an den Kettengliedern, die entstanden, als Eva die Kette vom Hals gerissen wurde – sie passen nicht zum Verbindungsring des Anhängers. Er weist keine entsprechende Verformung auf.«

Maguire starrte ihn verblüfft an. »Du meinst, der Anhänger gehört nicht Eva?« Er packte Quinn am Arm. »Habe ich dich da richtig verstanden?«

»Da hast du mich genau richtig verstanden.«

Doyle rieb mit der Handfläche über den Boden seines Glases. »Soll ich euch Jungs noch was verraten?«, meldete er sich zu Wort.

Beide sahen ihn fragend an.

»Jane Finucane hat gelogen. Maggs war am Sonntagabend um zehn nicht bei ihr. Er ist erst nach Mitternacht nach Hause gekommen.«

Mittwoch, 3. September
22:25 Uhr

Quinn und Doyle fuhren voraus. Maguire wollte nachkommen. Gemeinsam brachen sie vom Harcourt Square auf und bogen in die Camden Street, der eine Wagen nach rechts, der andere nach links. Für Quinn und Doyle waren es von dort kaum zwei Minuten zu fahren. Doyle hielt an, bevor sie die Lieferantengasse erreicht hatten.

»Wir müssen es ja nicht an die große Glocke hängen, dass wir kommen«, erklärte er. Quinn war bereits ausgestiegen und knöpfte seine Jacke zu. Seite an Seite gingen sie das kurze Stück die Straße entlang, ehe sie in die Dunkelheit einbogen. Quinn konnte jeden seiner Schritte klar und deutlich hören, während sie über den kleinen betonierten Vorhof gingen und ins Treppenhaus traten. Rasch die zwei Stockwerke hoch, und schon standen sie auf dem Treppenabsatz. Doyle steuerte auf das Licht zu, das durch den Glaseinsatz von Janes Wohnungstür fiel.

Plötzlich ging die Tür auf, und Maggs kam heraus. Da er ihnen den Rücken zuwandte, bemerkte er sie zunächst nicht. Er trug eine Reisetasche aus Segeltuch und hatte den Kragen seiner Jacke bis unter die Ohren hochgeklappt. Eine Hand noch am Türgriff, blickte er sich um und entdeckte sie.

»Na, willst du eine schöne Reise machen, Conor?«, fragte Doyle.

Maggs stieß die Wohnungstür wieder auf, sprang zurück in die Diele und versuchte die Tür hinter sich zuzuschlagen, aber

Quinn war schneller. Die Schulter gegen das Holz gestemmt, drückte er sie mit Gewalt auf und sorgte gleichzeitig dafür, dass Maggs quer durch die Diele segelte.

Rasch rappelte er sich hoch. »Was soll das, verdammt noch mal? Ich will mich doch nur mit Janey treffen. Ich bin mit meinem Mädchen verabredet.«

»Einen Teufel bist du.«

Quinn hatte ihn am Arm gepackt, schwang ihn wie ein Hammerwerfer einmal um sich herum und ließ ihn dann gegen die Wand krachen.

Maggs brach zusammen, war aber noch kaum auf dem Boden gelandet, als Quinn ihn bereits mit einer Hand an den Haaren gepackt hatte und ins Wohnzimmer hinüberschleifte. »Wo ist sie?«, fragte er. »Wo ist Eva? Was hast du mit meiner Frau gemacht?«

»Nichts! Lieber Himmel, ich habe gar nichts mit ihr gemacht, das weißt du ganz genau!« Maggs liefen Tränen über die Wangen. Seine Augen waren weit aufgerissen, seine Gesichtszüge verzerrt. »Ich habe es euch schon weiß Gott wie viele Male gesagt: Ich habe keine Ahnung, wo sie ist. Ich weiß nichts über die Entführung, und ich weiß auch nicht, wo Eva ist, Moss. Ich habe keine Ahnung.«

»Du hast mit ihr gesprochen. Im Gerichtssaal hast du dir eingebildet, sie würde dir eine Art Zeichen geben, weil sie die verfluchte Kette trug.« Quinn hievte ihn in eine aufrechte Position. Er konnte Maggs' Atem riechen, und er sah den gehetzten Ausdruck in seinen Augen. »Wo ist sie?«

»Ich weiß es nicht!«, heulte Maggs. »Ich weiß es wirklich nicht! Herrgott noch mal, lass mich endlich los!« Mittlerweile hatte er die Finger fest um die von Quinn gekrallt und versuchte verzweifelt, sich aus dessen Griff zu befreien.

»Du Drecksack, ich bringe dich um! Ich reiße dir deinen verdammten Kopf ab!« Mit diesen Worten ließ Quinn ihn unvermittelt los, stieß ihn grob auf einen Stuhl und baute sich mit geballten Fäusten vor ihm auf. »Das Polaroid-Foto, der Felsen im Sand. Wo ist sie?«

Maggs starrte ihn mit weit aufgerissenen Augen an. Speichel lief ihm über die Lippen und ließ sie weißlich schimmern.

»Die Anrufe, die Nachrichten, die ganzen verdammten Reime.« Inzwischen hatte Quinn sich Maggs' Tasche geschnappt und durchwühlte seine Sachen. Er schleuderte Schuhe, Klamotten und eine Toilettentasche heraus. »Was hast du damit gemacht? Was hast du mit ihrer Kette gemacht?«

»Ich weiß nicht, wovon du redest«, jammerte Maggs. »Bitte Moss, ich weiß wirklich nicht, was du meinst.«

Quinn warf die Tasche nach ihm und traf ihn im Gesicht. Knapp über seinem Auge klaffte eine Platzwunde. Maggs jaulte wie ein Hund, eine Hand über das Auge geklappt, die andere von sich weggestreckt, um Quinn abzuwehren. Quinn zerrte ihn hoch. »Genau wie du nichts von Mary wusstest, obwohl du sie stranguliert hast, bis sie die Besinnung verlor, und sie anschließend in John Hanrahans Küche geschleppt hast. Um endlich Rache zu nehmen, was, Made?«

»Moss, bitte!«

»*Nur Mary weiß Bescheid.* Nur du konntest dir das ausdenken, weil nur du gewusst hast, dass es uns zu Jimmy führen würde. Dank des Fotos würde er im Knast landen und für den Mord büßen, den du begangen hattest. Und Paddy hast du an dem Tag Rache geschworen, als er dich perversen Mistkerl im Gebüsch erwischte, und nach seiner Aussage, er habe dich mit Mary gesehen, hast du ihm gleich noch einmal Rache geschworen. Du hast dafür gesorgt, dass alles gegen ihn sprechen würde: euer Treffen während deiner U-Haft, der Crawthumper, seine Vergangenheit bei den Christian Brothers.«

Maggs riss sich von ihm los und flüchtete quer durch den Raum, um sich dann wie ein verängstigtes kleines Kind in eine

Ecke zu drängen. Dort kauerte er, am ganzen Körper zitternd, mit blutverschmiertem Gesicht. Seine Gliedmaßen zuckten derart heftig, dass es fast aussah, als würde er von Krämpfen geschüttelt. Gleichzeitig hustete und würgte er, hielt sich mit beiden Händen die Seiten und spuckte auf den Boden.

Dann war er schlagartig still. Als er wieder hochblickte, sprach aus seinen Augen die Leere seiner Seele. Mit einem wütenden Knurren stürzte er sich auf Quinn.

Doyle, der ihm den Weg zur Wohnungstür versperrte, versuchte sich mit einem Faustschlag am Kampfgeschehen zu beteiligen, aber Maggs war zu schnell. Indem er sich rasch duckte, schaffte er es, den großen Mann zu umrunden. Er stürmte auf die Balkontür zu und Quinn hinter ihm her. Als Maggs die Tür erreichte, hatte Quinn bereits einen Arm um seine Taille geschlungen. Gemeinsam taumelten sie einen Moment über den Betonboden, ehe sie gegen die etwa hüfthohe Mauer mit dem abgegriffenen Metallgeländer krachten. Maggs versuchte, mit den Fingern an Quinns Augen heranzukommen, als wollte er sie ihm ausstechen oder ausreißen. Dabei spuckte er wie eine Kobra. »Zum Teufel mit dir, Quinn, zum Teufel mit euch ganzen Mistkerlen!«

Quinn versetzte ihm einen Magenschwinger.

Maggs krümmte sich zusammen, kam jedoch gleich wieder hoch und erwischte Quinn im Gesicht. Sofort holte er zu einem weiteren Schlag aus. Dieses Mal traf er daneben, hatte dadurch aber so viel Schwung, dass er fast das Gleichgewicht verlor. Quinn schlug mehrmals auf ihn ein. Dann senkte er den Kopf und rammte seinen Gegner mit einem kräftigen Schulterstoß gegen die kleine Mauer. Maggs knallte mit dem Rücken auf die Metallstange des Geländers und verlor durch die Wucht des Aufpralls das Gleichgewicht. Im nächsten Moment segelte er mit weit aufgerissenen Augen und offenem Mund durch die Luft.

Dann war er weg. Mit einem kurzen, kehligen Aufschrei stürzte er vom Balkon.

Quinn war auf allen vieren gelandet. Doyle hievte ihn hoch, und gemeinsam spähten sie über die Mauer. Maggs war ganz hinuntergefallen, allerdings nicht auf den Boden. Es dauerte einen Moment, bis sie die Situation richtig erfassten. Dann begriffen sie, dass er aufgespießt war. Die schwarze Spitze einer Geländerstange hatte sich mitten durch seine Brust gebohrt. Wie ein Insekt, das – von einem Sammler mit einer Nadel an ein Brett gepinnt – hilflos mit den Beinen zappelte, ruderte auch er verzweifelt mit Armen und Beinen. Fassungslosigkeit und Entsetzen waren ihm ins Gesicht geschrieben.

Mehrere Streifenwagen bogen in die kleine Gasse ein. Quinn packte Doyle am Arm. Gemeinsam stürmten sie in Richtung Treppe.

Wenige Augenblicke später beugte sich Quinn über den gepfählten Maggs, der nur mit den Füßen und den Fingerspitzen den Boden berührte. Er blinzelte, als würde ihm bereits alles vor den Augen verschwimmen. Sein Mund war voller Blut, und aus seiner Kehle drang ein gurgelndes Geräusch.

Auf ein Knie gestützt, zwang Quinn ihn hochzublicken. »Wo ist sie?«, fragte er.

Wortlos erwiderte Maggs seinen Blick – den Kopf im Nacken, die blutige Stirn gerunzelt.

»Du willst doch nicht, dass sie stirbt, Conor, das willst du doch nicht! Sag mir, wo sie ist!«

Maggs öffnete den Mund, doch es kamen nur Blutblasen heraus. Seine Augen schlossen sich langsam. Er schürzte die Lippen, und Quinn senkte den Kopf, um ihn verstehen zu können. Aber statt etwas zu sagen, fing Maggs wieder zu zappeln an. Sein Körpergewicht ließ ihn nach unten sacken. Mit einem hässlichen, schmatzenden Geräusch bohrte sich die Stange noch tiefer in seine Brust.

»Wo ist sie, Conor?«, fragte Quinn. »Was hast du mit Eva gemacht?«

Maggs Augen waren inzwischen geschlossen, seine Gesichtszüge zu einer unkenntlichen Maske verzerrt. Ein Lungenflügel war geplatzt, so dass er Blut spuckte. Sein Mund stand offen, seine Lippen wirkten schlaff. Seine Zunge zuckte, als hätte sie ein Eigenleben entwickelt.

Dann war er plötzlich ganz still.

Quinn stieß einen Schrei aus – voller Entsetzen, Schmerz und Verzweiflung.

Noch immer auf den Knien, ließ er für einen Moment den Kopf hängen. Dann rappelte er sich mühsam hoch. Mit einem Ausdruck tiefster Hoffnungslosigkeit starrte er auf den leblosen Körper hinunter.

Plötzlich schlug Maggs die Augen auf.

Seine Lippen öffneten sich, und er blickte sich suchend um. Dabei wirkten seine Augen leer, als könnte er schon gar nichts mehr erkennen. »Moss«, flüsterte er, »Moss.«

Wieder sank Quinn auf die Knie. »Sag es mir, Conor. Um Gottes willen, sag es mir, solange noch Zeit ist!«

»Sie hat dich verlassen.« Sein krächzendes Flüstern erinnerte Quinn an die anonymen Anrufe. »Sie hat dich verlassen und die Kinder auch. Sie hat Laura und Jessie allein gelassen.«

»Um Himmels willen! Wo ist sie?«, schrie Quinn und schüttelte Maggs' wehrlosen, aufgespießten Körper. »Sag mir endlich, wo sie ist!«

Maggs' Lippen zuckten. Seine blutigen Finger krallten sich um Quinns Arm. »Sie ist jetzt mit mir zusammen«, flüsterte er. Dann schloss er müde die Augen, um sie nie wieder aufzumachen. »Sie ist bei mir.«

Mittwoch, 3. September
22:35 Uhr

Quinn taumelte ein paar Schritte vom Geländer weg. Sein Blick war starr, er nahm überhaupt nichts mehr wahr. Sein Kopf fühlte sich seltsam taub an. All seine Sinne befanden sich in einer Art Schockzustand, so dass nichts mehr zu ihm durchdrang.

Hinter ihm heulten Sirenen, und weitere Streifenwagen bogen aus der Richmond Street ein. Maguire traf zusammen mit Murphy ein, die sofort einen Krankenwagen und die Feuerwehr anforderte. Quinn starrte immer noch mit leerem Blick vor sich hin. Maggs' Kopf und Arme hingen inzwischen leblos herab. Er bot einen traurigen Anblick: gepfählt von einer Eisenstange, den Mund weit aufgerissen, die Augen für immer geschlossen. Quinn spürte Doyles Hand auf seinem Arm. »Moss, lass uns die Wohnung durchsuchen.«

Er wandte sich um.

Erst dann drangen Doyles Worte zu ihm durch. Die Wohnung, natürlich. Vielleicht fanden sie dort einen Hinweis. Ja, Doyle hatte recht: Sie mussten die Wohnung durchsuchen.

Murphy trat auf sie zu, im Begriff, etwas zu sagen, doch die beiden Männer stürmten bereits auf die Treppe zu. Oben spähte Harry Long, der Nachbar, mit dem Quinn bei seinem letzten Besuch gesprochen hatte, über das Geländer.

Sie nahmen die ganze Wohnung auseinander, durchwühlten Schubläden und Schränke. Jane Finucanes Computer war auf Standby. Quinn zückte sein Telefon und bat die Kollegen am Harcourt Square, umgehend einen Computerfachmann vorbeizuschicken, der mit dem Fall vertraut war und wusste, wonach sie suchten. Er konnte sich genau vorstellen, wie Maggs das Internet durchforstet hatte und dabei auf dieselben Informationen gestoßen war wie sie selbst: die drei protestantischen Märtyrer, die lilienweißen Jungs. Bestimmt hatte er das Gefühl gehabt, Gott auf seiner Seite zu haben, als er nicht nur zwei Jungs aus Kildare fand, sondern auch die Ballade über ihre grausame Mutter.

So viel Bosheit ließ ihn schaudern.

Schaudernd stellte er sich vor, wie der alte John Hanrahan die Treppe hinuntergestolpert war und in seiner Küche Mary Harrington vorgefunden hatte, die er für einen Geist hielt. Quinn hatte schon mehrfach mit Opfern von Mordversuchen zu tun gehabt, die bis zur Besinnungslosigkeit stranguliert worden waren und später, als sie wieder zu sich kamen, keinerlei Erinnerung an das Geschehene hatten.

»Er hat es in allen Einzelheiten geplant, Doyle«, bemerkte er, während er in der Küche eine Schublade durchwühlte. »Trotzdem hatte ich, solange ich ihn verdächtigte, immer noch Hoffnung, dass Eva es schaffen könnte. Ich dachte, seine Gefühle für sie würden ihn davon abzuhalten, ihr ernsthaften Schaden zuzufügen. Aber durch unsere Trennung war sie für ihn zur Zielscheibe geworden. Vielleicht wollte er ihr letztendlich gar nicht wehtun, sah sich aber dennoch gezwungen, sie zu entführen. Zwei Fliegen mit einer Klappe: eine weitere Mutter, die sich in seinen Augen nicht genug um ihre Kinder kümmerte, und gleichzeitig eine einmalige Chance, Rache zu nehmen.

Nebenan im Bad kämpfte Doyle sich gerade durch einen Korb schmutziger Wäsche. Die Tür stand offen.

»Genau wie wir bezog er die meisten seiner Informationen aus dem Internet. Er hat uns an der Nase herumgeführt – bis hin zu jener letzten Nachricht, dem letzten verdammten Detail.«

Doyle hielt einen Moment inne. Sein Gesicht wirkte völlig ausdruckslos, doch an seinen Augen konnte Quinn sehen, wie erschöpft er war.

»Hinzu kamen die Kinderreime«, fuhr Quinn wild gestikulierend fort, »und das Polaroid-Foto. Schüreisen-Jimmy hasste er schon seit fünfundzwanzig Jahren. Mich hasste er, weil ich ihm Eva weggenommen und seinen erbärmlichen Kadaver vor Gericht gezerrt hatte. Und dich hasste er, weil dir von Anfang an klar war, was er seiner Mutter angetan hatte.« Er sah seinem Partner in die Augen. »Er hat sie umgebracht, Joe. Er hat tatsächlich Abflussreiniger in eine Weinflasche gefüllt, weil er genau wusste, dass sie ihn dann trinken würde. Er hat Janice Long und Karen Brady ebenso getötet wie die drei anderen Frauen und Mary Harrington: *Seven stars in the sky; the seven who went to heaven.* Die sieben, die in den Himmel kamen. Er hat gewusst, dass wir die Zeile finden würden und dass entweder Paddy Maguire oder Jimmy Hanrahan dafür ins Gefängnis wandern würde. Stell dir vor, wie er sich gefreut haben muss, als er erfuhr, dass wir sie beide verhaftet hatten.«

»Das bedeutet, dass Eva noch am Leben ist«, erklärte Doyle.

Quinn starrte ihn an.

»Die sieben, die in den Himmel kamen, Moss. Die siebte Frau ist seine Mutter, nicht Eva. Sie lebt. Es besteht immer noch die Chance, dass wir sie finden.«

Quinn sperrte Augen und Mund weit auf. »Du hast recht«, flüsterte er, »mein Gott, du hast recht!«

Doyle kam aus dem Badezimmer herüber und nahm ihn am Arm. »Du hast vorhin gesagt, solange er als Täter in Frage kam, bestand wenigstens noch Hoffnung. Aber diese Hoffnung besteht nach wie vor. Wir dürfen nicht aufgeben. Wir können Eva finden. Überleg doch mal: Bei den anderen Morden kam nie etwas von ihm, keine einzige Silbe. Dann entführt er Eva, und plötzlich nimmt er Kontakt mit uns auf.« Er dachte einen Moment nach, ehe er fortfuhr: »An dem Tag, als das Verfahren eingestellt wurde, saß sie im Gerichtssaal und trug seine Kette. Wir waren die ganze Zeit der Meinung, er hätte das als eine Art Zeichen interpretiert, sozusagen als Annäherungsversuch, aber in Wirklichkeit verhielt es sich ganz anders: In Maggs' Augen war sie nicht mehr würdig, die Kette zu tragen.«

Quinn spürte, wie ihm das Blut aus dem Gesicht wich.

»Vor langer, langer Zeit«, fuhr Doyle fort, »war sie einmal seine große Liebe gewesen. Sie musste bestraft werden, doch wollte er nicht für ihren Tod verantwortlich sein.«

»Du meinst, um seine kranke Psyche und sein schlechtes Gewissen zu beschwichtigen, musste er uns eine Chance geben?« Quinn nickte vor sich hin. »Und falls wir sie tatsächlich rechtzeitig finden sollten, wäre er nicht in Gefahr, weil wir bis dahin ja längst Hanrahan oder Patrick einkassiert hätten.«

»Genau. Er würde ungeschoren davonkommen. Was bedeutet, dass wir immer noch eine Chance haben.«

»Aber Doyle.« Quinn spürte wieder Panik in sich hochsteigen. »*Eins ist eins und ganz allein und wird es immer sein.*«

»Ich weiß, ich weiß. Daran musste ich auch schon denken. Eva wird allerdings nur dann für immer allein bleiben, wenn wir sie nicht finden.«

Quinn dachte einen Moment über Doyles Worte nach. Als er dann wieder etwas sagte, klang es, als spräche er mit sich selbst: »Seine Mutter hatte keine Ahnung, wer sein Vater war. Soweit Maggs es beurteilen konnte, war ihr das auch völlig gleichgültig. *Er* war ihr völlig gleichgültig. Das war der Auslöser: die Tatsache, dass sie selbst nach seiner Geburt nicht aufgehört hatte, die Beine für jeden breit zu machen, der das Geld für eine Flasche auf den Tisch legen konnte. Den Rest besorgte Jimmy mit seinem Polaroid-Foto: Dadurch wurde aus einem zornigen Teenager endgültig ein Psychopath.«

An der Wohnungstür tat sich etwas. Als sie sich umblickten, bemerkten sie, dass Murphy in die Diele getreten war. »Mit Mary lag der Fall anders«, fuhr Doyle fort. »Die ganze Zeit haben wir sie nicht mit den anderen fünf Frauen in Verbindung gebracht, weil wir davon ausgingen, dass niemand von ihrer Schwangerschaft wusste. Der Witz an der Sache ist, dass Maggs tatsächlich nichts davon wusste. Aber am Abend des *Fleadh Cheoil* war Molly Parkinson betrunken, und Paddy hatte Maggs eine reingewürgt – wie es alle taten, wenn sich die Gelegenheit bot. Und Eva saß daneben, ohne ihn zu verteidigen.«

Quinn nickte nachdenklich. »Mary hat ihn an sie erinnert. Sie sah aus wie Eva, als sie noch jünger war: Ihr langes Haar hatte die gleiche Farbe, und sie hatte auch die gleiche Augenfarbe. Die beiden unternahmen eine Spritztour. Bei der Gelegenheit muss Maggs begriffen haben, wie er es Jimmy heimzahlen konnte. Trotzdem war Eva seine große Jugendliebe. Du hast recht, Joseph. Das bedeutet, dass wir immer noch eine Chance haben.«

Doyle trat ins Wohnzimmer. Sein Blick wanderte vom Fernseher über das Bücherregal zum CD-Schrank.

»Carrigafoyle. Wir müssen etwas übersehen haben. Es muss noch einen anderen Hinweis geben.«

»Uns bleibt keine Zeit mehr«, gab Quinn zu bedenken. »Es sind schon über zweiundsiebzig Stunden vergangen. Wenn sie gefesselt ist und in der Kälte liegt …«

»Sie hält schon noch eine Weile durch«, unterbrach ihn Doyle in scharfem Ton. Sein Blick schweifte hinaus zu Murphy, die ihnen von der Diele aus zusah. »Sie ist stark. Schließlich hat sie zwei Töchter, für die sie am Leben bleiben muss. Sie wurde vom Grab ihres Sohnes entführt, nachdem sie ihre zwei kleinen Töchter zu Hause allein gelassen hatte. Stellt euch vor, was das für einen Überlebenswillen bei ihr ausgelöst haben muss. Wir kennen sie doch, Moss. Wir wissen, wie sie ist. Sie wird nicht aufgeben. Sie wird kämpfen wie ein Löwin. Das liegt ihr im Blut. Sie ist eine Doyle, Herrgott noch mal!«

Quinn fuhr sich mit der Zunge über die Lippen. »Er muss

ihr auf dem Friedhof aufgelauert haben. Er kannte sie ziemlich gut. Er muss gewusst haben, dass es sie noch einmal zu Danny ziehen würde.«

»Deswegen brauchte er nur zu warten«, bestätigte Doyle, »und als der richtige Zeitpunkt gekommen war, schnappte er sie sich. Am nächsten Morgen ließ er dich wissen, dass die Uhr tickte.«

»Dann kam die mysteriöse Nachricht bezüglich Mary.«

»Und dann folgten die lilienweißen Jungs.«

»Drei kleine Mäuse, die nicht nach Hause fanden.« Doyle sah wieder Murphy an. »Latimer, Ridley und Cranmer. Sie führten uns zu den blinden Mönchen von Carrigafoyle.«

»Vergiss die Polaroid-Fotos nicht«, erinnerte ihn Murphy. »Dadurch sind wir auf Jimmy gekommen und vorher schon auf den Steinbruch.« Sie zog die Augenbrauen hoch. »Ob es wirklich Maggs' Absicht war, uns bis zu Scanlons Steinbruch zu jagen? Das hat er bestimmt genossen, oder? Uns hierhin und dorthin zu sprengen, während der Sand in der Sanduhr unaufhaltsam nach unten rieselte.«

Doyle starrte ins Leere. »Scanlon«, wiederholte er. »Der Name sagt mir was. Ich könnte schwören, dass er mir irgendetwas sagt.«

»Denkt daran, was er im Gefängnis gemacht hat.« Quinn hatte die Hände neben dem Körper zu Fäusten geballt. »Wo er Paddy kommen und gehen sah und Kontakt zu Leuten wie dem Craw aufnehmen konnte. Was für eine gute Gelegenheit, um ein bisschen im Dreck zu wühlen und an Informationen zu gelangen.«

Für einen Moment herrschte Schweigen. Die einzigen Geräusche, die noch zu hören waren, kamen von unten. Doyle schürzte nachdenklich die Lippen.

»Heilige Muttergottes, der Name Scanlon sagt mir doch etwas!«, entfuhr es Doyle. »Los, Joseph Doyle, du alter Schafskopf, nun denk schon nach! Was haben wir? Latimer, wir haben Latimer, Ridley und Cranmer: drei Männer, die wegen ihres Glaubens geblendet und verbrannt wurden. Sie brachten uns auf Carrigafoyle und die drei blinden Mönche, die ihretwegen gehängt wurden.« Die Hände tief in die Taschen vergraben, sah er erst Quinn und dann Murphy an. Von ihr wanderte sein Blick weiter zur Wohnungstür, in der gerade Harry Long mit einer Flasche Jameson aufgetaucht war. Doyle starrte ihn an. Dann starrte er auf die Flasche, das Etikett – den Namen, der darauf prangte.

Plötzlich durchlief es ihn kalt. »Jesus und Maria!«, flüsterte er.

»Was?« Quinn legte ihm eine Hand auf den Arm. »Was ist, Doyle? Was ist dir eingefallen?«

»Mein Gott, Moss. Es geht überhaupt nicht um das *Wo*. Es geht um das *Wer*.«

Quinn starrte ihn an. »Wovon redest du? Ich verstehe nicht. Was meinst du mit *wer*?«

Doyle hörte ihm gar nicht mehr zu. Hektisch durchwühlte er seine Tasche nach seinem Handy. »Was für eine Nummer hat Norma?«

»Norma?«

»Deine Schwiegermutter, Herrgott noch mal! Wie lautet ihre Telefonnummer?«

Quinn nannte sie ihm, und Doyle wählte die Nummer. »Dieser kleine Scheißkerl, dieser gottverdammte kleine Scheißkerl! Er wusste über Latimer Bescheid und auch über Ridley und Cranmer. Ihm war klar, dass wir auf die drei stoßen würden, und ihm war auch klar, dass meine Geschichtskenntnisse ausreichten, um die restlichen Teilchen des Puzzles zusammenzusetzen und auf Carrigafoyle zu kommen. Aber dabei ging es ihm gar nicht so sehr um den Ort – dieser raffinierte Mistkerl –, sondern um die *Personen*.«

Quinn packte ihn am Arm. »Um Himmels willen, Doyle, ich verstehe nur Bahnhof. Was zum Teufel meinst du?«

»Die Mönche, Moss, die drei blinden Mönche. Wir müssen ihre Namen herausbekommen, mein Junge. Wir müssen herausfinden, wer sie waren.«

Während sich am anderen Ende der Leitung Quinns Schwiegermutter in Listowel meldete, trat Murphy neben die beiden Männer.

»Norma«, sagte Doyle, »hier ist Joseph. Ich brauche ganz dringend die Nummer von James O'Donohue, meinem alten Geschichtslehrer. Nein, er ist nicht weggezogen. Könntest du für mich im Telefonbuch nachsehen? Und bitte mach schnell, ja?«

Zwei Minuten später hatte er die Nummer und wählte erneut.

»Es geht überhaupt nicht um das *Wo*«, wiederholte er. »Natürlich nicht. Wie sollte es auch, nachdem Eva nicht dort war? Lieber Himmel, Doyle, und so jemand wie du schimpft sich Polizist. Du hättest schon viel früher darauf kommen müssen!« Nach diesem Selbstgespräch wandte er sich wieder an Quinn. »Wir müssen in Erfahrung bringen, wer die drei alten Männer waren. Ich gehe jede Wette ein, dass einer von ihnen Scanlon hieß. Wenn wir die anderen beiden finden, finden wir auch Eva. Ich bin mir ganz sicher, dass das des Rätsels Lösung ist.«

»Meine Güte, Doyle!« Quinn zog die Augenbrauen hoch. »Glaubst du denn, dein Geschichtslehrer kann sich überhaupt noch daran erinnern? Ich meine, wie alt ist er denn inzwischen?«

»Ende achtzig, Anfang neunzig, würde ich sagen. Aber er ist noch voll da, Moss, und wie ich ihn kenne, ist er auch noch nicht im Bett, sondern gönnt sich gerade einen kleinen Absacker vor dem History Channel.«

Mit dem Telefon am Ohr wartete er, während Quinn neben ihm ungeduldig von einem Fuß auf den anderen trat. »Er ist nicht da«, unkte Quinn, »oder schon im Bett.«

Doyle schüttelte den Kopf. »Der geht schon noch ran. Bestimmt.«

Plötzlich lächelte er. »Mr. O'Donohue, sind Sie das? Hier spricht Joseph Doyle, von der Polizei. Wie geht es Ihnen? Gut? Das freut mich. Es ist schön, nach all den Jahren mal wieder mit Ihnen zu sprechen. Ich hatte damals Geschichte bei Ihnen. Das muss mittlerweile an die vierzig Jahre her sein. Sie erinnern sich? Heilige Muttergottes, das ist ja wirklich erstaunlich. Hören Sie«, kam er zur Sache, »Sie müssen entschuldigen, dass ich Sie so spät noch störe, aber ich brauche ganz dringend eine Information von Ihnen. Es ist wirklich sehr wichtig. Sie finden es bestimmt seltsam, dass ich Ihnen zu so nächtlicher Stunde eine solche Frage stelle, aber erinnern Sie sich zufällig an die Namen der drei blinden Mönche von Lislaughtin Abbey, die Pelham im Jahre 1580 gehängt hat?«

Er verstummte. Während er den Worten seines alten Geschichtslehrers lauschte, kniff er die Augen leicht zusammen. »Sie haben einfach ein wunderbares Namensgedächtnis, Mr. O'Donohue. Vielen Dank, Sie waren mir eine große Hilfe. Wenn Sie das nächste Mal im Jett O'Carroll's vorbeischauen, dann sagen Sie Eamon, dass er Ihnen auf meine Rechnung ein, zwei Bierchen ausgeben soll.«

Nachdem er das Gespräch beendet hatte, wandte er sich wieder Quinn zu. »Ich hatte recht«, erklärte er. »Es ging Maggs gar nicht so sehr um Carrigafoyle, Moss. Es ging ihm um die drei blinden Mönche. Ihre Namen waren Scanlon, Hanrahan und Shea.«

Mittwoch, 3. September
22:46 Uhr

Doyle blickte an Quinn vorbei zu Harry Long hinaus, der immer noch in der Wohnungstür stand. »Nun kommen Sie schon herein, alter Junge, wenn Sie uns unbedingt einen ausgeben wollen«, sagte er, »aber fassen Sie nichts an.« Nachdem Long nähergetreten war, nahm Doyle ihm die Flasche ab, holte ein paar Gläser und schenkte jedem von ihnen einen Schluck Whiskey ein.

»Scanlon, Hanrahan und Shea.« Quinn dachte scharf nach. Dabei spürte er seinen eigenen Pulschlag wie eine Art Gewicht in seinem Schädel. Er nahm von Doyle ein Glas entgegen und kippte seinen Inhalt hinunter. »Lieber Himmel! Der Kerl hat das Ganze viel genauer geplant, als wir uns das vorgestellt haben.«

»Das kann man wohl sagen«, pflichtete Murphy ihm bei. »*Nur Mary weiß Bescheid*. Er wollte, dass wir die Akte von Mary noch einmal unter die Lupe zu nehmen. Nicht zu fassen, dass dieses Polaroid-Foto die ganze Zeit in der Schachtel lag.«

Quinn atmete schwer aus. »Seit Marys Tod, um genau zu sein. Hätten wir es schon damals gefunden – wie von ihm ja eigentlich beabsichtigt –, dann wäre Jimmy dafür ins Gefängnis gewandert.«

»Das hätte mir keine schlaflosen Nächte bereitet«, murmelte Doyle. »Die Jugendstrafe, die er damals absitzen musste, nachdem er Mrs. Bolton niedergeknüppelt hatte, war meiner Meinung nach viel zu milde bemessen. Er hätte mindestens doppelt so lang eingebuchtet gehört.«

»Aber Shea?«, fragte Quinn. »Was wissen wir über Shea?«

»*Nichts*«, entgegnete Murphy. »Wie auch? Ich meine, wie viele Sheas gibt es im Dubliner Telefonbuch?«

Keiner von ihnen sagte etwas.

Es war hoffnungslos. Ihnen blieb keine Zeit mehr. Nachdem es sich dabei um einen solchen Allerweltsnamen handelte, würde Maggs am Ende vielleicht doch derjenige sein, der zuletzt lachte.

Harry Long, der mit einer Schulter am Türrahmen lehnte, trat verlegen von einem Fuß auf den anderen. »Es geht mich ja eigentlich nichts an«, sagte er, »aber was ist mit der alten Eisenhütte?«

»Was ist damit?« Doyle sah ihn fragend an.

»Die alte Eisenhütte oben bei Shelley Banks. Sie ist schon seit Jahren geschlossen, aber mein Großvater hat als junger Mann dort gearbeitet. Ich bin mir sicher, dass sie Shea's hieß. Die alte Fabrik oben am Wasser.«

»Eine Eisenhütte?« Quinns Puls hatte sich beschleunigt. Er starrte Long fragend an.

»Ja, sie hieß Shea's oder vielleicht auch O'Shea's, das weiß ich nicht mehr genau. Damals war sie aber sehr bekannt. Mein Großvater hat mir alles darüber erzählt. Zu Nelsons Zeit sind die Engländer mit ihrer Flotte in der Bucht vor Anker gegangen. Laut meinem Großvater haben die Offiziere ihre Uhren immer nach der von Shea gestellt.«

Ihr Wagen stand noch da, wo sie ihn geparkt hatten – im absoluten Halteverbot, das magnetische Blaulicht auf dem Armaturenbrett. Doyle hatte den Schlüssel. In null Komma nichts saß er am Steuer, während Quinn das Blaulicht aufs Dach klatschte.

Doyle gab Vollgas. Gleich nach der Brücke bogen sie links ab. Doyle schaltete im Eiltempo die Gänge hoch. Viel zu schnell rasten sie durch die Canal Road, an einer langen Reihe parkender Autos vorbei. Nach dem Wehr wurde die Straße breiter, und Doyle trat das Gaspedal durch. Mit heulender Sirene passierten sie die Landsdowne Road und steuerten in nördlicher Richtung auf die Kanal-Docks zu. Dort drückte Doyle erneut auf die Tube, und sie rasten über die Brücke und umrundeten die Windhund-Rennbahn am Shelbourne Park.

Während sie auf Irishtown zufuhren, saß Quinn nach vorne gebeugt auf dem Beifahrersitz, die Knie an der Brust und eine Faust an den Zähnen. Er musste daran denken, wie ihm seine Töchter zum Abschied zugewinkt hatten. Vor seinem geistigen Auge tauchten für einen Moment ihre Gesichter auf. Dann sah er plötzlich Danny in der Tolka fischen. Am Tag vor seinem Tod.

Er sah Eva vor sich, an dem Abend, als sie sich zum ersten Mal begegnet waren – und der Mann, der sie nun vielleicht ermordet hatte, neben ihr auf der Bank saß.

Sie rasten durch Irishtown auf Poolbeg und das Naturschutzgebiet bei Shelley Banks zu. Der strenge Wind ließ das Meer kabbelig aussehen. Ihr Weg führte sie nun die Küstenstraße entlang, vorbei an alten und neuen Industriegebäuden, bis sie schließlich in der Ferne die Überreste jener verlassenen Eisenhütte erahnen konnten, die laut Harry Long früher als Shea's bekannt gewesen war. Viel war davon nicht mehr übrig – nur eine Handvoll verwitterter Gebäude hinter einem zusammengefallenen Stacheldrahtzaun.

Auf der anderen Straßenseite begann der Strand – eine große Sandfläche, auf der am Montag Suchtrupps ausgeschwärmt waren wie frisch geschlüpfte Fliegen. Am Tor stieg Doyle so heftig auf die Bremse, dass Quinn fast durch die Windschutzscheibe geflogen wäre. Sekunden später war Quinn bereits aus dem Wagen gesprungen, kämpfte sich durch den Stacheldraht und rannte über den mit Pfützen übersäten Hof auf die halb verfallenen Gebäude zu. Über ihm befand sich eine große alte Uhr mit einem eckigen Zifferblatt. Ihre Zeiger hatten die elf bereits hinter sich gelassen.

Er begann den Namen seiner Frau zu rufen. »Eva!«, rief er. »Eva! Eva!«

Unter den Dielen, dem Teppich und den Streifen alten Linoleums war ihr Gesicht angeschwollen, und sie hatte inzwischen Hände wie aus Wachs, weil sie kaum noch durchblutet waren. Sie spürte sie ebenso wenig wie den Rest ihres Körpers, und Durst hatte sie auch keinen mehr. Ihr war bewusst, dass das Leben langsam aus ihr wich, doch sie konnte dem durchaus etwas Schönes abgewinnen. Schon vor langer Zeit hatte sie aufgehört, an ihre Kinder zu denken. Sie dachte auch nicht mehr an ihren Mann oder an ihre Mutter und ihre Schwestern. Ebenso wenig dachte sie noch an den Mann, der sie hierhergebracht hatte.

Sie konnte keinen einzigen klaren Gedanken mehr fassen. Ihr schwirrte nur noch ein Mischmasch aus Bildern durch den Kopf: was gewesen war und was vielleicht noch kommen würde.

Sie fragte sich, wo sie wohl hinging. Ihr war klar, dass sie am Rand des Abgrund stand, und sie war schon gespannt, ob es auf der anderen Seite nur Dunkelheit geben würde oder aber schöne Farben, wie manche Leute behaupteten.

Sie wollte es wissen. Sie wollte gehen und es selbst herausfinden. Danny war vorausgegangen, und sie war sicher, dass er nach ihr gerufen hatte. Er wollte, dass sie zu ihm kam. Wenn dem so war, dann gab es dort bestimmt auch Licht und Farbe.

Gerade rief wieder jemand nach ihr. Sie hörte eine Stimme: Eva, Eva-Marie. Sie war Eva-Marie, und jemand rief ihren Namen. Demnach gab es also mehr als nur Dunkelheit. Ja, bestimmt.

War das Danny, den sie da hörte?

Nein, dass konnte nicht sein. Danny würde nicht ihren Namen rufen. Er würde sie Mammy oder vielleicht auch Mam nennen, aber nicht Eva.

Sie öffnete die Augen und blickte hoch.

Die Dunkelheit war durchbrochen: ihr Grab aus Teppich und Linoleum, die Dielen aus halb verrottetem Holz.

Sie konnte sich nicht bewegen, aber was auch immer ihren Mund bedeckt hatte, wurde entfernt, und sie spürte, wie starke Arme sie aus dem Reich der Toten hoben.

Sie konnte noch immer nichts sehen, doch sie konnte ihn spüren und riechen, und sie wusste, dass sie am Leben war.

Danny würde warten. Natürlich würde er das. Es galt, an Laura zu denken, an Laura und Jess.

Sie fühlte, wie Lippen über ihre Wangen strichen, und für einen Moment lag sie wieder am Ufer des Flusses – vor all den Jahren.

Sie hörte seine Stimme. Sie klang sanft und zärtlich. »Ich hab dich wieder«, flüsterte er. »Alles wird gut. Endlich hab ich dich wieder, Eva. Ich bin gekommen, um dich nach Hause zu holen.«

Sie spürte trockene Tränen in ihren Augen. *Das ist mein Mann*, dachte sie. *Das ist Moss. Ich weiß es. Das ist Moss. Er hat mich gefunden.*